HELGA GLAESENER

DIE STUMME TÄNZERIN

KRIMINALROMAN

ROWOHLT
TASCHENBUCH VERLAG

Originalausgabe
Veröffentlicht im Rowohlt Taschenbuch Verlag,
Hamburg, September 2021

Redaktion Silke Jellinghaus
Covergestaltung Hafen Werbeagentur, Hamburg
Coverabbildung Miguel Sobreira / Trevillion Images;
Hulton Archive / Freier Fotograf / Getty Images
Satz aus der Adobe Caslon bei Dörlemann Satz, Lemförde
Druck und Bindung CPI books GmbH, Leck, Germany
ISBN 978-3-499-00488-9

DIE STUMME TÄNZERIN

1. KAPITEL

SAMSTAG, 20. JANUAR 1926

So sah sie also aus: die Befreiung vom Mief der Kaiserjahre, der Mut, der mit der Faust die altbackene Prüderie zerschlägt, das ehrliche Lachen, das keine Kompromisse eingeht … *Varieté!* Der sensationelle Abend, an dem sie sich Zutritt zu der Welt der Unerschrockenen und Tabulosen verschaffen wollte, war gekommen, sie saß im *Fiasko* und …

Ja, was?

Paula lehnte sich in dem rot gepolsterten Sessel zurück und starrte in den halbdunklen Saal mit der Bühne, dem Klavier und den dicht besetzten Tischen. Die Luft war erfüllt von Zigarettenqualm, Weindunst, Schweiß und Parfüm, was das Atmen zur Schwerstarbeit machte. Es wurde gejohlt, gelacht, geklatscht und gerufen. Genau so, wie es in den Gazetten geheißen hatte, in denen diese halbseidenen Sehnsuchtsorte bejubelt wurden. Auch Paulas Kolleginnen schwärmten davon, wenn sie morgens völlig übermüdet zur Arbeit in die Bootsmanufaktur Borgmeister trotteten. Warum also kam bei ihr keine Begeisterung auf?

Bedrückt beobachtete Paula die halbnackten Frauen, die den Treibstoff für die Stimmung in dem spiegelverkleideten Raum bildeten. Obenherum waren sie mit Ketten aus aufgefädelten Kupferringen bekleidet, untenherum mit nur handbreiten Spitzenröckchen und winzigen Unterhöschen. Sie saßen auf dem Schoß ihrer Kundschaft, lachten, flüsterten und kreischten neckische Drohungen. Alles in breitem Platt, die Hamburger Herkunft ließ sich nicht leugnen. Und wenn ihnen einer zwischen die Schenkel griff, taten sie, als wären sie amüsiert und nicht hundemüde. Die Männer im Publikum winkten sie heran und schoben sie wieder von sich, ihre Begleiterinnen lachten generös und zogen an ihren Zigaretten. Genau, Prüderie war nicht mehr zeitgemäß, dafür aber etwas anderes, Schäbiges, für das Paula auf die Schnelle kein Begriff einfiel.

Sie nippte verdrossen an ihrem Champagner und gestand sich ein, dass es ein Fehler gewesen war hierherzukommen. Dafür besaß sie offenbar ein Talent: sich zu verrennen. Vor anderthalb Jahren hatte sie beschlossen, ihrem Leben eine neue Richtung zu geben. Sie wollte nicht mehr das verwöhnte Fräulein Tochter des stinkereichen Zündholzfabrikanten Harry Haydorn sein. Sie wollte Abenteuer. Und als sie im *Hamburger Anzeiger* eine Annonce der Volkshochschule in der Oberalten-Allee entdeckte – *Demokratie braucht Bildung!* –, hatte sie spontan einen Kurs in Stenographie und Schreibmaschine belegt. Anschließend hatte sie sich bei Borgmeister beworben – und war genommen worden. Endlich selbständig!, hatte sie gejubelt. Sie war zu einer modernen Frau geworden, die ihren eigenen Weg ging.

Doch schon nach kurzer Zeit hatte ihre Stellung sich als öder Alltagstrott entpuppt. Acht Stunden stenographieren, was der alte Borgmeister hinter seinem Riesenschreibtisch ihr diktierte, und den Sermon anschließend abtippen. Einmal hatte sie sich getraut, ihm zu weniger gewundenen Sätzen zu raten. Damit man's besser verstehen konnte, war doch in seinem Sinn. Hui, da waren aber die Fetzen geflogen. Wenn

Borgmeister in Rage geriet, konnte er gestochen scharf formulieren. Was das Fräulein sich einbilde? Heerscharen von talentierteren Sekretärinnen warteten darauf, ihren Platz einzunehmen. Sie hatte die Arbeit nur deshalb nicht hingeworfen, weil sie ihren Eltern gegenüber kein Scheitern eingestehen wollte.

Walter, ihr Begleiter an diesem Abend, arbeitete ebenfalls bei Borgmeister. Er war Schiffsbauingenieur, und sie mochte ihn, weil er lustig und unkompliziert war und gern auch mal über den Chef herzog. In seiner Freizeit ging er rudern, er mochte Jazz und gut geschnittene Anzüge. Heute Mittag war er ins Büro gekommen und hatte ihr verstohlen zugeflüstert: «Ich will ins Varieté, hast du nicht Lust mitzukommen?» Und da hatte sie spontan zugesagt.

Nach der Arbeit war sie eilig nach Harvestehude gefahren, wo sie wegen ihres knickerigen Gehalts immer noch bei den Eltern wohnte, und hatte sich so gewagt angezogen, wie es ihr Kleiderschrank hergab. Dann retour zum Hauptbahnhof, wo Walter auf sie gewartet hatte, und nun saßen sie hier im *Fiasko*.

Tja, *nomen est omen,* dachte sie und blickte verstohlen auf ihre Armbanduhr.

Walter schlug mit der flachen Hand auf den Tisch und brach in Gelächter aus. Galt seine Begeisterung dem Witz, den der freche Kerl auf der Bühne gerade gerissen hatte? Sicher nicht nur. Ihr Ingenieur war inzwischen angeschickert, und sein Zustand mochte auch etwas mit dem Akkordeonspieler zu tun haben, der sich zwischen den einzelnen Nummern an die Tische drängte und dabei «*Mutter, der Mann mit dem Koks ist da*» sang. Viele Gäste, darunter auch Walter, hatten nach den Briefumschlägen im Korb an seinem Gürtel gegriffen und dabei wie selbstverständlich ein paar Mark hineinfallen lassen. Walter hatte seinen Umschlag geöffnet und mit Hilfe eines Strohhalms ein weißes Pulver in die Nase gesogen. Er hatte auch ihr etwas davon angeboten, aber Paula hatte abgewinkt, hauptsächlich, weil sein Schnodder am Halm klebte. Dann war der Umschlag auch schon leer gewesen.

Inzwischen war ihr aufgegangen, worum es sich bei dem Pulver handeln musste. Kokain, natürlich. Das Lied vom Koks, das der Mann mit dem Akkordeon augenzwinkernd gesungen hatte, war eine Botschaft gewesen, und sie bereute, dass sie nicht doch zu dem Strohhalm gegriffen hatte. Denn das war es doch, was sie wollte: Ins pralle Leben eintauchen! Ihre Stimmung sank auf einen neuen Tiefpunkt.

Ein Mann am Nebentisch kniff eine der Animierdamen in die Brüste. Das Gesicht des Mädchens verzog sich schmerzhaft – und wurde im nächsten Moment durch ein gekünsteltes Lachen entstellt. Die hatte keinen Spaß an ihrer Arbeit. Wie auch? Sich von fremden Kerlen begrapschen lassen, als wäre man eine Birne auf dem Wochenmarkt!

Paula stieß Walter an. «Ich bin müde, lass uns gehen!»

«Was?» Wieder brach er in Gelächter aus, dann beugte er sich zu ihr vor, um sie zu küssen.

Angeekelt wandte sie das Gesicht ab. «Walter, ich …»

Bevor sie den Satz beenden konnte, drehten sich die Köpfe plötzlich zur Tür. Eine blonde Frau mit apart schrägen Augen hatte mit lautem Münzgeklapper das *Fiasko* betreten. Sie steckte in der Uniform der Heilsarmee – knöchellanger, biederer Rock mit Bluse, Umhang bis zur Hüfte, eine Kappe mit breitem Rand, die ihre Stirn beschattete, alles in verdrießlichem Schwarz. Dabei war sie so hübsch, als wollte sie damit ihre Aufmachung verspotten. Der Mann am Nebentisch warf ihr grinsend einen Luftkuss zu, doch die Uniformierte schüttelte wie zur Antwort stumpf ihre Sammelbüchse. Und da kippte die Stimmung. Vielleicht sahen die Gäste plötzlich wieder die Kriegsversehrten und Witwen vor sich, die in den Hamburger Straßen gegen das Verhungern anbettelten, jedenfalls griffen sie nach ihren Geldbörsen. Und als der Akkordeonspieler auch noch ein melancholisches Soldatenlied zu spielen begann, sprangen die Groschen nur so in die Dose. Die Heilsarmeefrau sandte dem Mann mit dem Akkordeon einen dankbaren Blick zu.

Nun, das war menschlich und schön, aber Paulas Widerwillen gegen das *Fiasko* wurde dadurch nur noch größer. «Hast du gehört, Walter? Ich will heim.»

Walter stierte schon wieder die Lustdamen an. Nichts deutete darauf hin, dass er sie gehört hatte oder überhaupt noch wahrnahm. Na gut, sie hatte zwei Beine, dann ging sie eben allein! Wahrscheinlich war sie ohne ihn sogar sicherer, besäuselt, wie er war. Paula schob ihren Sessel zurück, schnappte sich ihren Mantel und zog ihre Tasche von der Lehne. Wenig später stand sie draußen auf dem Spielbudenplatz.

Es war bereits kurz vor Mitternacht, doch die Gaslaternen und Lichtreklamen tauchten den Platz immer noch in buntes, unruhiges Licht. Autos bahnten sich hupend ihren Weg durch die Menschenmenge. Die Damen des leichten Gewerbes flanierten auf den Bürgersteigen und beugten sich zu Autofenstern hinab. Im Kiez verlief das Leben spiegelbildlich. Tagsüber waren die Straßen wie leergefegt, nachts begann ein fieberhaftes Treiben.

Paula ging zum Standplatz der Taxen hinüber, aber leider fand sich dort kein einziges Fahrzeug, nur einige Betrunkene lungerten auf einer Bank herum. Sie sah, wie sich einer von ihnen erhob und aus der Gruppe löste. Er starrte zu ihr herüber und beschleunigte seinen Schritt. Himmelherrgott!

Eine Tram hielt bimmelnd an einer Haltestelle in ihrer Nähe. Paula hatte keine Ahnung, wo die hinwollte, aber sie stürzte los, quer über den mit kahlen Bäumen bestandenen Grünstreifen zu den Gleisen. Leider hatte die Elektrische schon wieder Fahrt aufgenommen, bevor sie die Haltestelle erreichte. Paula hastete weiter, nur weg von dem Besoffenen, der ihr irgendetwas hinterhergrölte. Ihr ging auf, dass es vielleicht doch ein Fehler gewesen war, das *Fiasko* ohne Walter zu verlassen. Plötzlich fühlte sie sich wie Freiwild. Also umkehren und Schutz in Walters hoffentlich starken Armen suchen? Nein, das kam nicht in Frage, dafür war sie zu stolz. Außerdem müsste sie dann noch einmal an dem Besoffenen vorbei, und sie ahnte, dass sich hier auf dem Kiez niemand zu ihrem Beschützer aufschwingen würde. Instinktiv bog sie in eine Seitengasse ein.

Sie schritt aus, so schnell ihre hochhackigen Schuhe es zuließen. Ihr Herz tuckerte im Takt der klappernden Absätze. Die Straße mündete in eine Querstraße und kurz darauf in eine weitere, engere Straße und in noch eine. Irgendwann stand sie an einer breiten Treppe, und schräg unter ihr glänzte die schwarze Elbe mit den Landungsbrücken. Da wollte sie nicht runter. Der Platz vor den Gebäuden am Wasser war zu ungeschützt, es gäbe keine Möglichkeit, sich zu verstecken, falls es heikel wurde. Außerdem machte ihr das Wasser Angst. Sie hatte einmal in der Zeitung das Bild einer Wasserleiche gesehen, die von Aalen angefressen worden war. Scheußlich!

Paula machte kehrt und bog in eine weitere Straße ein, in der Hoffnung, das Millernthor zu erreichen, von wo aus sie den Weg in die anständigeren Stadtteile finden würde. Nur weg aus St. Pauli.

Doch der letzte Schwenker stellte sich als großer Fehler heraus. Denn plötzlich irrte sie zwischen hohen Hauswänden mit blätternder Farbe und blinden, teilweise mit Brettern vernagelten Fenstern entlang. Es war duster, Gaslaternen gab's hier keine mehr. Huschten da drüben im Durchgang Ratten? Im Vergleich hierzu kam ihr der Spielbudenplatz mit seinen Vergnügungsstätten mit einem Mal wie ein sicherer Hafen vor. Leider hatte Paula keine Ahnung, wie sie zurückgelangen könnte. Sie hatte sich komplett verlaufen. Mangelnder Orientierungssinn, typisch Frau, würde Vater sagen.

Sie bog in eine weitere Straße ein. Hier brannte in einigen Wohnungen noch Licht. Außerdem gab es mehrere Amüsierbetriebe, die sich in den Kellern am Fuße von krummgetretenen Treppen befanden, von dort drangen Stimmen und Gelächter zu ihr herauf. Ihre Stimmung hob sich ein wenig.

Im nächsten Moment jedoch begann ihre Haut zu kribbeln. Da vorn, wo die Straße einen Bogen schlug – war da nicht was gewesen? Tatsächlich, eine Gestalt huschte von einem Hauseingang zum nächsten. Und dann, nicht weit entfernt, entdeckte sie einen weiteren Schatten, der sich in einen Hauseingang duckte. Erschrocken rettete Paula sich hinter ein Auto, das vor einem der Häuser parkte. Nur weg von hier! Egal wohin!

Doch leider war eine Flucht unmöglich. Wie aus dem Pflaster gewachsen, trottete auch von der anderen Seite der Gasse plötzlich eine Gestalt heran, den Kopf gesenkt, als wäre sie müde. Offenbar war Paula noch nicht bemerkt worden. Sie nutzte die Gunst des Augenblicks, um sich eine schmale Kellertreppe hinabzuflüchten.

Ängstlich starrte sie auf das schmutzig feuchte Mauerwerk am Eingang. Wenn einer der Schatten sie gesehen hatte, saß sie in der Falle.

Doch nichts geschah.

Langsam atmete sie ein und aus, dann nahm sie ein paar

Stufen und spähte um das Mäuerchen. Gott, war sie erleichtert! Die Gestalt mit dem gesenkten Kopf entpuppte sich beim Näherkommen als die Frau von der Heilsarmee – Paula erkannte sie an dem scheußlichen Monstrum von Hut. Vielleicht war es ratsam, sich mit ihr zu verbünden? Dann wären sie wenigstens zu zweit.

Gerade wollte Paula ihren Vorsatz in die Tat umsetzen, als sie sah, wie die Frau eine der Kellerkneipen schräg gegenüber ansteuerte. Dort angekommen, riss sie sich die Kappe vom Kopf und löste den Knoten, mit dem sie ihr Haar gebändigt hatte. Üppige blonde Locken flossen über ihre Schultern. Jemand öffnete, und Paula sah, wie sich die Soldatin der Nächstenliebe in Männerarme warf. Küsse und Gelächter, dann klapperte der Spendentopf. Na, da sollte doch der Teufel …

Das Pärchen verschwand in der Kaschemme, und Paula beschloss, den Ausweg aus dem Straßenlabyrinth allein zu suchen. Doch plötzlich brach oben auf der Straße die Hölle los. Männer stürmten aus den Hauswinkeln, Pistolenschüsse zerrissen die Nacht, Rufe, Proteste, Befehle, Schmerzensschreie … Dann bogen hupende Polizeiautos aus den Seitenstraßen ein und versperrten die Zugänge zu den Kellerkneipen. Von den Pritschen im hinteren Teil der Wagen sprangen Uniformierte und rannten die Stufen hinab. In einigen Häusern wurden die Fenster aufgerissen, und neugierige Gesichter beugten sich heraus.

Die Polizisten zerrten Männer und Frauen, von denen einige nur in Decken gehüllt waren, aus den Kneipen. Ein paar der Frauen kreischten und spuckten die Polizisten an.

«Mitkommen!»

Paula erstarrte. Ein massiger Kerl mit Uniform und Tschako auf dem Kopf hatte sich vor ihr aufgebaut und richtete den Lauf einer Pistole auf sie.

«Ich?», fragte Paula entgeistert.

Wortlos packte er sie am Arm und zerrte sie zu einer grünen Minna, die ebenfalls in die Gasse gerollt war. Die beiden hinteren Türen des großen Wagens standen offen, und er schubste sie mit anderen Aufgegriffenen in das rollende Gefängnis. Zwei Holzbänke standen einander gegenüber. Paula wurde zum hinteren Ende des Kastenwagens gedrängt und stolperte vor einer der Bänke zu Boden. Ihr Oberkörper wurde von zwei behosten Männerbeinen zusammengequetscht. Neben ihr hustete jemand, andere fluchten, irgendwo schluchzte eine Frau. Als keine Seele mehr in das vierrädrige Monstrum passte, fiel die Tür zu. Mit einem Schlag war es stockdunkel. Stiller wurde es allerdings nicht. Der Mann, zwischen dessen Beine Paula geraten war, zog ihren Kopf an den Haaren so nach oben, dass er ihr einen schiefen Kuss zwischen Nase und Auge drücken konnte. Sofort schlug sie ihre Fingernägel in seine Beine, er fluchte und ließ sie wieder los.

Auf der Fahrt wurden sie ordentlich durchgeschüttelt, aber es dauerte zum Glück nur kurz. Dann wurde die Sardinenbüchse wieder geöffnet. Die Insassen mussten durch ein Spalier von Polizisten auf einen von Mauern umgebenen Innenhof treten, über ihnen blitzten Sterne wie Theaterbesucher, die ein amüsantes Spektakel beobachteten.

Paula starrte an den Hausfassaden hinauf, die den Hof umschlossen. Waren sie im Stadthaus gelandet, dem Sitz der Polizei? Die Gendarmen schubsten die Gefangenen weiter und bellten Kommandos.

Der Mann, zwischen dessen Beinen sie festgesessen hatte, nutzte das Gedränge und drückte sich an sie. Erneut versuchte er, Paula einen nassen Kuss direkt auf den Mund zu geben. Im nächsten Moment knallte eine Frau, die sich an ihn geklammert hatte, Paula wutentbrannt die Faust ins Gesicht. Paula taumelte, und einer der Polizisten legte dem Biest Handschellen an. Erst da bemerkte Paula, dass es sich bei der rabiaten Dame um die Heilsarmeesoldatin handelte. Sie hatte ihre Uniform in der kurzen Zeit bis zur Festnahme durch ein loses Gewand mit einem Ausschnitt fast bis zum Bauchnabel getauscht.

Paula trat zu einem der Polizisten und erklärte mit so viel Würde wie möglich: «Hier liegt ein Irrtum vor. Ich ...»

«Schnauze», herrschte der Mann sie an.

Ihr Zutrauen in die Ordnungsbehörden erlitt einen gehörigen Dämpfer. Sie war Paula Haydorn. Sie hatte das Lyzeum Lerchenfeld für höhere Tochter besucht. Ihr Vater gehörte zu Hamburgs Wirtschaftsgrößen. Und nun interessierte das keinen?

Man schubste sie mit den anderen Inhaftierten durch eine Tür in einen breiten Flur hinein und dort in Richtung einer Treppe, die in einen Keller hinabführte. Beängstigende Bilder tauchten in Paulas Kopf auf: eine finstere Zelle, in der sie, womöglich in Gesellschaft der Heilsarmeesoldatin und ihres Begleiters, die Nacht verbringen müsste. Später dann der Rausschmiss aus der Bootsmanufaktur, der Klatsch, den Walter verbreiten würde, die Reaktion ihrer Eltern ...

Gehetzt starrte sie die Wände entlang. Lauter Türen, so weit sie sehen konnte. Unter einer von ihnen schimmerte Licht hindurch. Da arbeitete wohl noch jemand.

Plötzlich brach neben Paula ein Tumult aus, als der widerliche Küsser der Soldatin der Nächstenliebe eine schallende Ohrfeige versetzte. Vielleicht passte es ihm nicht, wie sie ihn für sich vereinnahmte. Die Frau taumelte gegen die Wand, richtete sich wieder auf und ging zum Gegenangriff über. Es gelang ihr trotz der Handschellen, ihn zu Boden zu schubsen, wo unter dem Gelächter der anderen Gefangenen ein peinlicher und beschämender Kampf entbrannte.

Während die Polizisten versuchten einzuschreiten, nutzte Paula die Gelegenheit und huschte zu der Tür mit dem Lichtspalt. Hastig zupfte sie ihr Kleid zurecht, dann klopfte sie und schlüpfte ins Zimmer, ohne auf Antwort zu warten.

Irritiert sah sie sich um. Was hatte sie erwartet? Sicher nicht drei Frauen. Nicht um diese Zeit, nicht in einem feinen Büro, das kaum für die stupide Schreibarbeit geeignet war, die man Weibsbildern gewöhnlich zumutete. Und ganz sicher kein Büro, in dem Papiere durch die Luft segelten und man einander anzischte.

«Gut, ich hab's verstanden», fauchte die Werferin der Kladde, aus der die Blätter gesegelt waren, eine noch junge Frau mit weiblichen Kurven und akkurater Dauerwelle. Bei ihr schien es sich tatsächlich um eine Sekretärin zu handeln. Aufgebracht zupfte sie am gestärkten Kragen ihrer weißen Bluse und zog diesen dabei so fest, als wollte sie sich damit erwürgen. Dann schnappte sie sich eine Handtasche von einem Tisch in der Ecke, der fast vollständig von einer der hochmodernen Mercedes-Elektra-Schreibmaschinen eingenommen wurde. Kurz hielt sie inne, als wartete sie auf eine Entschuldigung, dann rauschte sie zitternd an Paula vorbei aus dem Zimmer und schlug die Tür hinter sich zu.

Danach herrschte erst einmal Stille. Vom Flur klangen die Geräusche nur sehr gedämpft zu ihnen herein. Die beiden anderen Frauen blickten einander an. Die ältere von ihnen, ein scharfäugiges Weib um die vierzig, deren biedere Kleidung wirkte, als wollte sie damit ihre geistige Regsamkeit verschleiern, saß hinter einem großen, dunklen Schreibtisch. Die andere stand beim Fenster, und … Paula versuchte, nicht zu starren, doch das war unmöglich. Dass es sich um eine Frau handelte, stand fest. Aber sie trug Hosen, ein weißes Hemd mit Kragen und einen gestreiften Schlips. Es war keine Kleidung, die der männlichen nur nachempfunden war, sondern es handelte sich um Originale, todsicher in einem Geschäft für Herrenmoden gekauft. Auch ihr dunkles, lockiges Haar war geschnitten wie bei einem Mann. Ihr Lächeln wirkte … hochnäsig? Ironisch? Auf jeden Fall selbstbewusst.

Zum ersten Mal in dieser Nacht verspürte Paula plötzlich das Kribbeln, dessentwegen sie am Abend zum Kiez aufgebrochen war. Kurzerhand bückte sie sich und begann, die verstreuten Papiere aufzusammeln. Sie legte die Seiten ordentlich aufeinander, packte sie in die Kladde zurück und platzierte diese neben der Schreibmaschine. Als sie sich wieder umwandte, waren die Blicke der Frauen auf sie gerichtet.

«Und was bringt uns zu so später Stunde die Ehre *Ihres* Besuchs?», fragte die Ältere hinter dem Schreibtisch.

«Ich will Anzeige erstatten.»

Einen Moment lang herrschte Schweigen. Dann brach die Frau in Gelächter aus.

Paula fühlte eine seltsame Erregung in sich aufsteigen. Diese beiden arbeiteten offenbar für die Polizei. Dunkel erinnerte sie sich, dass sie auf einer Abendgesellschaft ihrer Mutter von einer Weiblichen Kriminalpolizei gehört hatte, die vor einigen Monaten ins Stadthaus eingezogen sein sollte. Ein Skandal, den man aber dulden müsse, weil einflussreiche Männer, deren Namen Paula nichts sagten, sich für diese neue Abteilung eingesetzt hätten. Das mussten sie sein, die mutigen Kriminalinspektorinnen, die sich gegen das Verbrechen stellten.

Es gab Momente, die nach Entscheidungen verlangten. Paula angelte sich ein Formular vom Schreibmaschinentisch der Polizistin, schnappte sich einen Bleistift und begann, auf die leere Rückseite zu zeichnen. Die Handarbeitslehrerinnen am Lyzeum hatten sich stets über ihre zwei linken Hände beklagt. Häkeln, stricken, sticken, das kriegte Paula nicht hin. Hatte sie auch keine Lust zu. Aber wenn man ihr einen Stift in die Hände drückte, war sie in ihrem Element.

Mit entschiedenen Strichen warf sie die Konturen der eifersüchtigen Heilsarmeesoldatin auf das Papier. Sie hielt kurz inne, um sich die Form der Lippen in Erinnerung zu rufen, setzte die mandelförmigen Augen ein, dann folgten mit zarten Strichen die Wangenkonturen … ein kleines Muttermal seitlich des linken Ohres war ihr aufgefallen … die Haare …

Als Paula fertig war, schob sie das Blatt über den Schreibtisch. Die Frau im Kostüm nahm es entgegen. Sie zog die Augenbrauen zusammen und reichte das Papier an die Kollegin mit dem Schlips weiter.

Diese stieß einen leisen Pfiff aus. «Ist das die Frau, über die Sie sich beschweren wollen?» Ihre Stimme war dunkel und kühl.

Paula nickte.

«Wie heißt sie denn?»

«Weiß ich nicht. Ich habe sie nur zweimal kurz gesehen. Einmal im *Fiasko*, das ist …» Gut, das brauchte sie wohl nicht zu erklären. Sicher kannten die Kämpferinnen gegen das Verbrechen sich auf St. Pauli aus. «Sie hat dort in einer Uniform der Heilsarmee Geld gesammelt. Später wurde ich Zeugin, wie sie eine Kellerkneipe aufsuchte, in der sie vorhin auch festgenommen wurde. Die Frau sammelt garantiert nicht im Auftrag der Heilsarmee. Sie ist eine Betrügerin.» Paula schnappte sich ein zweites Blatt. Auch den widerlichen Galan der Frau bannte sie aufs Papier. «Ich vermute, dass sie für diesen Mann tätig ist.»

Die Frauen starrten auf die Zeichnung.

«Erich Stöver und seine Gerlinde. Sieh einer an!», murmelte die ältere der beiden, die offenbar den höheren Rang bekleidete. «Und was treibt Sie dazu, die beiden anzuschwärzen?»

«Ist das nicht Bürgerpflicht?»

«Eine Bürgerpflicht, die Sie …», ein Blick auf die Wanduhr über der Tür, «nachts um halb eins ins Polizeipräsidium treibt?»

Im Flur war es still geworden. Es schien auch niemand nach Paula zu suchen. Sehr gut. Wenn man sie hier aus dem Zimmer warf, konnte sie mit ein bisschen Glück das Stadthaus unbehelligt verlassen.

Die Frau mit der Krawatte deutete auf Paulas Gesicht. «Unangenehme Begegnung gehabt?»

Paulas tastete nach ihrer Wange und spürte eine Schürfwunde. «Kann man so sagen», entgegnete sie wortkarg. Ihre Hoffnung sank wieder.

«Dann waren Sie möglicherweise Teil der kleinen Gesellschaft, die gerade von unseren Kollegen mit einem Bett für die Nacht versorgt wird?»

Paula begann zu ahnen, dass man in diesem Gebäude, wo das Aufdecken von Lügen zum Tagesgeschäft gehörte, durch die Wahrheit am ehesten überzeugen konnte. Also schilderte sie, wie sie mit Walter im *Fiasko* gewesen war, wie sie das Lokal ohne ihn verlassen hatte und dann in dieses …

«Razzia», erläuterte die Frau hinterm Schreibtisch. «Man nennt es Razzia.»

Wie sie also in diese Razzia geraten und anschließend hier gelandet war. Sie ließ auch Erichs widerliche Küsse nicht aus.

«Und nun wollen Sie, dass wir ihn und Gerlinde drankriegen.»

Paula stutzte. War daran etwas verkehrt? Es hörte sich so an, auch in ihren eigenen Ohren. Ein wohlhabendes Mädchen will einer armen Göre, die sich mit ein paar Tricks durchs Leben schlägt, das Wasser abgraben.

«Die beiden sind mir ziemlich egal», brach es aus ihr heraus. «Ich habe aber keine Lust, die Nacht in einer Zelle zu verbringen, darum stehe ich hier. Das Zuhören liegt Ihren Kollegen leider nicht besonders. Außerdem …» Ihr Blick wanderte zu dem Schreibtisch in der Ecke. Dann sagte sie etwas, das sie selbst wohl am meisten überraschte: «Ich bin Sekretärin. Ich arbeite in der Bootsmanufaktur Borgmeister, drüben am Schaarsteinweg, schon seit zwei Jahren. Ich kann telefonieren, organisieren, stenographieren, tippen … Alles also, was man von einer guten Kraft erwartet.» Sie gab sich einen Ruck. «Kann es sein, dass hier gerade eine Stelle frei geworden ist?»

Die Frau hinter dem Schreibtisch brach erneut in Gelächter aus.

2. KAPITEL

MITTWOCH, 10. APRIL

Schweißgebadet grub Waldemar Moor sich aus seinen Kissen. Albträume waren sein Fluch, immer schon gewesen. Gewöhnlich trieften sie von Gewalt, es wurde darin gedroschen, gestochen und gewürgt, was das Zeug hielt. Aber das Schlimmste war das hassenswerte Kreischen der Weiber! Sein Kopf dröhnte davon, auch jetzt. Teufel noch mal, wo hatten die bloß ihre Stimmen her!

Stöhnend kam er auf die Füße und torkelte zu der Waschschüssel mit dem blauen Porzellanrand. Er hatte sie vor dem Schlafengehen mit kaltem Wasser gefüllt, das tat er immer. Hastig schaufelte er sich das kühle Nass ins Gesicht. Raus mit dem Dreck aus seinem Kopf! Er schöpfte mit beiden Händen, das Wasser lief ihm Brust und Bauch hinab und sammelte sich um seine nackten Füße. Die Stimme, die in seinem Schädel tönte, wurde leiser, aber ganz verstummen …

Abrupt hob Moor den Kopf und starrte auf sein Spiegelbild in dem silbernen Rahmen. Nee, er hatte gar nicht von Weibern geträumt, ging ihm plötzlich auf. Sondern von Jonny. Der kleine Jonny war durch seinen Traum gegeistert. Ihm hatte auch diese schrille Stimme gehört. Moors Mund wurde trocken, als blitzartig die Erinnerung zurückkehrte. Sein

Jonny war ins Hafenbecken gefallen, er zappelte im Wasser, er schrie und gurgelte …

Das wäre ja auch fast mal wirklich passiert. Jonnys Mutter, das Dreckstück, hatte nicht richtig auf ihn aufgepasst. Die ließ ihn einfach am Elbe-Kai laufen. Hundert Schritte voraus, was ihr jede Chance nahm, ihn zu retten, wenn er über die Kante zu fallen drohte – wobei sie ohnehin nicht schwimmen konnte. Moor hatte das Ganze zufällig bemerkt, als er die breite Treppe zu den Landungsbrücken hinabstieg, auf der Suche nach den beiden. «Zwei Jahre! Der ist zu lütt», hatte er hinuntergebrüllt. Wie konnte sie den kleinen Bengel einfach …

Als Moor sich umdrehte, prallte er gegen die Tür seines Kleiderschranks. Das brachte ihn zur Besinnung. Die Annemie war weg, dafür hatte er ja gesorgt, gleich nach dem dämlichen Hafenspaziergang. Jetzt hütete Edith seinen Sohn. Auf die konnte er sich verlassen, sie war zuverlässig wie der Sonnenaufgang. Er hatte mit ihr eine Art Vertrag geschlossen. Dafür, dass sie tagsüber auf Jonny aufpasste, musste sie abends erst gegen zehn zum Busenwackeln auf die Bühne, und danach brauchte sie auch keinen Kunden mehr anzunehmen. Das waren ihre Bedingungen gewesen, und ihm war's die Sache wert. Sein kleiner Sohn war wie ein Stück von seinem Herzen.

Moor ging über den Flur zu dem Badezimmer, das er sich vor Jahren geleistet hatte. Damals war sein Laden noch gut gelaufen. Direkt nach Kriegsende waren die Deutschen wie besessen davon gewesen, ein Stückchen Glück zu ergattern, und sei's nur für ein paar Stunden in einem Puff. Sogar die Kriegsversehrten hatten ihm die Bude eingerannt, und er hatte eigens einige Zimmer für sie herrichten lassen, mit besonders hohen Betten. Das *Tingeltangel* war berühmt geworden für das Gespür der Mädels, wie man sich von einem Krüppel rannehmen ließ. Aber dann war die Inflation gekommen, die Aktien, die er sich gekauft hatte, waren ihr Papier nicht mehr wert gewesen, und inzwischen kniff es an allen Enden. Der Dreckskerl von der Bank, bei der er ein Darlehen für das *Tingeltangel* laufen hatte, rückte ihm fast wöchentlich auf die Pelle.

Moor verscheuchte die unangenehmen Gedanken. Er erledigte sein Geschäft, kehrte in sein Zimmer zurück und begann, sich anzukleiden. Im Spiegel fiel ihm ein Kratzer unter seinem linken Auge auf. Wann hatte er sich den denn eingefangen? Er hatte keinen blassen Schimmer. Zu viel gesoffen, dachte er müde und fuhr sich über den schwarzen Schnurrbart. Das war in letzter Zeit sein Dilemma. Sobald es sich anbot, griff er zur Flasche. Er musste aufpassen.

Der Chef des *Kleingartenvereins Immergrün* hatte ihm das letztens auch unter die Nase gerieben. «Wenn du so weitersäufst, bist du für uns nicht mehr zuverlässig genug. Ich sag's dir im Guten.»

Solche Sätze stellten, auch wenn sie dreimal im Guten gesagt wurden, eine Drohung dar, darüber war Moor sich im Klaren. Das *Immergrün* war einer der mächtigsten Hamburger Ringvereine. Es mischte im Drogenhandel mit und bestimmte, wer an welchen Stellen die Puffkunden abgreifen durfte. Es war für seinen Laden überlebenswichtig, dass er dort Mitglied war.

Er zog sich die Hose über den Hintern und die Hosenträger auf die Schultern. Dann griff er zum Jackett, denn er legte Wert darauf, gut gekleidet zu sein. Gehörte zum Renommee und machte ihm außerdem Spaß. Als er zur letzten Musterung vor den Spiegel trat, fiel ihm wieder der Kratzer auf. Solche Verletzungen stammten von Frauen. Männer verpassten einander ein blaues Auge oder brachen die Nase. Ein paar besonders Harte stießen auch die Finger in die Augen. Aber kratzen … Moor durchwühlte sein Gedächtnis. Vergebens. Der Suff hatte die verdammten letzten Stunden wegradiert. Er musste sich wirklich zusammenreißen.

Mürrisch trat er in den Flur und stieg die Treppen hinab. Als sein Blick auf die mit Goldfarbe bemalten Wandleuchter fiel, die er entlang der Treppenstufen angebracht hatte, gestattete er sich trotz seines teuflischen Kopfwehs ein Lächeln. Annemie hatte die gekauft, als sie noch lebte, und sie hatte auch die Holzgeländer goldgelb streichen lassen. Sah gediegen aus, da hatte sie ein Händchen für gehabt.

Das kurze Glücksgefühl erlosch jedoch, als Moor die Bar betrat. Fredi war dabei, die Tische abzuwischen. Er hatte das Grammophon angestellt und tänzelte mit seinem nassen Lappen rum wie … wie eine Klosettfliege, dachte Moor, und ihn packte der übliche Groll, wenn es um seinen älteren Sohn ging. Der Trottel machte ihn rasend. Er war zwölf Jahre alt, benahm sich aber wie ein Kleinkind. Mit ein paar raschen Schritten war Moor bei ihm und knallte ihm eine. Fredi stolperte, in seinen Augen flackerte es kurz, aber dann riss er sich zusammen und begann, wie ein Verrückter zu wischen. Sogar zum Aufmucken fehlte ihm der Mumm. Gut, dass Jonny aus anderem Holz geschnitzt war!

«Wo steckt der Kleine?»

«Der ist doch mit Edith raus», flüsterte Fredi.

«Hm!» Moor warf einen Blick auf seine Taschenuhr. Halb sieben. Gegen acht kamen die ersten Gäste. «In einer Stunde blitzt es hier. Ist das klar?» Er hieb eine Faust auf den Tresen. «Was hab ich gesagt?»

«In einer Stunde blitzt es», echote Fredi und schrubbte wie besessen über das Holz.

Moor nickte brummend. Er schielte zu der verspiegelten Wand der Bar, von wo ihn die Ginflaschen verheißungsvoll anblitzten, aber der Jonny ging vor. Was, wenn er sich im Zoo verlaufen hatte?

Im Zoo?

Na, endlich blitzte mal was Konkretes in seinem zugekleisterten Schädel auf. Edith hatte mit dem Kleinen zum Zoologischen Garten fahren wollen, genau. Das hatte sie gesagt. Sein Junge war ganz wild auf die Tiere. Besonders die Affen hatten es ihm angetan. Natürlich auch das Raubtiergehege, aber bei den Affen quiekte er immer vor Vergnügen. Moor beschloss, eine Spritztour zu machen. Sein roter Quadrilette parkte an der Straße. Die Karre hatte er sich trotz seiner Geldnöte im vergangenen Herbst geleistet. Irgendwann musste man sich schließlich auch mal was gönnen. Vorsichtig wegen der Kopfschmerzen, schob er sich hinters Steuer.

Die Strecke zum Zoologischen Garten war kurz, er lag direkt beim Dammtor-Bahnhof, gegenüber vom Botanischen Garten. Als Moor das Auto parkte, sah er, dass die Leute bereits aus dem Haupteingang strömten. Das Kassenhäuschen war leer, aber einer der Zoowärter, der daneben die Stellung hielt, rief ihm etwas zu, wahrscheinlich, dass keine Besucher mehr reindürften. Moor achtete nicht darauf. Hastig eilte er an den Hirschgehegen vorbei. In der Raubvogelvoliere krakeelten die Habichte und Falken. Eine Frau keifte ihre Kinder an, die sich nicht zum Ausgang zerren lassen wollten. Los, rüber zum Affenhaus.

Als Moor das Gebäude mit den geräumigen Käfiganlagen betrat, schlug ihm der typische Tiergeruch entgegen. Er lief durch die Gänge und rief nach Jonny. Keine Antwort. Stattdessen tauchte ein weiterer Zoowärter auf und forderte ihn auf, sich zum Ausgang zu begeben.

Moor stand wieder im Freien – und kam sich plötzlich wie ein Idiot vor. Hatte Edith wirklich mit seinem Jungen hierhergewollt? Er begann, an seiner Erinnerung zu zweifeln. Er hatte ja gar keine. Gereizt rieb er mit den Fingerkuppen über die immer noch schmerzenden Schläfen.

Die Wärter wurden rabiat, sie wollten in den Feierabend und trieben die Bummler Richtung Tor. Aber Moor, der es hasste, wenn man ihm Vorschriften machte, bog hinter dem Affenhaus auf einen Nebenweg ab und strebte in die entgegengesetzte Richtung, wo es noch einen weiteren, kleineren Ausgang gab. Was natürlich blödsinnig war. Wenn Edith und Jonny den Zoo besucht hatten, hätten sie das große Tor genommen, weil sich dort die Haltestelle der Tram befand. Trotzdem ging er weiter, vorbei am Konzertplatz und dem Elefantengehege, wo ein dicker Idiot gereizt zum Ausgang deutete. Als er den Bürgersteig der Rentzelstraße erreichte, blieb er stehen. Warum, verfluchte Scheiße, war er nur so nervös? Das passte doch gar nicht zu ihm.

Moor trottete unter den Kastanien entlang und bog in die Jungiusstraße ab. Hier lag, dem Zoo gegenüber, der alte Friedhof, den sie vor knapp zwanzig Jahren geschlossen hatten, weil er die Toten nicht mehr fasste. Er schritt an der Außermauer entlang, bis er ein flaches Gebäude mit einem gewölbten Eingangstor unter einer Kuppel erreichte. Unruhig blieb er stehen. Er war hier mal mit Edith und Jonny zusammen reingegangen. Dunkel erinnerte er sich an eine Kapelle mit zwei Ausgängen rechts und links, die auf den eigentlichen Friedhof führten. Edith hatte sie zu einem Grab geführt, in dem ihr einziges Kind bestattet worden war, das sie in jungen Jahren geboren und kurz nach der Geburt wieder verloren hatte. Jonny war in Tränen ausgebrochen, als er begriff, dass man in der grauen Erde ein Baby eingebuddelt hatte, und Moor hatte Edith angeblafft, dass sie sein Bengelchen nicht mit traurigen Geschichten verstören solle.

Mit einem Mal begann sein Herz zu wummern. Was, wenn Edith den Jonny erneut auf den Friedhof mitgeschleift hatte? Weiber schossen doch immer quer. Die hielten sich an keine Regeln, wenn man sie nicht Auge behielt. Von seiner Unruhe getrieben, öffnete er das Tor. In dem kreisrunden Andachtsraum hatten es sich die Obdachlosen aus der Stadt gemütlich gemacht. An den Wänden lagen Strohsäcke und in den Ecken Lumpen. Doch noch waren die Herumtreiber nicht zurückgekehrt. Die bettelten in den Hauptstraßen, bis die Sonne unterging.

Er durchquerte den Raum und verließ ihn durch eines der Seitentore. Langsam schritt er den Hauptweg entlang, der von alten Bäumen gesäumt wurde. Die Gräber – fast alle voller Unkraut – reihten sich aneinander. Einzelgräber, Sammelgräber, Gruften. Auf einem moosbesetzten weißen Gefäß entzifferte er den Schriftzug *Gertrudenvase* – was auch immer das bedeuten mochte. Es dämmerte bereits. Der Anblick der Gräber schlug ihm aufs Gemüt. Was tat er hier eigentlich? Er sollte nach Hause fahren. Sicher wartete sein Junge dort bereits auf ihn. Und doch konnte er sich nicht losreißen. Eine Angst, die er selbst nicht begriff, trieb ihn weiter.

«Jonny?»

Hörte er ein leises Weinen? Oder war das Einbildung? Moor blickte zu einer zweiten, kleineren Kapelle, die sich seitlich an eine der Friedhofsmauern schmiegte. Kam das Geräusch von dort? Jedenfalls stand die Tür einen Spalt weit offen. Zögernd ging er auf das verfallende Gemäuer zu und zog die Tür ganz auf. Im Dachgebälk fehlten etliche Ziegel, sodass die verblassende Abendsonne helle Flecken in den Raum warf. Rechts von der Tür entdeckte er den ehemaligen Altar. Dahinter erhob sich eine überlebensgroße Figur aus Pappmaché. Sie stellte einen schwarzen Mann mit einem kriegerisch ausgestreckten Arm dar. Doch sein Blick wurde sofort abgelenkt und von etwas Weißlichem angezogen, das vor dem Altar lag. Eine … Gott, da lag eine nackte Frau.

Er trat näher und stierte entsetzt auf ihren Leib, in dem von der Brust bis zur Scham ein langer, blutiger Schnitt klaffte. Blut bedeckte den Fliesenboden, auf dem sie lag. Er blickte in ihr Gesicht. Und hörte jemanden schreien.

Sich selbst.

Außer sich vor Angst brüllte er Jonnys Namen.

3. KAPITEL

MITTWOCH, 10. APRIL

Dann erfolgte die Diagnose nach Angaben der Verhörten durch eine von ihr vorgenommene Untersuchung der Nackenhaare. Minna Engholm zeigte eine Lupe vor (etwa anderthalbfache Vergrößerung), die sie zur Betrachtung der Haare verwendete und mit deren Hilfe es ihr angeblich möglich gewesen sein soll …

Paula unterdrückte ein Gähnen. Ihr Blick ging zur Uhr über der Tür. Schon fast neun. Sie hatte seit vier Stunden Feierabend. Aber die Abschrift des Verhörs musste noch fertig werden, das Gericht wollte die Seiten morgen früh vorliegen haben. Und würde sie auch bekommen. Paula war ehrgeizig, alles, was in ihren Händen lag, sollte glatt laufen.

Josefine Erkens, die Leiterin der Weiblichen Kriminalpolizei, hatte sie tatsächlich eingestellt, nachdem Paulas Vorgängerin – der Name M. Fleischmann prangte noch auf einer hölzernen Kiste mit Farbbändern – am Abend der fliegenden Kladde gekündigt hatte. «Persönliche Zimperlichkeiten», hatte Frau Erkens schmallippig erklärt, als Paula vorsichtig nach der Ursache der Kündigung fragte. Und sie selbst für den nächsten Tag zu einem Vorstellungsgespräch einbestellt. Paula hatte ein Diktat mitstenographieren und es unter den kritischen Blicken der Kriminaloberinspektorin und der Krawattenmadame abtippen müssen. Da war sie schnell und routiniert gewesen. Kein Problem.

Außerdem hatte man weitere Zeichnungen von ihr verlangt. Josefine Erkens hatte sie einen ganzen Tag lang in ihrem Büro sitzen und von jeder Person, die den Raum betrat, eine Bleistiftskizze machen lassen. Nach vielen kritischen Blicken war die Entscheidung gefallen. «Wir nehmen Sie. Sie werden für die WKP als Sekretärin arbeiten – und so etwas wie unsere Kamera sein.»

Besaßen sie denn keine? Egal, Paula fragte nicht weiter nach. Hauptsache, sie konnte das langweilige Borgmeister-Büro gegen das brodelnde Leben im Kriminalkommissariat tauschen. Was für ein unfassbares Glück! Ein Glück, das auch jetzt, nach drei Monaten, noch anhielt.

Inzwischen hatte sie übrigens herausgefunden, dass sich auf dem Dachboden ein komplettes Atelier befand. Ein Polizeifotograf nahm dort Fotos von Verdächtigen und überführten Straftätern auf, und zwar immer nach demselben Schema: eins von vorn, eins von jeder Seite. Anschließend wurden auf derselben Etage die Fingerabdrücke abgenommen, besondere Auffälligkeiten notiert und alles Wissenswerte inklusive der bereits begangenen Straftaten auf Karteikarten niedergeschrieben. Die Schränke, in denen diese Karteikarten aufbewahrt wurden, standen in Reihen hintereinander quer in der rechten Hälfte eines riesigen Raums. In der anderen Hälfte des Raums saßen ein halbes Dutzend Frauen, die von morgens bis abends die Karten durchgingen, um aktuelle Verbrechen mit früheren zu vergleichen und Verdächtige herauszufiltern.

«Und das funktioniert blendend», hatte Alice Dornapfel, eine der Kriminalassistentinnen der WKP, erklärt. Sie hatte Paula in der vergangenen Woche einen Blick ins Atelier werfen lassen. «Dich hat Frau Erkens auch nicht wegen deiner Fertigkeiten an der Schreibmaschine eingestellt – es ist einfach gut, wenn sich jemand die Gesichter von Zeugen und anderen Besuchern merken und brauchbare Skizzen anfertigen kann.»

Paula gähnte. Sie starrte auf das Blatt, das aus der Mercedes-Elektra ragte. Ihre Augen brannten. Aber jetzt nicht weiter trödeln. Die letzten Sätze in die Tasten hauen und dann endlich nach Hause und ins Bett!

… möglich gewesen sein soll, zahlreiche Krankheiten zu erkennen und zu behandeln. Außerdem benutze sie Sympathie zum Kurieren vor allem der inneren Leiden ihrer Patientin … tippte sie. Sympathie! Diese Frau war wirklich meschugge. Eine Lupe und Sympathie! Aber die Kranken, die ihr die Bude einrannten, hatten ja auch nicht alle Tassen im Schrank. *Sie verschreibe zudem Medikamente nach eigener Rezeptur, die ihre Patienten sich aus der Apotheke …*

Draußen im Flur wurden plötzlich Schritte laut. Die Tür flog auf, und Caroline Wagner, die Kommissarin mit der Krawatte, die Paula in ihrer ersten Nacht im Stadthaus kennengelernt hatte, stürmte ins Zimmer. Ihr Gesicht hellte sich auf, als sie sie erblickte. «Na, wenigstens einmal Glück. Los, ich brauche Sie!»

«Wofür?»

«Mord! Auf dem alten Friedhof beim Zoo wurde jemand umgebracht! Und die Tippse, die sonst immer mitkommt, geht nicht ans Telefon.»

Das war noch so etwas, was bei der Kripo aufregend war: Jedem, der dort in bedeutsamer Funktion arbeitete, wurde ein eigenes Telefon gestellt, damit er im Fall des Falles erreichbar war. Ihr selbst leider nicht – ihr Dienst beschränkte sich ja auf die acht Stunden tippen täglich, für die sie eingestellt worden war. Aber jetzt war die Gelegenheit, einmal in eine echte Ermittlung hineinzuschauen. Natürlich würde sie die ergreifen.

Minuten später saßen sie im Auto, einer schäbigen, dunkelgrünen Karre mit Kratzern und Beulen. Sicher der Privatwagen von der Wagner, dachte Paula. Traute man den weiblichen Kommissaren das Steuern eines Dienstautos nicht zu? Oder war es einfach üblich, dass die Beamten gelegentlich ihre eigenen Fahrzeuge benutzten? Paula schluckte die Frage herunter. Nur nicht die eigene Unwissenheit zur Schau stellen.

Ihre Kollegin lenkte den Wagen in rasantem Tempo durch den Tortunnel auf die Stadthaus-Brücke.

Der Friedhof beim Zoo … Paula kannte den Ort nur aus der Zeitung. Gelegentlich wurde darüber berichtet, dass er von Obdachlosen okkupiert worden war. Viele Hamburger empörten sich darüber, andere, besonders die Sozialisten, gönnten den armen Teufeln den regengeschützten Unterschlupf in kalten Nächten. Paula neigte den Sozialisten zu.

Trotz ihres beachtlichen Tempos und der quietschenden Reifen begann Caroline Wagner, Informationen abzuspulen. «Die Männer der A1 sind vor Ort. Ich hab's aus der Zentrale. Sie wollen uns aber todsicher nicht dabeihaben. Nur lassen wir uns dieses Mal nicht abwimmeln. Das vorab. Bei dem Opfer handelt es sich um eine Frau, wir sind also zuständig.»

Die A1 war die Kriminalinspektion für die richtig heiklen Sachen. Mord, schwerer Raub, Erpressung, Vermisstenzentrale … Dass man den Frauen von der WKP nichts zutraute, diese Überzeugung teilte man dort aber wohl mit sämtlichen Kollegen. Paula sah oft genug, wie hinter dem Rücken der Kommissarinnen Augen verdreht wurden.

«Und was machen wir, Frau Wagner, wenn …»

«Sag Caro zu mir.»

Einen Moment verschlug es Paula die Sprache. Sie duzte sich inzwischen mit den meisten Frauen der WKP, aber die Wagner hatte bisher für Distanz gesorgt. Einmal hatte Paula von ihr wissen wollen, wie man Kriminalassistentin wurde. Tippen war ja gut und schön – doch inzwischen wurde sie von einem wahren Fieber erfasst, wenn sie den Spekulationen über die Täter und Hintergründe der Straftaten lauschte. Die Kommissarinnen, die vor allem bei Jugendstraftaten und Fällen von Gewalt gegen Jugendliche, Kinder und Frauen eingesetzt wurden, mussten nicht nur klar kombinieren können, sondern auch brutalen Kerlen kalt in die Augen sehen. Das wollte sie ebenfalls tun, inzwischen mit ganzer Seele. «Die Stellen sind alle besetzt», war die kühle Antwort gewesen.

Geriet diese Mauer gerade ins Wanken? Caroline Wagner, beziehungsweise jetzt: Caro, galt als engste Vertraute von Josefine Erkens. Wenn sie Paula zu einem Mordfall mitnahm und ihr auch noch das Du anbot – konnte man daraus schließen, dass sie und die Erkens ihre informelle Bewerbung doch in Erwägung zogen? Oder ging es tatsächlich nur ums Protokollieren?

«Ich heiße Paula. Was machen wir, wenn die Kollegen sich weigern, uns durchzulassen?»

«Glaubst du, die schmeißen sich auf uns?»

Also einfach durchmarschieren! Paula lächelte.

Minuten später hatten sie den Friedhof erreicht. Caro hielt mit quietschenden Reifen, dann ließ sie den Wagen wieder anrollen. Die Autos der Mordkommission waren direkt aufs Friedhofsgelände gefahren, sie zögerte nicht, es ihnen gleichzutun. Auf dem engen Weg schrammte der Wagen an Grabsteinen und einigen Eisenketten entlang, die die größeren Gemeinschaftsgräber umgaben, bis sie vor einer kleinen Kapelle bremste.

Die Männer der A1 hatten ihre Autos direkt vor dem Eingang geparkt. Auch das sogenannte Mordauto. Es handelte sich dabei um eine Spezialausfertigung – ein geräumiger Wagen mit viel Platz für Kameras, Stative und Kisten voller Technik … Angeblich gab es sogar einen Klapptisch und eine Reiseschreibmaschine darin, für die Sekretärin, die das, was den Kommissaren bei der ersten Tatortbegehung auffiel, direkt in die Maschine tippen musste – die Frau, die Paula heute Abend ersetzen sollte.

Neben dem Mordauto parkten der grüne Opel des Polizeiarztes und zwei schwarze Dienstwagen. Die Scheinwerfer aller Fahrzeuge waren auf die offene Tür der Kapelle gerichtet. Von den Kriminalbeamten selbst war keiner zu sehen, nur ein Schupo hielt neben der Tür Wache.

Als sie ausstiegen, entdeckte Paula ein Stück weit entfernt auch noch einen roten Peugeot, an dem ein Mann mit einer Schiebermütze lehnte.

«Das ist Kalkhoff», murmelte Caro, die ihrem Blick gefolgt war. Kalkhoff war eine präsidiumsbekannte Nervensäge vom *Hamburger Fremdenblatt,* sogar Paula hatte schon von ihm gehört. Angeblich tauchte er sensationsheischend bei jedem Tatort auf. Es wurde gemunkelt, dass er jemanden im Stadthaus bestochen hatte, der ihn informierte, oft genug noch vor den zuständigen Beamten. Ganz schön dreist, wie ungeniert er sich hier herumtrieb.

«Wir werden den Kollegen sagen, dass du das Protokoll schreiben wirst», erinnerte Caro an ihre Strategie.

Paula schnappte sich ihre Handtasche, in der sich ein Stift und ein Block befanden, für den Fall, dass die Sache mit der Reiseschreibmaschine und dem Tisch nicht stimmte. Gemeinsam gingen sie die wenigen Schritte zur Kapelle. Nachtvögel stießen über ihnen in den Baumwipfeln schrille Rufe aus, aus dem baufälligen Gemäuer selbst drangen gedämpfte Stimmen.

An der Eingangstür wurden sie von dem Schupo aufgehalten, der dort eine Zigarette paffte – was ihm umgehend einen Rüffel von Caro einbrachte. «Der Erkennungsdienst wird hier alles aufsammeln, und Kippen besonders gern. Schon davon gehört?», blaffte sie. «Keine falschen Spuren legen, verdammt!»

«Spuren, ja?» Beleidigt trat der Mann seine Fluppe aus und ließ den Stummel unter Caros strengen Blicken in der Hosentasche verschwinden. Nicht gut, dachte Paula. Sie wusste, dass die Schutzpolizisten oft die Ersten am Tatort waren und außerdem nah dran am Volk. Falls dem Mann irgendetwas aufgefallen war, würde er es Caro garantiert nicht mehr auf die Nase binden. Die Kollegin war scharfsinnig, aber sich in Leute hineinzufühlen, lag ihr nicht.

Recht hatte sie aber natürlich trotzdem. Die Polizeiarbeit hatte sich rasant gewandelt, das hatte Paula schon oft von Josefine Erkens gehört. Man ging jetzt, besonders an den Tatorten, methodisch vor. Die Kommissariate besaßen einen eigenen Erkennungsdienst, der nach Fingerabdrücken, Fußspuren und anderen Beweisen suchte und alles genau dokumentierte und aufbewahrte. Später im Kommissariat wurden sämtliche Hinweise – natürlich auch die, die später noch hinzukamen – in Form von Fotos und Pappkarten an große Korktafeln geheftet, und rote Bindfäden zeigten Zusammenhänge auf. Wie bei einem Puzzle versuchten die Kommissare, ihr Wissen zu einem stimmigen Bild zusammenzufügen. Angeblich hatten sie dieses Vorgehen aus Berlin übernommen, wo der Gott der Verbrechensaufklärung namens Ernst Gennat die Polizeiarbeit auf höchstes Niveau gebracht hatte. Leider schienen seine Methoden sich bei der Schutzpolizei noch nicht herumgesprochen zu haben.

Sie wollten weiter, aber jetzt stellte sich ihnen der Mann mit der Schiebermütze und einem anbiedernden Grinsen in den Weg. Der Journalist versuchte es mit Charme. «Hab gehört, jemand hat hier eine Frau aufgeschnitten? Mann, tut einem das leid. Was genau ist denn …»

«Verschwinden Sie, Kalkhoff. Sie stören!», schnauzte Caro.

Mit einer übertriebenen Verneigung gab der Mann den Weg frei.

Da der Kapelle Teile des Dachs fehlten, leuchtete der Mond in das Gemäuer. Die Autoscheinwerfer taten ein Übriges, den Tatort zu erhellen. Paula fiel als Erstes ein Klapptisch auf, der sich an der Seite des Raums befand und mit einem Sammelsurium aus Pinseln, Pinzetten, Zollstöcken und Handschuhen bedeckt war.

Die Techniker fotografierten und leuchteten Ecken aus, die Kommissare hielten Abstand, um keine eigenen Spuren zu fabrizieren. Dr. Schuppe, der Polizeiarzt, kniete hinter dem Tisch auf dem Boden. Paula wurde von jemandem angerempelt und beiseite gedrängt – es war einer der Kommissare, sie kannte sein Gesicht, aber nicht den Namen. Caro war längst auf einen der männlichen Kollegen zugetreten und stellte Fragen.

Während Paula wartete, dass jemand sie zum Protokollieren rief, fiel ihr eine mannshohe Pappfigur auf, die hinter dem Altar stand und einen Afrikaner darstellte. Vermutlich stammte das Ding aus dem Zoo gegenüber, wo es als Werbung für eine der beliebten Völkerschauen gedient hatte. Da die Techniker dort offenbar schon durch waren, umrundete sie den Altar und stellte sich neben die Figur. Dabei gelang es ihr, einen Blick auf die Leiche zu werfen.

Sie musste schlucken. Der Mörder hatte seinem Opfer das Kleid bis zur Brust hochgeschoben. Alles, was nicht unter dem Kranz aus Stoff lag, war nackt. Und nicht nur das: Jemand hatte die Frau von der Scham über den Bauchnabel bis zur Brust aufgeschnitten. Haut und Fleisch klafften breit auseinander. In einer blutverschmierten Metallkiste neben dem Leichnam, die wohl vom Erkennungsdienst stammte, lagen Fleischteile. Organe, dachte Paula. Der Dreckskerl hatte die arme Frau wie ein Schlachtschwein ausgeweidet. Offenbar hatte er ihr die Eingeweide wie eine breite Kette um den Hals gelegt – davon zeugte der blutdurchtränkte Stoff ihres Blusenkragens. Auch die linke Ohrmuschel hatte er ihr abgetrennt.

Paula kämpfte gegen den Brechreiz an und wollte sich gerade abwenden, da spürte sie Schuppes Blick auf sich. Der Arzt hatte sich erhoben und zog mit einem spöttischen Lächeln seine Handschuhe aus. Sie riss sich zusammen und zückte scheinbar unbeeindruckt Block und Bleistift.

Am Tatort gab es eine geordnete Abfolge, nach der vorgegangen wurde. Auch das hatte Alice ihr verraten. Paula hatte sie sich gemerkt.

Zum Ersten: *Allgemeiner Überblick*. Dieser Punkt war bereits erledigt.

Im zweiten Schritt wurden alle vorhandenen Spuren mit Hilfe kleiner nummerierter Dreiecke kenntlich gemacht. Das war ebenfalls geschehen. Viel hatte man aber wohl nicht gefunden, denn Paula entdeckte nur eine Handvoll der gelben Dinger auf dem Boden.

Drittens …

Paula wurde durch Caro abgelenkt, die immer noch mit dem leitenden Kommissar sprach, wobei der Mann jetzt lauter wurde und zunehmend gereizt wirkte. Martin Broder, sie erinnerte sich an den Namen. Ein Mann um die dreißig, dunkle Augen, dunkle Haare, Anflüge von Geheimratsecken, äußerlich ruhig, doch in seinen Mundwinkeln saß … ja was? Zorn? Überdruss? Bitterkeit?

«Bin fertig», rief einer der Spurensicherer quer durch die Kapelle. «Ihr könnt jetzt die Bilder machen.»

Genau, Fotografieren – das war Schritt drei der vorgeschriebenen Abfolge.

Sein Kollege hatte die Kamera schon auf das Holzstativ montiert. Eine *Ernostar*. Paulas Vater hatte genau so ein Modell. Man konnte damit auch unter widrigsten Lichtverhältnissen brauchbare Fotos schießen. Kurz darauf erhellte das erste Blitzlicht die Kapelle.

Caro umrundete den Altar und gesellte sich zu Paula. «Ist eine echte Sauerei», murmelte sie und starrte auf die Tote. Dann rief sie in Broders Richtung: «Ich bilde mir ein, dass ich sie kenne. Aber ich kann mich nicht erinnern, wo oder wann ich sie gesehen habe. Muss eine Weile her sein. Wahrscheinlich kommt sie aus dem Milieu.»

Aha. Paula legte den Block auf dem Altar ab und begann mit ihren Notizen.

Ein weiteres Blitzlicht leuchtete auf.

«Vielleicht ein Verbrechen aus Leidenschaft?», mutmaßte einer der Kommissare, ein rundlicher Typ mit Schirmmütze.

«Die wurde seziert, Volker», widersprach Dr. Schuppe müde. «Wenn's um Leidenschaft geht, stichst du zu. Oder schlägst drauf. Aber das da drüben … Die Frau wurde regelrecht ausgeweidet. Systematisch, kalt.»

Das war wichtig. Paulas Stift flitzte übers Papier. Noch ein Blitzlicht und noch eines. Dann wurde eine Leiter über der Toten aufgestellt, damit man sie auch von oben ablichten konnte.

«Hat jemand etwas gefunden, das als Tatwaffe gedient haben könnte?», fragte Broder.

Niemand antwortete. Offenbar also nicht. Er wandte sich an Schuppe. «Glaubst du, sie ist schon tot gewesen, als der Täter …?» Er fuhr mit der Hand über seinen Hals.

«Ihr wurde die Kehle durchtrennt, tja, aber welche Verletzung zuerst da war … Ich muss sie auf meinem Tisch liegen haben.»

«Das war einer von auswärts», orakelte Schmidtke, ein älterer Kommissar, den Alice Paula einmal vorgestellt hatte, weil er früher bei der Sitte gearbeitet hatte und man sich deshalb kannte.

«Warum?», fragte Broder.

«Ist 'n Gefühl.»

«Sie werden nicht für Gefühle, sondern fürs Denken bezahlt!» Der Anpfiff kam nicht von Broder, sondern von einem Mann, der unvermittelt durch den Kappelleneingang getreten war. Es war Dr. Schlanbusch, der stellvertretende Polizeipräsident und direkte Vorgesetzte der Mordinspektion.

Die Gespräche verstummten, einige der Männer nahmen Haltung an, Broder trat zu seinem Vorgesetzten. Paula stenographierte mit, was er zu berichten hatte.

«Die Tote wurde von einem Schupo aufgefunden, Wilhelm Kröger. Der Mann war zufällig in der Nähe und hat jemanden schreien hören. Er ist durchs Tor, und auf dem Weg kam ihm jemand entgegen. Der Fremde hat auf die Kapelle gedeutet und ist weitergelaufen, bevor Kröger ihn aufhalten konnte. Als unser Mann die Tote entdeckt hat, ist er zur Telefonzelle beim Zoo gerannt, um Meldung zu machen.»

Paulas Stift flitzte übers Papier. Hoffentlich war das nachher alles lesbar. Sie hörte Schlanbusch unzufrieden knurren.

Kein Wunder. Wer ließ einen Zeugen einfach abhauen? Broder bekam dafür einen Anschiss, den er gleichmütig hinnahm. Schlanbusch stolzierte an seinem Kommissar vorbei zu der Toten, und Broder wandte sich wieder an seine Leute.

«Hört zu, wir brechen hier ab. Schuppe, du lässt die Leiche zur Obduktion ins Hafenkrankenhaus bringen. Der Erkennungsdienst kehrt morgen früh noch einmal zurück, sobald es hell geworden ist. Nicht, dass wir etwas übersehen. Schmidtke, du sorgst dafür …»

Schlanbusch hatte die Leiche nur kurz angestarrt und sich dann angewidert abgewandt. Nun kehrte er ins Freie zurück. Vielleicht war ihm ebenfalls schlecht geworden.

«Also, Schmidtke, du sorgst dafür, dass der Tatort abgesperrt und bewacht wird», fuhr Broder fort. «Ja, ruf im Präsidium an, dass sie jemanden schicken. Vielleicht kann auch der Schupo draußen das übernehmen.» Er warf einen Blick durch das halb zerstörte Dach. «Na, regnen wird es wohl nicht. Morgen früh um sieben seid ihr alle wieder hier. Hat noch jemand eine Frage?»

Allgemeines Kopfschütteln und ein letztes Aufblitzen der Kamera. Dann wurde zusammengepackt. Die Männer vom Erkennungsdienst hoben den Leichnam auf eine Bahre. Der Arzt bedeckte ihn mit einem Tuch, und Paula folgte den Männern an die frische Nachtluft. Erst mal durchatmen. Stumm sah sie zu, wie die Bahre in den Leichenwagen geschoben wurde. Einer der Kommissare entfernte sich ein Stück, vermutlich, um sich zu übergeben.

Paula vernahm ein höhnisches Schnaufen. Der Schupo blickte dem Mann ebenfalls nach. *So sind sie, die Aktenschnüffler. Keine Ahnung, wie es in der Welt des Verbrechens wirklich zugeht*, sagte sein Blick.

Paula zögerte, dann gesellte sie sich zu ihm. «Böse Sache,

was?», murmelte sie und schlang die Arme um ihren Oberkörper, als ob sie fröre.

«So ist die Welt.»

«Ich weiß, aber … Die arme Frau. Ich glaube nicht, dass ich das Bild jemals aus dem Kopf kriege.»

«Dann sollten Sie sich nicht zu so einem Einsatz melden, Fräulein.»

«Das habe ich ja nicht freiwillig gemacht. Die andere Sekretärin war nicht zu erreichen, und da musste ich eben mit, zum Tippen.»

«Was muss denn getippt werden, wenn eine totgemacht wurde? Augen auf, und dann sieht man schon, was los ist.»

«Im Ernst?» Paula heuchelte Bewunderung, und der Schupo grinste selbstzufrieden.

Broder und Caro kamen aus der Kapelle. Die beiden wurden neben dem Mordauto von Schlanbusch abgefangen und in ein Gespräch verwickelt. Caro sagte etwas, und obwohl Paula nichts verstehen konnte, war sie sicher, dass die Kollegin sich mit Schlanbusch stritt. Das Grinsen des Schupos wurde breiter.

«Da ist einer weggelaufen, hab ich gehört?», lenkte Paula ihn ab. «Glauben Sie, das könnte der Mörder gewesen sein?»

«Ein Mörder, der nach seinem Verbrechen das ganze Viertel zusammenbrüllt? Das hat er nämlich getan, Fräulein! Der brüllte noch, als ich ihm hier auf dem Weg begegnet bin. Und da die Tür zur Kapelle offen stand, hab ich mir schon gedacht, dass drinnen was passiert sein musste.»

«Kennen Sie die Frau?»

Die Frage kam zu rasch, zu direkt, sie klang nach Verhör. Und der Schupo, der es natürlich merkte, ließ sofort das Visier wieder runter.

«Ich stelle mir nämlich vor», fügte Paula schnell hinzu,

«dass vielleicht gerade jetzt jemand auf die Arme wartet. Ein Ehemann, Kinder ... Ich mag mir das gar nicht vorstellen. Wahrscheinlich war sie auf den Friedhof, weil sie ein Grab pflegen wollte, vielleicht das von ihrem Großvater ... Was ist?»

«So eine war das nicht.»

«Wie meinen Sie das?»

«Mensch, Sie wissen nicht viel von der Welt, was? Die Tote war eine Mieze aus dem Kiez.» Er fuhr sich mit der Zunge wie mit einem Lippenstift über Ober- und Unterlippe.

«Ach, Sie meinen, dass sie stark geschminkt war? Das habe ich in der Aufregung gar nicht mitgekriegt.»

«Die Erfahrung macht's, wie in jedem Beruf. Die langen Jahre, in denen du dich durch den Dreck wühlst und den besonderen Blick entwickelst. Zigarettenstummel ... Pah!»

Am Mordauto wurde mittlerweile gestritten. Schlanbusch fuhr Caro an. Paula konnte nicht verstehen, was er sagte, aber die Kommissarin fauchte zurück: «... lasse ich mir nicht bieten!»

Broder sah aus, als hätte er Kopfweh.

Neben Paula seufzte der Schupo resigniert auf. «Mir tat am meisten der Junge leid, den der Kerl bei sich hatte.»

Paula horchte auf. «Da war noch jemand?»

«Wenn man mir nur mal 'n bisschen zuhören würde!»

«Also ... gehörte der Junge vielleicht zu der Frau? Dann wäre ja alles noch viel schlimmer. Dann hätten wir ein entführtes Kind.»

«Nee, so war das nicht. Er hat nämlich Papa zu dem Mann gesagt, der ihn mit sich schleifte.»

In diesem Augenblick drehte Caro sich um und winkte Paula heran.

«Und die beiden, der Kerl und sein Knirps, sind ebenfalls

aus dem Kiez. Das ist jedenfalls meine Meinung. Ich hab da ’nen Blick für.» Es gefiel dem Schupo, Paula durch das Gespräch aufzuhalten. «Wenn ich den Zeugen verhören wollte, Fräulein, würde ich anfangen, die Puffs in St. Pauli nach einem eleganten Mann Mitte dreißig zu durchforsten, der einen Anzug und einen grauen Filzhut trägt. Einen schwarzen Schnurrbart hatte er auch, und der Junge trug einen Matrosenanzug. Ich würde die beiden, wenn man mich fragte, was man ja aber nicht tut, in den feineren Puffs suchen, der Kerl sah nämlich nicht wie ein armer Schlucker aus.» Er nickte. «Nun gehen Sie schon, Fräulein. Die Gewitterziege raunzt einen bestimmt nicht nur an, wenn man friedlich eine raucht.»

«Jedenfalls haben Sie was auf dem Kasten.» Paula erlaubte sich, dem Schupo zum Abschied freundschaftlich die Hand auf den Arm zu legen.

«Lassen Sie sich nicht kleinkriegen von der dahinten!» Kröger grinste.

Caro fuhr sie nach Hause. Paula hätte rasend gern weitergegeben, was Kröger ihr erzählt hatte, aber sie kam nicht zu Wort. Ihre Kollegin kochte vor Wut.

«Ein hysterisches Weibsbild hat Schlanbusch mich genannt. Hysterisch, ja? Ich?» Sie, der Ironischen und immer Beherrschten, kamen Flüche über die Lippen, deren Bedeutung Paula nur erahnen konnte.

«Hör mal, Caro, dieser Schupo …»

«Schlanbusch wollte nie eine WKP. Der denkt, er ist der liebe Gott, und Erzengelinnen passen nicht in sein Weltbild. Den hat sich die Polizei direkt aus dem letzten Jahrhundert …»

Paula versuchte, sich in Erinnerung zu rufen, was Kröger ihr über den Fremden auf dem Friedhof verraten hatte: Anzug, grauer Filzhut, Schnurrbart, kleiner Junge. Mist, sie hatte vergessen, nach dessen Alter zu fragen. Aber er hatte einen Matrosenanzug getragen und den Mann *Papa* genannt. Ach ja, und der war um die dreißig gewesen. «Caro, ich hab, als du drüben bei Schlanbusch warst, mit …»

«… und meine Kleidung passt dem Fienpiss auch nicht. *Weiße Bluse, dunkler Rock, wenn ich bitten darf*», äffte Caro ihren Vorgesetzten nach. «*Ja, Frau Wagner, das ist eine dienstliche Anweisung* … Aber das werden wir erst mal sehen – wer hier wem …»

Was hatte der Mann auf dem Friedhof zu suchen gehabt? Hatte er gebrüllt vor Schreck über das, was er in der Kapelle vorgefunden hatte? Oder weil er die Frau selbst ermordet hatte? Nein, Paula konnte sich nicht vorstellen, dass jemand vor seinem eigenen kleinen Kind solch ein entsetzliches Verbrechen begehen … «Pass auf!»

Ein Fuchs wetzte über die Fahrbahn. Die Kriminalkommissarin trat voll auf die Bremse, und das Auto geriet ins Schlingern. Sie kriegte es wieder in die Spur und fauchte: «Scheißkerl!» Es war nicht ganz klar, ob sie das Tier oder ihren Vorgesetzten meinte.

Sie hatten die Parkallee erreicht. «Langsamer, da drüben wohne ich», sagte Paula.

«Was?» Fast wären sie an der weißen Villa vorbeigerauscht. «Das ist deine Hütte? Im Ernst?»

Ihre Worte klangen irgendwie … verächtlich. Paula langte nach ihrer Tasche und schob sich aus dem Auto. Dann beugte sie sich noch einmal zu Caro hinein. «Gehört nicht mir, sondern meinen Eltern. Und … danke fürs Bringen.» Sie wandte sich zu dem schmiedeeisernen Gartentor und huschte die Steintreppe hinauf, die zwischen den Säulen des Vordachs zur Haustür hinaufführte. Krögers Aussage musste bis morgen warten.

4. KAPITEL

DONNERSTAG, 11. APRIL

Sie hatte verschlafen. Na, großartig. Weder der Wecker noch das Geschirrklappern aus der Küche hatten sie aus dem Schlummer holen können. War alles an ihr vorbeigegangen. Eilig rappelte Paula sich hoch. Die Zeit reichte nur noch für eine Katzenwäsche.

Mutter saß im Speiseraum der sonnigen Villa, ihre Kaffeetasse war bereits leer, sie las im *Hamburger Anzeiger*. Das Brötchen, das ihr die alte Frau Jakobs aus der Küche serviert hatte, war nur zur Hälfte aufgegessen – Amanda Haydorn hielt auf Linie. Und auf Eleganz. Trotz der frühen Stunde trug sie ein glänzendes Seidenkleid, und ihre Haare, die einmal im Monat beim Friseur onduliert wurden, lagen in perfekten Wellen um ihren Kopf. Paula fiel auf, dass sie auch die Lippen bemalt hatte, und zwar mindestens so kräftig wie die Tote vom Friedhof, nur dass die Farbe bei ihr nicht ordinär wirkte – wie auch immer sie das hinbekam.

«Langschläferin.» Mutter schob auf ihre eigene träge Art den Teller mit dem halben Brötchen über den Tisch.

«Ja, Langschläferin – aber eine, die zur Arbeit muss. Warum hast du mich nicht geweckt?»

Mutter überhörte die Frage. Sie hielt nichts von der neumodischen Marotte junger Frauen, einer Arbeit nachzugehen.

Darüber hatten sie schon oft debattiert. Wenn man arm war, war das natürlich etwas anderes. Aber wer in einer Villa lebte, mit einem Vater, dem das Geld aus den Taschen quoll … «Ist das nicht ein bisschen theatralisch?», hatte sie gefragt, als ihre Tochter die Stelle bei Borgmeister antreten wollte.

Paula strich Butter und goldenen Honig auf die Brötchenhälfte und wäre am liebsten sofort wieder aufgebrochen. Aber die Barriere, gemauert aus den Traditionen, die die Familie ihrer Mutter geprägt hatten, war schwer zu überwinden. Also setzte sie sich ordentlich hin, kaute dafür aber doppelt so schnell.

«Ich beneide die Bootsmanufaktur. Was für einen Eifer du an den Tag legst», bemerkte Mutter spitz.

Paula leckte sich den Honig von der Lippe, als ihr das Protokoll für das Gericht einfiel. Verflucht, das hatte sie ganz vergessen! Sie hätte nicht nur pünktlich, sondern eine halbe Stunde früher im Büro sitzen müssen.

«Herr Borgmeister muss ja ein interessanter Mann sein. Ist er jung? Sieht er gut aus?»

«Was?»

«Bitte nicht mit vollem Mund.»

«Ach, der Borgmeister …» Paula stockte. Sie mochte ihre Mutter. Sie bewunderte sie sogar. Amanda Haydorn, eine geborene Oppermann, war aus dem Etepetete-Kreis ihrer alten Hamburger Familie ausgebrochen, um die Liebe ihres Herzens zu heiraten. Harry, anfangs als Hallodri verschrien, hatte es mit seiner Zündholzfabrik zu Wohlstand gebracht. Und trotzdem hatte sich Paulas Mutter nach der Heirat nicht etwa zurückgelehnt und mit ihrer klugen Wahl des Ehemanns geprotzt, sondern angefangen, selbst Geld zu verdienen. Nicht mit schnöder Arbeit, sondern mit Aktien, aber immerhin. Umso mehr hatte es Paula gekränkt, dass die Mutter ihren eigenen Versuch, sich aus den Fesseln der Tradition zu lösen, so kleinredete. Und da sie ahnte, dass eine Stelle bei der Polizei der Mutter noch weniger schmecken würde als die in der Schiffsmanufaktur, hatte sie ihr den Wechsel bisher verschwiegen.

Nun schluckte sie den letzten Bissen hinunter und entschloss sich zu einer schnellen Beichte. Vielleicht würde der Überraschungseffekt Mutters Reaktion abmildern. «Borgmeister ist über siebzig, und ich hab mit ihm auch gar nichts mehr zu tun. Mit dem ganzen Laden nicht … Ich … bin jetzt bei der Polizei. Da ist es spannender, und außerdem ist die Stelle …»

«Du bist *wo*?»

Paula, die schon halb aufgestanden war, hatte Spott erwartet, aber nicht die Abscheu, mit der Mutter sie anstarrte.

«Es ist eine gutbezahlte Stelle. Und interessant. Ich arbeite bei der WKP, der Weiblichen Kriminalpolizei. Also, eigentlich sitze ich den ganzen Tag am Schreibtisch und stenographiere und tippe. Aber ich bin bei Verhören anwesend, das ist aufregend, und heute Nacht …»

«Du kündigst. Auf der Stelle!»

«Wie bitte?»

«Ich erlaube dir solchen Firlefanz nicht. Ich dulde nicht, dass meine Tochter … Kind, das sind … da kommst du doch mit Menschen zusammen, die … Mit dem Abschaum dieser Stadt!»

Ja, und man sah Frauen, die aufgeschlitzt und ausgeweidet worden waren. Und das war wirklich schlimm. Aber ich hab heute Nacht nicht davon geträumt, ging Paula plötzlich auf. Sie hatte tief und fest geschlafen. War das nicht der Beweis, dass sie ihrer Arbeit gewachsen war? Genauso wie Caro? Wie die Männer?

«Ich muss los, Mutter, wir können heute Abend drüber reden. Aber ich sage dir gleich: Ich werde dort weitermachen.»

«Auf gar keinen Fall!»

Paula war schon bei der Haustür. «Heute Abend», rief sie. Und nahm sich vor, erst heimzukommen, wenn auch ihr Vater zu Hause wäre. Der hatte sich aus kleinen Verhältnissen emporgearbeitet und wusste, dass man nicht vom Schlag getroffen wurde, wenn man mit Leuten zusammenkam, die von Tellern ohne Goldrand aßen. Er hatte sich trotz seines Reichtums ein schlichtes, lustiges Herz bewahrt.

Aber ich muss hier weg, dachte sie. Ich muss ausziehen und endlich auf eigenen Füßen stehen.

Als sie gehetzt im Büro von Josefine Erkens ankam, hing der Mantel ihrer Vorgesetzten bereits am Haken. Zum Glück befand sie sich nicht im Zimmer – sie hielt nämlich auf Pünktlichkeit. Paula nahm an, dass sie bei einer Besprechung war.

Ihr Blick fiel auf die Schreibmaschine. Das Tippen des Berichts war wichtig, aber vorher musste sie unbedingt noch loswerden, was der Schupo ihr gesagt hatte. Nach ihrer Einschätzung hatte Kröger sein Wissen über den Zeugen und den kleinen Jungen für sich behalten. Es war ja überdeutlich gewesen, wie er es genoss, die Kripobeamten auflaufen zu lassen. Aber was hatte Josefine Erkens mal gesagt? «Fälle, die nicht innerhalb von achtundvierzig Stunden gelöst werden, versickern.»

Paula ging eine Tür weiter, um mit Caro zu sprechen, doch auch das größere Nachbarbüro, in dem die sechs Kommissarinnen der WKP arbeiteten, war leer. Sollte sie sich auf den Weg zu Broder machen? Nein, das könnte nach Wichtigtuerei aussehen, schlimmstenfalls nach Illoyalität den eigenen Kolleginnen gegenüber. Paula kehrte an ihren Schreibtisch zurück. Sie musste sich gedulden und die Zeit für ihr Protokoll nutzen.

Eine Zeugin namens Radke aus Wilhelmsburg erkrankte im Januar 1927 mitsamt ihren drei Kindern an Botulismus. Der Arzt schickte sie zum Krankenhaus, aber eine Nachbarin machte sie auf Minna Engholm aufmerksam, der sie wegen ihrer Schwäche einige Nackenhaare schickte. Ein paar Tage später verstarb eines ihrer Kinder, ein neunjähriger Junge namens Theobald …

Erst gegen Mittag kehrte Josefine Erkens in Begleitung von Caro Wagner ins Büro zurück. Paula wollte sofort loslegen und berichten, was sie von Kröger gehört hatte. Aber die beiden ließen sie nicht zu Wort kommen. Knapp befahl ihr die Kriminaloberinspektorin: «Kommen Sie mit.»

Paula winkte mit dem Berichtumschlag, in den sie die Abschrift fürs Gericht gesteckt hatte. Sie hatte auch das Protokoll für den Mord auf dem Friedhof schon zu großen Teilen fertig, nur das letzte Blatt klemmte noch in der Schreibmaschine, um die Aussage von Kröger nachzutragen. Bloß schien die gerade niemanden zu interessieren. Die beiden Frauen waren schon wieder zurück auf dem Flur, und Paula beeilte sich, ihnen zu folgen.

Gemeinsam stiegen sie ein Stockwerk höher und betraten das Büro von Dr. Schlanbusch. Hier residierte, für jedermann sichtbar, die Macht. Anstelle von Holzstühlen gab es mehrere elegante, dunkelbraune Sessel, an den Fenstern hingen schwere Gardinen, die Möbel glänzten in Makassar-Ebenholz. In der Mitte des Raums stand ein Schreibtisch, groß wie ein Flugzeuglandeplatz, allerdings befanden sich darauf keine Akten, sondern nur ein goldener Füller und eines dieser hochmodernen Schweizer Telefone, die anstelle des Hörnchens eine Metallsprechmuschel besaßen.

Broder saß übernächtigt in einem Sessel vor dem Fenster,

neben ihm Dr. Schuppe. Ein Mann vom Erkennungsdienst stand bei der Tür, und Schlanbuschs Privatsekretärin, die auf dem einzigen Stuhl im Zimmer Platz genommen hatte, schrieb mit professioneller Miene auf einem Block. Schlanbusch, der ihr diktierte, hob genervt den Kopf. Man war bei der Arbeit. Warum stürmten plötzlich Weiber in den Raum?

«Nicht jetzt!», blaffte er.

«Aber selbstverständlich, *gerade* jetzt», gab Josefine Erkens kühl zurück. «Das Opfer vom Friedhof war eine Frau. Sie kennen die Vorschriften. Wir hätten sofort in die Ermittlungen miteinbezogen werden müssen. Bedauerlich, dass das nicht geschehen ist. Ja, dass man mich nicht einmal informiert hat!»

Donnerwetter! Paula hatte gehört, dass man sich im Präsidium nicht grün war, aber sie hatte nicht erwartet, dass es derart feindselig zuging.

«Wurde das nicht von Ihrer Kommissarin übernommen, die ja offenbar über das Geschehen informiert war?»

Erkens zeigte selten Gefühle, wenn sich Männer im Raum befanden, schon gar nicht. Sie warf Broder einen giftigen Blick zu und meinte frostig: «Kommissarin Wagner hat mir *natürlich* Bericht erstattet, aber darum geht es hier nicht. Ich wünsche die Einhaltung der offiziellen Wege.» Eine peinliche Stille folgte ihren Worten, die sie selbst durchbrach. «Ich würde jetzt gern erfahren, was die Obduktion und die Spurensicherung ergeben haben. Fräulein Haydorn, führen Sie bitte Protokoll!»

Eilig holte sich Paula einen zweiten Stuhl aus dem Vorzimmer und zückte ihren Bleistift. Sie hatte vergessen, einen Block mitzunehmen, also zog sie einen breiten Strich unter das Protokoll, das sie noch immer in Händen hielt. Dann blickte sie Schlanbusch an.

Der stellvertretende Polizeipräsident machte durch eine lässige Handbewegung deutlich, dass Broder den Weibern Rede und Antwort stehen sollte. Sein Kommissar fasste zusammen, was vorgefallen war. Wo und in welchem Zustand sie die Frau aufgefunden hatten. Er berichtete, dass der Erkennungsdienst einmal in der Nacht und ein zweites Mal heute Morgen bei Tageslicht dort gewesen sei und seine Arbeit inzwischen beendet habe. Die Tote befinde sich in der Pathologie. «Alles muss noch ausgewertet werden. Ich lasse Ihnen die Ergebnisse ins Büro bringen», sagte er zu Josefine Erkens. «Der Tatortbericht …» Er blickte zu Paula.

«Ist praktisch fertig.»

Schlanbusch lächelte süffisant. «Was kann man sich unter diesem *praktisch* vorstellen?»

«Es fehlt noch eine Kleinigkeit. Es gibt da etwas, das …» Wie fing sie am besten an? «Also, der Schupo, der durch das Schreien eines Zeugen alarmiert wurde … Ich hatte mich zufällig noch mit ihm unterhalten, und ihm ist offenbar aufgefallen …» Paula hasste sich für ihr Stottern.

«Eine Tippse befragt einen Zeugen?»

«Nein, natürlich nicht. Es ergab sich so.»

Das Schweigen, das diesem Satz folgte, wog schwer. Paula starrte auf ihren Block. Unmöglich, jemanden anzusehen, schon gar nicht Caro. Sie hätte ihr gestern Abend resoluter ins Wort fallen müssen – das wurde ihr in diesem Moment klar. Da niemand sprach, musste sie wohl fortfahren. «Kröger, so heißt der Mann, hat den Zeugen aus der Kapelle laufen sehen, und mit ihm ein kleines Kind.» Nun war es raus. Sie fasste zusammen, was der Schupo ihr anvertraut hatte, auch seine Vermutungen über die Lebensumstände der Toten und des Kindsvaters.

«Wann hatten Sie denn vor, diesen Zeugen zu befragen,

Broder?» Schlanbuschs erster Anpfiff galt seinem Kommissar. Der rührte sich nicht. «Und unser Fräulein Wagner, das, nebenbei bemerkt, offenbar die dienstliche Anweisung in puncto Arbeitskleidung aus den Augen verloren hat, ist auch nicht auf die Idee gekommen, den einzigen Menschen zu befragen, der womöglich etwas hätte aussagen können?»

Paula verwünschte sich. Sie hätte die Klappe halten und später mit Caro und Frau Erkens sprechen sollen.

Schlanbusch schlug mit der flachen Hand auf den Tisch und erhob sich. Er entließ die Anwesenden mit der sarkastischen Bemerkung, dass die Mordinspektion und, ja, bitte auch die WKP, sich zusammenreißen und ihm noch am selben Tag eine saubere und vollständige Zusammenfassung aller Fakten zum Mordfall Friedhof abliefern solle.

Paula hatte erwartet, dass Josefine Erkens sie so umgehend rausschmeißen würde, wie sie sie eingestellt hatte, und wahrscheinlich lag es ihr auch schon auf der Zunge, aber sie beherrschte sich.

«Schreiben Sie das Protokoll zu Ende, Fräulein Haydorn», fauchte sie, als sie zurück im Büro waren. «Ich will darin jedes Wort lesen, das dieser … Wie hieß der Schupo? Kröger? Was er gesagt hat. Und ein bisschen dalli, wenn ich bitten darf.»

Und damit war sie auch schon wieder aus der Tür.

Paula setzte sich an ihre Schreibmaschine. Sie tippte die letzte Seite des Protokolls, auf der sie Broders Aussage mitstenographiert hatte, noch einmal neu und fügte seine und Krögers Ausführungen an.

«Ich hab mich wie eine komplette Idiotin benommen», verdammte sie sich selbst, als gegen Mittag Alice zu ihr ins Büro kam, mit dem Auftrag, das Protokoll abzuholen.

«Hab schon gehört. Stimmt für heute, aber nicht für gestern Nacht, so wie ich's verstanden habe.» Alice, ihre hübsche Kollegin mit dem unbeschwerten Lächeln, zwinkerte ihr zu, und Paula fasste neuen Mut. Hatte Josefine Erkens vielleicht trotz ihres Ärgers anerkannt, dass ihre Tippse wach und aufmerksam gewesen war? Ja, red dir das Leben schön, dachte sie und drehte den Hahn der Hoffnung gleich wieder zu. Die Abrechnung würde kommen. Todsicher. Wenn nicht von ihrer Vorgesetzten, dann von Caro.

Paulas Feierabend begann tröstlich. Ihr Vater kam fast zur selben Zeit nach Hause wie sie und eilte die Stufen hinauf, um ihr die Haustür aufzuhalten. Mit seinem gewohnten lautstarken «Bin wieder da!» folgte er ihr in die Diele und warf seinen Hut in Richtung Haken. Wie immer landete er einen Treffer.

Harry Haydorn war ein Mann von schlichter Ehrlichkeit. Nie hatte er versucht, seine Herkunft zu verleugnen. Sein eigener Vater war Schuster in Ottensen gewesen, und Paula erinnerte sich noch an zahlreiche Sonntagnachmittagsbesuche in der dunklen, nach Leder riechenden Wohnung der Großeltern. Oma und Opa hatten sie mit Franzbrötchen gefüttert, Vater von der Fabrik erzählt, die er aufbaute, und abends waren sie in dem Auto, auf das er so stolz war, wieder heimgefahren. Paula war untröstlich gewesen, als die Spanische Grippe ihre Großeltern dahingerafft hatte.

«Wie geht's meinem Sonnenschein?», dröhnte ihr Vater. «Einen angenehmen Tag gehabt? Hat Borgmeister dir schöne Augen gemacht? Ich kann in deiner Seele lesen, Schätzchen.» Sein Lachen füllte den Flur.

«Wir haben etwas zu besprechen. Kommt bitte beide in den Salon.» Das war ihre Mutter – mit einer Stimme wie ein kalter Guss. Vater blinzelte Paula zu. Nach seiner Theorie war seine Frau ein schlummernder Vulkan. Meist ruhte sie in sich. Aber gelegentlich kam es zu einem Ausbruch – und den nahm man am besten einfach hin. Aber heute halt ich's nicht aus, dachte Paula. Natürlich trottete sie trotzdem hinter ihrem Vater her. Kaum waren sie zur Tür hinein, ging es auch schon los.

«Erzähl es ihm. Sag deinem Vater, wohin deine Flausen dich gebracht haben.»

Ich bin erwachsen, dachte Paula. Vor einem Monat hab ich meinen dreiundzwanzigsten Geburtstag gefeiert. Ich verdiene Geld. Ich bin selbständig.

Mutter nahm ihr das Geständnis ab: «Stell dir vor, Harry, unsere Tochter arbeitet jetzt bei der *Polizei*!» Aus ihrem Mund klang es, als würde sie im *Fiasko* die Animierdame mimen.

Paula wiegelte ab. «Ich verdiene dort besser, interessanter als bei Borgmeister ist die Arbeit auch. Und, keine Sorge: Sie ist völlig ungefährlich. Ich sitze an der Schreibmaschine und tippe. Das Schlimmste, was mir passieren kann, ist, dass ich mir einen Finger verrenke.»

Sie wartete auf Vaters Lachen. Es blieb aus. Er ging zu einem abgewetzten Sessel mit Rosenmuster – dem einzigen Möbelstück, an dem er wirklich hing, weil er es von seinem Vater geerbt hatte – und ließ sich in die Polster fallen.

«Sag was», ordnete Mutter an.

Er schüttelte den Kopf. Ob sich das auf Mutters Aufforderung oder Paulas neue Arbeitsstelle bezog, war nicht zu erkennen. Was war nur los? Gewöhnlich stellte er sich bei Meinungsverschiedenheiten auf Paulas Seite. Alles fühlte sich verkehrt an.

«Na gut: Dann lege ich mich einen Moment hin», murmelte sie unsicher.

«Ich muss dich bitten zu kündigen», sagte Vater. «Es gibt Dinge, die schicken sich für ein junges Mädchen nicht. Du weißt zu wenig vom Leben, Kind.»

«Ich sag doch: Ich tippe nur.»

Er schüttelte den Kopf. «Bei der Polizei kommt man mit Menschen in Berührung, die … gefährlich sind. Das verstehst du noch nicht, dir fehlt die Erfahrung. Und deshalb wirst du kündigen, Paula. Und wenn *du* es nicht tust, werde *ich* es machen.»

«Das kannst du nicht. Ich bin volljährig.»

Es wurde still im Raum. Was passierte hier gerade? Die Uhr tickte überlaut in das Schweigen, das ihren Worten folgte. Vater sah niedergeschlagen aus, Mutter verbittert.

«Ich bin müde», sagte Paula schließlich und verließ das Zimmer.

Der nächste Morgen brach an. Sie schlug die Augen auf, und die Erinnerung überflutete sie. Hoffentlich war Vater schon weg, wenn sie hinunterkam. Hoffentlich schlief Mutter lange. Hoffentlich erwischte sie jenes kleine Zeitfenster, in dem sie mit keinem der beiden sprechen musste. *Wenn du nicht kündigst, werde ich es tun …* Paula hatte gedacht, sie hätte moderne Eltern. Darauf war sie immer so stolz gewesen.

Erschöpft mühte sie sich aus den Federn. Das mit ihren Eltern würde sich klären lassen. Bisher hatten sie sich immer überreden lassen, wenn sie etwas wirklich wollte. Worauf sie sich jetzt konzentrieren musste, war das Gespräch mit Josefine Erkens, von dem sie gestern noch verschont geblieben war. Die würde sie heute in den Hintern treten! Aber das werde ich mit geradem Rücken schlucken, schwor sich Paula. Zumindest das war sie sich schuldig.

Sie nahm sich Zeit beim Zurechtmachen. Puder, Schminke,

Lippenstift von *Coty*, ein strenges schwarzes Jackenkleid, das ihre Taille betonte. Einer Niederlage sollte man in perfekt sitzender Kleidung begegnen, da hielt sie es mit ihrer Mutter.

Frühstücken war allerdings unmöglich, der vergangene Tag hatte ihr auf den Magen geschlagen. Auf leisen Sohlen schlüpfte sie aus dem Haus.

In Erkens' Büro fand gerade eine Krisensitzung statt, obwohl die offizielle Bürozeit noch gar nicht angefangen hatte. Alle Kommissarinnen hatten sich eingefunden. Die Oberinspektorin thronte hinter ihrem Schreibtisch, Caro lehnte mit verschränkten Armen an der Wand. Gertrud Augspurg, Irene Scheideweg, Hannelore Schulz und Dora Blumenthal saßen auf Stühlen, die man eigens ins Zimmer geschafft hatte, und Alice hatte es sich auf dem Tippsenstuhl bequem gemacht.

Als Paula eintrat, verstummte das Gespräch. Hatte man über sie gesprochen? Was sonst? Der Rausschmiss würde wohl augenblicklich und vor versammelter Mannschaft erfolgen. Dass Schlimmste daran war, dass sie die Frauen der WKP mochte. Sie waren klug, sie waren mutig und unkonventionell, sie verkörperten alles, was sie auch selbst gern wäre. Ihr Jackenkleid war übrigens zu elegant, sie sah aus wie die sprichwörtliche Madame aus feinen Kreisen, die sich unter die arbeitende Bevölkerung mischt.

Caro stieß sich von der Wand ab und verließ wortlos das Zimmer. Dass sie Paula dabei anrempelte, war sicher kein Zufall. Josefine Erkens räusperte sich. «Sitzung beendet. Wie besprochen: Wir sehen uns gegen vier Uhr wieder.»

Innerhalb weniger Augenblicke leerte sich das Zimmer. Alice, die als Letzte ging, zog die Tür hinter sich zu.

«Bitte setzen Sie sich, Fräulein Haydorn.» Josefine Erkens

deutete auf einen Stuhl und schob Paula eine Zeitung zu, die aufgeschlagen auf ihrem Schreibtisch lag.

Mord im Gräberfeld.

Paula starrte auf den Artikel, der eine komplette Innenseite des *Hamburger Fremdenblatts* einnahm. Zwei Fotos gab es auch. Eins zeigte das Innere der Kapelle, und das andere war ein verwackeltes, unscharfes Bild des Mordopfers. Ihr schoss vor Empörung der Puls in die Höhe. Das Gesicht und der halbnackte Körper der Frau waren nicht gut zu erkennen, aber die Phantasie der Leser würde ausreichen, um ... Ja, was? Um das Opfer noch viele weitere Male zu missbrauchen, dachte sie. Kühl bleiben!

Sie überflog den Artikel. Er war von Kalkhoff, natürlich. Nach wenigen Zeilen wurde klar, was der Mann von der Polizei hielt: gar nichts nämlich! Er machte Schlanbusch lächerlich, der angeblich misstrauisch hinter jeden Grabstein gespäht hatte, und Caro, die er als eiskaltes Mannweib bezeichnete, das auch dem abgebrühtesten Verbrecher einen Heidenschrecken einjagen würde. Insbesondere aber zog er über Broder und dessen Mordauto her. Da frönte jemand einer Bürokratie, die sich selbst angesichts eines unfassbar grausamen Mordes auf das stumpfe Abarbeiten von Listen konzentrierte. Listen und ein paar Fotos zu Dokumentationszwecken ... Dass nur ja alles seine Ordnung hatte!

Im letzten Viertel des Artikels kam Kalkhoff auf Kröger zu sprechen. Auch ihm war offenbar der Gedanke gekommen, den Schupo auszufragen. Der schien ihm allerdings die kalte Schulter gezeigt zu haben, und so hatte der Journalist auf sein schillerndstes Werkzeug zurückgegriffen, die Phantasie. Er schwadronierte von einem schwarzen Mann mit einem bluttriefenden Messer, dem der Schupo angeblich nur knapp entkommen war, als er, von Schreien alarmiert, auf den Friedhof gestürmt war. Musste man den Täter vielleicht unter den Eingeborenen suchen, die im Rahmen der beliebten Völkerschauen im Zoologischen Garten oder in Hagenbecks Tierpark auftraten? War einer von ihnen womöglich auf einem Streifzug durch die Stadt der armen Frau gefolgt und auf dem Friedhof über sie hergefallen?

«Wie kann er sich das einfach aus den Fingern saugen?», fragte Paula fassungslos. «Kröger hat einen weißen, elegant gekleideten Mann mit einem kleinen Jungen gesehen, sonst niemanden!»

«Und wer will dem Schmierfinken die Lüge nachweisen?» Erkens zog die Zeitung wieder zu sich heran. «Selbst wenn Kröger weiter auf dem weißen Mann beharren sollte – es stünde Aussage gegen Aussage. Da lässt sich wenig machen. Ich hätte jetzt gern Ihre Zusammenfassung der Ereignisse.»

«Aber die hab ich doch schon …»

«Ich will sie aus Ihrem Mund.»

Gut. Paula legte los. Sie schilderte alles, jede Einzelheit, die ihr einfiel, auch, warum sie mit Kröger gesprochen hatte. Sie haute Caro nicht in die Pfanne, dafür mochte sie ihre Kollegin zu sehr, aber sie ließ ihre Meinung durchscheinen, wie man den Menschen am besten ihr Wissen aus der Nase zog. Mit Freundlichkeit, Fingerspitzengefühl und aufmerksamem Zuhören nämlich.

Erkens' Miene verriet weder Zustimmung noch Ablehnung.

«Das ist es. So habe ich die Nacht in Erinnerung.»

«Und was würden Sie nun unternehmen?»

«Ich?»

«Gesetzt der Fall, Sie hätten Kompetenzen? Was würden Sie als Nächstes tun?»

«Kalkhoff und Kröger verhören. Herausfinden, wer von

ihnen gelogen hat.» Vermutlich würden sie beide darauf beharren, die Wahrheit gesagt zu haben. Aber Kröger war doch Polizist. Wog seine Aussage nicht schwerer? Warum wurde die Journaille im Stadthaus mit Samthandschuhen angefasst? War das eine Anweisung von oben? Brauchte die Polizei eine gute Presse?

«Könnte nicht Kalkhoff die arme Frau ermordet haben?», schlug Paula vor.

«Und danach schießt er ein Foto, das er in die Zeitung setzt?»

«Ja, das wäre mehr als dreist.» Paula holte Luft. «Also: Ich vertraue Kröger. Ich würde ihn fragen, wie alt der Junge etwa gewesen ist, den er in der Tatnacht gesehen hat. Dann würde ich mit einem Foto der Toten auf den Kiez gehen, es dort herumzeigen und außerdem nach einem wohlhabenden Puffbesitzer Mitte dreißig fragen, der einen kleinen Sohn hat.»

Die Erkens lächelte, als hätte eine besonders begriffsstutzige Schülerin ihr endlich eine akzeptable Antwort gegeben. Sie lehnte sich zurück. «Bei der Besprechung in Schlanbuschs Büro waren Sie unsolidarisch.»

«Dumm war ich. Kreuzdämlich! Das ist mir jetzt auch klar.»

«Dr. Schlanbusch hat mit Herrn Dr. Campe gesprochen, dem Polizeipräsidenten. Er will uns aus dem Fall raushalten. Angeblich stören wir die Abläufe, weil wir die Männer ablenken. Kühl analysieren können wir schon gar nicht – es entspricht einfach nicht unserem Wesen. Außerdem verlieren wir zu leicht die Nerven, sind zu impulsiv und zu sehr mit dem Herzen bei der Sache. Man muss uns gewissermaßen vor uns selbst schützen.»

Paula verdrehte die Augen, aber sie war zu aufgeregt, um sich wirklich zu empören. Frau Erkens hatte sie sicher nicht vor ihren Tisch zitiert, um mit ihr über den Leiter der Kripo herzuziehen.

«Der Polizeipräsident ist anderer Ansicht. Dr. Campe hat mich persönlich nach Hamburg geholt, um hier eine weibliche Kripo aufzubauen. Außerdem ist er ein Mann des Kompromisses. Schlanbusch hat ihm nicht nur ausführlich seine Ansichten über die Weiblichkeit auseinandergesetzt, sondern außerdem auf die Unfähigkeit der Hamburger Kommissarinnen hingewiesen. Um ihn zu zitieren: *Sogar die Tippse der WKP versteht mehr von Polizeiarbeit als die Kommissarinnen.*» Erkens zog die Augenbrauen hoch. «Fassen Sie das bitte nicht als Lob auf, Fräulein Haydorn. Sie dienen hierbei lediglich als Peitsche, mit der man uns eins überzieht. Nichtsdestotrotz habe ich mit Dr. Campe vereinbart, dass wir neben Caro, die ich sowieso gern in der *Mordkommission Friedhof* hätte, auch unsere Sekretärin an dem Fall mitarbeiten lassen. Sie selbst natürlich halboffiziell. Damit Sie in amtlicher Funktion arbeiten könnten, müssten Sie noch einiges lernen und außerdem Prüfungen ablegen. Aber Sie werden dabei sein.»

«Oh!»

«Falsche Antwort. Sie sollten fragen, was ich mir von diesem Winkelzug verspreche.»

«Was versprechen Sie sich?»

Die Kriminaloberinspektorin lehnte sich zurück. Sie war keine attraktive Frau, auf der Straße hätte man sie übersehen. Ihr Gesicht war rund und mütterlich, mit einem Doppelkinn. Die Haare trug sie in einem praktischen, aber langweiligen Dutt. Ihre Brauen wuchsen spärlich, und die Augen blickten ausdruckslos. Nicht einmal mit ihrer Stimme konnte sie punkten – die war weich und spannungslos.

«Es geht mir um die Frauen in den Hamburger Bordellen, die Schlampen, wie man sie gern nennt. Sie haben wenige Fürsprecher. Ein Mord im Milieu bekommt in der Gesellschaft ohnehin kaum Aufmerksamkeit, aber wenn es eine Hure trifft, wird oft gar nicht erst ermittelt. Die haben ja selbst Schuld, heißt es dann. Warum führen sie kein anständiges Leben? Und diese Einstellung, Fräulein Haydorn, missfällt mir. Sie missfällt mir sogar sehr. Es waren Männer, die den Krieg begonnen haben. Und nun, wo Deutschland von Frauen überschwemmt ist, die selbst das Geld verdienen müssen, um sich und ihre Familien zu ernähren, haben die Herren moralische Vorbehalte. Dabei bleibt den Witwen und jungen Frauen oft nur die Wahl zwischen dem Bordell und dem Verhungern.»

Paula nickte. Sie hatte nie gehungert, nicht einen Tag in ihrem Leben, und schämte sich plötzlich dafür.

«Dr. Schlanbusch hat den Friedhofsfall Martin Broder übertragen. Der ist in Ordnung. Aber die Leitung der Ermittlungen liegt bei Staatsanwalt Dr. Stein. Und der ist leider keine Sonne am Himmel der Wahrheitsfindung.» Josefine Erkens blickte Paula mit ihren wässrigen Augen an. «In Ihrem Protokoll haben Sie besonders großen Wert auf die Feststellung gelegt, dass die Tote der Einschätzung von Dr. Schuppe zufolge nicht in einem Anfall von Zorn oder Hass getötet wurde, sondern dass man sie gewissermaßen seziert hat. Sie haben darauf drei Sätze verwendet.»

Das stimmte.

«Warum ist Ihnen dieser Punkt so wichtig?»

«Der Mörder hat ihr die Eingeweide um den Hals gelegt. Es hat ausgesehen wie … eine schaurige Kette. Obszön, aber sorgsam inszeniert. Auch dass er ihr die Ohrmuschel abgeschnitten hat. Für so etwas braucht man Geduld und Präzision. Ich halte den Mörder …»

«… für einen Sadisten?»

«Auf jeden Fall für einen Mann, der sein Tun genossen hat.»

Josefine Erkens nickte. Sie nahm ihren Füller – kein mit Gold überzogenes Prachtstück, sondern ein abgegriffenes Exemplar, das sicher nicht viel gekostet hatte – und drehte ihn zwischen den Fingern. «Ich teile Ihre Meinung und glaube außerdem, dass jemand, dem es einen Glücksrausch beschert, eine Frau derart zuzurichten, seine Tat wiederholen wird. Verstehen Sie, was ich meine?»

Paula nickte.

«Der Mann hat das Potenzial zum Serienmörder.»

«Das denke ich auch.»

«Sie besitzen einen klaren Verstand, Fräulein Haydorn, und ich will, dass Sie ihn dafür einsetzen, den Mistkerl aufzuspüren, bevor er sein nächstes Opfer findet. Das ist der Grund, warum ich auf Ihren Einsatz gedrungen habe. Da Sie mit Broder zusammenarbeiten, wird Ihnen alles, was die Kripo an Hilfsmitteln aufzubieten hat, zur Verfügung stehen. Ich erwarte, dass Sie und Caro mir regelmäßig Bericht erstatten. Finden Sie den Kerl.»

Sie öffnete eine Schublade und holte etwas heraus. Eine ovale, messingfarbene Metallmarke mit der Aufschrift *Kriminalpolizei*, die an einer Kette baumelte. «Sie steht Ihnen eigentlich noch nicht zu, aber sie ist oft hilfreich bei der Arbeit, gerade für Frauen», murmelte sie.

5. KAPITEL

FREITAG, 12. APRIL

Sein erster Gang führte Martin Broder an diesem Morgen ins Büro des Staatsanwalts, der den Auftrag bekommen hatte, die Ermittlungen im Mordfall der Friedhofsleiche zu leiten. Gerold Stein, ausgerechnet. Ein älterer Mann kurz vor der Pensionierung, unkonzentriert, starrsinnig.

Martin klopfte und wurde sofort hereingebeten. Kurz fasste er zusammen, was sich ereignet hatte und was sie bisher wussten. Stein wandte ihm die Seite zu und schaute uninteressiert aus dem Fenster. Als Martin fertig war und sich räusperte, zuckte er zusammen. Offensichtlich war er mit seinen Gedanken ganz woanders gewesen.

«Es gibt zu viel Gewalt.»

Ach ja?

«Die KPD, die Sozialisten …» Der Staatsanwalt starrte ihn an. «Erinnern Sie sich nicht mehr? Der Barmbeker Aufstand? Vierundzwanzig Polizeireviere wurden gestürmt! Waffen gestohlen … Barrikaden errichtet … Und dann das Blutbad durch die Hand dieser Schlächter!»

Natürlich erinnerte Martin sich. Hinterher wurde gemutmaßt, dass der Aufstand ein Testballon für einen gesamtdeutschen Aufstand hatte sein sollen, den aber die meisten Mitglieder der KPD ablehnten. Schon nach vierundzwanzig

Stunden war die Revolte vorbei gewesen. Siebzehn tote Polizisten und fast hundert Opfer unter den Aufständischen und Zivilisten waren das Ergebnis gewesen. Aber was hatte das mit ihrem Mordfall zu tun?

«Wir brauchen jemanden, der für Ordnung sorgt, das will ich sagen. Jemanden, der fähig ist, die Stadt zu schützen.»

Martin nickte. Er blickte auf ein zerlesenes Buch, das auf Steins Schreibtisch lag. *Mein Kampf.* Er hatte davon gehört. Der Verfasser hatte vor kurzem in Hamburg eine Rede gehalten, aber Martin war nicht hingegangen. Diese Nationalsozialisten, die angeblich für Ordnung sorgen wollten, besaßen ihre eigenen Schlägertrupps, die nicht viel anders vorgingen als die der KPD. Er konnte mit alledem nichts anfangen.

«Sie sagten, die Tote sei eine Prostituierte?»

Offenbar hatte Stein doch zugehört, zumindest mit halbem Ohr. «Möglicherweise.»

«Es gibt gar keine Prostituierten mehr. Seit 1922 sind alle Bordelle abgeschafft.»

Diese Bemerkung war so sonderbar, dass Martin keine Antwort einfiel. Natürlich waren die Absteigen geschlossen worden, das stimmte, ein Ratsbeschluss, betrieben von der SPD, aber das Gunstgewerbe blühte natürlich weiter, jetzt eben im Halblegalen, und das wurde allseits toleriert.

«Ich würde vorschlagen, dass Sie nicht allzu viel Zeit auf die Sache verschwenden.» Stein wedelte mit dem Arm und entließ ihn mit einem Nicken, um weiterzubrüten.

Irritiert kehrte Martin in sein Büro zurück. Also gut, er würde Steins Anweisung so auffassen, dass er ermitteln konnte, ohne dass ihm von der Staatsanwaltschaft viel dazwischengepfuscht würde, und das hatte durchaus Vorteile. Wenn sich auch Schlanbusch zukünftig ein wenig im Hintergrund hielte …

Sein Vorgesetzter hatte dafür gesorgt, dass sich die *Mordkommission Friedhof* mit sechs Ermittlern zufriedengeben musste, doch auch das brauchte kein Nachteil zu sein. Dass allerdings zwei von ihnen Frauen waren … Martin seufzte. Gegen Caro Wagner hatte er wenig einzuwenden, die war helle. Aber dass sie ihm im Hauruckverfahren diese Tippse untergeschoben hatten – wirklich ärgerlich!

Er bestellte seine Mordkommission zu einer Besprechung ein, und sie trugen noch einmal zusammen, was sie wussten. Anschließend verteilte er die naheliegenden Aufgaben: Jens Schmidtke, sein dienstältester Kollege, der nicht mehr so gut zu Fuß war, sollte im Büro auf etwaige Zeugen warten. Sigmund Zinn würde dafür sorgen, dass dieser Kröger, den sie gestern partout nicht hatten erreichen können, endlich zur Befragung ins Stadthaus kam. Die anderen sollten mit Fotos der Toten auf den Kiez gehen, um, wenn möglich, etwas über ihre Identität herauszufinden.

«Ich würde gern noch einmal den Tatort sehen», meldete sich die Neue, die Tippse, zu Wort. «Weil ich ja gestern …»

Weil sie sich gestern nicht, wie die Kollegen, noch einmal gründlich auf dem Friedhof hatte umsehen können. Ihre Bitte war vernünftig. Bei Tag wirkte alles anders. Trotzdem ärgerte er sich darüber. Hatte man ihm eine kleine Nervensäge aufgehalst, die sich zu wichtig nahm, um zu kapieren, dass auch bei der Kriminalpolizei Hierarchien existierten? Er seufzte. Aber da er sowieso auch selbst noch einmal zum Friedhof wollte, konnte er sie auch mitnehmen. Jedem eine Chance geben, dachte er und hoffte, dass er seine Nachgiebigkeit nicht bereuen würde.

«Warum tun Sie sich das eigentlich an?», fragte er die Tippse, als er eine Stunde später mit ihr durch den Hamburger Verkehr kurvte. «Mord und Totschlag ist ja nicht der vergnüglichste Zeitvertreib.»

Die Läden hatten nach der Mittagspause wieder geöffnet, und wie immer um diese Zeit war auf den Straßen der Teufel los. Autos drängten sich zwischen Straßenbahnen und Pferdewagen hindurch, Radfahrer kamen ihnen in die Quere, und in all dem Chaos hasteten Fußgänger umher und versuchten, die Straßenseite zu wechseln. Ballhupen und die noch schrilleren elektrifizierten Tuten befeuerten das Chaos. Dass eine rote Ampel zum Halten aufforderte, hatten auch noch nicht alle begriffen.

«Warum tun Sie's denn?», fragte Paula Haydorn schnippisch.

«Was?»

«Warum sind *Sie* bei der Polizei?»

Er warf ihr einen kurzen Blick zu. Es störte ihn, wie arrogant sie auftrat, wie sie sich herausgeputzt hatte, wie hübsch sie war, obwohl sie für Letzteres ja nichts konnte. Aber ihre Frage berührte etwas in ihm. Er hatte sich vor sechs Jahren bei der Polizei beworben. Und das hing mit dem Krieg zusammen. Sein Abschied von der Front war stürmisch gewesen. Die Schlacht von Passendale, eine halbe Million Gefallener innerhalb von vierzig Tagen, tödliche Giftgaswolken, die kilometerweit über den Schützengräben hingen, Bomben, Granaten … Und er selbst mittendrin. Als sich der Splitter in seinen Hals bohrte, war er einfach nur froh gewesen. Aber jemand hatte ihn aus dem Dreck gezerrt, und sie hatten ihn in ein Lazarett geschafft. Nur hatte sich die Hölle dort fortgesetzt. Um ihn herum starben die Männer unter Qualen. Ihnen waren Arme oder Beine weggeschossen worden oder die Lungen verätzt. Im Bett neben ihm hatte sich ein Verwundeter das Gedärm aus einer Bauchwunde gehustet. Die Schreie, diese Schreie …

Nach der Entlassung aus dem Lazarett war er nach Hause zurückgekehrt und hatte zunächst sein Medizinstudium wieder aufgenommen. Doch schon nach wenigen Tagen hatte er das Handtuch geworfen. Es gelang ihm einfach nicht mehr, die Atmosphäre eines Krankenhauses auszuhalten.

«Haben Sie mal von dem Weihnachtsfrieden bei Mesen gehört?», fragte er.

Die junge Frau auf dem Beifahrersitz schüttelte den Kopf.

«Verrückte Sache. Ist Heiligabend 1914 passiert, irgendwo in Flandern. Die Briten und die Deutschen lagen einander gegenüber. Weihnachten hatte sie kirre gemacht. Sie wollten unbedingt ihre Toten und Verwundeten bergen, haben sich das gegenseitig zugebrüllt und sind schließlich unbewaffnet ins Niemandsland spaziert. Dort kamen sie ins Gespräch. Als es dunkel wurde, haben die Deutschen Tannenbäume aufgestellt. Die Briten haben das beklatscht. Angeblich wurden Weihnachtslieder gesungen, erst deutsche, dann englische, dann alles durcheinander, und …» Die Ampel sprang um, er legte den Gang ein und gab Gas. «Am ersten Weihnachtstag haben sie miteinander Fußball gespielt.»

«Im Ernst?»

Martin zuckte mit den Achseln. Friedbert von Kampen, der einige Wochen sein Bettnachbar gewesen war, hatte ihm davon erzählt. Außerdem von ähnlichen Ereignissen aus früheren Kriegen. Wie feindliche Soldaten einmal in Nordamerika gemeinsam am Lagerfeuer Skat gedroschen hatten … wie die Gegner im amerikanischen Bürgerkrieg miteinander angeln gegangen waren … Es hatte Zeiten gegeben, da hätte Martin ihm wegen dieser Geschichten am liebsten den Hals umgedreht. Aber die sentimentalen Bilder hatten sich in seinem Gehirn eingenistet und ihn auch nach Friedberts Tod nicht losgelassen. War er deshalb zur Polizei gegangen? Um wenigstens im eng begrenzten Rahmen seiner Heimatstadt der sinnlosen Gewalt ein Ende zu setzen? Wie war das Gespräch mit der Tippse überhaupt in diese Richtung geraten? Zum Glück hatten sie den Friedhof erreicht. Broder parkte sein Auto dieses Mal am Straßenrand.

«Ich hätte gedacht, wenn man Mord und Totschlag verabscheut, besorgt man sich eher eine Stelle als Buchhalter», sagte Fräulein Haydorn.

«Bitte?» Er hatte den Faden verloren – und auch keine Lust, ihn wieder aufzunehmen. Da stieg er lieber aus.

Seine Mitfahrerin tat es ihm gleich, umrundete den Wagen und streckte ihm die Hand hin. «Ich heiße übrigens Paula», sagte sie.

«Martin. Martin Broder.» Er ignorierte ihre Hand und betrat stattdessen das Eingangsgebäude zum Friedhof, dessen Tür von Obdachlosen aufgebrochen worden war. Sie kam ihm nach, und zusammen schritten sie zwischen den unkrautüberwucherten Gräbern hindurch. Martin überlegte, was die ermordete Frau dazu bewogen haben mochte, den Friedhof aufzusuchen. Die Begräbnisstätte war vor beinahe zwei Jahrzehnten geschlossen worden. Falls sie ein Grab hatte besuchen wollen, musste der oder die Verstorbene also bereits seit mindestens zwanzig Jahren tot sein. Schuppe hatte das Alter der Ermordeten auf Mitte dreißig geschätzt. Handelte es sich um ihre Mutter oder ihren Vater? Konnte man an einem toten Elternteil so hängen, dass man auch noch zwei Jahrzehnte später die letzte Ruhestätte aufsuchte?

Auf jeden Fall mussten sie nachsehen, ob es Gräber gab, die gepflegt wurden. Das könnte helfen, die Identität und

Beweggründe der Unbekannten herauszufinden. Es sei denn, es handelte sich um eines der Armengräber im hinteren Teil des Friedhofs, die oft keinen Grabstein besaßen und deren Holzkreuze längst verwittert waren.

Sie hatten die kleine Kapelle erreicht, und der muffige Geruch des feuchten Gemäuers schlug ihnen entgegen. So wie jetzt könnte der Raum vom Lichteinfall her in der Stunde des Mordes ausgesehen haben. Wegen des Lochs in der Decke konnte man erstaunlich viel erkennen. Warum hatte die Tote gerade hier in der Kapelle gelegen? Hatte der Mörder sie vor dem Altar umgebracht, weil ihn der besondere Ort reizte? War es eine Art Opferritual gewesen? Oder hatte der Mord irgendwo anders stattgefunden, und das Opfer war hier nur verstümmelt worden? In diesem Punkt waren die Erkenntnisse der Spurensicherer leider uneindeutig. Was dieses Kind anging: Hatte es tatsächlich zu dem Mann gehört, den Kröger erwähnt hatte, oder doch zu der Ermordeten?

Er musste den letzten Satz laut ausgesprochen haben, denn die Tippse sagte: «Der Junge hätte den Mann doch nicht Papa genannt, wenn er nicht sein Vater gewesen wäre.»

«Sie würden staunen, wie oft sich Zeugen irren. Auch Schupos. Jeder.» Martin ließ die Kapelle auf sich wirken – die von Moos und Flechten überwucherten Wände, das vom Einsturz bedrohte Dach, die Mäuseköttel auf dem dreckigen Fliesenboden. Er konnte sich beim besten Willen nicht vorstellen, was einen Menschen an diesen trostlosen Ort geführt haben sollte. Vermutlich hatte der Täter die Frau beim Betreten des Friedhofs beobachtet. Vielleicht war er ihr gefolgt, und sie war vor ihm in die Kapelle geflüchtet? Aber wie passte dann der Junge ins Bild? Man nahm ja wohl kaum das eigene Kind zu einem Mord mit. Oder handelte es sich um ein Familiendrama?

Martins Blick wanderte zu der mannshohen Pappfigur des Afrikaners hinter dem Altar. Er dachte an das, was der Schmierfink von der Zeitung behauptet hatte: dass Kröger von einem schwarzen Mann angegriffen worden sei. Hm. Vermutlich hatte sich Kalkhoff bei der Überlegung, wie er den Verkauf seines Schundblatts anheizen konnte, von der Pappfigur inspirieren lassen. Andererseits hatte tatsächlich erst kürzlich eine dieser Völkerschauen drüben im Zoologischen Garten stattgefunden. Die Kripo musste im Anschluss wegen eines betrunkenen Eskimos ermitteln, der von jemandem in einen üblen Streit verwickelt und dabei schwer verletzt worden war. Martin erinnerte sich noch gut an die Verbitterung im Gesicht des Mannes. Diese armen Menschen wurden von profitgierigen Veranstaltern aus allen Winkeln der Erde herangekarrt und schlecht bezahlt und elendig versorgt. Dass ihnen die Besucher nach der Vorstellung mit spuckenassen Fingern über die Gesichter fuhren, um zu schauen, ob die Farbe ihrer Haut echt sei, war sicher nicht leicht zu ertragen. Es wäre also durchaus möglich, dass sich bei einem dieser Leute – einem Afrikaner – die Wut und Verzweiflung in einem Mord entladen hatte. Zumindest konnte man es nicht ausschließen. Das wäre erst nach einer weiteren Vernehmung von Kröger möglich, der ja angeblich von dem Schwarzen angegriffen worden war.

«Es hat sich noch niemand gemeldet, der die Tote kennt?», wollte die Tippse, diese Paula Haydorn, wissen.

Martin schüttelte den Kopf.

«Das verstehe ich nicht. Ihr Foto war doch im *Hamburger Fremdenblatt* abgedruckt. Sollte der Mord die Leute auf dem Kiez nicht aufgeschreckt haben?»

«Abgesehen davon, dass es unscharf war: Der Kiez und die Polizei, das ist keine Liebesgeschichte», erklärte er geduldig. «Wenn die Tote in einem der Bordelle arbeitete, wird man dort vielleicht um sie trauern. Aber keiner ihrer Freunde würde sich deshalb freiwillig in Feindesland begeben. Wir können von Glück sagen, wenn unsere Kollegen jemanden treffen, der sich eine Aussage entlocken lässt.»

Paula Haydorn nahm seine Erklärung ohne ein Zeichen moralischer Entrüstung zur Kenntnis, wenigstens das. Gemeinsam begannen sie, die Kapelle zu inspizieren. Eine Weile war es still, während sie den Ort aus unterschiedlichen Blickwinkeln in Augenschein nahmen. Martin wartete auf eine Inspiration, irgendeinen Einfall, wie er ihm oft nur kam, wenn er sich allein an einem Tatort aufhielt. Aber diese Tippse störte seine Konzentration, obwohl sie kein Wort sagte. «Fräulein Haydorn, ich glaube, wir sollten …»

«Einen Moment.» Sie bückte sich in einen schmalen Spalt zwischen der Pappfigur und der Altarwand. «Hier steckt etwas zwischen zwei kaputten Fliesen.»

Also rüber zu ihr. Die staubige Stelle zwischen dem Altar und der Figur wurde kaum vom Tageslicht erhellt. Hatten die Männer vom Erkennungsdienst eine Spur übersehen? Paula Haydorn zog an etwas, das aus dem Boden ragte.

«Bitte loslassen und kurz zurücktreten.»

«Aber ich hab's doch schon fast …»

«Wegen der Fingerabdrücke», sagte Martin.

Widerwillig richtete sie sich auf. Er nickte ihr kurz zu, kehrte zum Auto zurück und kam mit Handschuhen, einer Taschenlampe und einer gefalteten Papiertüte wieder. Etwas Kleines, Spitzes lugte knapp einen Zentimeter weit zwischen den Fliesen hervor. «Bitte kurz halten.» Er reichte die Lampe an seine neue Mitarbeiterin weiter und zog sich die Handschuhe über. Was vermutlich überflüssig war, weil sie mögliche Abdrücke bereits verwischt hatte.

Der Lichtkegel ruhte auf dem Spalt. Worum mochte es sich bei dem Fund handeln? Es sah aus wie ein Teil eines Miniaturschwerts. Martin zog sein Taschenmesser heraus und begann, die Bruchstücke der Fliesen zu entfernen. Paula Haydorn hockte sich neben ihn und leuchtete. In einem Hohlraum unter der Fliese befand sich eine Figur, etwa so lang wie sein Zeigefinger. Vorsichtig zog er sie heraus. Es war eine Zinnfigur, die für Martin wie ein Kämpfer aus der Zeit des Dreißigjährigen Krieges aussah: eiserner Helm, Brustpanzer, nackte Arme. Der Krieger hielt sein Schwert, als wollte er damit jemanden attackieren. Vermutlich ein Tier, einen Hund oder Wolf, von dem er angegriffen wurde, denn von seiner Brust und dem Oberschenkel standen jeweils zwei magere abgerissene Stümpfe ab, der Rest musste abgebrochen sein.

«Die Figur hat hier noch nicht lange gelegen», sagte Martin. «Sehen Sie? Da ist kein Staub drauf.»

«Vielleicht gehörte sie dem Jungen, von dem Kröger geredet hat. Er könnte sich hinter dem Altar versteckt haben, als der Mord begangen wurde.»

«Möglich.» Martin tütete das Beweismittel ein. Lag hier sonst noch etwas? Er konnte nichts entdecken. Also endlich raus aus diesem muffigen Gemäuer. Er hasste den Gestank nach Tod, den er plötzlich einzuatmen glaubte.

Als sie den Friedhof verließen, entdeckte Martin gegenüber, an der Mauer des Zoos, eine Telefonzelle. Er erreichte Sigmund Zinn, der bereits wieder ins Stadthaus zurückgekehrt war und ihm erzählte, dass er bei Krögers Wache vorbeigefahren sei und von den dortigen Schupos erfahren habe, dass ihr Kollege Kröger für zwölf Stunden freigestellt worden sei. «Weil er ja bis Donnerstagmorgen auf dem Friedhof Wache schieben musste. Um neunzehn Uhr hätte er allerdings wieder zum Dienst erscheinen müssen, aber stattdessen hat er sich über einen Nachbarsjungen krankmelden lassen. Ich bin noch zu ihm nach Hause gefahren, aber da hab ich ihn auch nicht angetroffen. Der Dienststellenleiter hat übrigens angedeutet, dass Kröger manchmal säuft.»

«Verstehe.» Martin bat seinen Kommissar, zum Friedhof zu fahren und dort nach Gräbern suchen, die trotz der Stilllegung noch gepflegt wurden. «Notiere dir die Namen der Verstorbenen.»

«Mach ich, Chef.»

«Wie lautet Krögers Adresse?» Martin murmelte sie zweimal vor sich hin, bevor er auflegte.

«Wir wollen auch zu dem Mann? Warum?», fragte Paula Haydorn.

Er sparte sich die Antwort.

Der Schupo wohnte im Breitergang, einer Gasse in der Nähe der großen Synagoge, gar nicht weit entfernt vom Friedhof. Es war eine für das alte Hamburg typische Wohngegend: uraltes Pflaster, krumme Fachwerkhäuser, Mauer an Mauer gebaut und so hoch, dass sie fast das gesamte Licht schluckten. Gärten gab's hier nur nach hinten raus, wenn überhaupt. Die Haustüren mündeten direkt auf die Gasse, und durch die geöffneten Fenster schien man sich die Hände reichen zu können.

Martin fand die Hausnummer fünfzehn, die Sigmund ihm genannt hatte. Die Haustür stand, ebenso wie die meisten Wohnungstüren in dem engen Treppenhaus, offen. Im Haus wurde gelacht, geschimpft und mit Tellern fürs Abendbrot geklappert – dem Geruch nach zu urteilen gab es vorwiegend Kartoffelsuppe. Eine ältere Frau wies sie hinauf ins Dachgeschoss, wo der Herr Kröger von der Polizei lebte.

«Ist er krank?», fragte Paula Haydorn.

«Jedenfalls ist er gestern Abend rauf in seine Kammer gestiegen, und seitdem haben wir ihn nicht wieder zu Gesicht gekriegt.»

«Aber krank wirkte er nicht?»

Die Frau lachte höhnisch, und ein Mann in der Tür gegenüber, der ihrem Gespräch gelauscht hatte, grinste sich eins. Beide verschwanden in ihren Wohnungen. Offenbar hatte Kröger sich nach dem Einsatz auf dem Friedhof tatsächlich besoffen. Sie erklommen die letzten Stufen, und Martin klopfte an eine zerschrammte Tür. Keine Reaktion, alles blieb still. Auch beim zweiten Klopfen rührte sich nichts.

«Da beginnt man sich ja Sorgen zu machen», murmelte er, trat zurück, nahm Anlauf und rammte die dünne Brettertür aus dem Rahmen.

Kröger lag im Bett, entgeistert starrte er die Eindringlinge an. Als er sie erkannte, zog er seine schmuddelige Bettdecke eilig zum Kinn hoch. «Warum klopfen Sie nicht? Mann, Herr Inspektor, das ist ein Schaden, da wird mein Vermieter aber gar nicht erfreut …»

«Sie sind nicht zum Dienst erschienen. Da wollten wir doch sichergehen, dass mit Ihnen alles in Ordnung ist», sagte Martin mit Spott in der Stimme.

«Ich habe Grippe», maulte Kröger, hielt sich die Stirn und presste ein Husten hervor. «Das hab ich doch gemeldet.»

Er lebte armselig, selbst für einen Schupo. Sein Kleiderschrank stand offen. Er enthielt nur die beiden Dienstuniformen mit den entsprechenden Hemden, einen zerschlissenen Anzug und zwei Pullover. Die Unterwäsche, die als Häuflein auf dem Boden des Schranks lag, sah grau aus, so als würde sie mehr gelüftet als gewaschen. Über dem eisernen Fußende des Betts hingen außerdem noch eine Hose für die Freizeit und ein weiterer Pullover. Tisch und Stuhl bildeten neben dem Schrank das gesamte Mobiliar.

Der Grund für Krögers Armut war augenfällig. Halb verborgen hinter einem rostigen Ofen standen Dutzende leere Flaschen. Martin bückte sich und hob eine davon ans Tageslicht. Er roch daran – billigster Schnaps – und stellte die Flasche bedeutungsvoll auf dem Tisch ab. «Uns fehlt noch Ihre Aussage, Herr Kröger, da warten wir drauf, sie ist wichtig. Schließlich sind Sie der Einzige, der gesehen hat, wie der schreiende Mann und das Kind stiften gegangen sind.»

Paula Haydorn trat an den Tisch, kramte Stift und Block aus ihrer Handtasche, warf einen misstrauischen Blick auf die Sitzfläche des Stuhls und nahm Platz. Protokoll, genau.

«Aber ich hab das doch schon alles erzählt», jammerte Kröger und hielt sich den Kopf.

«Für mich noch einmal, bitte.»

Kröger verzog schmerzhaft sein Gesicht. «Also: Ich habe jemanden schreien hören und bin auf den Friedhof gerannt, um zu sehen, ob es eine Gefährdung gibt, der ich entgegentreten muss. Das war's.»

«Und der Mann? Und das Kind?»

Kröger starrte Paula Haydorn an. Todsicher verfluchte er sich für sein Geschwätz vor der Kapelle. «Na, die beiden kamen mir entgegen.»

«Schildern Sie das ruhig ein bisschen genauer.»

«Ein Kerl eben. Schon etwas älter, so zwischen fünfzig und sechzig.»

Martin registrierte, wie die Haydorn kurz aufsah und die Stirn runzelte. Dann schrieb sie weiter.

«Er trug das Balg auf dem Arm, es brüllte, und er selbst brüllte ebenfalls. Ich hab zu ihm gesagt, dass er stehen bleiben soll, aber er ist einfach weitergerannt.»

«Und dann?», fragte Martin.

«Wieso?»

«Was haben Sie anschließend gemacht, da Sie den Flüchtigen ja offenbar nicht verfolgt haben?»

Kröger kaute auf der Unterlippe, sein ungepflegter Kaiser-Wilhelm-Bart, der in zwei ausladende, fettige Spitzen mündete, zuckte nervös. «Da ich gesehen hab, dass der Mann aus der Kapelle kam, bin ich da rüber.»

«Und?»

«Ja, dann sprang eben der verfluchte Neger aus dem Gebüsch!»

«Von dem haben Sie mir aber gar nichts erzählt», sagte Paula Haydorn und tat überrascht.

«Hören Sie, junge Frau, wir beide haben uns unterhalten, weil Sie warten mussten. Aber ich war Ihnen doch, verdammt noch mal, keine vollständige Aussage schuldig! Ja, da war ein Neger gewesen, und ich glaube, er hielt ein Messer in der Hand. Ein blutiges. Aber der hat sich sofort in die Büsche geschlagen. Hatte keinen Zweck, ihm nachzurennen. Diese Wilden sind doch schnell wie Tiere.» Er klopfte sein Kissen zurecht. «So, und nun würde ich gern meine Ruhe haben. Ich bin nämlich krank!»

«Sie haben es nicht für nötig gehalten, der Mordkommission von diesem äußerst verdächtigen Mann, mit einiger Wahrscheinlichkeit dem Mörder, zu berichten?», bohrte Martin.

«Das wollte ich doch. Aber es ging ja alles drunter und drüber. Und dann hab ich mich beim Wachestehen auch noch erkältet. Und das war ja wohl nicht meine Schuld …» Ein erneuter Hustenanfall. «Ich hätte Ihnen das schon noch alles gesagt.»

«Können Sie den Schwarzen beschreiben?»

«Der hatte ein Augenlid hängen, ja, das ist mir aufgefallen. Eins von seinen Augen war fast geschlossen.»

«Und das wollten Sie uns mitteilen, nachdem Sie sich auskuriert haben.»

«Sie sehen doch, wie's mir geht.» Krögers Schnurrbart zitterte, der Mann sah aus wie ein in die Ecke getriebener Hund. «Ach, Scheiße, ich konnte gar nicht mehr denken, nach dieser Drecksnacht. Kann ich immer noch nicht.»

«Aber Sie erinnern sich, dass Sie gestern noch unterwegs waren und erst gegen Abend nach Hause gekommen sind?»

«Meine lieben Nachbarn, was?» Kröger lächelte giftig. «Ich hab mir was aus der Apotheke geholt, damit ich den verfluchten Kopfschmerz aushalten kann. Das war in der Schwanen-Apotheke, da können Sie gern nachfragen. Ansonsten war ich den ganzen Tag im Bett. Und wenn meine Nachbarn was anderes behaupten sollten, dann haken Sie mal nach, weswegen gegen die schon alles ermittelt wurde. Die können keine Polypen leiden, und mit der Wahrheit haben sie es sowieso nicht … Oh, verdammt!» Der Schmerz, der sich in seinem Gesicht spiegelte, als er sich aufrichtete, wirkte echt. «Nun haut schon ab und lasst mich gesund werden.»

«Wie alt war der Junge?» Martin ließ nicht locker.

«Weiß ich nicht. Klein eben.» Kröger schnappte sich einen Eimer, der neben seinem Bett stand, und übergab sich.

«Er lügt uns an», sagte Paula Haydorn, als sie wieder in der Gasse standen. «Am Tatabend hat er den Zeugen auf Mitte dreißig geschätzt, nicht auf fast sechzig. Und auch dieser Schwarze … Ich glaube nicht, dass er vergessen hätte, ihn mir gegenüber zu erwähnen. Nie im Leben. Das wäre viel zu aufregend gewesen. Und da er auch Ihnen nicht Bescheid gesagt hat … Also, der plappert doch nach, was er in der Zeitung gelesen hat! Oder umgekehrt: Er war's, der Kalkhoff etwas vorgeflunkert hat.»

«Kann sein.» Martin nickte. Die Dunkelheit war hereingebrochen, hinter einigen Fenstern leuchtete bereits Licht. Er merkte plötzlich, wie müde er war.

«Warum macht er das? Warum lügt er uns an? Glauben Sie …» Die junge Frau stockte.

Martin brauchte einen Moment, um ihren Gedanken zu erraten. «Dass er selbst die Frau ermordet hat? Dann hätte er den Mord nicht gemeldet, sondern sich still verdrückt. Außer natürlich …» Er überlegte kurz. «… der Zeuge mit dem Kind kannte ihn und hätte ihn verpfeifen können. Kommen Sie bitte mit.»

Er lotste seine Kollegin zur Schwanen-Apotheke. Sie konnten zu Fuß hinübergehen, sie lag auf dem Weg zu seinem Auto. Den Apotheker mussten sie aus dem Feierabend klingeln. Der Mann lehnte sich erst aus dem Fenster, dann kam er in seinen Laden herab und öffnete die Tür.

«Wilhelm Kröger?», fragte er. «Sie meinen den Polizisten? Verzeihung, aber …» Der Mann warf einen prüfenden Blick auf die Metallmarke, die Martin aus der Tasche zog und ihm entgegenhielt. «Danke, man kann ja nie wissen. Also: Herr Kröger ist hier Stammkunde, deshalb weiß ich es noch. Er ist tatsächlich hier gewesen. Gestern Nachmittag, um was gegen seine Schmerzen zu kaufen.»

«Welche Art von Schmerzen?»

«Er sagte, er habe sich eine Grippe eingefangen.»

«Aber?»

«Nichts *aber*. Er hat's gesagt, und ich hab ihm was gegeben.»

«Danke.»

Damit war das auch erledigt. Sie verabschiedeten sich und gingen zum Wagen.

«Und nun?», fragte die Haydorn.

Martin schaute auf seine Uhr. Halb acht. Die beiden vergangenen Nächte hatte er kaum Schlaf bekommen. «Alles andere muss bis morgen warten», sagte er.

6. KAPITEL

FREITAG, 12. APRIL

Paula war zu unruhig, um heimzugehen, also kehrte sie noch einmal ins Stadthaus zurück. Die Flure und Büros hatten sich inzwischen geleert. Die meisten, die hier arbeiteten, waren wie Broder in den Feierabend gegangen. Zwei oder drei Männer, denen sie begegnete, schauten ihr neugierig nach – ihre Beförderung in die Mordkommission schien sich herumgesprochen zu haben. Sie bildete sich ein, in einigen Mienen Herablassung, vielleicht sogar Ärger oder Verachtung zu lesen: Eine Tippse wurde bei Mordermittlungen eingesetzt, weil die Leiterin der WKP Frauen für Wunderwesen hielt und wieder mal ihren Kopf durchgesetzt hatte. Paula verscheuchte den Gedanken. Vielleicht lag sie ja auch falsch. Und am Ende war's nicht wichtig.

Broders Büro und die beiden links davon, in dem seine Leute arbeiteten, lagen im zweiten Stock. Ein Blick durch die Türen zeigte ihr, dass auch die anderen Kommissare bereits fort waren. So viel zu den ach so wichtigen ersten beiden Tagen nach der Tat, an denen angeblich alles hing!

Sie trat in Broders Büro, das momentan so etwas wie das Hauptquartier ihrer Truppe war, schloss hinter sich die Tür und baute sich vor der Korktafel auf, an der die bisherigen Ergebnisse ihrer Ermittlungen festgehalten worden waren. Eine der Karten, die sie dort angepinnt hatten, trug den Namen *Wilhelm Kröger*. Der rote Faden verband ihn mit einer anderen Karte: *Zeuge/Kind*. Jemand hatte unter *Kind* mit einem Pfeil das Wort *Matrosenanzug* notiert. Das Alter des Zeugen – Mitte dreißig – versah Paula mit einem Fragezeichen, neben das sie in Klammern Krögers Namen und das Wort Verhör mit dem aktuellen Datum setzte.

Auch der Afrikaner hatte bereits eine Karteikarte bekommen. Paula trug darauf das herabhängende Augenlid ein und in Klammern den Zusatz: *Kröger – Existenz erfunden*? Sie war immer noch davon überzeugt, dass der Schupo sie angelogen hatte. Er hätte den Schwarzen doch sonst am Mordabend erwähnt – wenn nicht im Gespräch mit ihr, dann zumindest gegenüber Broder. Etwas dermaßen Wichtiges vergaß man nicht, und man behielt es auch nicht für sich, schon aus Angst vor dem erwartbaren Rüffel. Nein, Kröger hatte den Zeitungsartikel gelesen und beschlossen, den angeblichen Täter in seine Aussage mit einzubauen, weil … Vielleicht nur, um ihnen ein bisschen mehr Arbeit aufzuhalsen?

Ihr Blick schweifte zu dem Foto, das jemand neben die Karteikarte des Afrikaners gehängt hatte und das die Reklamefigur in der Kapelle zeigte. Darunter stand, mit einem Fragezeichen versehen, der Name *Kalkhoff*. Ja, den Journalisten mussten sie auch noch verhören. Er musste ausgequetscht werden wie eine Zitrone, bis er gestand, dass er erfundenen Blödsinn in seinen Artikel geschrieben hatte – oder dass er den Hinweis wirklich von Kröger bekommen hatte.

Paula ließ sich auf Broders Stuhl sinken. Der Apotheker hatte den Kauf der Schmerztabletten bestätigt, und der Schupo hatte sich in ihrem Beisein übergeben – er schien tatsächlich krank zu sein. Hatte er also doch nicht gelogen?

Wie ärgerlich, dass man solche Dinge mit Broder nicht besprechen konnte.

Ein Blick zur Uhr zeigte fünf Minuten nach neun. Also gut, Feierabend auch für sie.

Paula fuhr wie immer mit der Tram nach Hause. *Mitglied einer Mordkommission* … Ihr Kopf schwirrte, teils vor Müdigkeit, teils vor Staunen. Wie schade, dass sie mit ihren Eltern nicht über die umwerfende Neuigkeit sprechen konnte. Irgendjemand müsste dieses Glück mit ihr teilen, damit es komplett wurde. Doch zu Hause konnte sie wohl froh sein, wenn man sie nicht wegen der Kündigung ins Gebet nahm. Dass Vater sich auf die Seite ihrer Mutter geschlagen hatte, empfand sich noch immer als herbe Enttäuschung.

Wie teuer mochte wohl ein Zimmer in der Nähe des Stadthauses sein? Hoffentlich würde ihr Gehalt dafür reichen. Sie war dreiundzwanzig, allerhöchste Eisenbahn, sich auf eigene Füße zu stellen, wenn sie nicht im öden Höhere-Töchter-Klischee enden wollte: endlose Einladungen und Gegeneinladungen zum Zweck, eine vorteilhafte Ehe abzuschließen, leeres Geplauder mit Menschen, die von den Eltern als wichtig eingestuft wurden. Und immer um Geld betteln … Na ja, zu betteln brauchte sie eigentlich nicht, ihre Eltern waren freigiebig. Wenn sie andeutete, dass sie sich etwas wünschte, wurde ihr der Wunsch in der Regel erfüllt. Trotzdem fühlte sie sich wie eine Bittstellerin. Und auf keinen Fall wollte sie von einer bettelnden Tochter zu einer bettelnden Ehefrau werden.

Natürlich hatte sie sich schon mal verliebt. Zweimal ernsthaft. Aber da war auch immer ein Misstrauen gewesen. Was sahen die jungen Männer, in die sie sich verguckte, in ihr? Die Erbin von Harry Haydorns Zündholzfabrik oder sie selbst, Paula? Dieser Argwohn saß ihr im Hinterkopf, seit sie einmal nachts einem Streit ihrer Eltern gelauscht hatte. Während der Inflation war es der Zündholzfabrik schlecht gegangen, und Vater hatte von Mutter eine größere Summe Geld gefordert. Wie höhnisch sie ihn abgewiesen hatte. Wie bitter der Streit ausgefochten worden war. Paula war damals zu jung gewesen, um alles zu verstehen, aber inzwischen war ihr klar, welcher Druck auf ihren Eltern gelastet haben musste. Wem das Wasser bis zum Hals stand, der verlor auch mal die Nerven. Und doch war etwas an ihr kleben geblieben: die Ungewissheit, welcher Anteil der Liebe ihrer Verehrer ihr selbst galt und welcher sich an der finanziellen Sicherheit berauschte, die eine Ehe mit ihr bieten könnte. Auch deshalb war es so wichtig, dass sie auf eigenen Beinen stand. Sie wollte einen Mann, der sich in die wahre Paula verliebte – die Paula, die mitten im Leben stand und jetzt bei der Kriminalpolizei im Stadthaus arbeitete!

Als sie die heimische Villa erreichte, waren die vorderen Zimmer dunkel, ihre Eltern saßen also in den Räumen nach hinten zum Garten. Das war gut, so konnte sie ungesehen hinauf in ihr Zimmer schlüpfen.

Daraus wurde allerdings nichts.

«Fräulein Haydorn?» Die Stimme von Jeremias, dem neuen Diener, den ihre ewig mit dem Personal unzufriedene Mutter kürzlich eingestellt hatte. Er erschien in der Tür zum Küchentrakt, ein schlanker Mann mit Halbglatze, der sich ein wenig wie ein Butler aus den Büchern ihrer Mutter gebärdete. «Ihre Frau Mutter lässt Sie in den Salon bitten. Ihr Onkel ist mit seiner Gattin zu Besuch.»

Paula unterdrückte einen Seufzer. Sie ließ sich von Jeremias den Mantel abnehmen, dann folgte sie ihm die wenigen Schritte durch den Flur, wo er ihr mit einer altmodischen Verbeugung die Tür öffnete.

Onkel Kurt und Tante Evi saßen mit ihren Eltern um einen runden Tisch und plauderten bei Wein und Austernhäppchen. Es war ein gemütlicher Anblick – ein warmer Kontrast zu dem, was sie in der Friedhofskapelle hatte ansehen müssen. Das Licht der Kerzen wurde vom Spiegel des Buffets zurückgeworfen, und überall standen Vasen mit den Rosen, die Mutter so liebte.

Onkel Kurt, ein beleibter älterer Herr, erhob sich und schloss sie in die Arme. Paula war sein Patenkind. Als sie klein gewesen war, hatte er sie mit Puppen überhäuft, später folgten kostbare Schmuckstücke, und als sie die Ausbildung zur Stenotypistin machen wollte, hatte er ihr die Schulkosten bezahlt – und das vor ihren Eltern geheim gehalten. Seitdem hatte er einen besonderen Platz in ihrem Herzen. Eigentlich freute sich Paula auch, ihren Onkel und ihre Tante zu sehen – wenn sie nur nicht so erschöpft und vollgestopft mit den Erlebnissen des Tags gewesen wäre. Sie brachte kaum die Floskeln zur Begrüßung über die Lippen.

«Nun setz dich doch schon», lächelte Mutter, und sie nahm folgsam auf einem freien Stuhl Platz und nippte an dem Wein, den Jeremias ihr einschenkte. Aber das Gespräch plätscherte an ihr vorbei. Mutter erzählte von Großvater, der als Kind ein exzellenter Reiter gewesen war, und Vater machte sich über einen jungen Erfinder lustig, der in Wien vor Gericht stand, weil er sich mit einem Beil ein Bein abgehackt hatte, um 100 000 Dollar Versicherungssumme zu kassieren. Sie hing ihren Gedanken nach … Bis Onkel Kurt sich plötzlich verdutzt zu ihr umdrehte.

«Was muss ich da hören? Du hast dich bei der Polizei anstellen lassen?»

Mutters Stimme wurde kühl vor Abscheu, als sie erklärte: «Die Bootsmanufaktur – na schön, jeder Mensch muss seine eigenen Erfahrungen machen, hab ich zu Harry gesagt. So lernt sie vielleicht, wie gut es ihr geht. Aber zur *Polizei!*»

«Was ist daran verkehrt?», begehrte Paula auf.

«Was verkehrt ist? Liebes, bist du naiv! Das Stadthaus ist so etwas wie der direkte Zugang zur Gosse. Die Leute, die dort arbeiten, stehen täglich im Kontakt mit ... mit dem Abschaum von Hamburg. Dein *Umgang* ist verkehrt!»

Erstaunlicherweise war es Tante Evi, die ihr beisprang. «Aber Amanda, es kann doch nicht verkehrt sein, wenn Paula auch etwas über die Unglücklichen in unserer Gesellschaft erfährt», wandte sie mit ihrer leisen, schüchternen Stimme ein. «Es sucht sich ja nicht jeder sein Schicksal aus.»

«Also wirklich, Evi. Als würdest du von diesen Dingen was verstehen!», brauste Kurt auf.

Seinen Worten folgte eine peinliche Stille, in die hinein Evi stotterte: «Ich meine ja nur.» Sie verblich wieder hinter ihrer Teetasse. Evi entstammte einer Kapitänsfamilie aus einem kleinen, entlegenen Dorf nördlich von Hamburg. Sie war eine schlanke Erscheinung mit altmodischer Duttfrisur, dabei war sie nur sechzehn Jahre älter als Paula. Kaum erwachsen, hatte sie kurz nacheinander beide Eltern verloren und war mit einem Mal ganz allein in der Welt gestanden. Als Onkel Kurt, seines Zeichens Medizinalrat an der Universitätsklinik in Eppendorf, sie vor zehn Jahren ehelichte, hatte das allseits Erstaunen ausgelöst, da sie weder durch Schönheit auffiel noch durch besonderen Charme. Aber wo die Liebe hinfiel ...

Mutter stand auf und holte von dem Flügel, an dem Paula ihre obligatorischen Klavierstunden absolviert hatte, eine Zeitung. Sie schlug sie auf und legte sie in die Mitte des runden Tischs. Bei Haydorns las man den *Hamburger Anzeiger*, der solider daherkam als das *Fremdenblatt*, aber Kalkhoff hatte seine Bilder offenbar auch an die Konkurrenz verkauft. Wieder starrten Paula die leeren Augen der ermordeten Frau aus der Kapelle an.

«Mit so etwas willst du also deine Tage verbringen?», fragte Mutter gereizt.

Vater unterstützte sie mit einem Brummen.

Onkel Kurt dagegen schnappte sich die Zeitung und begann zu lesen. «Eingeweide!», stieß er hervor. «Der Mörder hat der armen Frau die Organe aus dem Leib geschnitten. Unfassbar!» Er überflog den Artikel, und Jeremias nutzte die Gesprächspause, um Wein nachzuschenken.

«Das ist …» Kurt hob den Kopf und starrte in die Runde. «Also, ich möchte ja nicht unappetitlich werden – aber so etwas hat es schon einmal gegeben. Ja, tatsächlich. Zu Beginn meines Studiums, als ich in England war. Erinnerst du dich, Amanda? Ich habe doch ein paar Semester an der *University of London* studiert. Und zwar gerade zu der Zeit, als dieser Mörder in Whitechapel sein Unwesen getrieben hat. Es ging damals durch sämtliche Gazetten, bis nach Übersee haben sie davon berichtet. *Jack the Ripper* – ein Irrer, der reihenweise Frauen ermordet hat. Und er hat sie nicht einfach umgebracht, er hat sie *ausgeweidet* wie Tiere.» Kurt tippte auf den Zeitungsartikel. «Was ich hier sehe …»

«Hat man ihn gefasst?», fragte Paula.

«Nein. Auch nach meiner Heimkehr nicht, das hätte sonst sicher ebenfalls in den Zeitungen gestanden, auch hier. Inzwischen müsste er längst tot …»

«Danke, ich glaube, wir haben das Thema ausreichend behandelt», unterbrach Mutter ihn frostig.

Kurt nickte entschuldigend und schlug die Zeitung wieder zu.

Im Stadthaus hätte Paula mit Kollegen gerne noch über

die Motive des Mörders spekuliert, hier am Tisch packte sie plötzlich Ekel und Überdruss. Sie schob ihren Stuhl zurück und erhob sich. «Ich bin völlig erledigt, tut mir leid, aber ich muss ins Bett.»

«Warte.» Ihr Vater griff nach ihrem Arm und nötigte sie, ihn anzuschauen. «Mädelchen, du wirst deine Arbeit kündigen. Deine Mutter hat recht – sie ist zu gefährlich. Außerdem sollst du doch einmal meine Firma erben. Es wird höchste Zeit, dass du dich mit Zündhölzern befasst. Ich habe eine Stelle für dich eingerichtet, in einem Büro gegenüber von meinem. Da kannst du das Handwerk von der Pike auf lernen. Ich traue dir das zu.»

Paula starrte ihn an. Dann machte sie sich los. An der Tür drehte sie sich noch einmal um. «Nein, Vater. Tut mir leid. Ich kündige auf keinen Fall!»

In den Büros der erweiterten Mordkommission herrschte bereits Gedränge, als Paula am nächsten Morgen im Stadthaus auftauchte. Der ältliche Kommissar Schmidtke brütete in seinem Büro über einer Akte, zwei Männer, deren Namen Paula vergessen hatte, sahen in Broders Zimmer Fotos durch, vielleicht die von der Obduktion. Broder selbst stand neben seinem Schreibtisch und telefonierte, während eine Sekretärin dezent mehrere Bögen Papier vor ihm ablegte. Auf der Korktafel hatte auch Kalkhoff jetzt eine eigene Karteikarte bekommen – sogar mit Foto und dem verärgerten Kommentar *Schmierfink*, der Himmel mochte wissen, was man sich von diesem Zusatz versprach.

Unsicher blieb sie stehen. Und nun? Sie wusste nicht so recht, was sie tun sollte, und war froh, als ein Schupo das Büro betrat. Er schien sich genauso verloren zu fühlen wie sie. Kurzerhand lotste Paula ihn in einen Nebenraum, in dem sich technisches Gerät befand – ein Schnelltelegraph, ein Parlograph und ähnliche Apparate.

«Wie kann ich Ihnen weiterhelfen, Herr … ?»

«Mandelberg. Unterwachtmeister, Wache 14. Ich war vorhin schon einmal hier gewesen, aber da war noch keiner da. Tja, ich weiß auch nicht, ob es wichtig ist …»

«Nur zu!»

«Sie sind die Dame, die bei den Mordermittlungen mitmacht?»

Paula nickte.

«Also gut. Es geht um den Zeitungsbericht im *Fremdenblatt*, Sie wissen schon: die Tote auf dem Friedhof.» Er machte eine unsichere Pause. «Ich wohne in Wandsbek und fahre immer mit der Tram nach Hause, mit der 3. Und da ist mir was aufgefallen. Der Fahrer der Tram …»

Er war schwarz. Mandelberg schämte sich, dass er den Mann, den er immer als freundlich und korrekt erlebt hatte, nun unter Verdacht brachte. Denn eigentlich gefiel ihm der Gedanke, dass man auch die Afrikaner an die zivilisierte Welt gewöhnen konnte. Die anderen Fahrgäste fanden es ebenfalls unterhaltsam, von einem Mohren chauffiert zu werden. Er hoffte also von Herzen, dass die Sache mit der schwarzen Hautfarbe nicht zu unliebsamen Enthüllungen führen würde.

«Auf jeden Fall ist es gut, dass Sie Bescheid sagen. Wir werden es bei unseren Ermittlungen im Kopf behalten», versprach Paula. Sie hörte, dass Broder nebenan mit einem lauten Knall den Telefonhörer auflegte. Bevor Mandelberg sich wieder verdrücken konnte, fragte sie rasch: «Ist Ihnen an den Augen des Tramfahrers etwas aufgefallen?»

«Dass ihm eins von seinen Lidern etwas runterhängt?»

«Ist das so?»

Der Mann lachte. «Ja, als würde die Hälfte von ihm immer schlafen.»

«Vielen Dank, Herr Unterwachtmeister.»

Einen Moment standen sie unschlüssig herum, dann machte sich der Mann auf den Rückweg zu seiner Dienststelle.

Broder hatte inzwischen das Fenster geöffnet. Draußen sangen die Vögel, und es roch nach Frühling. «Setzen Sie sich doch», bat er Paula und schloss die Tür zum Flur. «Was wollte der Schupo?»

Sie erzählte es ihm. Dann starrten sie einander an.

«Also gut», sagte Broder schließlich, «darüber brauchen wir Klarheit. Aber bevor wir Dreck aufwirbeln, würde ich gern Kalkhoff verhören. Vielleicht fährt der ja auch immer mit der 3.» Es hatte den Anschein, als warte Broder auf weitere Vorschläge. Als Paula keinen hatte, griff er zum Telefon und bat darum, dass man den Journalisten, den er offenbar bereits vorgeladen hatte, hinauf in sein Büro brachte.

Kalkhoff wirkte … zerknauscht. Das Jackett, das knittrige Hemd, der Schlips, der ihm schief und nachlässig geknotet über die Brust hing – als wäre er gerade erst aus dem Bett gestiegen, dachte Paula. Und als gefiele es ihm, genau diesen Eindruck zu erwecken: Ich bin ein Mann, der jenseits von Regeln und Konventionen lebt.

«Na endlich», sagte er und zündete sich rotzig eine Zigarette an.

Paula schob ihm einen Aschenbecher hin. «Bitte ausmachen.»

«Ach, die Dame verträgt keinen Rauch?»

«Exakt.» Sie hatte den Wichtigtuer schon auf dem Friedhof nicht ausstehen können.

Mit einem verkniffenen Lächeln drückte Kalkhoff die Fluppe im Ascher aus. Dann verschränkte er die Arme über der Brust. «Und nun?»

«Hätten wir gern Ihre Aussage», sagte Broder. «Komplett, mit allen Details.»

«Ich bin zum Friedhof gegangen.»

«Warum?»

Kalkhoff hob die Hände. «Es schwirrte in der Luft, dass dort was passiert war.»

«Wer hat Ihnen das gesteckt?»

«Hab ich vergessen.»

Broder nickte langsam. «Wann sind Sie am Tatort angekommen?»

«Leider habe ich nicht auf die Uhr geschaut. Aber es war schon dunkel.»

«Und dann? Bitte halten Sie sich nicht zurück. Erzählen ist doch Ihre Profession.»

«Nur gibt es da nicht viel. Ich kam an, die Leute redeten von der Toten …»

«… die mit einem Messer aufgeschlitzt wurde.» Broder tippte auf das *Fremdenblatt*, das er auf dem Schreibtisch liegen hatte.

«So ist es. So hab ich's mir notiert.»

«Wer hat Sie in die Kapelle gelassen?»

«Niemand. Die Fotos wurden mir zugesteckt. Sie lagen im Briefkasten der Redaktion. Vielleicht wurden sie von einem Informanten eingeworfen, in der Hoffnung, das *Fremdenblatt* könnte der Polizei unter die Arme greifen.» Kalkhoff lächelte ironisch.

«Und wer genau hat Ihnen die Sache mit dem Afrikaner geflüstert? Ah, ich ahne es schon: Das haben Sie ebenfalls vergessen.»

«Selbst wenn nicht – es wäre ein Berufsgeheimnis. Reichsgesetzblatt vom 27. Dezember vergangenen Jahres, Herr Kommissar. Journalisten haben das Recht, über ihre Quellen zu schweigen.»

Erstaunlicherweise schien das zu stimmen, denn Broder widersprach nicht. Er regte sich auch nicht auf. Es war, wie Josefine Erkens vorhergesagt hatte: Sie würden weder dem Journalisten noch dem Schupo etwas nachweisen können. Wahrscheinlich war dieses ganze Verhör nur eine Farce, um die Akten zum Mordfall besser aussehen zu lassen.

Tatsächlich beendete Broder das Gespräch. Kalkhoff fischte seine Kippe aus dem Aschenbecher und war wieder draußen.

«Schauen Sie nicht so enttäuscht, Fräulein Haydorn. Wir sammeln die Schnipsel ein, und irgendwann fällt etwas ab, das eine Bedeutung hat», meinte Broder. Auch er verschwand im Flur, und Paula nutzte den Augenblick, um die Zeitung einzustecken.

«Ich bin für einen Augenblick weg», rief sie Schmidtke zu, als sie an seinem Büro vorbeikam.

Es war kurz vor zehn, als Paula den Spielbudenplatz erreichte. Eine perfekte Zeit, wie sie hoffte. Die Frauen, die nachts ihre Freier beglückten, würden etwas geschlafen haben und allmählich … tja, ihre Einkäufe erledigen, nahm sie an. Schließlich brauchte jeder Mensch etwas zwischen die Zähne.

Unentschlossen schlenderte sie über den baumbestandenen Grünstreifen, der die Gleise der Tram von den Varietés und Lokalen trennte. Sie schaute zum *Fiasko* hinüber, aber das Unbehagen, mit dem sie gerechnet hatte, blieb aus. Zusammen mit den Leuchtreklamen und Gaslampen war das verruchte Flair der Nacht erloschen. Das *Fiasko* war nur noch ein Haus mit toten Fenstern. Vor dem *Zillertal* fegte ein Mann den Bürgersteig. Drohend schüttelte er seinen Besen, als ein Hund neben einer der Eingangssäulen sein Geschäft erledigen wollte. Der Kläffer trollte sich und wich dem Wagen der Stadtreinigung aus, der soeben um die Ecke bog und vor dem *Eden* hielt, um die Blechtonnen zu leeren.

Paula schlenderte in eine größere Seitenstraße, wo sie einen Gemischtwarenladen fand. Gerade trat eine blonde Frau mit einem kleinen Mädchen an der Hand ins Freie. Paula gab sich einen Ruck und holte die Zeitung aus der Tasche. «Verzeihung, kennen Sie zufällig diese junge Frau?»

Die Angesprochene eilte weiter, ohne ihr auch nur einen Blick zu gönnen, ihr Kind zeterte.

Die nächste Passantin, die Paula ansprach, war älter, ein wenig behäbig und sah freundlich aus. Auf ihrer Nase, direkt unter einer dicken, runden Brille, saß ein rosa Furunkel.

«Verzeihung, dass ich Sie belästige. Ich suche meine Schwester. Hier ist ein Bild von ihr. Aber bitte nicht erschrecken …»

Die Frau starrte auf das entsetzliche Foto. «Wie heißt sie denn?

Paula zögerte nicht. «Käthe Holbein.»

«Kenn ich nicht.»

Wirklich? Die Antwort war zu rasch gekommen. Broder hatte recht, auf dem Kiez war man misstrauisch.

Während Paula weiterging, begann sie, an ihrer Geschichte zu feilen. Einfach das Bild aus der Zeitung vorzuzeigen, war wenig hilfreich. Also stopfte sie das Blatt wieder in ihre Tasche und kehrte zum Spielbudenplatz zurück. Am Ende des Grünstreifens befand sich ein kleiner Kiosk, der gerade öffnete. Ein älterer Mann mit furchigem Gesicht stellte Bierflaschen und ein Schild, das für Tabakwaren warb, auf der

Verkaufstheke ab. An der Außenwand des Kiosks befestigte er ein Sprossengestell, über dessen Stangen er die aktuellen Ausgaben der Zeitungen hängte. Dann holte er sich einen Stuhl und setzte sich mit einer der Zeitungen in die Sonne, die jetzt, wo es auf Mittag zuging, allmählich an Kraft gewann.

Paula schlenderte auf ihn zu.

Zunächst kaufte sie eine Zitronenlimonade, zu der sie gratis einen Strohhalm bekam. Der Alte verzog sich wieder hinter seiner Zeitung, und Paula lehnte sich an die Kioskwand und starrte hinüber zur Volksoper am Millernthor. Letztens hatte sie dort mit ihrem Vater eine Revuefassung der *Lustigen Witwe* angeschaut. «Die Volksoper ist die Trennlinie zwischen dem steifen und dem lebenslustigen Hamburg», hatte er damals zu ihr gesagt. «Einer der wenigen Punkte, wo sich die beiden Welten treffen.» Tatsächlich hatten einige der weiblichen Gäste Kleider getragen, bei deren Ausschnitten die Männer Stielaugen bekamen.

Paula registrierte, wie der Kioskbesitzer zu ihr hinüberlinste. Sie setzte ein trauriges Lächeln auf und packte, als er den Blick nicht abwandte, noch ein wenig Verzweiflung drauf. Schließlich zog sie ihr Taschentuch hervor und betupfte sich damit die Augen. Ganz recht, sie war ein Mädchen, dem es schlecht ging.

«Na, na, das wird schon wieder», brummte der Alte mitfühlend.

Paula verstaute das Taschentuch wieder in der Handtasche, drehte den Kopf und lächelte zaghaft, als hätte sie erst jetzt bemerkt, dass der Mann zu ihr gesprochen hatte. Unsicher tat sie einige Schritte auf ihn zu. «Pardon, dürfte ich … also, es ist mir äußert peinlich, aber …»

«Ich bin selbst ein Hungerleider, Mädchen.»

«Nein, nein, ich will kein Geld. Ich bin … auf der Suche nach jemandem.»

Der Kioskbetreiber schnäuzte sich umständlich die Nase. «Nach wem denn?»

«Sie heißt Käthe Holbein. Meine Schwester. Meine ältere Schwester. Sie …» Schade, dass sie kein Erröten erzwingen konnte. Paula ersetzte es durch ein erneutes Tupfen der Augen. «Ich weiß gar nicht, wie ich es ausdrücken soll. Als Käthe jung war, sehr jung noch, da hat sie sich verliebt. In einen Tunichtgut. Leider wollte sie auf die Warnungen unserer Eltern nicht hören. Sie war so … dickköpfig. Und schließlich ist sie mit dem Mann …» Paulas Stimme erstarb.

Der Alte nickte und deutete mit der Hand einen Bogen über seinem Bauch an.

«Genau, ja. Als meine Eltern davon erfuhren … Sie sind leider schrecklich altmodisch», fabulierte Paula, «und … Ich sollte das nicht sagen, aber … ist es nicht herzlos, wenn man dem eigenen Kind eine Jugendsünde nicht verzeihen kann?» Sie würzte ihren Kummer mit einer Prise Empörung, gerade so viel, wie es sich für eine höhere Tochter ziemte, wenn sie von den eigenen Eltern sprach.

«Und nun glauben Sie, dass Ihre Schwester hier auf'm Kiez gelandet ist?»

«Ich hab einmal eine Postkarte von ihr bekommen. Auf der war ein Gebäude abgebildet, darauf stand *Alkazar*, und ich habe herausgefunden …»

«Ach, das ist da drüben.» Er deutete die Straße hinunter zu dem größten der Varietés.

«Genau. Und dann habe ich gestern Käthes Bild im *Fremdenblatt* gesehen.» Tränen herauszupressen, mit purer Willenskraft, das brachte Paula auch nicht fertig. Sie kramte in ihrer Handtasche nach der Zeitung. «Vielleicht ist sie's ja gar nicht. So viel kann man nicht erkennen, und außerdem ist Käthe jetzt auch älter.» Sie reichte dem Mann das Blatt.

Er tat, als musterte er das Foto ausgiebig, aber sie spürte, dass er sich verstellte. «Sie wird es nicht gewesen sein.»

«Das glaube ich auch. Und trotzdem mach ich mir schreckliche Sorgen, weil … In dem Artikel ist auch von einem Kind die Rede. Das soll mit auf dem Friedhof gewesen sein, als die arme Frau umgebracht wurde. Wenn es sich doch um Käthe handeln sollte, dann irrt ihr armes Söhnchen oder Töchterchen jetzt allein durch die Welt. Und ich muss es finden!» Paula vergrub das Gesicht im Taschentuch.

«Aber nicht doch.» Der Alte erhob sich und gab ihr die Zeitung zurück. «Käthe, ja? Also, die Frau auf dem Bild heißt auf jeden Fall anders. Edith, glaube ich. Hat im … also in einer Bar hier in der Nähe gearbeitet. Und die kam garantiert nicht aus einem feinen Stall. Die hat geredet wie jemand, der in der Gosse aufgewachsen ist. Nee, Fräulein. Schmeißen Sie die Zeitung weg und gehen Sie beruhigt nach Hause!»

Wenig später stand Paula wieder vor dem Stadthaus. Kurz überlegte sie, ob sie mit ihrem Erfolg direkt in Broders Büro gehen sollte. Sie hatte einen Namen! Natürlich waren die Leute gesprächiger, wenn sie sich mit einer verstörten jungen Frau unterhielten, als wenn einer von den verhassten Kommissaren sie ausquetschen wollte.

Doch bevor sie ihren Triumph auskostete, wollte sie noch zu den Karteikarten ins Dachgeschoss hinauf. Mit ein bisschen Glück würde sie dort die Identität der Ermordeten herausfinden. Bisher hatte sie ja nur einen Vornamen.

Als sie die Tür zu dem Raum öffnete, schlug ihr geschäftige Stille entgegen. Sämtliche Tische waren von Frauen besetzt, die sich konzentriert durch Stapel von Karteikarten arbeiteten. Eine von ihnen, eine Matrone mit streng zurückgebürsteten Haaren und fliehendem Kinn, schob ihren Stuhl zurück und kam ihr entgegen. «Kann ich helfen?»

Paula zog ihre Dienstmarke hervor, die Frau schaute drauf und dann prüfend in Paulas Gesicht. «Sie waren doch vor Kurzem mit der Kommissarin Dornapfel hier.»

«Genau. Paula Haydorn. Weibliche Kriminalpolizei. Ich …»

«Ah, *Mordkommission Friedhof.* Hab's schon gehört. Was brauchen Sie?»

Paula erläuterte ihr Anliegen: eine Frau mit dem Vornamen Edith, die als Prostituierte im Kiez gearbeitet hatte.

«Ist das die Ermordete?

Paula nickte. «Vermutlich.»

Die Frau deutete auf eine Kollegin. «Da sitzt Frau Krischke gerade dran.» Über die Schulter rief sie: «Alma, wir haben den Vornamen von der Toten vom Friedhof!»

Paula hatte angenommen, sie müsse sich selbst durch die Karteikartenschränke arbeiten, doch Alma Krischke zog sich einen kleineren Stapel heran, den sie offenbar bereits heraussortiert hatte, und kam nach kurzem Suchen mit zwei Karten an den Tresen.

Die eine Frau hieß Edith Winkler und besaß mit der Toten kaum Ähnlichkeit. Die andere jedoch, eine gewisse Edith Hellwig, die wegen Diebstahls in einem Kolonialwarenladen aufgefallen war, könnte passen. Aufmerksam musterte Paula ihr Gesicht auf dem angeklebten Foto. Die Frau wirkte verärgert – sicher hatte es ihr nicht gepasst, dass die Polizei sie fotografierte. Ihre schmalen Lippen waren mit einem dunklen Lippenstift übertrieben in Herzform nachgezeichnet worden. Die Dauerwelle saß wie aus Beton gegossen. Zwischen den Augen hatten sich tiefe senkrechte Falten eingegraben.

War das die Frau aus der Kapelle, oder war sie's nicht? Paula fiel ein dunkler Leberfleck in der Nähe des Kehlkopfs auf. Großartig! Das wäre doch ein stichhaltiger Beweis. Sie musste sich an den Polizeiarzt wenden.

Den Angaben auf der Karte zufolge war Edith 1892 in Hamburg geboren worden. Sie war ins Visier der Fürsorge geraten, als sie ledig ein Kind zur Welt brachte, das allerdings schon wenige Wochen nach der Geburt verstarb. *Mangelnde Pflege?*, hatte die verantwortliche Helferin geargwöhnt. Ins Gefängnis gekommen war Edith aber nicht. Sie hatte auf Betreiben der Fürsorge vier Monate bei dem Uhrmacher Legrand in der Niedernstraße als Verkäuferin gearbeitet, war dann aber untergetaucht.

Paula zückte ihr Notizbuch und einen Bleistift und übertrug die Daten, außerdem fertigte sie rasch eine Skizze des Gesichts an. «Danke!», sagte sie.

Anschließend schaute sie bei ihren Kolleginnen von der WKP vorbei, weil sie ihren Erfolg gern als Erstes mit Caro besprechen wollte. Man musste seine Fehler ja nicht wiederholen. Aber Caro befand sich weder dort noch in Broders Büro.

Dafür saß ihr Chef wieder in der Mordbude, wie Paula sein Büro mittlerweile getauft hatte. Ihm gegenüber hatte der Polizeiarzt Platz genommen – na, das passte doch. Sie beugten sich beide über Aufnahmen der sezierten Frauenleiche. Auch Paulas Blick glitt über die Bilder. Merkwürdig, wie wenig das Grauen sie berührte. Vielleicht lag es daran, dass sie hier keinen Menschen mehr sah, sondern nur noch Teile eines Körpers in Nahaufnahmen, unförmige Fleischstücke, keine Seele mehr, kein Leid.

Anstelle einer Begrüßung fragte sie: «Besaß die Ermordete einen Leberfleck, etwa einen Daumenbreit links vom Kehlkopf?»

Die Männer hoben die Köpfe, und Dr. Schuppe hielt ihr eines der Fotos hin. «Na, sehen wir da noch irgendwas?», fragte er griesgrämig.

Paula starrte auf eine klaffende Halswunde: Die Kehle war durchschnitten worden. Wenn sich dort einmal ein Leberfleck befunden haben sollte, war er von dem Messer zerfetzt worden. Trotzdem: Man musste sich die Leiche daraufhin noch mal anschauen, vielleicht gab es ja noch Reste …

«Der Name der Frau ist Edith Hellwig, wir brauchen keine Identifikation mehr.»

Paula drehte sich um. Caro stand in der Tür, die Hände in den Hosentaschen, den Kopf leicht geneigt.

«Und woher wissen *Sie* das?», fragte Broder.

«Ich hab doch gesagt, dass ich sie wahrscheinlich kenne. Es ist mir wieder eingefallen. Sie arbeitete im *Tingeltangel*, einem Bordell in der Erichstraße.» Sie blickte zu Paula. «Und wie bist du auf den Leberfleck gekommen?»

«Man hört sich eben um.» Das klang schnippisch, sollte es auch. Paula sah, wie es in den Köpfen ihrer Kollegen arbeitete.

«Sie waren im Archiv?», fragte Broder. «Mit welchen Merkmalen?»

Paula zuckte mit den Schultern, und Caro lachte auf. «Du bist mit ihrem Foto auf dem Kiez gewesen. Du hast jemanden getroffen, der sie kennt!»

Broder zog die Augenbrauen hoch. Als Paula nicht widersprach, sagte er leise: «Bitte gehen Sie nicht allein zu möglichen Zeugen.»

«Und schon gar nicht, wenn sie im satanischen Reich der Fleischeslüste wohnen», ergänzte Caro. «Das will er sagen. Seit wann sind Sie so fürsorglich, Broder?»

«Ich lese Hamburgs Mordstatistiken, Fräulein Wagner. Sollten Sie auch tun. Klärt den Kopf.»

Caro machte eine wegwerfende Handbewegung. «Der Mann, dem das *Tingeltangel* gehört, heißt Waldemar Moor. Er betreibt einen Puff mit Bar und Bühne und reißt gern das Maul auf. Was ist, wollen wir bei ihm vorbeischauen, Paula? Zu zweit natürlich.» Sie zwinkerte Broder zu. Der hob ergeben die Hände.

Paula holte die Zeitung aus ihrer Handtasche und legte sie auf den Schreibtisch zurück. Dafür steckte sie ein Foto der Toten ein. Das brauchte sie eigentlich nicht, sie hatte ja ihre Zeichnung, aber nur nicht duckmäusern. «Gehen wir», sagte sie.

«Also, Folgendes musst du wissen, bevor wir bei Moor aufkreuzen.» Caro ging voran durch den Innenhof, wo die Autos standen. «So, wie's aussieht …»

«Wie stehen wir zueinander, Caro?»

«Wieso? Passt es dir nicht, dass du mit mir zusammenarbeiten musst?, fragte sie bissig.

«Quatsch, ich dachte nur …»

«Ja, danke auch noch mal, dass du mit dem, was Kröger dir erzählt hat, zu Schlanbusch gelaufen bist statt zu mir oder Josefine. Nein, lass. Ich trag nichts nach. Jeder will vorankommen. Warum …»

«Ich hätte dir gern alles erzählt, schon auf dem Weg vom Friedhof zu mir nach Hause. Aber bei dir kommt man ja nicht zu Wort.»

«Ach, ist das so?»

«Und ob!»

Sie waren bei dem Wagen angekommen, aber Paula machte keine Anstalten einzusteigen, und Caro lehnte sich ihr gegenüber ans Autodach. «Was ist?» Sie war bildhübsch – aber auf eine wahnsinnig irritierende Weise. Wenn man sie anschaute, sah man weder einen Mann noch eine Frau. Ihre Augen waren dunkel wie Kaffeebohnen, weibliche, sanfte Augen – die sekundenschnell männlich hart wurden, wenn sie sich über jemanden ärgerte. Ihr verführerischer Mund mit den vollen Lippen trieb die Männer in den Wahnsinn, bis sie ihn spöttisch oder ironisch verzog, ein Wechsel, der wie ein Guss kalten Wassers wirkte. Mit ihrem Aussehen hätte sie in Film und Theater zu Ruhm gelangen können, stattdessen hatte sie sich einen Beruf ausgesucht, in dem es vor allem auf Härte ankam. Warum trug sie zudem auch noch Hosen, Schlips und einen Männerhaarschnitt? Warum legte sie es darauf an, überall anzuecken?

In Mutters Bekanntenkreis lachte man über Frauen wie Caro, genau wie man über die Männer lachte, die in Abendkleidern herumliefen und sich wie Clowns schminkten, als wollten sie aller Welt versicherten, dass ihr Äußeres nur als Spaß gemeint sei. Aber Caro wirkte nicht verkleidet, sie sah aus wie … na, eben wie sie selbst.

«Was ist?» In Caros Gesicht begann sich Ärger abzuzeichnen, und Paula klopfte aufs Autodach. «Lass uns besprechen, wie wir vorgehen wollen.»

«Wir fahren zu Moor und knöpfen ihn uns vor. Was ist daran kompliziert?»

«Wir könnten ihn genauso gut ins Stadthaus vorladen. Was bringt uns der Kiez für Vorteile?»

«Es geht darum, dass wir uns einen Eindruck verschaffen. Wer arbeitet bei ihm? Wer würde uns vielleicht was flüstern, weil er – oder sie – eine Rechnung mit ihm offen hat?»

Ja, das leuchtete ein. «Aber dann lass uns eines der Polizeiautos nehmen. Damit wir …»

«Was?»

«Mehr Autorität haben.»

Caro lachte verächtlich. «Zuhälter sind Drecksäcke, die beeindruckst du mit gar nichts. Schon eh nicht mit der Karre, in der du vorfährst.» Sie stieg ein, und Paula tat es ihr nach einem Moment des Zögerns nach. Bis sie die Erichstraße erreichten, herrschte Schweigen.

Das *Tingeltangel* war kein Glitzerpalast wie das *Alkazar*, es ähnelte eher dem *Fiasko*. Hochwachsende Pflanzen und Paravents trennten die Tische voneinander, es gab ein Klavier und eine durch rote Samtvorhänge eingerahmte Bühne. An einer der Wände befand sich eine verspiegelte Bar, und an der Decke hingen Kristalllüster.

Aber sie hatten kaum Zeit, sich umzusehen. Eine Frau kam auf sie zu, ihr Kleid – hauchdünner Crêpe Georgette, aus dem Ausschnitt quoll der Busen – zeigte, dass sie sich bereits fürs Geschäft zurechtgemacht hatte. Beim Anblick der beiden Frauen verzog sie angewidert das Gesicht. Weil sie Caro kannte? Oder hatten sie etwas an sich, das ihnen trotz ihrer Zivilkleidung den Stempel *Polizei* aufdrückte?

«Und? Was isses diesmal?»

«Name?», erkundigte Caro sich ungerührt und zog einen Notizblock und einen Bleistiftstummel aus der Hosentasche.

«Hansen. Wissen Sie doch schon.»

«Vorname?»

«Wer ist denn da?», brüllte eine Frauenstimme in bayrischem Dialekt aus einem Flur, der vom hinteren Teil des Schankraums abging.

Die Prostituierte ignorierte ihre Kollegin. «Kann ich mal Ihre Dienstmarke sehen?»

Caro holte mit einem schmalen Lächeln die Plakette aus

der Tasche, ließ sie kaum einen Blick darauf werfen und steckte sie wieder ein. «Wo steckt Moor?»

«Weiß ich nicht. Wahrscheinlich ist er unterwegs. Ich bin doch nicht sein Kinder…»

«Red nicht! Seine Karre steht vor der Tür.»

«Muss ja nicht sein, dass er mit dem Auto weg ist. Waldemar hat wie jeder Mensch zwei Beine.»

Es sah nicht so aus, als würde das Wortgefecht bald enden. Paula durchquerte den Raum und trat in den Flur. Die Wand zur Linken wurde von einem riesigen Spiegel ausgefüllt, wohl um die Enge des Raums zu kaschieren. Rechts befand sich eine Treppe mit einem roten Läufer. Von der Bayerin war nichts mehr zu sehen. Dafür wurden im oberen Stockwerk Schritte laut. Im nächsten Moment tappte ein Mann auf Socken die Treppe herab. Seine Schuhe, teures helles Leder, trug er in der Hand. War das Moor? Paula zückte ebenfalls die Dienstmarke. «Wie heißen Sie?»

«Fräulein, ich bitt Sie, bleibense Mensch», wisperte der Mann. «Ich gehör hier gar nicht her. War nur gestern als Gast in der Bar und hab wohl etwas über den Durst getrunken, und da konnt ich ja nicht mehr mit meinem Auto …»

«Ausweis!», verlangte Paula.

«Habe ich nicht dabei. Wie gesagt, ich hatte nur kurz reingeschaut, gestern Abend, und bin dann hängen geblieben, und irgendwie …»

Wenn man die teuren Schuhe, seinen feingewebten Anzug und die Panik in seinen Augen zusammenrechnete, ergab sich ein stimmiges Bild: Sie hatte einen Freier aus der gehobenen Hamburger Gesellschaft vor sich, dem es peinlich war, in einem Puff erwischt zu werden. Er würde ihnen nicht weiterhelfen können.

Paula trat zur Seite, und auch Caro, die ihr kleines Verhör beendet hatte, ließ ihn passieren. Gemeinsam erklommen sie die Treppe ins nächste Stockwerk. Dort rissen sie die Türen auf, eine nach der anderen. Sie trafen auf Frauen in Nachthemden, die sich über Waschschüsseln beugten oder in Kleiderschränken wühlten. Paula entdeckte auch zwei weitere Männer, aber Caro, die auf ihren leisen Pfiff hinzueilte, schüttelte beide Male den Kopf.

Sie fanden Waldemar Moor schließlich in der obersten Etage des Puffs. Er machte gar keinen Versuch, irgendwohin zu verschwinden, sondern erwartete sie mit übereinandergeschlagenen Beinen in einem üppig eingerichteten Salon. Mit trägem Lächeln blickte er ihnen entgegen. Wäre Paula ihm im Salon ihrer Eltern begegnet, hätte sie ihn vielleicht sympathisch gefunden: In den Augenwinkeln saßen Lachfältchen, er wirkte gescheit und entspannt. Ein gescheiter, entspannter Zuhälter, der schreiend vom Schauplatz eines Mordes davongelaufen war? Hm.

Unauffällig musterte Paula die Einrichtung. Den meisten Platz nahmen drei Sessel und ein elegantes Sofa ein. Dazwischen stand ein Palisandertisch, an der Wand befand sich eine Anrichte, neben der ein großer Spiegel hing. Alles sah teuer aus, aber kein Möbelstück passte zum anderen, seltsamerweise. Wieso gab man eine größere Summe Geldes für teures Mobiliar aus und stückelte dann alles lieblos zusammen?

Moor besaß eine Vorliebe für Malerei, auch das fiel ihr auf. Zwischen Sofa und Anrichte hing ein Druck der dürftig bekleideten *Nana* von Manet, daneben Klimts halbnackte *Goldene Judith.* Seltsam, Paula hatte die Gemälde bei ihrer fortschrittlichen Kunstlehrerin im Lyzeum durchgenommen und sie gemocht, aber hier bei Moor, der Frauen gegen Geld an zahlende Männer vermietete, wirkten sie … zynisch. Als hätte er sie mit seiner Anerkennung beschmutzt.

«Und was kann ich heute für unsere immer aufmerksamen Damen von der Polizei tun?»

Caro ließ sich aufs Sofa fallen und streckte einen Arm auf der Rückenlehne aus – das Pendant zu den breit geöffneten Beinen ihres Gegenübers. «Wie es ausschaut, ist Ihnen eine Ihrer eigenen Damen abhandengekommen.»

«So was geschieht. Das weibliche Geschlecht ist wankelmütig.» Kein gescheites, sondern ein freches Grinsen.

«Sicher haben Sie gehört, dass man sie inzwischen gefunden hat?»

«Wen bitte?»

Caro verdrehte die Augen.

«Ach was, handelt es sich etwa um Edith Hellwig? Ja, die ist wirklich verschwunden. Vor drei oder vier Tagen. Wir vermissen sie sehr.»

«Nun bitte nicht gleich ein Nervenzusammenbruch, Herr Moor.»

Das Grinsen wurde noch breiter.

«Was wir uns vorgenommen haben, ist, Ihnen nachzuweisen, dass Sie Edith Hellwig am 10. April dieses Jahres auf dem Friedhof am Zoo umgebracht und ihre Leiche in der Nikolai-Kapelle aufs widerlichste geschändet haben. Ein Zeuge hat Sie vom Tatort fliehen sehen.»

«Ach was. Wer denn? Oh, dieser Schupo, von dem in der Zeitung zu lesen war? Da haben Sie was missverstanden, Fräulein. Ich heiße Moor, aber ich bin kein Mohr. Ihr Mann hat einen Afrikaner gesehen. Stimmt doch, oder? Ich habe diesen Friedhof jedenfalls noch nie betreten.»

Paula dachte an das Kind, das Kröger erwähnt hatte, und an die zweite Hälfte der Zinnfigur.

«Machen wir es kurz», sagte Caro. «Ihr Alibi: Wo haben Sie den Nachmittag des 10. April …»

Paula verdrückte sich. Hier oben hatten sie die Zimmer noch nicht unter die Lupe genommen. Und das würde sie jetzt nachholen. War das eigentlich erlaubt? Eine Wohnung einfach zu durchsuchen? Sie hatte keine Ahnung, und es war ihr auch egal. Leise betrat sie den Raum neben dem Salon – Moors Schlafzimmer. Sein Bett war ausladend wie das des Sonnenkönigs und beförderte die schmutzige Phantasie: Es war eine Sonderkonstruktion mit Platz für ein halbes Ballettensemble. Der Kleiderschrank war ebenfalls riesig, aber hoffnungslos altmodisch. Eine Truhe neben dem Fenster sah aus wie aus einem Museum geklaut. Vermutlich hatte Moor seine Einrichtung von Leuten zusammengekauft, die während der Inflation alles verscherbeln mussten, um nicht zu verhungern. Ihr fielen zwei Whiskeyflaschen auf einem runden Tisch ins Auge – eine davon halb leer.

Im nächsten Zimmer hatte Moor sich ein Büro eingerichtet. Auch hier wirkte alles lieblos zusammengestellt. Ein Stuhl, ein Schreibtisch, ein Schrank … und auf dem Schreibtisch stand ebenfalls eine angebrochene Flasche, dieses Mal Gin. War der Zuhälter ein Trinker? Paula öffnete den Schrank, aber darin befanden sich nur Kladden und Papiere.

Sie musste sich ranhalten! Der Nebenraum wurde von einer Frau bewohnt, darauf deuteten ein mit Tiegeln und Fläschchen vollgestellter Schminktisch und einige Blumenbilder an der Wand hin. Auch hier warf Paula einen Blick in den Schrank: Er war leer. Hatte hier womöglich Edith gelebt?

Im nächsten Raum … Oh! Ein Junge saß auf der Kante eines Metallbetts. Er war spindeldürr, etwa zwölf bis vierzehn Jahre alt und las in einem Heft. Worum es sich dabei handeln mochte, ließ sich daran erkennen, dass er es reflexartig unter seiner Bettdecke verschwinden ließ. Schuldbewusst sah er Paula an.

«Wer bist du denn?», fragte sie.

«Fredi», sagte der Junge.

«Und wie heißt du weiter, Fredi? Mit Nachnamen?»

«Moor.»

«Dann bist du wohl der Sohn von dem Herrn Moor, dem hier alles gehört?»

Keine Antwort.

Paula ließ den Blick schweifen. In dieser Kammer sah es ärmlich aus. Das Bett schien aus einer Kaserne zu stammen, die Bettwäsche war seit Ewigkeiten nicht gewechselt worden. Und wenn man zum Fenster hinaussah, blickte man direkt auf die Mauer des Nachbarhauses. Das Einzige, was dem Raum etwas Kindliches verlieh, waren mehrere geschnitzte Boote, die auf der Fensterbank standen.

Sie wandte sich wieder an den Jungen. «Wo steckt denn dein kleiner Bruder, Fredi?»

«Jonny?»

«Hast du mehr als einen?»

Fredi fasste die Frage offenbar als Tadel auf, denn er duckte sich und zog die Schultern hoch. Dann schüttelte er Kopf.

«Wo, glaubst du, könnte der Jonny jetzt sein?»

Der Junge deutete auf das Zimmer gegenüber.

«Aha, danke.»

Paula durchquerte den Flur. Jonnys Zimmer war leer, aber ihr Herz schlug trotzdem höher. Hier gab es ein relativ neues Kinderbett, und auf dem Boden lag Spielzeug, wie kleine Jungs es mochten. Das, was Kröger am Tag des Mordes zu ihr gesagt hatte, bekam neues Gewicht.

Sie hörte, wie Caro im Salon abschätzig lachte, und dann die Stimme des Zuhälters: «Da muss Ihr Schupo etwas missverstanden haben. Glauben Sie im Ernst …» Er stockte. «Ich habe tatsächlich einen kleinen Sohn, das ist aber auch das Einzige, was an dieser haarsträubenden Geschichte stimmt. Und wenn ich mit Jonny spazieren gehe, dann ganz sicher nicht auf einem Friedhof!»

Seltsam, dachte Paula. Moor hatte seinen jüngeren Sohn sehr viel großzügiger bedacht als Fredi. Die Eisenbahn, die sich über den kompletten Fußboden zog, musste richtig teuer gewesen sein. Und es gab gleich zwei Schränke. Der größere war voller Regale, in dem sich weiteres Spielzeug befand. Kleine Autos, auch ein Trecker, ein weißer Plüschhund auf Rollen, Pappschachteln mit Brettspielen und eine Kiste … Hoppla! Paulas Herz schlug schneller, als sie den Deckel anhob. Zinnfiguren. Jede Menge. Rasch sah sie die Figuren durch und triumphierte, als sie einen gekrümmten Wolf mit aufgerissener Schnauze entdeckte, dem die Beine fehlten. Da hatten sie ihn, ihren Beweis! Sie kehrte mit ihrem Fund in Fredis Zimmer zurück.

«Schau mal, kennst du das?»

Fredi schüttelte den Kopf, ohne überhaupt hinzusehen. «Mein Vater war zu Hause, als Edith umgebracht wurde.» Er stieß den Satz hervor, obwohl sie gar nicht nachgefragt hatte. Ihm war offenbar eingebläut worden, was er zu sagen hatte.

Paula ging vor dem Bett in die Hocke. «Erzähl mal, wie war sie denn so, die Edith? Hast du sie gemocht?»

Der Junge starrte sie an, als wollte er in ihrer Miene lesen, welche Antwort sie hören wollte.

«Na ja, Fredi, es gibt doch freundliche Menschen und unfreundliche Menschen. Manche haben wir gern, andere können wir nicht leiden. Und das ist völlig in Ordnung», sagte Paula. «Vielleicht hast du Edith gemocht, aber vielleicht auch nicht.»

Fredi hob den Kopf und blickte zur Tür.

Paula fuhr herum. Doch nicht Moor, sondern ein kleiner Junge stand mit dem Daumen im Mund auf der Schwelle. Zwei bis drei Jahre alt, schätzte sie. Da war es, das Kind! Ihr Herz schlug erneut rascher. «Hallo, Jonny. Ich hab mir was von dir ausgeborgt. Sieh mal …» Sie zeigte ihm den Wolf, doch der Junge ignorierte das Spielzeug. Er starrte sie an, allerdings auf eine Weise, als würde er durch sie hindurchsehen. Seltsam war das. Unheimlich.

Paula hörte, wie es im Salon laut wurde. Caro. Doch sie war zu abgelenkt, um zuzuhören. «Du warst mit Edith spazieren, nicht wahr? Auf dem Friedhof?»

Keine Reaktion, außer dass Jonny vielleicht einen Tick heftiger an seinem Daumen saugte.

«Hast du den schwarzen Mann gesehen, der in der Kapelle stand? Diese große Figur aus Pappe?»

Die leeren Augen gaben nichts preis.

«Ich habe den anderen Teil von deinem Kämpfer gefunden. Den du hinter der Figur vergessen hast, erinnerst du dich?»

Sie hätte auch mit einer Statue reden können.

Plötzlich war aus dem Salon heftiges Gepolter zu hören. «Geht dich einen Scheißdreck an!», brüllte Moor. «Verschwinde, du Schlampe …» Seine Stimme brach vor Wut.

Paula ließ die Kinder stehen, rannte durch den Flur und stürmte in den Salon. Caro und der Zuhälter standen einander gegenüber, beide mit harten Gesichtern, hellwach. Paula sah, wie Caro unter ihr Jackett griff. Hatte sie dort eine Waffe stecken? Moors Augen folgten ihren Bewegungen, sein Lid zuckte. War's das, warum Broder nicht gewollt hatte, dass sie allein auf dem Kiez ermittelten?

«Ich habe etwas gefunden», sagte Paula.

Einige Sekunden passierte gar nichts, dann senkte Caro

die Hand, und Moor atmete stoßartig aus und trat einen Schritt zurück.

Paula öffnete ihre Hand, in der der Wolf lag. «Herr Moor, diese zerbrochene Figur habe ich im Zimmer Ihres Sohnes gefunden. Die zweite Hälfte haben wir in der Nikolai-Kapelle sichergestellt. Wollen Sie uns etwas erklären?»

7. KAPITEL

SAMSTAG, 13. APRIL

Martin Broder kaute auf der Leberwurststulle, die er angetrocknet aus seiner Aktentasche gezogen hatte, und grübelte über Schuppes Obduktionsbericht. Es ging schon auf sieben zu, aber der Fall ließ ihn nicht los. Bei der Mordwaffe handelte es sich nicht um ein gewöhnliches Messer, wie sie vermutet hatten, sondern um eine Art kleiner Sichel. Das Gerät besaß allerdings keine komplett gebogene Klinge, sondern, nach den Schnittverläufen zu urteilen, nur ein gekrümmtes Ende.

«Dieses Messer – glaubst du, es handelt sich um ein chirurgisches Instrument?», hakte Martin nach, als er den Arzt eine Viertelstunde später auf dem Weg in den Feierabend im Treppenhaus traf.

«Jedenfalls keines, das mir bekannt wäre. Und ich kann mir in der Chirurgie auch keine vernünftige Situation vorstellen, in der man so eine Klinge bräuchte. Die taugt nur dazu, das Innere eines Menschen zu verwüsten.» Schuppe malte auf das staubige Fenster zum Innenhof eine Skizze. «So in etwa müsste es ausgesehen haben.» Er blinzelte verschmitzt. «Süßer Fratz, eure neue Kollegin, was? Allerdings ein bisschen vorlaut.»

Aber Martin war nicht in der Stimmung, über Paula Haydorn zu tratschen. Die Frauen hatten möglicherweise die Identität der Toten herausbekommen – das war anerkennenswert. Paulas eigenmächtiger Ausflug auf den Kiez störte ihn allerdings gewaltig. Manchmal fühlte er sich wie ein Kindermädchen, das mit einer bockigen Göre geschlagen war. «Schönes Wochenende dann!» Er hob die Hand zum Gruß und nahm die letzten Stufen ins Freie.

Als er mit seinem Auto aus dem Innenhof auf die Straße einbog, hatte der Verkehr vor dem Stadthaus bereits nachgelassen. Er versuchte, sich auf den Sonntag zu freuen. Zwar würde er trotzdem ins Stadthaus müssen, aber die Ruhe, die dann dort herrschte, erleichterte das Denken.

Schuppe hatte festgestellt, dass die Frau an dem Schnitt durch ihre Kehle gestorben war. Als der Mörder sie ausgeweidet hatte, war sie also bereits tot gewesen – wenigstens das. Was hatte es bloß mit dieser Tatwaffe auf sich? Woher stammte sie? Hatte der Mörder sie für seine Zwecke selbst hergestellt? In dem Fall müsste man von einem Täter ausgehen, der kaltblütig und gleichzeitiger mit ungewöhnlicher Akribie und Phantasie plante.

Martin dachte an den Zuhälter, dem das *Tingeltangel* gehörte. War der Kerl so gestrickt? Ein Sadist, der sich am Leichenöffnen ergötzte? Er durfte nicht vorschnell urteilen. Verdächtig war ja außerdem noch der Afrikaner, dessen Name und Adresse ihm die findige Sekretärin nach einem Anruf bei der Hamburger Hochbahn auf den Schreibtisch gelegt hatte. Und vielleicht durfte man auch Kröger nicht aussortieren, der es mit der Wahrheit nicht allzu genau genommen hatte und der allein, ohne Ehefrau, in seiner miesen Dachgeschosswohnung hauste. Was, wenn der Täter aus ihren eigenen Reihen kam? Ein Mann, in dem sich ein Hass auf Frauen angestaut hatte, der sich auf dem Friedhof entlud?

Martin beschloss, sich als Nächstes um den Schwarzen zu kümmern. Wenn man Mandelberg Glauben schenken wollte, war er ein freundlicher Mann, ein Exot, der es geschafft hatte, auf dem heiß umkämpften Hamburger Arbeitsmarkt eine Anstellung zu ergattern. Sehr ungewöhnlich.

Martin hatte einmal eine der Völkerschauen im Hagenbecker Zoo besucht. Der Betreiber hatte neben dem Giraffengehege Dörfer aufbauen lassen, in denen das Leben der Fremden nachgestellt wurde, um den Besuchern die Illusion einer Reise quer über den Planeten zu bieten. Indianer, Lappen, Eskimos in viel zu warmen Fellgewändern, Afrikaner in Baströcken, Feuerländer mit Knochen in den Haaren … In der Zeitung hatte er später gelesen, dass die Fremden von den Betreibern der Völkerschauen wie Schauspieler angestellt, aber elendig bezahlt wurden. Hatte der Tramfahrer ebenfalls für so eine Schau gearbeitet? Und falls ja: Hatte er die Kränkung, die dieses Zurschaustellen zweifellos bedeutete, überwinden können? Hass war ein starkes Motiv, wenn es um Mord ging.

Martin hatte die Lohmühlenstraße erreicht, wo er eine kleine Wohnung gemietet hatte. Er stieg aus dem Wagen. Der Afrikaner wollte ihm nicht aus dem Kopf. Kam er sich, während er die Tram lenkte, weiter wie ein vom Publikum beklatschter Affe vor? Auch Sympathie konnte ja demütigend und gönnerhaft wirken. Und was tat ein Mann, den man demütigte?

Während er die Haustür aufschloss, drängten wieder Bilder vom Krieg in seinen Kopf: ein Dorf bei Hooglede, das sie einnahmen. Deutsche Soldaten erschossen die Männer und drangen anschließend in die Häuser ein, um die Frauen zu vergewaltigen. Sogar gebrechliche Großmütter, sogar Kinder. Kameraden, mit denen er am Abend zuvor noch gemeinsam

Suppe gelöffelt hatte, benahmen sich schlimmer als Vieh. Waren sie einem archaischen Sexualtrieb gefolgt? Oder ging es ihnen um Rache am Feind? Ums Heimzahlen der Todesangst, der Qualen?

Martin betrat seinen Mietsblock und schüttelte die Erinnerungen ab. Was seinen Fall anging, gab es zwei Fakten: Erstens hatte der Schmierfink Kalkhoff den Afrikaner ins Spiel gebracht. Zweitens hatte Kröger seine Angaben bestätigt. *Einen* Lügner konnte er sich vorstellen. Aber gleich zwei? Während er die Treppen hinaufstieg, beschloss er, sich beide Zeugen noch einmal vorzuknöpfen. Am besten konfrontierte er sie miteinander. Und den Tramfahrer würde er natürlich ebenfalls befragen.

In der zweiten Etage traf er auf ein kleines Mädchen, vielleicht sechs Jahre alt, das auf einer Treppenstufe saß. Blonde Zöpfe, ein Kleid mit Kragen und Schleifchen, gekringelte Socken, schwarze, zerkratzte Lackschuhe. Er hatte es gelegentlich beim Seilspringen auf dem Bürgersteig gesehen.

«Hallo», grüßte er. Kinder mochte er. Wenn er sie beobachtete, wärmte ihn das Gefühl, es gäbe noch etwas, das nicht vom Krieg besudelt worden sei.

Das Mädchen rutschte zur Seite, und Martin nahm die letzten Stufen. Noch während er die Wohnungstür aufschloss, hörte er drinnen das Telefon klingeln, das ihm die Polizei für seine Bereitschaftsdienste zur Verfügung gestellt hatte. Er beeilte sich, zum Apparat zu kommen. Die Telefonistin aus der Zentrale des Stadthauses war dran. Seine Müdigkeit verflog, während er lauschte. «Sagen Sie ihr, dass ich sofort da bin!», rief er.

Waldemar Moor hatte Angst. Martin versuchte herauszufinden, woran er das festmachte. Der Zuhälter saß ihm in einem exzellent geschnittenen Anzug an seinem Schreibtisch gegenüber. Er protestierte gegen seine Festnahme und die Tatsache, dass man seine Kinder ohne seine Erlaubnis verhört und unter Druck gesetzt habe. «Mein Kleiner ist völlig verstört!» Er sprach gelassen und mit Nachdruck, doch seine Hände zitterten. Zwar versuchte er, das zu verbergen, indem er die Arme vor der Brust verschränkte, aber die Fingerknöchel waren weiß vor Anstrengung.

«Es gibt einen Zeugen, einen Schutzpolizisten, der einen Mann mit einem Kind den Friedhofsweg entlanglaufen sah. Wir werden ihn natürlich fragen, ob *Sie* es waren, den er gesehen hat», sagte Martin.

«Für Mord gibt's das Fallbeil», ergänzte Caro Wagner, die Moor gemeinsam mit Paula Haydorn festgenommen hatte. Sie hielt nicht viel davon, auf Zeugen und Verdächtige einzugehen, ihnen zuzuhören. Die Faust in ihrer Tasche schien immer geballt zu sein. Martin fand sie anstrengend. Einen Mann wie Moor unter Druck zu setzen, erzeugte nur Widerstand.

Paula Haydorn, die bisher geschwiegen hatte, kam zum Schreibtisch und legte die Zinnfigur, die sie in der Nikolai-Kapelle gefunden hatten, auf die Tischplatte. Dann schob sie den zweiten Teil der Figur, der im Spielzeugschrank des kleinen Jonny Moor gelegen hatte, dagegen. Beide Teile passten millimetergenau zueinander.

«Tja, das hier müssen Sie uns schon erklären, Herr Moor», sagte Martin.

Er wartete darauf, dass sein Verdächtiger behaupten würde, die Figur sei ihm *untergeschoben* worden. Es war im Milieu bekannt, dass bei der Polizei Prämien für gelöste Fälle gezahlt wurden, und einige Anwälte hatten sich darauf spezialisiert, Beweise als fingiert zu diffamieren. Kurz sah es so aus, als wollte auch Moor diese Richtung einschlagen, doch dann stieß er einen Seufzer aus. Er ließ die Arme sinken, und einen Moment sah er einfach nur erledigt aus.

«Gut», sagte er leise. «Es kommt sowieso raus, ich kann mir das Drumherumgerede sparen. Ja, ich bin auf dem Friedhof gewesen. Edith hatte meinen Jungen gepackt und ist mit ihm zum Zoo. Also, das nehme ich jedenfalls an. Jonny liebt den Zoo nämlich. Von dort aus ist sie wohl rüber auf den Friedhof gegangen. Da liegt ein Kind von ihr begraben, und sie hat es gelegentlich besucht.»

In Martins Unterlagen befand sich inzwischen eine Kopie von Ediths Karte aus der Verbrecherkartei, und er wusste, dass sie tatsächlich in sehr jungen Jahren ein Kind verloren hatte, möglicherweise noch kurz vor der Schließung des Friedhofs. Diese Aussage konnte also stimmen.

«Als ich die beiden im Zoo nicht gefunden habe, bin ich ebenfalls rüber. Ich hab mir Sorgen um Jonny gemacht. Ein Vater spürt, wenn etwas nicht stimmt. Und da hab ich …» Er schluckte. «Die Tür zur Kapelle stand offen. Ich bin reingegangen – und da lag Edith. Tot. Das ist die reine Wahrheit!»

«Das Alibi, das Ihr Sohn Friedrich Ihnen gegeben hat, ist also falsch?», fragte Paula.

«Ach, der Fredi. Der hat eben gedacht, er müsste mir helfen. Er ist nicht besonders schlau.»

Martin sah seine Kollegin die Stirn runzeln – sie hatte einen anderen Eindruck gehabt.

«Und was hat Ihr jüngerer Sohn Ihnen überzählt? Ich meine, über den Mord?», fragte Martin.

Alle Blicke gingen zur Tür. Moor hatte seinen weinenden Sohn nicht im *Tingeltangel* zurücklassen wollen, der kleine Jonny saß im Flur auf dem Schoß einer Sekretärin und wartete auf seinen Vater. Martin wusste von seinen Kolleginnen, dass sie versucht hatten, mit ihm zu reden. Aber der Kleine hatte keinen Mucks von sich gegeben.

«Ich hab Jonny hinter dem verdammten Pappmohren gefunden. Da habe ich ihn hochgenommen und bin mit ihm raus. Ich war ja … wie vor den Kopf geschlagen. Nicht nur wegen Edith. Auch, weil ich zuerst dachte, es hätte ihn ebenfalls erwischt. Zu Hause hab ich natürlich versucht, aus ihm rauszukriegen, was passiert ist. Aber er hat kein einziges Wort gesagt. Er spricht überhaupt nicht mehr, gibt kein verdammtes Wort von sich, nicht mal, wenn er Hunger hat.» Bei den letzten Sätzen klang seine Verzweiflung echt.

«Bringen Sie ihn doch bitte einmal rein.» Martin nickte Paula Haydorn zu, und die tat wie gebeten und setzte sich mit dem Kleinen auf einen Stuhl neben dem Schreibtisch. Martin stand auf und ging vor dem Jungen in die Hocke. Ihm drehte sich der Magen um, als er in die leeren Augen blickte. Diesen Ausdruck kannte er. So hatten viele seiner Kameraden ausgesehen, wenn sie nach dem Ende der Kämpfe wie betäubt in den Schützengräben standen. Aber das bedeutete natürlich nicht, dass Moor die Wahrheit gesagt hatte. Vielleicht hatte der Junge doch geredet. «Jonny …», begann er. Nein, es hatte keinen Zweck. Das Kind befand sich in seiner eigenen Hölle.

Schwerfällig richtete Martin sich wieder auf. «Herr Moor, Sie können nach Hause gehen, müssen sich aber zu unserer Verfügung halten. Und wenn ich Ihnen einen Rat geben darf: Bringen Sie Ihren Sohn zu einem Arzt.»

8. KAPITEL

SAMSTAG, 13. APRIL

Der Samstagabend war eine gute Zeit für das *Tingeltangel.* Die beste. Da kamen die wohlhabenden Kunden, die ihre Arbeitswoche mit einem gutgelaunten Mädel im Bett beschließen wollten, bevor der Sonntag mit den langweiligen Ehefrauen sie in die Pranken bekam. Die Trinkgelder sprudelten nur so.

Heute fand Moor es allerdings schwer, das Getümmel zu genießen. Er lehnte an der Bar und nudelte die üblichen Sprüche für die Freier ab. «Nicht, dass ihr Turteltauben mir noch zusammen durchbrennt», scherzte er mit dem lungenkranken Seeamtssekretär Neuer, der bei ihm Stammkunde war und deshalb die Mädchen zum Zweidrittelpreis vögeln durfte. Was er dadurch ausglich, dass er in flauen Zeiten manchmal auch zwei oder drei Mädchen mit ins Zimmer nahm. Der Mann lachte, aber Moor war mit seinen Gedanken schon wieder abgeschweift.

Fredi, dieser verdammte Idiot. Nicht einmal für ein simples Alibi taugte er. Immer wieder den gleichen Satz abzuspulen – idiotischer ging's ja wohl nicht. Manchmal fragte Moor sich, ob sein Sohn absichtlich den Trottel spielte. Hatte er es vielleicht darauf angelegt, ihn vor den Polypen als Lügner dastehen zu lassen? Nee, sogar dafür war er zu dämlich.

Ein Fremder kam zur Tür herein, zögernd, unsicher – der hatte garantiert noch keinen Puff von innen gesehen. Moor schaute zu Ilse hinüber, die heute noch keinen Kunden abgegriffen hatte, aber sie brauchte keinen Anschubser. Sie setzte ein Lächeln auf, bei dem ihre wirklich hübschen, weißen Zähne aufblitzten, und schlängelte sich an den Mann heran. Die dürre Ziege war zwar gelegentlich widerborstig, doch wenn es darum ging, einen schüchternen Mann locker zu machen, lief ihr keine den Rang ab.

Moor goss Gin in ein Glas und massierte mit den Fingerspitzen seine schmerzenden Schläfen. Die Musik war zu laut. Herbert Grothe, sein Pianist, drosch wieder mal wie bekloppt in die Tasten. Der sollte, verdammt noch mal, was Weiches, Verführerisches klimpern. Hatte er ihm doch schon tausendmal gesagt! Aber ihm fehlte die Kraft, dem Musiker die Meinung zu geigen. Sein Blick ging zur Uhr. Bis zum nächsten Striptanz waren es noch zwanzig Minuten. Sobald die Mädels auf der Bühne standen, konnte er sich kurz verdrücken, frische Luft schnappen.

Lächelnd prostete er einem weiteren Freier zu, einem Mann, dessen Adamsapfel fast die Fliege sprengte. Der Kunde taxierte von der Bar aus die Mädels, aber sein Blick ging immer wieder zu der Tür, die zur Treppe und in die Fickzimmer führte. Wahrscheinlich wartete er auf eine, die ihm besonders lag, aber oben noch beschäftigt war.

Moors Gedanken kehrten zum Kommissariat zurück. Er dachte an den Polypen, der ihn verhört hatte. *Martin Broder* hatte an der Zimmertür gestanden. Den Namen würde er sich merken. Scheißkerl, das war einer von denen, die sich zahm gaben, sich aber in ihre Fälle verbissen. War es ein Fehler gewesen, ihm das mit dem Friedhof zu gestehen? Aber was war ihm schon übriggeblieben, nachdem sie die verfluchte Zinnfigur gefunden hatten! Er dachte an Jonny, kurz ärgerlich, im nächsten Moment voller Mitleid. Was mochte der Kleine gesehen haben, dass er den Mund nicht mehr aufkriegte?

Und wenn er *mich* gesehen hat?, überlegte Moor beklommen. Wenn er gesehen hat, wie ich mit dem verfluchten Messer auf die brüllende Edith eingestochen habe? Zum Kotzen, dass er sich immer noch nicht erinnern konnte, was in den Stunden passiert war, bevor er aus seinem Rausch erwachte. Sie waren einfach wie ausradiert. Was, wenn er gemeinsam mit Edith und Jonny in den Zoo gefahren war? Hatte er sich darüber aufgeregt, als er bemerkte, dass Edith mit seinem Kleinen wieder rüber zum Friedhof war, obwohl er ihr doch eingehämmert hatte, dass sie den Jungen mit dem verfluchten Grab in Ruhe lassen sollte? War er ihr gefolgt und hatte aus Wut auf sie eingestochen? Hatte er Jonny danach in seinem Entsetzen vergessen und zu Hause den Schrecken im Gin ersäuft? Blödsinn, das war doch … verrückt! Aber wurde es nicht gerade deshalb wahrscheinlich? Besoffen hatte er doch immer den größten Mist gebaut!

Der Kerl mit der Fliege schob sein leeres Glas über die Theke, schnappte sich Fanni und verschwand mit ihr nach oben. Na, wenigstens kam Geld in die Kasse.

Während Moor zusah, wie Kalle, sein Barmann, das Glas ins Abwaschbecken tunkte, fiel ihm plötzlich das Klappmesser ein, das er fast immer bei sich trug, wenn er das *Tingeltangel* verließ. Er fasste in die Jackentasche. Sie war leer, und ihm sackte das Herz in die Hose. Dann meinte er sich zu erinnern, dass er es letztens in eine Schublade im Tresen der Bar gelegt hatte. Er drängelte sich an Kalle vorbei und schaute nach. Ihm blieb vor Erleichterung die Luft weg, als er die Waffe schwer und glänzend zwischen den Korkenziehern liegen sah. Na bitte! Er durfte sich nicht selbst verrückt machen. Obwohl es natürlich möglich war, dass irgendwo in der Kapelle ein Messer rumgelegen hatte und er es … Nein, aufhören! Das Grübeln brachte nichts.

Die Musik änderte sich. Alma Hansen betrat in einem Bananenröckchen, das sie Josephine Baker abgeschaut hatte, die Bühne und streckte den Po zur Seite. Sie war nicht so gut wie Edith. Die hatte es trotz ihrer fünfunddreißig Jahre geschafft, das Publikum mit ihrem aufreizenden Wackeln zum Rasen zu bringen, da waren die Männer regelrecht ausgerastet. Ein Kunde hatte mal seinen Samen in einen der Blumentöpfe abgespritzt. Aber egal. Für Stielaugen konnte auch Alma sorgen. Und darum ging es letztlich.

Moor stieß sich vom Tresen ab. Die wohlverdiente Pause … Er trat in die kalte Nachtluft und freute sich, dass Herbert, der Idiot, endlich sanfte, aufreizende Weisen spielte. Während er zu den Sternen starrte und zur Ruhe zu kommen versuchte, fielen ihm plötzlich seine Fingerabdrücke ein. Die hatte die Polizei ihm früher einmal abgenommen, als sich eines der Mädchen über ihn beschwert hatte. Was, wenn sie auf dem Messer, mit dem Edith aufgeschlitzt worden war, ebenfalls Fingerabdrücke gefunden hatten? *Seine* Abdrücke? Nein, ruhig Blut – dann hätten sie ihn garantiert nicht gehen lassen. Vielleicht hatte er das blutige Messer mitgenommen und irgendwo weggeworfen?

«Vater?»

Fredi war ihm gefolgt und streckte ihm einen Brief entgegen, der wohl mit der Post gekommen war. Moor nahm ihm das Kuvert ab und scheuchte ihn ins *Tingeltangel* zurück. Dann riss er es auf.

Er überflog den Brief, las ihn noch ein zweites und drittes Mal. Seine Hand zitterte, als er die Seite schließlich sinken ließ. Er starrte auf die hohe, rote Backsteinwand gegenüber, auf die schmalen Fenster, hinter denen bei Schummerlicht einige abgehalfterte Huren mit ärmlichen Kunden rammelten.

… lasse ich dir bis Montagabend Zeit, keine Stunde länger. Wenn du bis dahin den Zaster nicht abgedrückt hast, kriegt die Polente meine Aussage …

Die Gasse wirkte plötzlich wie der Grund einer Schlucht, deren Seiten sich einander zuneigten.

9. KAPITEL

SONNTAG, 14. APRIL

Es war Sonntag. Wie ärgerlich. Paula fühlte sich, als hätte man ihr während eines Hundertmetersprints einen Stock zwischen die Beine geworfen. Ob Broder und seine Männer trotz Wochenende weiterermittelten? Gab es bei einem frischen Mordfall überhaupt ein Wochenende? Wusste sie nicht. Aber sie wäre sich dumm vorgekommen, wenn sie als Einzige übereifrig ins Stadthaus gehechelt wäre.

Träge blickte sie im Zimmer umher. Die Sonne warf einen breiten, hellen Streifen auf den Toilettentisch, den sie von ihrer Großmama geerbt hatte. Das verhieß einen warmen Tag. Sollte sie schwimmen gehen? Aber wahrscheinlich hatte das Freibad Lattenkamp noch geschlossen. Also jemanden besuchen? Maria zum Beispiel? Ihre Freundin besaß inzwischen zwei Kinder und einen ernsthaften jungen Ehemann, dem gerade ein hoffnungsvoller Berufseinstieg in einer Kanzlei gelungen war.

Vor wenigen Jahren noch hatte Paula jede freie Minute mit Maria verbracht. Sie hatten das Grammophon angestellt, zu *When My Baby Smiles At Me* Foxtrott getanzt, sich von den *Piccadilly Four*, einer Jazzband aus Wiesbaden, die Ohren volldröhnen lassen und auf das Leben nach der Schule hingefiebert. Aber Maria hatte sich verändert. Und ich selbst mich auch, dachte Paula. Der Überschwang der Lyzeumszeit war gewichen, die unterschiedlichen Wege – Ehe und Kinder versus Berufsarbeit – hatten sie noch weiter voneinander entfernt. Nein, sie hatte keine Lust auf Maria, die womöglich auch noch ihre in die Enkelkinder vernarrten Eltern zu Besuch hatte.

Dann aber warteten Stunden in Gesellschaft ihrer eigenen Eltern auf sie. Und da würde es todsicher wieder um ihre Arbeit gehen. Dass Vater und Mutter in diesem Punkt aber auch so verstaubt waren! Als sie gestern Abend heimgekommen war, hatte sie einen Brief auf ihrem Bett gefunden, in dem Vater ihr mitteilte, dass sie am 1. Mai ihre Stelle in der Firma antreten würde. *Ich vertraue dir. Ich werde dich an die Spitze unseres Geschäfts setzen. Und das ist aufregender als alles, was du bisher getan hast. Du wirst einmal eine stattliche Firma leiten, Paula, und Verantwortung für viele Menschen tragen. Aber natürlich musst du das Geschäft von der Pike auf lernen …* Sie ahnte, dass ein heftiger Streit auf sie wartete. Den würde sie aber wohl ausfechten müssen.

Paula warf sich den Morgenmantel über, ging hinab in die Küche und brühte sich Kaffee auf. Während das Wasser durch den Filter tropfte, grübelte sie über das, was Mutter ihr vorgeworfen hatte, als sie nach dem Lesen des Briefs noch kurz hinuntergegangen und ihr in die Arme gelaufen war. Dass es ihr bei dem, was sie tat, einfach nur um Sensationsgier ginge, um die verächtliche Lust daran, mit dem Bösen zu flirten. «Dich zieht's zur Polizei wie andere ins Panoptikum», hatte sie ihr vorgeworfen. Das stimmt doch gar nicht, hatte Paula sich wehren wollen – und beschämt geschwiegen.

Das Panoptikum war eine Wachsfigurenausstellung mit Sitz am Spielbudenplatz. Vater hatte sie letzten Sommer einmal dorthin mitgenommen. In den Räumen waren nicht nur Kaiser und Könige, Weltreisende, Kleinwüchsige und Riesen zu bestaunen gewesen, sondern in einer Abteilung im Keller auch berüchtigte Mörder. Dort hatte ihr Vater sie allerdings nicht hinuntergehen lassen – was sie sehr bedauert hatte. Stimmte es also, dass sie nach Sensationen lechzte? War das der Grund, warum sie unbedingt bei der Polizei arbeiten wollte?

Nein, der Anblick der toten Prostituierten in der Kapelle hatte sie aufrichtig erschüttert, das Leid ihr Mitgefühl geweckt. Was sie aber reizte, war das minuziöse Zusammentragen von Indizien und Beweisen und die Tatsache, dass sie Verbrecher hinter Gitter bringen konnte. Es elektrisierte sie, mit Caro und Martin Broder zu diskutieren und von ihnen zu lernen. Und dass sie Moor mit der Zinnfigur hatte in die Enge treiben können, bereitete ihr immer noch ein Hochgefühl.

Paula goss den Kaffee in eine Tasse und schüttete Zucker hinein. Warum zerbrach sie sich überhaupt den Kopf? Die Arbeit der Polizei war wichtig, sie schützte die Stadt und ihre Bewohner. Niemand käme auf die Idee, ihren männlichen Kollegen Vorwürfe zu machen, wenn sie ihre Arbeit mit Feuereifer verrichteten. Warum sollte sie sich von Skrupeln den Wind aus den Segeln nehmen lassen? Das Deutsche Reich – ach was, die ganze Welt – war in einer gigantischen Umwälzung begriffen. Frauen drängten in die Politik und in die Wissenschaft, sie rauchten, sie spekulierten an der Börse – ja, damit meine ich dich, Mutter! –, die Tennisspielerin Suzanne Lenglen hatte in Wimbledon mehrere Titel gewonnen … Weshalb sollte sie sich dafür schämen, wenn sie im Kleinen ebenfalls Teil dieser Revolution sein wollte? Der Gedanke an Vaters Zündholzfabrik schnürte ihr den Hals zu. Ein Leben zwischen Akten und Papieren, Bilanzen prüfen, Abläufe kontrollieren … «Ja, Fräulein Haydorn … gewiss, Fräulein Haydorn …»

Ich brauche eine eigene Wohnung, dachte Paula. Man kann sich nicht von den Eltern aushalten lassen und gleichzeitig darauf bestehen, ein eigenständiges Leben zu führen. In der Diele lag die Sonntagsausgabe des *Hamburger Anzeigers*. Sie setzte sich damit an den Küchentisch und beugte sich über die Wohnungsannoncen.

Der Tag wurde so schrecklich, wie sie erwartet hatte. Gegen Mittag kamen, wie oft am Wochenende, Onkel Kurt und Tante Evi vorbei, und Paula, die sich bis dahin in ihrem Zimmer verschanzt hatte, wurde zu Tisch genötigt. Rinderbraten und Rosenkohl verputzten sie noch friedlich, dann trübte ausgerechnet Onkel Kurt die Stimmung.

«Und, Paula? Seid ihr dem Ripper auf der Spur? Man sieht ja immer nur die gleichen Bilder in den Zeitungen, und es scheint sich nichts zu tun. Keine Verdächtigen und so? Oder hält die Polizei ihre Erkenntnisse geheim?» Er lachte. «Natürlich macht sie das, alles andere wäre ja töricht. Nur …»

«Kurt! Ich bitte dich!»

Er winkte seiner Schwester beschwichtigend zu. «In welchem Bereich arbeitest du überhaupt, Mädchen? Mit diesem schockierenden Verbrechen hast du sicher nicht direkt zu tun, oder? Da stehe ich aufseiten deiner Mutter, es gibt Dinge, die junge Damen …»

«Doch, habe ich. Man hat mich für eine erweiterte Mordkommission vorgeschlagen, und zwar genau für die, die sich mit diesem Fall befasst.»

Kurz war es still am Mittagstisch, Messer und Gabel sanken auf die Teller. Alle schauten sie schockiert an. Vater war es, der das Schweigen brach. «Aber zum Glück hört das ja bald auf. Hast du den Brief gelesen, den ich dir …?»

«Ja, hab ich, Vater. Ich danke dir, aber ich bleibe lieber bei der Polizei.» Paula versuchte, nicht kalt wie Caro, sondern nüchtern wie Martin Broder zu klingen, als sie hinzufügte: «Ich helfe dabei, den Tod der Prostituierten aufzuklären. Das ist eine gute Sache, sie war eine Bürgerin unserer Stadt. Und deshalb werde ich mich dafür einsetzen, dass ihr Gerechtigkeit widerfährt.»

Vater starrte sie an. Dann schob er seinen Stuhl zurück, riss sich die Serviette vom Hals, warf sie auf seine rote Grütze und verließ das Zimmer. Paula lief ihm hinterher, natürlich, sie liebte ihren Vater. Er hatte immer auf ihrer Seite gestanden, wenn es darum gegangen war, kleine Breschen in die Barrieren der Konvention zu schlagen. Doch als sie in die Diele trat, war nichts mehr von ihm zu sehen, und auch in seinem Arbeitszimmer fand sie ihn nicht.

Bedrückt verzog sie sich in den frühlingshaften Garten, wo sie sich auf die alte Kinderschaukel setzte, die ihre Eltern, vielleicht in der Hoffnung auf Enkelkinder, auf dem Rasen hinter dem Gartenpavillon hatten stehen lassen. Martin Broder hatte es gut, der musste sich für seine Arbeit nicht rechtfertigen. *Männer* hatten es gut! Ihr Blick auf die schroffe Caro Wagner veränderte sich. Vielleicht *musste* man kalt werden, um sich in der Männerwelt durchzusetzen?

Der einzige Lichtblick in der familiären Trübsal dieses Tages war Tante Evi, die eine halbe Stunde später in den Garten kam, sich zu Paula auf die Gartenbank setzte und mit ihrer leisen Singsangstimme erklärte: «Das, was du über die Frauen in den Bordellen gesagt hast, dass du dich für sie einsetzen willst … Ich finde es richtig. Am Ende sind wir doch alle Menschen, nicht wahr? Wir alle wurden durch Gottes Hand erschaffen …» Sie verstummte, als wäre sie unsicher, wie ihre Nichte diese etwas pathetische und zugleich aufrührerische Erklärung aufnehmen würde.

«Da bin ich ganz deiner Meinung!», stimmte Paula ihr herzlich zu. Sie hatte ihre Tante schon immer gemocht, aber eine so moderne Einstellung hätte sie ihr nicht zugetraut. Evi stand immer in Kurts Schatten, ließ es sich gefallen, wenn er ihr über den Mund fuhr, machte sich klein. Gelegentlich allerdings blitzte in ihren leisen Bemerkungen ein Humor auf, der ahnen ließ, dass es noch eine zweite Person hinter der nachgiebigen Ehefrau gab, und das war wohl der Grund dafür, dass Paula sich zu ihr hingezogen fühlte. «Ich bin froh, dass wenigstens einer aus der Familie damit einverstanden ist, dass ich bei der Polizei arbeite.» Paula legte den Arm um die Schulter ihrer Tante und drückte sie.

Evi lächelte. «Falls es hier bei deinen Eltern zeitweilig ungemütlich werden sollte … Wir haben ein Gästezimmer. Ich bin sicher, dass Kurt nichts dagegen hätte, wenn du uns besuchen kämst.»

Noch eine rebellische und warmherzige Bemerkung. «Das ist wirklich nett, Evi.»

Ihre Tante lächelte tröstend. «Es wird sich schon alles wieder einrenken. Wie mein Vater immer sagte: Jedes Unwetter zieht vorüber. Das Bett wäre auf jeden Fall in null Komma nichts bezogen.»

Kurt und Evi machten sich noch vor dem Tee auf den Heimweg, und als Paula hinter ihnen die Tür zuklappen hörte, beschloss sie, das Haus ebenfalls zu verlassen. Der Kampf mit ihren Eltern käme noch früh genug. Wie aber sollte sie die Zeit totschlagen? Flüchtig tauchte wieder Maria in ihrem Kopf auf. Doch ihre Lust auf einen Tratsch mit der Freundin hielt sich mehr denn je in Grenzen. Was sollte sie ihr sagen, wenn sie nach den Einzelheiten der neuen Arbeit fragte?

Und wenn sie noch einmal zu Kröger ginge? Auf dem Friedhof hatte er doch ganz offen mit ihr geredet. Vielleicht wäre es von Vorteil, wenn nur sie beide miteinander sprächen, sodass sie ihn ein bisschen umschmeicheln konnte. Schaden konnte der Besuch auf keinen Fall.

Leider war der Schupo nicht zu Hause, wie sie nach einem längeren Fußmarsch zum Breitergang herausfand. Die Nachbarn hatten ihn seit Samstagmittag nicht mehr gesehen.

«Ist er da heimgekommen oder weggegangen?»

«Er ist mit einem Köfferchen die Treppe runter und hat nach Georg getreten. Mein Jüngster, noch ein ganz lüttes Bengelchen. Der wäre fast die Stufen runtergefallen!», erboste sich eine rundliche Frau mit Hasenscharte und einer schmutzigen Schürze um Hüfte und Brust.

«Hat Herr Kröger etwas gesagt? Wollte er verreisen?»

«Der redet doch nicht mit unsereins.»

«Und wir reden nicht mit denen. Auch nicht mit den Weibern von den Polypen, Luzy», tönte eine männliche Stimme hinter der Frau, wo sich Küche, Schlaf- und Wohnnische auf wenigen Quadratmetern vereinten. Etwas polterte zu Boden. Die Frau wollte die Tür schließen, aber Paula trat rasch auf die Schwelle und warf einen Blick ins Zimmer. Es wirkte trotz der Enge sauber und aufgeräumt. Vor dem Fenster, das auf den Hof hinausging, blühte ein Flammendes Käthchen in einem verschrammten Blumentopf. Um den Tisch in der Mitte des Zimmers tobten mehrere Kinder. «Sah Herr Kröger denn noch krank aus?», versuchte Paula, die Frau auszuhorchen.

Ein elend magerer Mann auf einem Sofa fuhr sie an: «Hab ich nicht *gerade* gesagt …»

Luzy schnitt ihm das Wort ab. «Wie Braunbier mit Spucke. 'ne Vergnügungsreise wollte der jedenfalls nicht unternehmen.»

«Ist Ihnen sonst noch etwas aufgefallen?»

«Raus hier, junge Frau, sonst wird's ungemütlich.» Der Mann griff nach einem Paar Krücken und machte Anstalten, sich hochzustemmen. Er besaß nur noch ein Bein. Kriegsversehrt, dachte Paula und wurde sofort von einem reflexhaften Schuldbewusstsein gepackt. Sie floh hinaus ins Treppenhaus und war froh, als sie wieder in der Gasse stand.

Zum Stadthaus war es nicht weit. Sie beschloss, doch ins Büro zu gehen. Dort angekommen, versuchte sie, Martin Broder zu erreichen. War er wohl verheiratet? Saß er gerade mit Gattin und Kindern am Kaffeetisch? Egal, die Sache mit Kröger und seinem Koffer war zu wichtig, um sie für sich zu behalten.

«Wo sind Sie gerade?», fragte er.

«Im Stadthaus.»

«Also gut, ich komme rüber.»

Er ließ sich noch einmal berichten, was sie herausgefunden hatte – viel war es ja nicht. Aber dass Kröger sich mit einem Koffer aus dem Staub gemacht hatte, musste sie als Polizisten auf jeden Fall alarmieren. Sie fuhren noch einmal bei seiner Wohnung vorbei und bekamen von einem weiteren Nachbarn bestätigt, was Paula schon ermittelt hatte: Kröger hatte am Vortag mit einem Köfferchen in aller Eile das Haus verlassen.

Wieder auf der Straße, schauten sie einander ratlos an. Schließlich zuckte Broder mit den Achseln. «Also schön, wenn wir schon unseren freien Tag opfern, können wir auch gleich bei dem Afrikaner vorbeifahren und hören, was er zu den Vorwürfen gegen ihn zu sagen hat.»

Christian Johannes – so war der Name des Mannes – wohnte in der Güntherstraße in Hohenfelde, einer gutbürgerlichen Gegend, erstaunlicherweise. Paula hatte angenommen, dass er in einer ähnlichen Wohnung wie Luzy und Kröger hausen würde. Doch sie hielten vor einem eleganten Mietshaus mit Buntglasscheiben in den Fenstern.

Paula las den Namen neben der Türklingel, die Broder drückte. «Heißt der Mann wirklich so?»

«Was?»

«Na, Johannes. Das klingt gar nicht nach Afrika.»

«Wahrscheinlich haben er oder seine Eltern den Namen angepasst, als sie aus den Kolonien nach Deutschland übergesiedelt sind.»

Vor der Wohnungstür erlebten sie ihre zweite Überraschung. Eine elegante Frau weißer Hautfarbe öffnete ihnen. Paula warf einen verstohlenen Blick auf das Türschild. *Johannes.* Ja, sie standen vor der richtigen Tür.

Martin Broder zog seine Polizeimarke, und Paula tat es ihm nach. Die Frau lächelte kühl, bat sie in die Wohnung und rief nach ihrem Mann. Unauffällig blickte Paula sich um. Die Stube war sparsamer eingerichtet als die ihrer eigenen Eltern, aber in einem sehr ähnlichen Stil. Gediegen hätte ihre Mutter es genannt. Was die beiden Räume noch gemeinsam hatten: Mutter setzte als Blickfang auf den Flügel, bei Familie Johannes lag eine Geige auf einem Tischchen. Daneben türmten sich Notenstapel, vor dem Fenster stand ein Notenständer aus edlem Holz. Ein Saxophon entdeckte sie auch.

«Musik, Musik … Er ist ganz verrückt nach Musik», sagte die Dame des Hauses, die ihren Blick aufgefangen hatte. Es klang giftig.

Im selben Moment trat Johannes ins Zimmer. Wäre nicht seine Hautfarbe gewesen, man hätte ihn für einen von Borgmeisters Angestellten halten können. Anzughose, weißes Hemd und eine Krawatte, die er wohl gerade erst umgebunden hatte, denn sie war ungeschickt geknotet. Was Paulas Puls jedoch beschleunigte: Ihm hing tatsächlich das linke Augenlid herab.

Die Frau drehte sich brüsk um und verließ das Zimmer. Hing bei dem Ehepaar der Haussegen schief? Oder warum wollte sie nicht bei ihrem Mann bleiben? Schwer zu beurteilen.

Christian Johannes bat sie an einen Tisch mit einer weißen Spitzendecke. Plötzlich verlegen, starrte Paula auf das gehäkelte Blumenmuster. Sie hatte erwartet … Ja, was denn? Einen mit Pfeil und Bogen bewaffneten Wilden vorzufinden, der in gebrochenem Deutsch seine Unschuld beteuerte?

Martin Broder war offenbar frei von solchen Überlegungen. «Sie wissen, warum wir hier sind?», fragte er nüchtern.

«Meine Nachbarn weichen mir aus, der Hauswirt hat von Kündigung gesprochen, die HHA überlegt, mich von meiner bisherigen beruflichen Tätigkeit zu entbinden und mich zur Reinigung der Straßenbahnwagen einzusetzen. Ob ich weiß, warum Sie hier sind?» Er wies auf eine Zeitung, die zusammengeknüllt auf der Fensterbank lag.

«Edith Hellwig – haben Sie die Frau gekannt?»

«Ist das die Tote? Natürlich nicht.»

«Besuchen Sie gelegentlich einschlägige Etablissements in St. Pauli?»

«Glauben Sie im Ernst, man würde mich dort als Kunden zulassen?»

«Wenn Sie zahlen? Warum nicht?»

«Ich bin verheiratet.»

Broder lachte.

«Und ich habe meine Frau geheiratet, weil ich sie liebe. Außerdem bringe ich niemanden um.»

«Es gibt mehrere Zeugen, die behaupten, um die fragliche Zeit einen Afrikaner in der Nähe des Tatorts gesehen zu haben.»

«Sie würden staunen, wie viele schwarze Menschen es in Hamburg gibt.»

«Und ein besonders wichtiger Zeuge, ein Schutzpolizist, hat ausgesagt, dass dieser Afrikaner ein hängendes Augenlid hatte.»

Jetzt verschlug es ihrem Verdächtigen doch die Sprache – allerdings nur kurz. «Meine Frau wird Ihnen bestätigen, dass ich … Wann hat der Mord überhaupt stattgefunden? In der Zeitung stand etwas von Dienstag oder Mittwoch, wenn ich mich recht entsinne.»

Wie ungeschickt er log. Natürlich hatte sich jedes Wort, das er gelesen hatte, in sein Gedächtnis gebrannt.

«Ich war in jedem Fall beim Dienst oder zu Hause», fügte er hinzu.

«Wenn Sie Ihre Frau holen könnten, damit wir diese Sache klären?»

Johannes wollte aufstehen, aber Paula kam ihm zuvor. «Lassen Sie nur, ich gehe schon.» Das fehlte ja noch, dass der Verdächtige seiner Gattin zuflüsterte, was sie aussagen sollte. Am liebsten hätte sie die Frau, die sie in der Küche fand, allein verhört, und zwar auf der Stelle, aber vielleicht wollte Broder sehen, wie die beiden in dieser kniffligen Situation aufeinander reagierten?

«Es geht um den vergangenen Mittwoch, um die Zeit zwischen fünf und sieben Uhr nachmittags», sagte ihr Kollege, als die Dame des Hauses sich zu ihnen an den Tisch gesetzt hatte. «Wir würden gern wissen …»

«Da war mein Mann hier bei mir.» Sie tat nicht einmal so, als versuchte sie, den Sinn der Frage zu ergründen oder sich mühsam zu erinnern. Hatten die beiden miteinander verabredet, wie sie ihn im Fall des Falles schützen sollte? Obwohl er womöglich ein Mörder war? War das der Grund für ihre abweisende Haltung? Oder sagte sie schlicht die Wahrheit? Wir haben nichts in der Hand als die Behauptungen eines journalistischen Schmierfinks, eines undurchsichtigen Schupos und eines Zuhälters, dachte Paula.

«Besitzen Sie einen Dienstplan, Herr Johannes?», wollte Broder wissen.

Der Schwarze starrte eine Weile ins Leere, dann sagte er zu seiner Frau: «Bitte, geh doch und koch uns einen Kaffee.»

Schulterzuckend verließ sie das Zimmer.

Johannes erhob sich schwerfällig. Er ging zum Fenster, sein Blick verlor sich in der Ferne. Broder ließ ihm Zeit. «Ich bin für die Tram 3 eingeteilt», sagte er schließlich. «Sie werden das sicher überprüfen?»

«So gehen wir vor.»

«Wenn Sie gründlich sind, werden Sie feststellen, dass ich meinen Dienst gelegentlich mit einem Kollegen tausche. Ich war am Mittwoch zu der Zeit, als der Mord geschah, bei einer Dame, die mir viel bedeutet. Und, nein, ich werde ihren Namen nicht nennen. Meine Frau weiß von dieser … Beziehung, aber sie zieht es vor, nicht darüber zu sprechen, und ich möchte Sie bitten, das zu respektieren.»

Broder zeigte weder Überraschung noch Missbilligung. Er lehnte sich zurück und verschränkte die Arme. «Sie sind sehr offen.»

«Alles andere strengt mich an.»

«Der Name Ihres Kollegen?»

«Manfred Kollakow. Der Tausch war mit unserem Vorgesetzten abgesprochen. Die Gründe dafür kannten beide nicht.»

«Es wäre wirklich hilfreich, wenn wir die Dame …»

«Nein, unter keinen Umständen.»

«Das könnte sich für Sie als Problem erweisen, Herr Johannes.»

«Dann ist es so.»

Broder starrte den schwarzen Mann an. «Waren Sie irgendwann einmal auf dem Friedhof beim Zoologischen Garten?»

«Was hätte ich dort tun sollen?»

«Heißt das: nein?»

Er nickte.

«Und Sie sind sich absolut sicher?»

«Natürlich.»

Broder bückte sich und entnahm seiner Tasche ein silberfarbenes Stempelkissen mit schwarzer Stempelfarbe und eine Karteikarte. «Wenn Sie bitte Ihre Fingerkuppen der Reihe nach erst auf die Farbe und dann auf diese Karte pressen würden, Herr Johannes.»

«Warum?»

«Wenn Sie die Wahrheit sagen, kann Sie das möglicherweise entlasten. Wenn Sie lügen, könnte es Sie überführen.»

«Es geht um Ihre Fingerabdrücke», schob Paula nach.

Der Mann kannte das Wort nicht. Zögernd trat er zum Tisch und unterzog sich der notwendigen Prozedur. Die Innenflächen seiner Hände waren rosa, seltsamerweise. Nun wurden die Fingerspitzen ebenfalls schwarz.

Broder schaute Paula an. Hatte sie noch Fragen? Ja! Wäre es nicht angebracht, Frau Johannes in die Mangel zu nehmen? Sollten sie nicht auch ihren Verdächtigen etwas mehr unter Druck setzen? Nachbohren und so? Das war ja kaum mehr als ein Kaffeeplausch gewesen!

«Ich kenne die Tote nicht», wiederholte Johannes, «und

ich habe weder ihr noch sonst einem Menschen etwas angetan.»

Broder nickte. Sie verabschiedeten sich, und wenig später standen sie wieder auf der Straße.

«Warum lassen Sie ihn so einfach davonkommen?», fragte Paula hitzig.

«Tue ich das?»

«Sie mögen diesen Kerl!»

«Kann sein. Ich mag Leute, die geradeheraus reden.» Ihr Kollege steckte die Hände in die Manteltasche und zog die Schultern hoch, es war frisch. Sie gingen die Straße hinab, in der Ferne tauchte die Außenalster auf. Enten flogen auf, als ein Boot mit abenteuerlustigen jungen Männern auf sie zusteuerte.

«Wir haben seine Aussage und seine Fingerabdrücke, Fräulein Haydorn», sagte Broder. «Wie der Mann seine Ehe führt, geht uns nichts an. Es wäre nur relevant, wenn seine Geliebte Edith Hellwig geheißen hätte.»

«Dann hätte wohl eher seine Frau einen Grund gehabt, sie zu ermorden.»

«Man hat aber keine Frau, sondern einen Mann fortlaufen sehen.»

«Ich habe gescherzt. Nein, hab ich nicht. Vielleicht hat seine Frau ihm ein Ultimatum gestellt», spekulierte Paula. «Beseitige sie, oder wir lassen uns scheiden, und ich sorge dafür, dass du wieder in der Gosse landest.»

«Sind Sie denn sicher, dass er dort gewesen ist?»

«Was?»

«In der Gosse?»

Gut, das wusste sie nicht. Und es war nicht besonders fein von ihr, es einfach anzunehmen. Warum war sie so wütend? Weil der Mann seine Frau betrog? Paula stellte sich vor, was die Ärmste hatte aushalten müssen, als sie beschloss, einen Afrikaner zu heiraten. Hatte man ihr das elterliche Haus verboten? Waren die Freundinnen geflohen? Lebte sie seitdem in Einsamkeit, ständig genötigt, den Kopf hoch zu tragen, damit man ihr die Verzweiflung über den hohen Preis, den sie für ihre Liebe zahlte, nicht ansah? Hatte es überhaupt einmal echte Liebe zwischen den beiden gegeben? Oder hatte Christian Johannes sie nur benutzt, um seinem vermutlich elenden Leben zu entfliehen? Ich bin ungerecht, dachte Paula erneut und konnte sich selbst nicht leiden.

«Was machen wir nun?», fragte sie, als sie die Haltestelle der Tram erreichten.

Broder wollte endlich heim. Paula stellte sich die nette Ehefrau und Kinder vor, die ihn schmerzlich vermissten, sie verstand ihn. Und sie selbst? Ebenfalls nach Hause gehen? Auf keinen Fall! Ihr fehlte gerade jede Geduld für Vaters und Mutters Vorhaltungen. Also wandte sie sich wieder zum Stadthaus.

Dort lief ihr auf einem der Flure Alice über den Weg. Ihre Kollegin schleppte sie mit ins Büro der Kommissarinnen. Natürlich war sie neugierig zu erfahren, wie es in der Mordkommission lief, aber erst einmal erzählte sie von ihrer eigenen Arbeit. In einer Absteige am Ende der Herrenweide wurden Mädchen angelockt, die nach Hamburg gekommen waren in der Hoffnung, der Armut auf dem Land entfliehen zu können. Sie wurden von einem widerlichen Zuhälter verprügelt und mit Drogen willig gemacht.

«Wenn man ihnen zuhört, dreht sich einem der Magen um», sagte Alice. Sie und Gertrud Augspurg hatten die Mädchen aushorchen wollen, aber die waren bis zum Hals voller Panik gewesen. «Das sind oft noch halbe Kinder, Paula. Keine wollte den Verbrecher, der sie in die schmuddeligen Betten zwingt, anzeigen. Es ist zum Kotzen!»

Dass sie anschließend aufs *Tingeltangel* und Waldemar Moor zu sprechen kamen, ergab sich von selbst. «Der ist ein Spießerzuhälter, keiner von den richtig Harten», urteilte Alice. «Zu dem kommen grundsolide Familienväter, die mal was erleben wollen. Für besonders empfindliche Stammkunden gibt es angeblich sogar einen Hintereingang. Geizig ist er auch – er leistet sich nur einen drittklassigen Klavierspieler, der für einen Hungerlohn die Gäste beklimpert. Jedenfalls ist er einer von den weniger Schlimmen. Nur wenn er säuft …»

«Dann?»

«Ist schon ein gutes Jahr her. Er hatte eine Edelhure bei sich wohnen, mit der er verbändelt war, Annemarie Albers. Sie war angeblich was Besseres, gebildet und so weiter. Eine verkrachte Existenz nennt man das wohl. Moor hat mit ihr zusammen einen kleinen Sohn, in den er völlig vernarrt sein soll. Und auch an Annemarie hat er wohl gehangen. Aber letzten Herbst wurde sie von ein paar Fischern aus der Elbe gezogen. Bei der Autopsie meinte Dr. Schuppe, dass sie vor ihrem Tod Prügel bezogen haben muss. Mehrere Rippen waren gebrochen.»

«Du glaubst, Moor hat sie im Suff umgebracht?»

«Weiß ich nicht», schränkte Alice ein. «Eine Freundin von ihr hat ausgesagt, sie habe oft von Selbstmord geredet. Sie kann die Prügel von Moor bezogen haben, aber auch von einem Freier oder einer neidischen Konkurrentin. Es ist sogar möglich, dass sie einen Unfall hatte, während sie am Kai entlanggelaufen ist. Jedenfalls gab's keine Beweise, die einen Richter hätten überzeugen können. Und dieser Moor, wie gesagt, ist nicht völlig verkommen. Die Mutter seines älteren

Sohns ist abgehauen, aber er hat ihren Bengel trotzdem bei sich behalten und füttert ihn durch.» Alice lehnte sich zurück und schlug die Beine übereinander. «Wie läuft's denn mit Martin Broder?», wollte sie wissen.

«Der ist ein Ruhiger», sagte Paula.

Als Alice losmusste, ging sie rüber in der Mordstube und ließ sich auf Broders Schreibtischstuhl fallen. Es war nicht viel, was sie heute herausbekommen hatten, aber sie wollte es notieren. Dass ihnen nur ja kein Detail durchrutschte!

Als sie nach einem Blatt Papier angelte, klingelte plötzlich das Telefon. Sie zögerte kurz, dann griff sie nach dem Hörer. Der Leiter der Wache in der Grindelallee war am Telefon, ein Mann namens Brandner. Er entschuldigte sich für die Störung. «Kommissar Broder ist nicht da?» Gut, dann würde er sich freuen, wenn sie ihn informieren könnte. Denn es war etwas passiert, das ihn sicher interessieren würde.

«Was denn?», fragte Paula. Je länger der Wachtmeister erzählte, umso größer wurden ihre Augen. «Ist der Mann noch auf der Wache? Halten Sie ihn fest. Ich lasse ihn abholen!» Als sie auflegte, presste sie kurz die Handflächen auf den Schreibtisch. Ein Leuchten trat in ihre Augen. Sie griff erneut zum Hörer und rief Broder an. Er nahm sofort ab, lauschte und sagte mit seiner üblichen Ruhe: «Bin gleich da. Informieren Sie die anderen.»

Sie rief bei Caro und den vier anderen Kollegen der Mordkommission an. Und anschließend, obwohl Broder es ihr nicht aufgetragen hatte, auch bei Konrad Blasse, dem Leiter des Erkennungsdiensts, und Dr. Schuppe. Je rascher sie vorankamen, desto besser. Schuppe versprach, auf dem Weg ins Stadthaus bei der Wache vorbeizufahren und den Mann mitzubringen.

Eine halbe Stunde später hatten sich alle eingefunden. Bei dem Zeugen aus der Grindelallee handelte es sich um einen Friedhofsgärtner – eine alte Schlottergestalt mit warmen Augen und knochigen Händen. Er hatte früher auf dem Friedhof gegenüber dem Zoo gearbeitet und nach der Schließung weiter eine gewisse Verantwortung für den Ort empfunden. Heute Nachmittag war er also wieder einmal rübergegangen, um die Wege zu harken und das Unkraut bei den Kapellen wegzumachen – es gab ja mehrere, weil der Friedhof von unterschiedlichen Kirchen als Begräbnisplatz genutzt worden war. Dabei entdeckte er auf dem Bretterboden des Gärtnerschuppens ein fleckiges Messer.

«Mir ist sofort klar gewesen, dass es sich um das Messer von dem Mord handeln könnte, über den sie in der Zeitung geschrieben haben. Die Flecken waren nämlich über Schneide und Griff verteilt und sahen nach getrocknetem Blut aus.» Und weil er auch schon von Fingerabdrücken gehört hatte – er las mit Leidenschaft die Fortsetzungsromane über Arsène Lupin in der Zeitung –, hatte er nichts angefasst, sondern war zur Wache in der Grindelallee gerannt.

«Wo ist das Messer jetzt?», fragte Broder.

«Blasse ist unterwegs, es zu holen», erklärte Paula. «Vielleicht ist er damit auch schon unterm Dach, um die Fingerabdrücke zu sichern.»

Die Augen des Gärtners glänzten. «Es handelt sich übrigens um ein Spezialmesser gegen Unkraut. Man kann damit das Zeug zwischen den Steinplatten entfernen.»

«Ist das sicher?», fragte Broder.

«Ja, natürlich. Ich benutze so was doch ständig.»

«Wenn Sie bitte einen Moment im Flur warten könnten, falls wir noch Fragen haben sollten? Und schon jetzt: danke. Sie haben uns enorm geholfen.»

Wenig später stieß Blasse vom Erkennungsdienst zu ihnen. Er hatte das Messer tatsächlich schon auf Fingerabdrücke untersucht – und welche gefunden. «Wahnsinniges Glück, dass es durch das Schuppendach geschützt worden ist. Und es hat auch keine Katze draufgepinkelt.»

Dr. Schuppe warf einen Blick in die Schale, in der Blasse das Messer zur Mordbude gebracht hatte. «Ja, könnte gut sein, dass es sich um die Tatwaffe handelt. Die gebogene Klinge passt eins zu eins zu den Wunden.»

«Und die Fingerabdrücke sind wie aus dem Lehrbuch», ergänzte Blasse. «Exzellente Papillarleisten. Augen, Inseln, Haken, Gabelungen, ausweichende Endstücke …» Der rundliche Mann mit der Halbglatze lächelte. «Wenn ihr mir eure Verdächtigen liefert – Fingerabdrücke reichen! –, dann kriegt ihr zu jedem ein eindeutiges Ja oder Nein.»

Martin Broder zog die Karteikarte mit den Abdrücken von Christian Johannes hervor, und Blasse grinste erfreut. Er verglich die Abdrücke auf dem Messer mit denen auf der Karte. «Na gut, oder vielmehr schlecht: Der war's mit Sicherheit nicht.»

«Haben wir einen Schlüssel zum Karteikartenlabyrinth?», fragte Caro.

«Verraten Sie's niemand.» Broder kramte in einer der Schreibtischschubladen und übergab ihr einen mattglänzenden Schlüssel. Caro machte sich auf den Weg und kehrte nach wenigen Minuten mit Moors Karte zurück. Blasse verglich auch die Fingerabdrücke des Zuhälters mit denen auf dem Messer, aber er schüttelte bedauernd den Kopf. Auch hier keine Übereinstimmung. Ihre Euphorie wich bleierner Enttäuschung. Wenn weder Moor noch der Afrikaner den Mord begangen hatten, standen sie wieder am Anfang.

Oder auch nicht. Paula dachte an Kalkhoff und Kröger.

«Vielleicht stammt das Blut ja doch nicht von dieser Edith Hellwig», meinte Fritz Pepper, der jüngste Kommissar der erweiterten Mordkommission, der nur wenig älter sein konnte als Caro.

«Und von wem sonst?», fragte Broder.

«Jemand könnte ein Kaninchen geschlachtet …»

«… und anschließend das Messer zum Friedhof getragen und in den Schuppen geschmissen haben?»

«Tja.»

«Kalkhoff hat den Afrikaner als Erster erwähnt», platzte Paula heraus. «Und Kröger hat uns zuerst mit Moor abgelenkt und dann ebenfalls mit dem Schwarzen, der ihm angeblich begegnet war. Da aber Christian Johannes auszuscheiden scheint, müssen wir uns so rasch wie möglich die Fingerabdrücke der beiden Zeugen besorgen.»

Auf ihren Vorschlag folgte Schweigen.

Schließlich gähnte Blasse und erhob sich. «Ich mache morgen die Uhlenhuth-Probe. Dann wissen wir, ob das Blut von einem Menschen oder einem Tier stammt. Auf jeden Fall hat es tief im Fleisch des Opfers gesteckt!»

Es war halb zwei in der Früh, als Paula müde die Haustür der elterlichen Villa aufschloss. Broder hatte ihr angeboten, sie nach Hause zu bringen, und weil um diese Zeit keine Tram mehr fuhr, hatte sie sein Angebot angenommen. Allerdings hatte sie sich an einer Querstraße ein paar hundert Meter von der Villa ihrer Eltern entfernt absetzen lassen, wo die Häuser noch nicht so protzig aussahen. Sie wollte nicht, dass er sie wie Caro für ein verwöhntes Prinzesschen hielt.

Im Flur zog sie leise die Schuhe aus, um keine schmutzigen Abdrücke zu hinterlassen. Dann schlich sie die Treppe hinauf. Nur wenig Licht schien durch das Flurfenster, und sie hätte sich fast zu Tode erschreckt, als sich plötzlich aus einem Sessel in einer Nische des Flurs geisterhaft eine Gestalt erhob.

«Vater!» Sie lachte erschrocken auf und presste die Hand auf ihre Brust. «Was machst du denn hier? Es ist doch nichts mit Mutter?»

Er schüttelte den Kopf, nahm ihren Arm, zog sie in sein Arbeitszimmer und weiter in einen kleinen dahinterliegenden Raum: sein Bastelzimmer, wie Mutter es spitzzüngig nannte. Vater baute Papierdrachen, schon seit seiner Kindheit, und die Leidenschaft dafür hatte niemals nachgelassen. An der Decke und den Wänden hingen leuchtend rote, grüne oder bunte Flieger – alles Farben, die sich gut gegen den Himmel abhoben. «Drachen bedeuten Freiheit», hatte er in Paulas Kindheit oft geschwärmt und sie zu einer Wiese am Elbestrand mitgenommen, wo sie auch selbst einen Drachen steigen lassen durfte.

«Mutter geht's wirklich gut?»

«Na ja, sie macht sich eben Sorgen.»

Paula stöhnte. «O Vater, bitte! Nicht wieder die Arbeit bei der Polizei. Es geht mir dort gut. Ich ermittele. Das ist … einfach nur Kopfarbeit. Wir verhören Leute, vergleichen ihre Aussagen, sichten Fingerabdrücke … Und wenn ich wirklich mal unterwegs bin, dann immer mit einem der Kommissare», log sie. «Wir …» Nach kurzem Zögern erzählte sie ihm von dem verwirrenden Messerfund, der ihre beiden Hauptverdächtigen als Täter ausschloss. Vater sollte begreifen, wie ihr Alltag aussah. Und dass ihre Arbeit wichtig war. «Wir haben zwei Menschen davor bewahrt, zu Unrecht als Mörder angeklagt zu werden, verstehst du? Wir sorgen dafür, dass die Welt ein bisschen gerechter …»

«Schätzchen, ich habe mit Dr. Schlanbusch gesprochen.»

Paula ließ die Hände sinken, mit denen sie ihre letzten Sätze unterstrichen hatte.

«Nun schau nicht so. Ich fürchte ganz einfach, dass du die Risiken, die deine Arbeitsstelle mit sich bringt, unterschätzt. Dr. Schlanbusch hat da sehr deutliche Worte gefunden. Er ist genau wie ich der Meinung …»

«Du hast mit meinem Vorgesetzten geredet?»

Vater nickte. «Natürlich. Ich kenne ihn von früher. Ein feiner Kerl. Und wie gesagt: Er teilt meine Bedenken. Kaum einer weiß so gut wie er, in welchen Abgründen seine Leute herumstochern. Sie sind nicht nur Beleidigungen ausgesetzt, sondern auch Tätlichkeiten bis hin zu Mordversuchen. Letztens wurde einer seiner Beamten mit einer Mistgabel verletzt. Sein linkes Auge und die Wange … Ach, weg damit. Zu schlimm! Wir machen uns einfach Sorgen um dich, Paula. Besonders deine Mutter. Sie wirkt kühl und stark, aber du bist der Schatz ihres Herzens. Es gibt keinen Menschen, der ihr mehr bedeutet. Und seit sie weiß, was du treibst … Seit Tagen schläft sie nicht mehr …»

«Vater …»

«Schlanbusch war von Anfang an dagegen, dass man Frauen in dieses riskante Polizeigeschäft hineinzieht. Er hat vergeblich protestiert, als der Polizeidirektor dieser unverständlichen Mode nachgab. Frauen, die bisher bei der Fürsorge arbeiteten, sollen plötzlich Mördern gegenübertreten! Furchtbar, hat er gesagt. Und es kam, wie er befürchtet hatte: Eine der Damen von der Weiblichen Kriminalpolizei wurde verprügelt und musste den Dienst quittieren. Eine andere wäre fast … nein, das muss ich jetzt nicht ausführen. Es ist ein Drama, sagt Schlanbusch. Wir sind also übereingekommen, dass er dich, zu deinem eigenen Schutz, aus dem Polizeidienst entlassen …»

«Was?»

«Du brauchst gar nicht mehr hinzugehen, Paula. Er wird uns dein Entlassungspapier zuschicken. Und ich verspreche dir, du wirst Freude an der Arbeit in unserer Firma haben. Aus der Ferne betrachtet, mag sie trocken erscheinen, aber wenn du erst mal reingeschnuppert hast, die Finessen kennst, begreifst …»

Paula ging zur Tür.

«Kindchen, so bleib doch!»

Wozu? Sie hatte ja alles gehört! Tränenblind lief sie in ihr Zimmer. Tür zu, Schlüssel umgedreht, Kleiderschrank auf, dann in das kleine Nebenzimmer, in dem sie das Spielzeug aufbewahrte, von dem sie sich nie ganz hatte trennen können. Ihr blasser, unkonzentrierter Blick ließ die Dinge veschwimmen. Da lag die kleine Gretchenpuppe … die verstaubte Puppenstube … Sie stieß alles mit dem Fuß beiseite, zerrte einen braunen Lederkoffer hervor und kehrte zum Schrank zurück. Dort riss sie Unterwäsche aus den Regalen, stopfte Schuhe dazu, faltete einige Kleider, Röcke und Blusen. Was noch? Die Zahnbürste. Und der Wecker natürlich! Sie wollte morgen früh pünktlich vor Josefine Erkens' Schreibtisch stehen und gegen ihre Kündigung protestieren. *Schlanbusch … ein feiner Kerl … er teilt meine Bedenken …*

Es klopfte. Die Türklinke senkte sich, aber sie hatte ja abgeschlossen. Sie klappte den Deckel der Koffers zu und zog die Lederschnallen fest. Und nun? Paula wartete, bis sich Vaters Schritte von der Tür entfernt hatten, und danach noch einmal eine Viertelstunde. Schließlich steckte sie vorsichtig den Kopf hinaus. Niemand zu sehen. Sie schleppte den Koffer die Treppe hinab, griff sich ihren Mantel und eilte durch den Vorgarten hinaus auf die Straße.

Ihr Kopf war so leer wie ihr Herz.

Onkel Kurt und Tante Evi wohnten im Pöseldorfer Weg, in der Nähe eines Waisenheims. Die Entfernung war so kurz, dass Paula schon als Kind allein dorthin hatte gehen dürfen. Das Licht der Gaslaternen spiegelte sich in den Pfützen, ein pelziges Tier verschwand in einer Hecke mit dunkelroten, hängenden Blütentrauben. Nach zwanzig Minuten hatte sie das Haus ihrer Verwandten erreicht.

Kurts Villa sah wesentlich schlichter aus als die ihrer Eltern. Sein Gehalt als Arzt im Eppendorfer Krankenhaus war sicher nicht schlecht, aber doch mit dem Einkommen eines Fabrikbesitzers nicht zu vergleichen. Allerdings besaß er auch andere Vorlieben, was das Wohnen anging. Wo daheim nach Eleganz gestrebt wurde, setzte Kurt aufs Gemütliche. Die Fenster in dem altmodischen roten Mauerwerk waren kleiner und mit Sprossen versehen, es gab Winkel und Dachgauben, im Garten herrschte gerade jenes Maß an Vernachlässigung, das zum entspannten Verweilen einlud.

Paula klingelte. Sie musste eine Weile warten, ehe Evis Dienstmädchen ihr öffnete. Lores dunkle Haare waren zu Zöpfen geflochten, sie hatte eilig ihren Mantel übergeworfen. Verblüfft starrte sie auf die Besucherin und deren Koffer. Dann tat sie einen Schritt zur Seite. «Fräulein Paula, ach du liebes bisschen. Soll ich die Herrschaften wecken?»

Paula schüttelte den Kopf. «Ich brauche ein Bett. Alles andere hat bis morgen Zeit.» Alles andere wäre heute Nacht auch gar nicht zu ertragen gewesen.

Wenig später lag sie in einem altmodischen Bett mit hohem Kopfteil und Bettzeug, das so steif war, als hätte seit Ewigkeiten niemand mehr darin geschlafen, was wahrscheinlich auch stimmte, denn Onkel Kurts Bekannte wohnten in Hamburg, und andere Verwandte als seine Schwester besaß er nicht. Paula wälzte sich schlaflos hin und her.

Der Wecker brauchte nicht zu schrillen. Sie stellte ihn aus, bevor er jemanden stören konnte. Doch statt aufzustehen, starrte sie aus dem Fenster, hinter dem sich der Garten aus der Nacht schälte.

10. KAPITEL

MONTAG, 15. APRIL

Sie mussten mit ihren Überlegungen also wieder von vorn anfangen. Martin arbeitete schon zu lange bei der Polizei, als dass ihn das übermäßig bedrückt hätte. Er war am nächsten Morgen schon vor acht bei der Arbeit und besprach sich zuerst mit Grete Hänlein, die die Aufsicht über die Schränke mit den Karteikarten führte. Die Frau mit den Falkenaugen und der altmodischen Kleidung hörte aufmerksam zu. Moor war also aus dem Schneider? Wie schade. «Von diesem Kalkhoff habe ich keine Fingerabdrücke, nein», bestätigte sie nach einem kurzen Blick in einen der Karteikartenschränke.

«Und von Wilhelm Kröger?»

«Wer ist das?»

«Der Schupo, der die Ermordete gefunden hat und der uns …»

«Ein Kollege? Na, Sie machen mir Spaß!» Ihr Gesicht wurde abweisend. Die Burgenmentalität war stark bei der Polizei und der Versuch, daran zu rütteln, selten von Erfolg gekrönt. Martin hätte sie nur weniger bei einer Frau vom Innendienst vermutet, die den Schupo nicht einmal kannte. Da sie schon vor der richtigen Schublade stand, kramte sie gleich weiter. Nein, dort gab es keinen Kröger, der mit Vornamen Wilhelm hieß. Willy auch nicht.

Egal. Die Wahrscheinlichkeit, dass die Fingerabdrücke des Schupos in der Verbrecherkartei schlummerten, war ohnehin gering gewesen. Martin beschloss, sie ihm beim anstehenden Verhör abzunehmen – oder sie notfalls mit Hilfe eines Dietrichs zu bekommen, sollte der Mann untergetaucht sein.

«Ich schau durch, wer mit Brutalität gegenüber Prostituierten aufgefallen ist und gerade nicht einsitzt», versprach Grete Hänlein.

Wieder unten in seinem Büro, rief Martin bei Krögers Polizeiwache an. Der Mann war erneut nicht zum Dienst erschienen. «Er geht mir allmählich auf die Nerven!», schnauzte sein Vorgesetzter, ein Mann namens Clausen. «Seit letztem Mittwoch war er nicht mehr da. Gut, für den Donnerstag hatte ich ihn freigestellt, er hatte die Nacht ja auf dem Friedhof zugebracht. Und Freitag war er krank gewesen. Aber anschließend …» Martin hörte durchs Telefon, wie er einen seiner Männer anblaffte, der offenbar mit nassen Schuhen in die Wache gestapft war. «… anschließend ist er einfach nicht mehr aufgetaucht.»

«Ohne sich abzumelden?», vergewisserte Martin sich.

Der Schupo mit den nassen Schuhen verteidigte sich gereizt. Eine weitere Stimme mischte sich in den Streit. «Was?», fauchte Clausen ins Telefon.

Martin wiederholte seine Frage.

«Natürlich hat er das nicht. Und ich sag Ihnen auch, warum: Er ist ein Quartalssäufer. Wenn den die Kriegsscheiße heimsucht, taucht er ab.»

Martin legte auf. Sein Blick strich über das nüchtern eingerichtete Büro, in dem er seit nunmehr sieben Jahren hauste und das momentan die Zentrale der erweiterten *Mordkommission Friedhof* war. Die *Mordbude*, wie Paula Haydorn es nannte. Seine Gedanken schweiften ab zu ihrem Auftritt gestern Abend. Ganz schön frech, die junge Dame. Hatte den Gärtner auf eigene Faust ins Stadthaus bestellt, Blasse zum Friedhof geschickt und – was er sich nicht mal selbst erlaubt hätte – Dr. Schuppe zur Wache, um den Gärtner abzuholen. Er wusste, dass sie die Tochter eines Zündholzfabrikanten aus Harvestehude war. Wurde man so, wenn man zu den oberen Zehntausend gehörte, die sich einbildeten, dass jeder ihrer Atemzüge Applaus verdiente? Pfuschte man dann ungeniert in das Leben anderer Leute hinein?

Schon ihre Bemerkungen über Christian Johannes waren ihm übel aufgestoßen. Es gab viele Gründe, aus denen Ehen, auch Liebesehen, zum Knast mit anschließenden Ausbruchsversuchen wurden. Manchmal vertrocknete die Liebe schlicht, oder Verletzungen ließen sie zum Kaktus mutieren. Gelegentlich ging es auch um Macht, manchmal um andere Gründe, die die Eheleute nicht einmal selbst verstanden. Über Johannes ohne ausreichende Informationen den Stab zu brechen, war schäbig gewesen.

Er hätte dieses Verhör zusammen mit Caro Wagner führen sollen. Die besaß keinen so engen Blick. Er hatte eine Zeitlang beobachtet, wie sie und Gertrud Augspurg miteinander getändelt hatten. Die Blicke seiner männlichen Kollegen, wie sie sich fassungslos an die Prachtbärte fassten und nicht begreifen konnten, warum eine Klassefrau wie die Wagner mit einem anderen Weib rummachte – das war zum Totlachen gewesen. *Krank, verkommen* … Mehr als ein Mal hatte Schlanbusch versucht, die beiden Frauen loszuwerden …

Seine Gedanken wurden durch ein Pochen an der Tür unterbrochen. Sie wurde einen Spalt weit aufgeschoben, und er sah verblüfft, dass Waldemar Moor den Kopf ins Zimmer steckte. Ohne auf Broders Nicken zu warten, schob der

Zuhälter einen halbwüchsigen Jungen in den Raum. «Mein Sohn Friedrich. Der Junge hat eine Aussage zu machen», erklärte er förmlich.

Martin deutete überrascht auf zwei Stühle, die vor seinem Schreibtisch standen. Moors Unschuld schien durch die Fingerabdrücke auf dem Messer belegt zu sein. Aber er war neugierig. «Worum geht's?»

«Tja, das ist eine komplizierte Sache.» Moor räusperte sich und tat verlegen, was er nicht sonderlich gut hinbekam. «Wahrscheinlich wird Sie gar nicht interessieren, was mein Sohn zu sagen hat.» Er lächelte den Burschen an seiner Seite halb streng, halb liebevoll an.

«Nur zu.»

«Uns alle im *Tingeltangel* hat die Sache mit Edith mitgenommen. Ich sehe an Ihrem Gesicht, dass Sie mir das nicht glauben, aber ich kann Ihnen versichern, dass auch ein Vergnügungsort wie meine Bar von Menschen betrieben wird – und Menschen, die miteinander leben, entwickeln Gefühle füreinander. Ist es nicht so, Fredi?»

Sein Sohn, der mit hochrotem Kopf auf seine Knie starrte, nickte. Er war ein dürrer Junge mit verschlossenem Gesicht und den für sein Alter typischen eckigen Bewegungen.

«Der Umgang mit Edith war nicht immer einfach. Sie war ein Hitzkopf, sofort auf Zinne, wenn ihr was nicht passte, das war halt ihr Temperament. Aber unter der rauen Schale steckte ein weicher Kern. Sonst hätte ich ihr den kleinen Jonny ja auch niemals anvertraut. Du mochtest sie ebenfalls, Fredi, nicht wahr?»

Wieder ein Nicken.

«Ich selbst war wie vom Donner gerührt, als ich auf dem Friedhof ihre Leiche entdeckte. So ein furchtbarer Tod! Und dann war da ja auch noch Jonny. Herrgott, für ein paar furchtbare Minuten habe ich gedacht, der Mörder hätte ihn ebenfalls …» Moor schluckte.

Hatte Paula Haydorn nicht von Riesenmengen Spielzeug gesprochen, die Moor für seinen jüngeren Sohn gekauft hatte? Vielleicht hing er wirklich an diesem Kind.

«Zum Glück habe ich ihn unverletzt hinter dieser Pappfigur gefunden. Ich hab ihn mir geschnappt und bin weg. Aber als ich wieder zu Hause war und zur Besinnung kam, fiel mir ein, dass mich der Schupo gesehen hatte. Leider ist es ja so, dass bei der Polizei der Verdacht immer auf die gleichen Leute fällt.» Kurz verschwand die Freundlichkeit aus Moors Gesicht, aber er riss sich zusammen. «Ich dachte an meine Kinder, an die Bar und die Frauen, die darin ihren Lebensunterhalt verdienen … Sollte man mich fälschlicherweise verdächtigen und gar ins Gefängnis stecken … Sie müssen verstehen, dass mich diese Vorstellung entsetzte. Und da habe ich mich hinreißen lassen … Erzähl's dem Kommissar, Fredi.»

«Ich sollte meinem Vater ein Alibi geben», erklärte der Junge gehorsam. Keine Regung, kein Heben des Kopfs.

Moor schien dennoch zufrieden. Er klopfte ihm auf die Schulter. «Ich möchte, dass Sie diese Korrektur zu Ihren Akten nehmen. Mein Sohn wird seinen eigenen Weg gehen, er hat für Recht und Gesetz was übrig, und dass er nicht die Wahrheit gesagt hatte, bedrückt ihn furchtbar. Das wollte ich nicht. Fredi soll unbelastet von einem schlechten Gewissen aufwachsen.»

«Aha?» Der Mann wollte ihn veralbern. Nur begriff Martin nicht, worauf dieses Schmierentheater hinauslaufen sollte. Gleichwie … Er langte in eine Schublade und zog ein Protokoll-Formular heraus. In drei knappen Sätzen notierte er, was Moor behauptet und sein Sohn bestätigt hatte: Das wacklige

Alibi des Zuhälters wurde zurückgenommen. Beide bekamen das Protokoll zur Unterschrift vorgelegt. Der Füller kratzte über das Papier.

«Dann bedanke ich mich herzlich», sagte Moor.

Martin zögerte. Sollte er dem Mann mitteilen, dass er von dem Mordvorwurf entlastet war? Nein. Noch wussten sie ja nicht sicher, ob das Blut am Messer überhaupt von Edith Hellwig stammte. Außerdem hatte er keinen Schimmer, warum der Mann ihn verscheißerte. Den bewegte nie und nimmer der Gemütszustand seines Bengels. Überhaupt: Was war das für ein merkwürdiges Kind? Stumm wie eine Schildkröte, der Blick unstet, die Hände um die Sitzfläche des Stuhls gekrallt, man wusste nicht, ob man ihn für geistig beschränkt halten sollte oder ob sich in seinem Kopf eine verklemmte Version seines gewissenlosen Vaters befand, die erst noch ausbrechen wollte.

Plötzlich schoss Martin ein Gedanke durch den Kopf. Was, wenn nicht nur Edith, Waldemar Moor und Jonny auf dem Friedhof gewesen waren, sondern auch dieser Fredi? Er spielte die Sache kurz durch: Edith ist mit Jonny und Fredi auf dem Friedhof, plötzlich fällt Fredi über Edith her – Motiv: Sexualdrang eines Heranwachsenden? Er bringt sie um, Moor kommt hinzu, gerät in Panik und beschließt, dass er und Fredi sich gegenseitig ein Alibi geben werden. Wenn dem so war, musste Waldemar einen Grund haben, seinen Sohn zu schützen. War da doch so etwas wie Zuneigung, die der Mann bloß nicht zum Ausdruck bringen konnte?

Die beiden erhoben sich und wollten zur Tür. «Einen Moment noch», hielt Martin sie auf. «Ich brauche die Fingerabdrücke Ihres Sohnes, der Vollständigkeit wegen.»

Moor starrte ihn verblüfft an, aber er hatte keine Einwände. Martin holte Stempelkissen und Karteikarte aus der

Schublade, und der Junge tat mit atemberaubender Langsamkeit, was von ihm verlangt wurde. Als die beiden wieder aus dem Zimmer waren, wedelte Martin mit der Karte, bis sie trocken war. Viel Hoffnung hatte er nicht, dass die Abdrücke mit denen auf dem Messer übereinstimmen würden – Fredi war ein junger, magerer Bengel. Selbst eine Frau sollte ihm gewachsen sein. Trotzdem konnte Sicherheit nicht schaden.

11. KAPITEL

MONTAG, 15. APRIL

Sie war spät dran, viel zu spät, es war schon kurz vor neun, als sie endlich in der Tram saß. Das spielte aber wohl ohnehin kaum noch eine Rolle. Vater hatte mit Schlanbusch gesprochen, wahrscheinlich wartete Josefine Erkens schon mit den Entlassungspapieren auf sie. Paula war immer noch aufgebracht, aber die Wut war ihr inzwischen wie flüssiger Zement in den Magen gesackt und dort erstarrt.

Onkel Kurts Reaktion, als sie morgens im Frühstückszimmer auftauchte, hatte sie ebenfalls getroffen. «Nanu, Paula! Was bringt dich denn so früh in unsere gute Stube?», hatte er überrascht gefragt. Als sie es erklärte, konnte sie sehen, wie seine Freude sich zu Unmut wandelte. «Du hast dich bloß wegen deiner Arbeit mit deinen Eltern überworfen? Kindchen, hast du den Verstand verloren?»

Glücklicherweise war Tante Evi im selben Moment ins Zimmer gekommen und hatte sich auf ihre Seite gestellt. «Was meinst du, mein Lieber, ist unsere Paula nicht alt genug, um selbst zu bestimmen, wo sie arbeiten will? So sind die Zeiten doch heute.»

Kurt hatte ärgerlich abgewinkt. «Du solltest dich mit deiner Mutter schleunigst vertragen, Kind! Du brichst der Armen das Herz. Ich kenne meine Schwester. Sie ist viel empfindlicher, als es nach außen hin den Anschein hat.»

«Ja, aber ich suche mir trotzdem eine eigene Wohnung», hatte Paula wortkarg erwidert. «Ich erledige das ganz schnell, ich will euch ja nicht ewig auf die Nerven gehen. Sobald …»

«Du gehst uns nicht auf die Nerven!», hatte Evi ihr nachdrücklich widersprochen.

Onkel Kurt hatte sich schließlich dreingeschickt. «Aber wie willst du hier in Hamburg eine bezahlbare Wohnung finden? Du hast keine Ahnung vom Leben. Hör auf meinen Rat: Geh nach Hause und sieh zu, dass du heiratest.»

«Auf jeden Fall werde ich Lore anweisen, zunächst das Gästezimmer gemütlich herzurichten», hatte Evi erklärt, und damit war die Sache erledigt gewesen.

Worum Paula sich als Erstes kümmern musste, war allerdings nicht die Wohnung, sondern vermutlich eine neue Arbeitsstelle. Sie dachte an die vielen Arbeitslosen, die vor den Arbeitsämtern Schlange standen, und ihr Herz sackte ihr in den Magen. Niedergeschlagen starrte sie auf einen Schriftzug, der sich an den Fenstern der Tram entlangzog. Er warb für *Amol*, den Karmelitergeist der bekannten Hamburger Firma, der Hilfe bei Magenbeschwerden versprach. Vielleicht würde sie den bald literweise trinken müssen.

Die Tram kam bimmelnd zum Stehen, und sie stieg aus. Das Stadthaus, dessen runder Turm sich in die weitläufige Straßenkreuzung schob, war schon in Sichtweite. Gerade wollte sie die Gleise überqueren, als sie Waldemar Moor und seinen älteren Sohn aus der breiten Eingangstür des Turms treten sah. Was mochte passiert sein? Hatte Broder die beiden vorgeladen? Paula wich einen Schritt zurück, die Tram fuhr wieder an. Nachdem das blaugraue Gefährt an ihr vorübergezogen war, standen die beiden Moors auf dem Bürgersteig.

Der Vater redete auf seinen Filius ein. Plötzlich hob er die Hand und gab ihm eine gepfefferte Ohrfeige, die den Jungen zur Seite taumeln ließ. Moor zischte ihm etwas zu, nur wenige Worte, dann eilte er zu einem der parkenden Autos. Fredi starrte ihm nach, und obwohl er Paula nicht sonderlich sympathisch war, überkam sie Mitleid.

Ein Leierkastenmann, der seine Musikorgel über den Bürgersteig schob, musste dem Jungen ausweichen. Er schnauzte ihn an, was Fredi einige Schritte weiter stolpern ließ. Einen Moment lang stierte der Junge ins Leere, dann glotzte er zu einer Tram, die sich gerade vom Holsten-Platz näherte. Wollte er einsteigen? Besaß er Geld? Kannte er sich überhaupt mit den Fahrplänen aus?

Paula, die immer noch jenseits der Gleise stand, wurde plötzlich von einer quälenden Unruhe gepackt. Fredi wollte nicht Bahn fahren, der wollte … der … Ihr Mund wurde trocken, als sie sah, wie der Junge auf die Gleise zuschritt, die Tram fest im Blick, steif wie ein aufgezogener Blechsoldat. Das heranratternde Gefährt bimmelte warnend. Jemand rempelte Paula an, dann quietschen schräg gegenüber Bremsen, eine Frau schrie auf. Als Paula sich wieder gefangen hatte, war die Tram zum Stehen gekommen.

Der Fahrer beugte sich entsetzt aus der Tür. Hatte er den Jungen erwischt? Die Leute liefen zusammen, und auch Paula setzte sich in Bewegung. Sie drängte sich durch die Menge der Schaulustigen und atmete erleichtert auf, als sie Fredi zwar am Boden liegen sah, aber nicht unter der Bahn. Er war unverletzt geblieben, Gott sei Dank! Der Leierkastenmann, der neben ihm kniete, brüllte ihn fassungslos an: «Mensch, Junge, Mensch, was denkste dir bloß?» War er es gewesen, der ihn zurückgerissen hatte? Jedenfalls half er ihm wieder auf die Füße.

Nachdem Fredi begriffen hatte, dass er erstens lebte und zweitens von Dutzenden Menschen angegafft wurde, zog er den Kopf ein und machte sich verschüchtert davon. Aber so ging's nicht! Paula lief hinter ihm her und holte ihn vor der Durchfahrt zum Innenhof des Stadthauses ein. Sie packte ihn bei den Schultern und nötigte ihn, sich zu ihr umzudrehen. «Was war das denn eben?»

Fredi erkannte sie wieder, sie sah's an seinem Gesicht.

«Ich rede mit dir! Was, bei allen guten Geistern …?» Hilflos blickte Paula zu der Tram, die inzwischen an der Haltestelle neue Fahrgäste einsammelte. «Hat dein Vater mit dir geschimpft?»

Er schüttelte den Kopf – eine glasklare Lüge.

«Warum bist du nicht mit ihm im Auto zurückgefahren?»

Fredis Schulter begann zu zucken. Warum wart ihr überhaupt im Stadthaus?, wollte sie ihn fragen, als der Junge plötzlich losbrüllte: «Er wollte nicht. Er wollte doch nicht! Er …»

«*Was* wollte er nicht?»

«Dass ich mitkomme.»

Sie starrten einander an. Dann drehte der Junge sich plötzlich um und rannte Richtung Millernthor davon. Jeder Versuch, ihm zu folgen, war sinnlos. Doppelt sinnlos, weil gerade in diesem Moment ein Wagen der Kriminalpolizei aus dem Durchgang des Stadthauses bog. Martin Broder beugte sich aus dem Klappfenster des Wagens und winkte Paula hektisch einzusteigen.

«Wir haben uns geirrt – er ist nicht einfach abgehauen», stieß er anstelle einer Begrüßung hervor.

Was? Paula zwängte sich auf den hinteren Sitz – vorn saß Sigmund Zinn –, und der Wagen schoss auf die Straße. Broder überquerte die Gleise und kurvte waghalsig zwischen einem Müllauto und mehreren Radlern hindurch. «Kröger. Er hat sich nicht verdünnisiert!»

«Sondern?»

Er antwortete nicht, sondern konzentrierte sich auf den Verkehr. Auch Zinn blieb stumm.

Ihr Weg war nur kurz. Gleich hinter der Ecke am Rödings-Markt lenkte Broder das Auto auf den Bürgersteig und brachte es mit einem kräftigen Tritt auf die Bremse zum Stehen. Der Ort war belebt, eine Kreuzung, bei der mehrere Straßen aufeinandertrafen. Zur Rechten, schräg über ihnen, verliefen die Gleise der Hochbahn, zu ebener Erde kreuzten sich weitere Gleise, gegenüber luden ein paar Männer von einem Lastwagen Bretter zur Reparatur eines Bauzauns ab. Ein Junge trug eine Tasche, aus der zwei Kaninchen lugten, durch das Gewirr.

Sie stiegen aus dem Wagen. Broder hatte ihn ein paar Meter vor einem Gebäude mit der Aufschrift: *Victoria-Versicherung* geparkt. Im Erdgeschoss befand sich ein Restaurant mit dicken Gardinen vor den Scheiben, in den oberen Geschossen wohl die Versicherungsräume. Auf den Fenstern hatte sich der Staub der gegenüberliegenden Baustelle abgelagert. Der Platz vor dem Eingang des Hauses war mit langen Seilen abgesperrt worden, und mehrere Schupos mühten sich, die Schaulustigen jenseits der Absperrung zu verscheuchen. Broder wies sich bei einem der Beamten aus, und sie stiegen über das Band.

Etwa zwei Meter neben dem Eingang zur Versicherung lag ein Toter auf den Pflastersteinen. War das Kröger? Paula legte den Kopf in den Nacken und die Hand über die Augen. Hoch oben, neben dem Victoria-Schriftzug, stand eines der Fenster offen. Offenbar war das Opfer dort hinausgestürzt und mit dem Kopf voran auf dem Pflaster aufgeschlagen. Er ist gestoßen worden, dachte sie. Alles andere war kaum vorstellbar. Wer würde sich denn mitten in diesem vormittäglichen Gewusel umbringen?

Der Mann war zuerst auf einer der Markisen des Restaurants gelandet, sie hing wie ein schlaffes Segel herab. Aber das hatte ihn nicht retten können. Sie sah, wie Broder die Leiche umdrehte, und trat näher. Es war Kröger, ja. Der Schädel war seitlich zertrümmert, der altmodische Kaiser-Wilhelm-Bart voll blutiger Spucke, als hätte der Mann noch einen Moment gelebt, nachdem er aufs Pflaster geprallt war. Hirnmasse quoll aus einer Bruchstelle des Schädels, es sah aus, als wollte sich die Seele durch diesen Spalt davonmachen. Krögers Augen waren geschlossen – ein Beweis dafür, dass er nach dem Aufprall tatsächlich noch einen Moment gelebt hatte? Sie konnte es nicht einschätzen, es spielte auch keine Rolle.

Zwei weitere Autos hielten auf dem Bürgersteig. Dem ersten entstieg Dr. Schuppe, der seinen schwarzen Arztkoffer vom Rücksitz zog. Aus dem anderen wanden sich die Männer vom Erkennungsdienst, bepackt mit der Fotoausrüstung samt Leiter, der Tasche mit den Dreiecken, die die Spuren markierten, und anderen Utensilien. Alles folgte einer beruhigenden Routine. Paula hörte Broder einen der Schupos fragen: «Wann ist der Mann zu Tode gekommen, und seit wann werden die Ausgänge bewacht?»

«Der Sturz erfolgte ungefähr um Viertel nach neun. Wir wurden aus der Versicherung angerufen und sind sofort rübergekommen. Aber da war der Mörder, wenn es denn einen gab, bestimmt schon weg.» Der betretene Gesichtsausdruck des Mannes zeigte, dass ihm der Gedanke, Fluchtwege abzuriegeln, noch gar nicht gekommen war. Missmutig verschwand Broder mit Zinn im Haus, um sich einen Überblick zu verschaffen. Musste er nicht warten, bis auch im Gebäude der Erkennungsdienst tätig gewesen war? Nach kurzem Zögern trat Paula zu Schuppe, der inzwischen neben dem Toten kniete. «Schon etwas von Bedeutung entdeckt?»

«Er ist tot», versuchte der Polizeiarzt, witzig zu sein.

«Gibt es Anzeichen dafür, dass er vor seinem Tod mit jemandem gekämpft hat?»

«Das kann ich Ihnen sagen, wenn ich ihn nackig vor mir auf dem Stahltisch liegen habe.»

«Bitte zurücktreten, bis wir fotografiert haben», tönte Blasse. «Ja, auch Sie, Frau Kollegin. Herrgott, mir leiert die Zunge aus! Wie oft muss ich das eigentlich noch sagen?»

Paula wandte sich ab und folgte ihren beiden Kollegen ins Haus. Konnte ihr egal sein, wenn der Arzt und der Spurensicherer die Besserwisser rauskehrten. Auf sie warteten im Stadthaus sowieso die Entlassungspapiere. Dass sie sich von Broder hatte mitnehmen lassen, war der puren Neugierde geschuldet gewesen.

Der Flur, in den sie trat, war geräumig und hell. Links führte eine Glastür ins Restaurant, geradeaus ging es über eine elegante Marmortreppe hinauf in die Räume der Versicherung. Auf dem Treppenabsatz stand ein nervöser Mann, der an seiner gepunkteten Fliege nestelte. Sicher einer der Angestellten. Paula zog ihre Polizeimarke. «Sie wissen von dem Toten?»

«Ist ja schwer, das ganze Tamtam nicht mitzukriegen.»

«Arbeiten Sie für die Versicherung?»

Er nickte.

«Ist Ihnen etwas aufgefallen?»

Sie war eine Frau, noch dazu ohne Uniform. Er zögerte und blickte über ihre Schulter, als hoffte er, dort eine echte Autorität zu erblicken. Als er bemerkte, wie sie ärgerlich die Stirn runzelte, rang er sich eine Antwort ab.

«Ich habe das schon Ihren Kollegen erklärt. Zwei Männer sind vorhin hier die Treppe raufgekommen, und ich habe mich noch gewundert, weil sie an unserem Eingangsbüro vorbeigelaufen sind, obwohl ein Schild extra darauf hinweist ...» Er deutete auf ein weißes Blechschild mit blauer Schrift, die dazu aufforderte, sich zunächst im ersten Stock anzumelden. «Ich war gerade am Telefon, aber ich habe den beiden nachgerufen, dass sie für eine Beratung erst einen Termin brauchen.»

«Kröger und sein Mörder sind in den vierten Stock rauf. Da gibt es einen Aktenraum unter Dachschrägen, an der Längsseite befindet sich das Fenster», schnitt Broder, der aus dem Obergeschoss zurückkehrte, ihm das Wort ab. «Es gab offenbar einen kurzen Kampf – ein Stuhl ist zerschlagen worden. Dann muss Krögers Begleiter das Fenster geöffnet und sein Opfer hinausbefördert haben.» Er wandte sich an Blasse, der inzwischen ebenfalls im Treppenhaus stand. «Tatort ist also der vierte Stock. Mitbekommen? Sieh zu, dass du Fingerabdrücke kriegst, besonders die vom Fenstergriff und ... Ja, schon gut.» Seine nächste Anweisung galt Schmidtke und Pepper, die mittlerweile ebenfalls eingetroffen waren. «Ihr befragt zunächst das Personal aus dem Restaurant und anschließend die Büroangestellten. Keiner verlässt dieses Gebäude, bevor ihr seine Aussage habt. Alles, was wichtig sein könnte, notieren.»

Paula trat zur Seite, um die Männer in unterschiedliche Richtungen passieren zu lassen. «Bitte kommen Sie mit. Wir gehen in Ihr Büro», sagte sie zu dem Versicherungsangestellten mit der Fliege. Frauen, die Männer herumkommandierten – er zögerte erneut. Und schickte sich drein. Als sie einander gegenübersaßen, zog sie einen Bleistift und einen Block hervor. «Bitte beschreiben Sie mir den Mann, der den Toten begleitet hat.»

Die meisten Menschen besaßen kein visuelles Gedächtnis, das hatte sie schon oft festgestellt, ihre Hoffnung, dass er ihr etwas von Wert mitteilen könnte, war also gering. Doch sie hatte unfassbares Glück. Er begann, den Fremden mit geradezu pedantischer Gründlichkeit zu beschreiben: die ausgeprägt dreieckige Form des Gesichts, dessen Wangen nach innen gezogen wirkten, obwohl der Mann keinesfalls so ausgesehen habe, als bekäme er zu wenig zu essen. Über den Augenbrauen wölbten sich dünne, fast weibliche Augenbrauen. Einen Bart habe er nicht getragen, die kurzen, modisch geschnittenen Haare seien dunkel gewesen, im Grunde schwarz. Es deuteten sich bereits Geheimratsecken an. «Aber am auffälligsten waren wirklich die Wangen – wie Teig, in den jemand seine Faust gedrückt hat. Merkwürdig, aber durchaus nicht hässlich. Das Gesamtbild harmonierte.» Er sprach von einem blauen Hemd, silbernen Ärmelraffern und gestreiften Hosenträgern.

Paula zeichnete, zeigte vor, radierte, korrigierte. Als der Mann endlich nickte, erhob sie sich. «Das war enorm hilfreich, Herr …»

«Rheinsberg.» Er lächelte, doch dann gefror seine Miene erneut. Frauen, die Männer herumkommandierten. Gar nicht schön.

Als Paula auf die Straße zurückkehrte, ließ Schuppe den Leichnam gerade auf eine Trage binden und zu einem Leichenwagen schaffen. Jemand aus Blasses Trupp fotografierte die Markise. Ein anderer sammelte Scherben auf, die unter Krögers Körper gelegen hatten – so wie es aussah, waren es die Überreste einer Flasche. Sie konnte auf dem eingerissenen Etikett das Wort *Malteserkreuz* entziffern. Krögers Notvorrat an Alkohol, den er bei sich getragen hatte.

Der Rödings-Markt jenseits der Absperrbänder glich

mittlerweile einem Hexenkessel. Die Fußgänger benutzten Teile der Straße, Auto- und Radfahrer versuchten, sie beiseite zu hupen und zu klingeln, dazwischen tönte das Rattern einer Tram. Paula sah zu, wie die Dreiecksschilder wieder eingesammelt wurden. Die Schupos versuchten, den Bürgersteig möglichst bald freizugeben, damit der Verkehr wieder fließen konnte.

«Wenn der Mörder nicht zum Personal des Restaurants oder zu den Versicherungsleuten gehört, ist er entwischt. Das war's also», meinte Broder. Er war verdrossen hinter sie getreten.

«Warum war's das?»

Wortlos ging er weiter zum Wagen. Zinn war bereits eingestiegen. Als sie sich ebenfalls auf ihre Sitze gezwängt hatten, drehte er sich zu ihr um. «Waldemar Moor war heute Morgen mit seinem Bengel im Kommissariat. Er hat den Jungen genötigt, sein falsches Alibi zu beichten. Warum? Ist mir inzwischen natürlich klar: Weil er den Mord an Kröger in Auftrag gegeben hat und sich mit seinem Auftritt in meinem Büro ein wasserdichtes Alibi verschaffen wollte. Ich könnte kotzen!»

«Aber das ist doch viel zu durchsichtig.»

«Nicht vor unseren Hamburger Gerichten. Die sind akkurat, Frau Kollegin. Und ich hätte nie gedacht, dass ich das mal in diesem Ton aussprechen würde.»

Aufgebracht legte er den Gang ein.

«Moment noch. Der Angestellte aus dem ersten Stock hat den Mörder gesehen.» Sie holte das Bild aus ihrer Tasche und reichte es nach vorn.

Broder starrte darauf, dann zuckten seine Mundwinkel, und es sah beinahe so aus, als lächelte er. Na bitte!

Sie mussten auf dem Weg zur Mordbude an Josefine Erkens' Büro vorbei, das war unvermeidlich. Die Tür stand halb offen, und als Paula ihren Namen hörte, war es mit der kurzen Hochstimmung auch schon wieder vorbei. Jetzt kam er also, der Rausschmiss. Sie trat durch die Tür. «Bitte?»

Die Erkens zog die Augenbrauen hoch, ihre Missbilligung galt Broder, der Paula ins Zimmer gefolgt war und die Tür hinter sich schloss. «Habe ich Sie reingebeten?»

«Jedenfalls nicht rausgeschmissen. Haben Sie ebenfalls einen Anruf von Schlanbusch bekommen?»

«Heute Morgen, als Erstes», bemerkte die Kriminaloberinspektorin säuerlich. «Bei Ihnen hat er sich also auch gemeldet. Und?»

«Kommt nicht in Frage. Wir gehen gegen die Kündigung vor.»

«Mit welchen Argumenten?»

«Fräulein Haydorn leistet gute Arbeit. Sie ist für die Mordkommission momentan unverzichtbar.»

«Augenblick», meldete Paula sich zu Wort. «Was ist denn …»

«Wir bestehen darauf, dass wir sie für den Friedhofsfall brauchen», unterbrach Broder sie. «Damit haben wir die erste Bresche geschlagen, Frau Erkens. Anschließend wird es hoffentlich leichter.»

Paulas Vorgesetzte zögerte. «Also gut.» Sie schob ihren Stuhl zurück und nickte Paula zu. «Sie warten hier.»

«Ich verstehe nicht …»

«Schau'n wir mal, was wir erreichen können», murmelte Broder kryptisch, dann waren sie fort.

Nervös setzte Paula sich auf ihren alten Platz vor der Schreibmaschine. Sie starrte auf die vertrauten Tasten und Typenhebel des Geräts, dann auf die Handtasche, die ihre Nachfolgerin in einer Ecke abgestellt hatte. Ihre Haut kribbelte. … *leistet gute Arbeit.* Tat sie ja wirklich. Sie hatte die halbe Zinnfigur entdeckt, den Namen des Mordopfers rausgefunden, das Bild von Krögers möglichem Mörder beigesteuert. Trotzdem hatte sie angenommen, dass Broder sie nicht leiden könne. Wenn das zutraf, wenn er sie nicht mochte, sich aber wegen ihrer Erfolge für sie einsetzte – war das nicht das größtmögliche Kompliment?

Die Sache dauerte. Der große Zeiger der Uhr über der Tür schob sich von der Elf auf die Zwölf, dann weiter zur Drei und zur Vier.

Plötzlich hörte sie Schritte auf dem Flur. Aber es war nur Caro Wagner, die den Kopf zur Tür hereinstreckte. «Ach nee, du hier? Wie kommt's?»

«Was ist daran ungewöhnlich?»

Die Frau mit dem Schlips trat vollends ins Zimmer. Ihr Blick glitt durch den Raum. «Ist die Erkens los, um dir den Hals zu retten?»

Paula unterdrückte einen Seufzer. Die Nachricht von der Kündigung schien bereits durchs halbe Haus gegangen zu sein. «Und wenn?»

«Glaubst du, sie kann dich halten? Obwohl der Herr Papa mit Schlanbusch so gut Freund ist?»

«Was interessiert's dich?»

Draußen im Flur klapperten Schuhabsätze, es klang wie das Knattern eines Maschinengewehrs. Die neue Sekretärin der WKP? Nein, die Schritte gingen vorüber und verklangen. «Warum informierst du mich nicht, wenn du Zeugen befragt hast?», fragte Caro.

«Wieso? Was für …»

«Ich rede von Kröger und dem Afrikaner.»

Im Stadthaus schien man mit Leidenschaft *Stille Post* zu spielen. «Ihr erfahrt doch alles bei unseren Treffen.»

«Und trotzdem hättest du mich anrufen können. Du solltest dir darüber im Klaren sein, zu wem du hältst.»

«Ich wusste gar nicht, dass ich zu jemandem halten muss. Ich dachte, wir arbeiten alle zus …»

«Macht Broder dir schöne Augen?»

«Was?»

«Ich frage …»

«Sag mal, hast du noch alle Tassen im Schrank? Das tut er *nicht*! Und wenn er's doch täte, wäre es mir nicht recht. Und wenn's mir recht wäre, würde es für meine Arbeit keine Rolle spielen.»

«Aha.» Schon wieder klapperten die Absätze im Flur. Die Trägerin lief jetzt in die entgegengesetzte Richtung. «Hast du Angst, dass ich dir nachstelle? Meidest du mich deshalb?» Caro lachte, als sie Paulas Gesicht sah. «Komm, tu nicht so. Ist doch kein Geheimnis, dass ich Frauen mag.»

«Also …»

«Du kannst beruhigt sein. Wenn's mich hinter die Hecke treibt, dann nehme ich Gertrud Augspurg mit. Du bist also bei mir … Wie sagt man das in frommen Kreisen? So sicher wie in Abrahams Schoß? O lieber Gott, nein …» Sie verzog in gespieltem Entsetzen das Gesicht und brach dann in Gelächter aus.

«Bist du bescheuert? Glaubst du, mich interessiert, was du in deiner freien Zeit treibst?»

«Dein Gesicht spricht jedenfalls Bände. Nimm's dir nicht zu Herzen, Süße. Niemand wirft den Mief vergangener Jahrhunderte ratzfatz über die Schulter. Deine Etepetete-Vorgängerin hat es ohne Riechsalz gar nicht über den Tag geschafft.»

«Das ist mir egal. Was mir nicht egal ist: dass Fredi von seinem Vater gequält wird.»

Caros Lachen erstarb.

«Friedrich Moor. Sein Vater macht ihm das Leben zur Hölle, und der Junge geht daran zugrunde. Ich habe heute Morgen gesehen, wie er sich vor eine Tram werfen wollte.»

«Ist das wahr?»

«Würde ich es sonst sagen?», fragte Paula gereizt.

«Gut. Dann holen wir ihn eben weg aus dem *Tingeltangel*.»

«Was?» War so etwas tatsächlich möglich? «Wo käme er denn dann hin?»

«In ein Kinderheim. Vielleicht auch zu einem Lehrherrn. Würde davon abhängen, wie alt er genau ist. Aber erst mal ins Kinderheim. Ich werde bei der Fürsorge durchklingeln. Da kennt man mich. Wenn ich sage, dass der Junge misshandelt wird, würden sie die notwendigen Maßnahmen ergreifen.»

Caro, die schöne Caro mit den zimtbraunen Augen, die niemals etwas preisgaben, kümmerte sich um das Schicksal eines fremden Jungen. Also schlug unter ihrer wallenden Bluse ein weiches Herz?

«Angst vor der eigenen Courage?», fragte sie spöttisch.

«Wenn Frau Erkens Erfolg hat und ich nachher noch Mitglied der Weiblichen Kriminalpolizei bin, gehen wir zusammen ins *Tingeltangel* und erledigen das mit Fredi.»

«Moor wird dich danach nicht mehr gut leiden können.»

«Kann mir egal sein.»

Caro lachte.

Frau Erkens machte es kurz. «Schlanbusch wollte Sie wegen angeblicher Unfähigkeit entlassen. Wir haben Dr. Campe zur Unterstützung gerufen, den Polizeipräsidenten, und er hat sich für Sie in die Bresche geworfen. Wenn Sie also nicht selbst kündigen, können Sie bleiben. Was ist? Keine Sentimentalitäten. Ran an die Arbeit. Broder wartet auf Sie.»

«Ich …»

«Nun gehen Sie schon.»

«Danke», murmelte Paula. Das *Tingeltangel* musste also aufgeschoben werden. Zuerst kam die Fleißarbeit, wie Broder es nannte.

Die gesamte *Mordkommission Friedhof* hatte sich in der Mordbude eingefunden. Sie grübelten, beschrifteten Fakten- und Indizienkärtchen und stellten mit den roten Bändern Verbindungen zwischen Zeugen, Verdächtigen und Sachverhalten her. Der Schupo Wilhelm Kröger war offenbar am Tag nach dem Mord an Edith Hellwig zusammengeschlagen worden. Belegt wurde das durch Blutergüsse, die Dr. Schuppe an seiner Leiche entdeckt hatte. Dazu kamen seine Krankmeldung, die Aussage der Nachbarin und das Schmerzmittel aus der Apotheke … Und Broder und sie selbst hatten ja gesehen, dass er unter Schmerzen litt. Wer hatte ihn so zugerichtet? Moor, der verhindern wollte, dass Kröger gegen ihn aussagte? Gut möglich. Aber wer hatte ihn umgebracht, da Moor zur Tatzeit ja im Stadthaus gewesen war?

«Der Dreckskerl ist Mitglied im *Immergrün*», sagte Pepper, der Paula gelegentlich mit plumpen Flirtversuchen auf die Nerven ging, aber fix denken konnte. Er bemerkte ihr ratloses Gesicht. «Die Hamburger Ganoven haben sich in sogenannten Ringvereinen zusammengetan», erklärte er und tippte auf seinen Ringfinger. «Sparkassenvereine, Kleingartenvereine, Gesangsvereine – die Burschen haben ein reges Privatleben …»

«Nur dass sie bei ihren Treffen nicht singen, sondern im Gegenteil dafür sorgen, dass jeder Sangesbruder die Klappe hält!», warf Caro spöttisch ein.

«Sie geben einander Alibis», erklärte Broder, für den Fall, dass Paula zu blöd war, um es zu kapieren.

Pepper neigte sich zu Paula. «Und wenn einer von ihnen im Knast landet, helfen sie gern auch bei den Gattinnen aus.»

Broder, der zur Tafel starrte, meinte: «Moor hat sich also im *Immergrün* einen Willigen gesucht, der Kröger für ihn aus dem Fenster stößt …»

«Ich tippe eher darauf, dass der Verein jemanden von außerhalb bestellt hat. Das *Immergrün* hat Verbindungen nach Berlin», meinte Pepper.

Broder stand auf. Paulas Zeichnung des Mörders war bereits an die Wand gepinnt und mit Krögers Karte verbunden worden, nun spannte er einen zweiten Faden zu Waldemar Moor.

«Wenn der Täter aus einer anderen Stadt angeheuert wurde, ist er nach der Tat sofort wieder weg. Dann kriegen wir den nicht mehr», meinte Zinn griesgrämig.

«Eine Anfrage bei den Kollegen kann nicht schaden», widersprach Broder. «Telegraphiere sein Bild … nicht nur nach Berlin, sondern in jede größere Stadt, mit der Bitte um Identifikation.»

Ein hartes Klopfen an der Tür ließ sie die Köpfe drehen. Blasse kam herein. Er nahm den letzten Stuhl in Beschlag und erklärte, dass er mit seiner Uhlenhuth-Probe durch sei. Das Blut auf dem Friedhofsmesser stammte von einem Menschen, und da es sich um sehr viel Blut gehandelt hatte, wahrscheinlich vom Opfer. Wieder gingen die Blicke zur Tafel.

Broder fasste zusammen: «Die Fingerabdrücke auf der Waffe stimmen weder mit denen von Moor oder Fredi, noch mit denen von Kröger oder dem Afrikaner überein. Die vier sind also endgültig außer Verdacht. Irgendein Einwand?»

«Kröger musste sterben, bloß weil Moor nicht wusste, dass er entlastet ist?»

Das Lachen ihrer Kollegen führte Paula die Naivität ihrer Frage vor Augen.

«Ich stelle mir die Sache so vor», sagte Broder. «Kröger hat Moor erkannt, bei seiner Vernehmung aber seinen Namen verschwiegen und das Alter verfälscht. Warum? Weil er ihn erpressen wollte. *Gib mir Geld, dann sorge ich dafür, dass du unbehelligt bleibst.* Aber er hat Moors Jähzorn unterschätzt. Der Mann hat ihn zusammengeschlagen und von ihm verlangt, ihm zu helfen, alle Schuld auf den Schwarzen zu schieben, von dem er in der Zeitung gelesen hat. Kröger hatte daraufhin so viel Angst, dass er nicht nur zustimmte, sondern mit dem Hinweis auf das hängende Augenlid sogar einen echten Mann in Verdacht brachte, Christian Johannes.»

«So wird's gewesen sein», sagte Rauke, der bisher geschwiegen hatte. Er gähnte und streckte die verspannten Glieder.

«Kalkhoff hat als Erster den Schwarzen ins Spiel gebracht, der angeblich mit dem blutigen Messer rumgelaufen ist. Er war am Tatort, ohne uns eine vernünftige Erklärung dafür zu geben. Und von ihm fehlen uns noch die Fingerabdrücke. Ich finde, wir sollten ihn nicht aus dem Blick verlieren.» Paula schaute in die Runde. Keiner widersprach. Stattdessen griff Broder zum Telefon, und sie hörten, wie er mit der Zeitung telefonierte, erst mit der Zentrale, dann wohl mit einem der Redakteure.

Nachdem er aufgelegt hatte, sagte er: «Kalkhoff ist unterwegs, irgendwo auf dem Land, keiner weiß, wo genau. Er kommt morgen oder übermorgen zurück. Ich glaube übrigens *nicht*, dass er der Täter ist. Dann wäre er nicht so verrückt gewesen, am Tatort zu bleiben und sich mit seinem dämlichen Artikel in unser Blickfeld zu schieben.»

Es war inzwischen kurz vor fünf. Die Männer gingen verdrossen in den Feierabend, aber Paula hielt Caro zurück. «Tun wir's?»

Kurz war ihre Kollegin verwirrt, dann huschte ein Lächeln über ihr Gesicht. «Klar, was denn sonst? Lass mich eben noch telefonieren.»

Paula folgte ihr ins Büro der WKP und hörte sie mit einer Frau von der Fürsorge reden. Fredis Name fiel, auch der seines Vaters, und Caro erwähnte, dass der Junge sich habe umbringen wollen. «Ja, es wurde von einer Polizistin beobachtet! Bitte? Gut. Ich kenne das Heim, ich weiß, wo es ist.»

Paulas Gefühl, gegen eine Wand gerannt zu sein, wich einem neuem Tatendrang. Ediths Mörder mochte ihnen durch die Finger geglitten sein, ob sie Krögers Mörder schnappen konnten, war zweifelhaft, aber Fredi würden sie helfen, wenigstens das.

Das *Tingeltangel* hatte noch nicht geöffnet, als sie die Erichstraße erreichten, aber durch die geöffneten Fenster drangen schon Stimmen. Besonders laut war die der bayrischen Prostituierten – sie fluchte über eine klebrige Stelle auf der Bühne.

«Hast du eine Waffe dabei?», fragte Paula.

Caro lachte. «Plötzlich doch Schiss?»

«Kröger ist tot.»

Ihre Kollegin klopfte auf eine ausgebeulte Stelle ihrer Jacke.

«Warte.» Paula hielt sie zurück. «Wie kommt man an so eine Pistole?»

«Kannst du denn schießen?»

«Du wirst es ja auch irgendwo gelernt haben.»

«Stört es dich, dass ich eine Lesbe bin?»

Paula verdrehte die Augen. «Sag ich doch: Mir ist das wurscht.»

«Dann wärst du die Erste. Jeder hat zu denen, die andersrum lieben, eine Meinung.»

«Müssen wir das gerade jetzt …»

«Ja!»

«Gut, also: Ich mag Gertrud, ich mag dich – und ich glaube nicht, dass es einen Überfluss von Liebe auf der Welt geben kann.» Hatte sie das wirklich gesagt? Ja, und genauso auch gemeint! Paula stieß die Tür auf.

Sie brauchten nicht nach Moor zu suchen, er stand vor der Bühne, wo er eine alte Frau anschnauzte, die mit einem Wischeimer und einem tropfenden Lappen vor ihm stand und den Kopf einzog.

Die Pistole war überflüssig. Als der Zuhälter sie entdeckte, knipste er die Wut aus seinem Gesicht und kam mit einem breiten Lächeln auf sie zu. Natürlich lächelte er. Kröger, der ihn hätte reinreißen können, war tot, er selbst besaß für die Zeit des Mordes ein Alibi, und die Tatwaffe, mit der Edith umgebracht worden war und von der er noch nicht wusste, dass man sie gefunden hatte, bedeutete keine Gefahr für ihn, weil er sie ja nie berührt hatte.

Caro wollte gleich weiter, hinauf ins Obergeschoss zu Fredi, aber Moor verstellte ihnen den Weg. «Wären Sie nicht gekommen, hätte ich mich selbst ins Auto gesetzt und Sie aufgesucht.»

«Weil wir so gute Freunde sind!», lächelte Caro ironisch.

«Sie begreifen einfach nicht, dass Edith uns hier im Haus eine echte Kameradin war und dass es uns eine Herzensangelegenheit ist, bei der Aufklärung ihres Todes zu helfen.»

Paula schaute zur Tür. Wie genau sollte ihr Vorhaben

eigentlich umgesetzt werden? Durften sie Fredi gegen den Willen des Vaters mitnehmen? Würden sie das schaffen?

«Wir haben Ediths Zimmer für eine Neue leer geräumt und dabei etwas gefunden», erklärte Moor.

«Und das wäre?», fragte Caro.

«Eine Krawatte.» Moor genoss ihre Ratlosigkeit. Er deutete zu einem der Tische, als wollte er sie einladen, sich zu setzen, aber sie blieben stehen. «Das gute Stück klemmte hinter Ediths Bett. Es muss einem ihrer letzten Kunden gehört haben, denn bei uns wird regelmäßig geputzt. Als ich es in Händen hielt, fiel mir ein, dass Edith sich an ihrem letzten Morgen über einen eifersüchtigen Freier beklagt hat. Er war nicht nur eifersüchtig, sondern auch … grob. Edith gehörte nicht zu den Zimperlichen, es muss also einiges vorgefallen sein. Sie sagte, dass sie ihm gedroht hat, mir Bescheid zu geben. Tja, und wenige Stunden später war sie tot.»

«Sein Name?», fragte Paula.

«Die legen keine Ausweise vor», erklärte Caro an Moors Stelle genervt.

Der Zuhälter nickte bedauernd. «Diskretion ist in unserem Geschäft alles. Aber vielleicht würde Ihnen eine Beschreibung helfen?»

Paula zückte Block und Stift. Leider gehörte Moor, was genaues Hinschauen anging, zu den Unbegabten. Sie hatte den Eindruck, dass er sich Mühe gab, vielleicht, weil er immer noch befürchtete, sie könnten etwas gegen ihn in der Hand haben. Aber der Mann, den er beschrieb, wirkte wie eine Dutzendgestalt. Korpulent, Doppelkinn, abstehende Ohren, schon älter, sicher an die sechzig … Gut, etwas war das schon, aber als sie ihm ihr fertiges Bild zeigte, schüttelte er verdrossen den Kopf. Er konnte allerdings auch auf Nachfragen, etwa nach Grübchen, Frisur oder Falten, nichts weiter beisteuern. Moor gehörte zu den Blinden – wie die meisten Menschen.

«Wie war das eigentlich mit dem Afrikaner?», fragte Caro.

Dieses Mal wollte Moor mit seinem Lächeln wohl Verlegenheit andeuten. «Ganz ehrlich?»

«Wenn Sie's schaffen …»

«Sie sind voller Vorurteile, Fräulein. Wenn Sie sich erinnern: Ich bin mit Fredi ins Stadthaus gekommen, weil ich seine Wahrheitsliebe unterstützen wollte.»

Als Caro lachte, hob er resigniert die Hände. «Was den Schwarzen angeht: Stimmt, da habe ich geflunkert. Ich hab jedenfalls selbst keinen gesehen, als ich mit Jonny weg bin. Nur den Schupo. Übrigens wäre ich auf sein Rufen auch stehen geblieben, wenn ich nicht genau gewusst hätte, dass er mir sofort den Mord anhängen würde.»

«Und warum haben Sie ihn umgebracht?»

«Bitte?» Kurz verrutschte die leutselige Maske und gab den Blick auf Moors Jähzorn frei.

«Wo ist denn die Krawatte jetzt?», mischte Paula sich ein.

Frostig ging er zu einer Schublade hinter der Theke der Bar. Das Fundstück lag in einer Papiertüte. Moor betonte spitz, dass er es mit einer Zange hinter dem Bett hervorgezogen habe, wegen der Fingerabdrücke. «Man hilft ja gern.»

Paula, die ihm die Tüte abnahm, warf einen Blick hinein – und merkte auf. Am Schlips steckte eine breite, violett glänzende Krawattenspange mit zwei goldenen, durch eine Schleife verbundenen Zweigen. Darüber wölbte sich ein Arm, dessen Hand einen Lorbeerkranz hielt. Falls der Mann, dem sie gehörte, sie berührt hatte – und davon durfte man gewiss ausgehen –, konnte Blasse darauf möglicherweise die Fingerabdrücke sichtbar machen. Sie wollte Caro darauf hinweisen, aber ihre Kollegin befand sich bereits auf dem Weg ins Obergeschoss. Paula folgte ihr.

Verärgert rief Moor ihnen nach: «Wenn Sie schon unter die Betten kriechen wollen, dann nehmen Sie doch gleich zwei Besen mit!»

Mit jeder Stufe, die sie erklommen, pochte Paulas Herz stärker. Was, wenn sie Fredi in seinem Zimmer nicht antrafen? Er konnte draußen herumstromern … in einer Ecke des Hauses herumlungern, die ihnen verborgen blieb … Er konnte sich weigern, mit ihnen zu gehen, weil sie die Lage vor dem Stadthaus, seine Beziehung zu seinem Vater, völlig falsch eingeschätzt hatte …

Aber zunächst einmal hatten sie Glück. Sie fanden den Jungen in seinem Zimmer auf dem Fußboden, wo er zusammengekrümmt ein Stück Holz mit einem Taschenmesser bearbeitete.

«Hallo, Fredi», sagte Paula und setzte sich neben ihn auf die Bettkante. Caro blieb in der Tür stehen, die Hand wie zufällig unter die Jacke geschoben. Als Paula sich vorbeugte, sackte Fredi noch tiefer über sein Holzstück. Er schnitzte ein Boot, einen Segler. Der Junge war mit den Händen geschickt. Die Proportionen stimmten, er arbeitete genau, der Bug war elegant und regelmäßig, und auf dem Deck schälte sich bereits eine Kajüte heraus. Fredi wusste, was er tat. Doch plötzlich glitt ihm das Messer ab, und der Bootsrumpf bekam eine hässliche Kerbe. Er nahm sich ein altes Stück Schmirgelpapier und versuchte, den Schaden zu beheben. Paula sah, wie Caro mit gerunzelten Brauen auf ihre Uhr tippte.

«Fredi, ich muss mit dir reden.»

Das Schmirgeln wurde langsamer.

«Du hast mir gestern, vor dem Stadthaus, erzählt, dass dein

Vater dich nicht im Auto mitnehmen wollte. Und er hat dich geschlagen. Magst du mir sagen, warum?»

Die Hand mit dem Schmirgelpapier sackte herab.

«Du warst traurig, richtig traurig. Und als du die Tram gesehen hast …» Ihr fehlten die Worte, um das Entsetzliche ausdrücken. Was, wenn sie sich irrte? Wenn sie in die kleine Szene etwas hineingedeutet hatte, was nur in ihrer Phantasie existierte? Vielleicht war er bloß gestolpert.

Fredi begann erneut zu schmirgeln. Der Boden, auf dem er im Schneidersitz saß, war staubig, gar so oft wurde, zumindest in seinem Zimmer, nicht geputzt. Paula starrte die Wände mit den vergilbten Tapeten an, das schmutzige Bettzeug, den verschrammten Stuhl, über dem ein paar billige Hosen und Pullover hingen.

Sie beugte sich vor und malte ein Y auf die staubigen Dielen. «Schau mal, Fredi, wir gehen alle eine Straße entlang, jeder von uns. Meist geht sie einfach geradeaus, aber manchmal kommen wir an eine Stelle, an der sie sich teilt.» Sie tippte auf die Abzweigung des Y. «An solchen Stellen müssen wir eine Entscheidung treffen. Wollen wir links oder rechts weitergehen? Was ist unser Ziel? Und an so einem Punkt stehst du gerade.»

Fredi starrte auf den Buchstaben, der seinen Lebensweg symbolisieren sollte.

«Was willst du denn später einmal arbeiten?», fragte Paula.

«Ich geh zur See.» Die Antwort kam wie aus der Pistole geschossen. Paula blickte zum Fenster. Die Boote auf der Fensterbank waren zweifellos ebenfalls von Fredi geschnitzt worden. Natürlich wollte er Seemann werden. Wie die Hälfte aller Hamburger Jungs.

«Wenn du auf ein Schiff willst, musst du vorher die Seemannsschule in Finkenwerder besuchen.»

Das Feuer in Fredis Augen begann zu erlöschen. Er wollte wieder schmirgeln, aber Paula packte sein Handgelenk und tippte mit der freien Hand wieder auf den Buchstaben.

Caro verlor die Geduld. «Dein Vater würde dich dort nicht hingehen lassen, mein Junge, ganz recht. Der lässt dich lieber hier im *Tingeltangel* schuften. Aber du hast eine Chance. Was musst du hier nachts machen? Den Freiern Schnaps auf die Stuben bringen?»

Fredi erstarrte.

«O Gott im Himmel. Schickt der Mistkerl dich etwa zu ihnen in die Betten?»

Jetzt wirkte der Junge noch lebloser als der Holzklumpen in seiner Hand.

Caro kam näher. Sie nahm ihm das Messer ab und klopfte mit seiner geballten Faust auf das Y. «Meine Kollegin hat recht. Bursche, das hier ist ein wichtiger Augenblick in deinem Leben. Wir nehmen dich jetzt mit ins Stadthaus. Wenn du uns dort erzählst, was hier alles los ist und wie du deine Nächte verbringst, bist du noch heute in Sicherheit – und in einem Jahr draußen auf dem Atlantik. Dann siehst du diese Räume niemals wieder. Kapiert? Ich verspreche dir das!»

Auf der Treppe wurden schwere Schritte laut.

«Schnapp ihn dir», sagte Caro.

Paula nahm Fredi bei der Hand, Caro zog ihre Waffe. Und plötzlich ging alles wahnsinnig schnell. Sie traten in den Flur. Moor, der gerade die letzte Stufe erreicht hatte, starrte sie verdutzt an. Seine Augen weiteten sich, als er Caros Waffe erblickte – und verengten sich, als er sah, dass Paula seinen Sohn hinter sich herzog. Reflexartig wich er vor der Pistole zur Wand zurück, als sie sich an ihm vorbeischoben. Paula und Fredi gingen voran, Caro folgte ihnen rückwärts, ohne den Zuhälter aus den Augen zu lassen.

«Dafür werdet ihr zahlen!» Moors Stimme hatte Klang und Farbe verloren.

Nicht einmal eine Minute später saßen sie im Auto. Caro drückte Paula die Waffe in die Hand und gab Gas. Als sie die Erichstraße verließen – es wurde bereits dunkel, und die Gaslaternen brannten –, begann sie, lauthals zu lachen. Sie war purer, sprudelnder Triumph, und einen Moment beneidete Paula Gertrud Augspurg.

Paula fragte in der Zentrale des Stadthauses nach Broder. Es war unmöglich, ihn noch einmal zu übergehen. «Ja, der ist noch im Haus», erklärte die gähnende Frau am Tresen.

«Wer fragt, kriegt Antworten», zischte Caro.

Sie brachten Moors Sohn zu seinem Büro. Der Kommissar saß hinter seinem Schreibtisch und brütete über Akten. Kurz erklärten sie ihm die Situation – Fredis Lage und natürlich auch die Sache mit dem Schlips.

Er war so verärgert, wie Paula erwartet hatte. «Und dieser Alleingang musste sein, ja? Ich dachte, ich hätte mich zu solchen Aktionen geäußert?» Dass er nicht laut wurde, hatte wohl vor allem mit dem Jungen zu tun.

Er begann, Fredi zu befragen. Zu Ediths Tod konnte der Bursche in der schlotternden Hose leider nicht viel sagen. Was Broder aus ihm herausbekam: Edith war mit dem kleinen Jonny spazieren gewesen, sein Vater hatte später nach den beiden gefragt und war dann ebenfalls los, mit dem Auto. Um wie viel Uhr? Das wusste Fredi nicht, er kannte sich mit Uhrzeiten nicht aus.

«Und was machst du nachts in den Zimmern der Freier?», fragte Caro.

Fredi sackte in sich zusammen, und Broder warf seiner Kollegin einen gereizten Blick zu. «Du willst also zur See fahren?»

Der Junge nickte.

«Kann ich verstehen. Da sieht man die Welt.» Als Fredi nicht reagierte, fuhr er fort: «Wir bringen dich erst einmal in ein Haus mit anderen Kindern, wo du sicher bist.»

Paula, die Fredis enttäuschten Blick sah, ergänzte: «Damit du die Seemannsschule in Finkenwerder besuchen kannst. Erinnerst du dich, was ich dir vorhin gesagt habe? Alle Jungs, die zur See wollen, müssen vorher eine Seemannsschule besuchen.»

Broder wollte zum Telefon greifen, aber Caro erklärte, dass mit dem Heim bereits alles geregelt sei. Ein weiterer giftiger Blick von Broder. «Nein, lassen Sie. Ich fahre», sagte er knapp, als Caro ihren Autoschlüssel herausholte.

Wenig später waren sie unterwegs in Richtung Böhmersweg, wo sich das Kinderheim befand. Eine resolute Heimleiterin nahm sie in Empfang. Broder schärfte der Frau ein, niemandem den Aufenthaltsort des Jungen zu verraten. Sollte jemand nach ihm fragen, müsse sie das bitte sofort melden. Man einigte sich, Fredi unter dem Allerweltsnamen Hans Müller im Haus aufzunehmen.

Vom Böhmersweg aus fuhr Broder zu Caros Wohnung. Sie lebte in einem gemütlich wirkenden Gebäude neben einem großen Wohnblock, das Paula für ein ehemaliges Gärtnerhaus hielt. Vielleicht war es stehen geblieben, als man eine in die Jahre gekommene Villa abgerissen hatte, um das Grundstück gewinnbringend zu verkaufen.

Durch die Fenster schien Licht. Paula konnte die Umrisse einer schattenhaften Gestalt erkennen. Gertrud Augspurg, die etwas kochte? Wie funktionierte das wohl, wenn zwei Frauen sich zusammentaten? Na, mit der Hausarbeit würde es wohl gut klappen. Und es würde auch keine jammern, wenn die andere Spaß an ihrer Arbeit außer Haus hatte.

Caro stieg aus dem Wagen, sie fuhren wieder los, und Paula zeigte Broder den Weg zu Onkel Kurts Villa.

«Ihr Onkel? Das ist gut!», kommentierte er. Als er den Wagen wenig später am Straßenrand zum Stehen brachte, griff er nach ihrem Handgelenk. Und nun kam's. «Sie hätten niemals ohne männliche Begleitung ins *Tingeltangel* gehen dürfen, um den Jungen zu holen! Verflucht, ich dachte, das hätten Sie kapiert!»

«Aber …»

«Caroline Wagner hat nicht alle Tassen im Schrank», unterbrach er sie rüde. «Auf die hat kein Mensch Einfluss, und ich habe keinen Schimmer, warum Josefine Erkens sie nicht rausschmeißt. Aber Sie …»

«Ich arbeite gern mit ihr zusammen!»

«Darum geht's nicht. Ich erwarte von Ihnen ein Mindestmaß an Verstand!»

«Hat doch alles geklappt.»

«Sie verstehen *gar nichts*. Männer wie Waldemar Moor … Der lässt sich – ich wähle jetzt mal die Worte, mit denen er selbst es ausdrücken würde – von anderen *Männern* in die Fresse schlagen. Er handelt mit ihnen, er arrangiert sich. Aber Frauen sind der Dreck unter seinen Füßen. Und wer sich vom Dreck besiegen lässt, ist selbst Dreck. So schlicht denkt diese Sorte Mann!»

«War's das?»

«Ich verbiete Ihnen, das *Tingeltangel* noch einmal ohne meine ausdrückliche Erlaubnis aufzusuchen. Verstanden? Das ist eine dienstliche Anweisung. Und wenn Sie sich nicht dran halten – das gilt übrigens auch für die Wagner –, sind Sie raus aus der Mordkommission!»

Nichts sagen, nicht in diesem Augenblick. Paula schob sich aus dem Auto.

«Noch etwas.» Broder wartete, bis sie sich vorbeugte und ihn wieder anblickte. «Sie sollten von jetzt an über jeden Schritt, den Sie tun, nachdenken. Meiden Sie einsame Straßen und Parks. Achten Sie auf Autos, die plötzlich hinter Ihnen beschleunigen, und auf Schritte, die Ihnen folgen. So, das war's, Paula!»

Er hatte Paula gesagt. Er hatte mit ihr gestritten, aber im letzten Satz hatte er sie beim Vornamen genannt. Paula tat, als hätte sie es nicht bemerkt, und legte hastig die wenigen Schritte zu dem rosenumrankten Tor zurück, hinter dem der Garten ihres Onkels begann. Kurz blieb sie stehen und hörte zu, wie sein Auto in der Ferne verschwand. Ihr Herz klopfte. *Paula*. Das hieß, dass er in ihr auch den Menschen sah. Hieß es doch, oder?

Sie sah, dass im Haus noch Licht brannte. Kurt und Evi schienen im Speisezimmer zu sitzen – vielleicht hatten sie Besuch. Langsam setzte sie sich wieder in Bewegung. *Paula* … Dass er sich ihren Vornamen überhaupt gemerkt hatte! Und warum berührte sie das so? Weil es zeigte, dass ihm etwas an ihr lag? Dass er sie respektierte? Vielleicht sogar mochte? Die Leviten hätte er schließlich auch einem Fräulein Haydorn lesen können.

Da das Licht nur einen kleinen Halbkreis direkt unterhalb des Speisezimmers beleuchtete, konnte sie kaum etwas sehen. Der Garten links von ihr war komplett in der Nacht verschwunden. Sie näherte sich der Haustür, die Augen auf die schwarze Wand aus Sträuchern und Bäumen gerichtet. *Meiden Sie einsame Straßen und Parks* … Paula dachte an den Hass in Moors Augen, und einen Moment wurde ihr der Hals eng. Sie verscheuchte die Beklommenheit. Moor wusste nicht, wo sie wohnte, und schon gar nicht, dass sie momentan bei einem Onkel untergekommen war. Und wenn er Broders Auto gefolgt war? Nein, das hätten sie sicher gemerkt.

Noch während sie es dachte, meinte sie plötzlich zwischen den dunklen Büschen eine Bewegung wahrzunehmen. Der Wind? Eine Sinnestäuschung? Alles drängte sie, panisch loszubrüllen. Aber da war doch gar nichts. Nach einem Moment des Zögerns wollte sie weitergehen, da sah sie, wie sich eine Gestalt aus den Zweigen schälte.

Der Schrei, der ihr in den Hals stieg, wurde durch die Stimme ihrer Mutter erstickt. «Komm her. Wir müssen reden! Nun komm schon! Und leise!»

«Was machst du denn hier?», keuchte Paula.

Es folgte das entsetzlichste Gespräch, das sie je geführt hatte.

«Du musst zurück nach Hause kommen.» Ihre Mutter packte sie so fest bei den Armen, dass es durch den Mantelstoff hindurch weh tat. «Es ist furchtbar, was du tust. Du weißt es nicht, wie solltest du auch, aber … du bist dabei, uns zu zerstören! Unsere ganze Familie. Alles!»

«Ich zerstöre die Familie – *weil ich arbeite*?»

Mutter ließ sie erschöpft los. «Liebes, ich muss dir etwas sagen.» Sie sprach so leise, dass Paula Mühe hatte, sie zu verstehen. «Natürlich sollst du arbeiten. Die Zeiten haben sich geändert. Tu, was immer dir Freude macht. Ich hab's ja auch getan. Weißt du, wie ich es gehasst habe, zu Hause eingesperrt zu sein? Diese Einladungen! Die Abende im Kreis junger Männer, deren einziger Reiz in ihrer dicken Brieftasche bestand … Als ich deinen Vater traf, kam er mir vor wie das Tor ins Licht. Er war die Sonne nach Jahren voller Regen. Ein Fanfarenton der Freiheit.»

Mutter lachte und schluchzte gleichzeitig. «Harry sah gut aus, weißt du? Nicht auf diese nichtssagende Art, er war kein

Schönling. Er besaß … Charakter. Er war ungestüm und heuchelte mir nichts vor. Zwei Begegnungen, und ich war verrückt vor Liebe. Ich habe mir die Finger in die Ohren gesteckt, während Großmutter weinte und Großvater mir den Kopf wusch. Harry Haydorn ist mein Schicksal, dachte ich.» Ihre Stimme wurde brüchig. «Ich habe mir geschworen, Paula, solltest du jemals in einen solchen Zustand geraten, würde ich sämtliche Illusionen für dich zum Platzen bringen, ob du willst oder nicht. Aber du warst ja klüger. Du hast keinem der Kerle getraut, die dich umwuselt haben. Wenn sie sich bei Borgmeister die Finger wund tippen will, bis sie Lebenserfahrung gesammelt hat, das ist doch gut, habe ich gedacht. Und dann stehst du plötzlich da und sagst, du hast bei der Polizei angefangen.»

«Was ist daran so schrecklich?»

«Komm, komm, setz dich.» Mutter zog sie zurück zwischen die Büsche. Ein Gewitter hatte eine Eiche niedergestreckt, schon vor Jahren. Mutter zog sie auf den rauen Stamm. Stumm saßen sie da, viel zu dicht nebeneinander für Paulas Geschmack, aber es war unmöglich abzurücken. Mutter bebte, sie weinte womöglich. Es ging ihr gar nicht um die Arbeit im Stadthaus. Sie spekulierte an der Börse, sie brüskierte mit Vergnügen ihre Freundinnen und Nachbarinnen, sie legte sich mit Vater an, sie reizte und gab Widerworte, wie es ihr beliebte … Vielleicht hätte sie sich aufgeregt, wenn ihre Tochter nackt im Varieté tanzen würde, aber was störte sie so an der Arbeit bei der Polizei?

«Wir müssen über deinen Vater reden.»

Paula erschrak. «Ist er krank?»

«Ja, so könnte man es nennen, krank im Kopf.» Wieder dieser bittere, scharfe Ton. «Ich sage dir einfach, wie es ist. Ein paar Jahre nach unserer Hochzeit hatte ich einen schlimmen Streit mit Harry. Er hat die Haustür zugeknallt und ist erst zwei Tage später wieder nach Hause gekommen. Er hat gar nicht erst versucht zu lügen. Er war im *Alkazar* gewesen, und anschließend hat er sich durch den Kiez gehurt und gesoffen und …» Sie schob die Faust zum Mund und biss sich auf den Fingerknöchel. «Er hat sich benommen wie ein Schwein.»

Paula schwieg. Unmöglich, darauf etwas zu sagen.

«Harry hat keinen Hehl daraus gemacht, dass ihm die lockeren Damen vom Kiez mehr zusagen als sein prüdes Eheweib. Und dass er auch nicht vorhat, seinen neuen Zeitvertreib aufzugeben. *Ich gehe. Sag ein Wort, und ich gehe!*», äffte sie ihn nach.

Und dann?

«Er besucht auch heute noch die betreffenden Etablissements», erklärte ihre Mutter, als hätte Paula die Frage laut gestellt. «Deshalb war er so entgeistert, als er hörte, dass du bei der Polizei angeheuert hast. Er hat Angst, dass deine Arbeit dich mit dem Abschaum dort in Berührung bringt und dass dieses Gesindel, wenn es deinen Namen hört, anfängt, ihn zu erpressen. Oder dich zu demütigen. Und Letzteres wäre für ihn noch schrecklicher. Er betet dich an, Paula.» Mutter lachte ohne Humor. «Du könntest auch *dein* Leben ändern, habe ich zu ihm gesagt. Aber nein: Stattdessen rennt er zu Schlanbusch, um es auf seine Weise zu regeln, wie er das nennt. *Ich weiß, was ich will, und das nehme ich mir.* Er liebt dich übrigens wirklich, Paula. Mich auch, glaube ich. Ist das nicht seltsam? Wird sein Treiben dadurch eigentlich noch unmoralischer, oder müssen wir ein bisschen Milde walten lassen? O Gott, bin ich müde. Komm einfach mit nach Hause, Kind. Unser Leben ist doch bisher nicht schlecht gewesen. Und du kannst auch selbst nicht wollen, dass sich diese verkommenen Gestalten auf dem Kiez über dich lustig machen.»

«Wo geht er hin?»

«Bitte?»

«In was für Häuser?»

«Ach du lieber Gott, was weiß ich? Sicher weiter ins *Alkazar*. Und sonst? Ich nehme an, immer zu demselben Mädchen. Harry ist ein Langweiler. Vielleicht ist ihm dieses Bettgeturne längst zur Pflicht geworden und dient nur dazu, mich zu ärgern und eifersüchtig zu machen. Soll ich dir etwas zeigen?»

Mutter wartete nicht auf Antwort. Sie öffnete ihr Handtäschchen und zog etwas daraus hervor – einen Briefumschlag. In ihrem Versteck war es zu dunkel, sie zog Paula über den Weg in das Licht, das immer noch aus dem Speisezimmer fiel. Dort nahm sie eine dicke, blaue Karte mit einem blütenbedeckten Rand aus dem Umschlag. Das Licht fiel auf das Wort *Aktie*, darunter stand *Einhundert Reichsmark*. Kleinere Buchstaben verkündeten, dass das Wertpapier von der *Nordwestdeutschen Kraftwerke Aktiengesellschaft* ausgegeben worden war und dass der Inhaber …

«Was soll das?»

«Es ist mein Geschenk an dich. Du sollst unabhängig werden, Paula. Von deinen Eltern. Von dem Zwang, einmal heiraten zu müssen. Und falls du es doch tun willst, von dem Zwang, es bei deinem Ehemann aushalten zu müssen, obwohl er dir das Herz gebrochen hat.»

«Mutter …»

«Nun komm, nimm schon, es ist das Geschenk deines Lebens, wenn du es klug einsetzt!»

«Du hast Aktien und bleibst trotzdem bei Vater», sagte Paula wie betäubt.

Ihre Mutter lachte hell auf. «Die Liebe ist kompliziert!»

«Ich verstehe dich nicht. Wenn Vater dich so verletzt, dann sag ihm, dass er ausziehen soll. Du musst das nicht aushalten. Ich komme zurück. Wir schränken uns ein. Ich bleibe bei der Polizei und sorge für Essen und Trinken. Und du holst dir deine Würde …»

«Hör auf, Paula. Du ermüdest mich!»

«Besitzt du denn gar keinen Stolz?»

«Du wirst es schon noch lernen: Das Wichtigste in einer Familie ist, dass man einander nicht in die Quere kommt. Ich … Was machst du denn da?»

Paula hatte begonnen, die Aktie zu zerreißen. Die Schnipsel warf sie in die Nacht. Gott, war sie wütend. Sie zitterte am ganzen Leib.

12. KAPITEL

DIENSTAG, 16. APRIL

Er sollte nicht anrufen, auf gar keinen Fall – die Warnung klang ihm in den Ohren. Aber er hielt es einfach nicht mehr aus. Natürlich durfte er nicht das Telefon im *Tingeltangel* benutzen, das er für seine Kunden angeschafft hatte, damit sie ihre Ausreden fürs späte Heimkommen abspulen konnten. Wenn er von hier aus telefonierte, konnte man den Anruf über die Telefonzentrale mithören – und vielleicht warteten die Bullen gerade jetzt darauf. Aber die Mädels rammelten mit den Kunden, die meisten waren besoffen, er konnte es sich also leisten, kurz zu verschwinden.

Moor hastete durch die dunklen Gassen runter zum Münzfernsprecher bei den Landungsbrücken. Das braune Häuschen mit dem Pagodendach und den Glasfenstern war leer – darauf hatte er gehofft. Mit zittrigen Händen wählte er die Nummer, die er inzwischen auswendig kannte.

Ein leises, vorsichtiges «Ja?» ertönte.

«Ich habe die Krawatte abgegeben.»

«Du sollst doch nicht anrufen.»

«Es muss aber sein.» Er sprach schärfer, nur nicht den Duckmäuser geben. «Wie soll es weitergehen?»

«Erfährst du schon noch.»

«Die Bullen haben mir Fredi weggenommen.» Warum

sagte er das? Interessierte doch keine Sau. «Die beiden Weiber haben ihn geholt. Ich mach die alle!», zischte er trotzdem.

«Das lässt du schön bleiben!»

«Die haben mir …»

«Du bist ein Mörder.»

Er schwieg, was sollte er auch sagen? Eisige Wut schoss in ihm hoch. Dreinschlagen, irgendwem in die Fresse rein. Er sah die Gesichter der beiden Bullen-Fotzen vor sich, wie sie feixten und großtaten. Ihm Fredi wegnehmen! Es würde nicht schwer sein rauszukriegen, wo die wohnten. Am liebsten hätte er sich sofort auf den Weg gemacht, sich die Wut aus der Seele gedroschen – und die Sache ein für alle Mal erledigt. Aber er musste sich zusammenreißen. Angespannt suchte er nach Worten.

Bevor er sie fand, wurde am anderen Ende der Leitung aufgelegt.

13. KAPITEL

DIENSTAG, 16. APRIL

Paula war schweigsam, als sie am nächsten Morgen ins Büro kam. Sie trug eine Brosche, einen frechen Papageien aus bunten Steinen, der fast an jeder ihrer Blusen steckte. Nur hing er heute verkehrt herum. Stumm setzte sie sich auf einen der Stühle

«Irgendwas passiert?», fragte Martin.

Sie schüttelte den Kopf, zog eine Akte vom Tisch und tat, als würde sie lesen. Fast alle Kollegen hatten Aufträge erhalten und waren beschäftigt. Nur Paula war dafür zu spät gekommen. Und Caro hatte sich überhaupt noch nicht blicken lassen. Martin schluckte seinen Ärger herunter. «Wir beide fahren zu Kalkhoff.»

Sie nickte und schlug die Akte wieder zu.

Der Redaktionssitz des *Hamburger Fremdenblatts* war nur zwei Straßenecken weiter, also gingen sie zu Fuß. Paula marschierte stumm neben ihm her. Er beobachtete sie verstohlen. Hatte er mit seiner Warnung gestern Abend bei ihr einen Nerv getroffen? Sie schockiert? Gut, genau das war seine Absicht gewesen, auch wenn sie ihm jetzt ein bisschen leidtat. Aber er hatte ja mit jedem Wort die Wahrheit gesagt. Es gab Männer, die alles leichter ertrugen als eine Frau, die ihnen Paroli bot. Und Zuhälter gehörten in diese Kategorie. Solange die Huren spurten, gaben sie sich oft väterlich. Aber sobald eine aufmuckte, wurden sie brutal bis hin zur Misshandlung, bis hin zum Mord. War so, leider. Und nicht nur Zuhälter. Er dachte an die Vergewaltigungen in Hooglede, verscheuchte die Bilder aber sofort wieder.

«Ich will eine Pistole haben», sagte Paula. «Und lernen, wie man sie benutzt.»

Er lag also richtig mit seiner Annahme. «Gute Idee. Ich zeige Ihnen, wo Sie sich eintragen können.»

«Mein Vater betrügt meine Mutter.»

«Bitte?»

«Er geht zu den Huren im Kiez.»

«Oh.» Puh! Was sollte er sagen? Ihm fiel nichts ein. Sie war allerdings so in ihren Gedanken versunken, dass sie es gar nicht zu bemerken schien. «Kommen Sie zurecht?»

«Natürlich. Warum nicht?»

Beim Postgebäude folgte sie blindlings dem Fußweg, statt geradeaus die Straße Große Bleichen zu überqueren, wo das Zeitungsunternehmen seinen Sitz hatte. Rasch griff Martin nach ihrem Arm. Auch das schien sie nicht wahrzunehmen. Da war wohl gerade eine Welt zusammengebrochen.

Sie betraten das Gebäude, in dem das übliche Gedränge herrschte. Martin fragte nach Kalkhoff, und sie wurden zwei Etagen höher in ein weiträumiges Büro mit langen Tischen gewiesen, in dem Schreibmaschinen klapperten und Kaffeetassen dampften. Kalkhoff war es sichtlich unangenehm, sie hier zu sehen. Kein Wunder. Das *Hamburger Fremdenblatt* galt als liberal, als eine Zeitung mit Überzeugungen. Es war Martin schleierhaft, wie Kalkhoff mit seinen sensationsheischenden Schmierereien hier überhaupt eine Anstellung hatte finden können. Allerdings druckte man seine Artikel im Boulevardteil ab. Was er schrieb, brachte Aufmerksamkeit und Geld, interessierte die obersten Etagen inhaltlich aber vermutlich nicht.

«Ach, da schau», sagte der Journalist mit einem schiefen Grinsen. «Bevor wir meine Kollegen stören – vielleicht bemühen wir uns über die Straße ins *Grüne Eck*?»

«Wir brauchen Ihre Fingerabdrücke», erklärte Martin kühl. Mit einem Knall legte er seinen Koffer auf den Schreibtisch eines blonden jungen Reporters, der ungerührt seine Schreibmaschine ein Stück zur Seite rückte und weitertippte.

«Nein, lass uns ruhig in dieses Lokal gehen.» Paula kehrte überraschend ins Diesseits zurück und ging zur Tür. Martin zögerte, dann folgte er ihr. Der verblüffte Kalkhoff schloss sich ihnen an.

Wenig später saßen sie in einer Kaschemme mit dicken, staubigen Vorhängen, die selbst jetzt um die Mittagszeit kaum Licht hindurchließen. Die Tische waren allerdings sauber, und die Würstchen und das Rührei, die einem Spätaufsteher am Tisch nebenan serviert wurden, rochen lecker. Sie ließen sich Kaffee bringen. Dann holte Martin aus seinem Koffer das Stempelkissen und eine Karteikarte heraus. «Wir verdächtigen Sie, Edith Hellwig ermordet zu haben.»

Kalkhoff lachte auf, aber er wehrte sich nicht, als Martin nacheinander seine Finger erst auf das Stempelkissen und anschließend mit einem leichten Dreh auf die Karteikarte drückte. Als die Sache erledigt war, zog Martin seine Kamera hervor. Das Foto würde nicht mit den Aufnahmen in der Photographischen Anstalt unterm Dachgeschoss wetteifern können, wo mit hervorragenden Kameras unter hellen Dachfenstern gearbeitet wurde, aber besser als nichts wäre es allemal.

Während er zwei Fotos schoss, zog Paula die Karte zu sich heran und betrachtete nachdenklich die Abdrücke. «Das, was

Sie in Ihrem Artikel über den schwarzen Mann geschrieben haben, war gelogen, Herr Kalkhoff», murmelte sie.

«Aber i wo! Der Schupo hat mir von dem Kerl erzählt. Ich habe nur …»

«Einen Scheißdreck hat er», widersprach sie liebenswürdig.

«Leider kann man ihn ja nicht mehr befragen.»

«Ja, das ist sehr bedauerlich. Herr Kalkhoff …» Sie beugte sich vor. «Dieser Schwarze wurde von Ihnen erfunden, um Ihren Artikel ein bisschen reißerischer zu gestalten. Jemand, der in den Fall verwickelt ist, hat Kröger genötigt, Ihre Lüge zu bestätigen, um sich selbst zu entlasten. Das hat dieser Mann übrigens zugegeben. Das Schlimmste an der Sache ist: Kröger hat aus lauter Angst einen echten, hier in Hamburg lebenden Afrikaner beschrieben, einen Tramfahrer, der dadurch in Teufels Küche geraten ist. Ihm soll die Wohnung gekündigt werden, sein Arbeitgeber will ihn rauswerfen. Ich mach's kurz: Sie werden, sobald Sie wieder in Ihrem Büro sind, einen Artikel verfassen, in dem Sie berichten, dass der Tramfahrer voll rehabilitiert ist und die Polizei einer anderen Spur folgt. Drücken Sie Ihr Bedauern darüber aus, dass das *Fremdenblatt* mit seiner Berichterstattung dazu beigetragen hat, einen geschätzten Mitbürger grundlos in Misskredit zu bringen. Und schreiben Sie das alles mit einer Beredsamkeit nieder, die Ihren Lesern die Tränen in die Augen treibt, das rate ich Ihnen.»

«Sonst?», fragte Kalkhoff aufsässig.

«Sonst haben Sie ein Verfahren am Hals wegen Verleumdung und Behinderung der Polizeiarbeit», antwortete Martin, der die Kamera wieder verstaut hatte. «Natürlich würden wir auch mit Ihrem Vorgesetzten über diese Sache sprechen.»

«Und wenn wir dann schon im Redaktionsgebäude sind»,

ergänzte Paula, «kommen wir gern auch noch mal zu Ihnen ins Büro, um zu berichten, wie die Sache ausgegangen ist. Den Lärm müssen Ihre Kollegen dann wohl aushalten.»

Der Mann mit dem Rührei am Nebentisch rief nach dem Kellner, auf seinem schmutzigen Teller ließ sich eine Fliege nieder. Martin sah, wie Kalkhoffs Adamsapfel unter dem Kragen auf- und abhüpfte. Auch wenn der Mann kühl tat – er kochte. Schließlich sagte er: «Ich bin Journalist. Wenn ich über einen Mord berichte und von der Polizei Neues erfahre, wird das natürlich gebracht.»

«Wie gern ich das höre, Herr Kalkhoff.» Paula legte ein paar Münzen für den Kellner auf den Tisch. «Telegraphieren Sie uns doch die Fassung bitte bis heute Abend ins Stadthaus, damit wir kontrollieren können, ob Ihnen nicht wieder ein Patzer unterlaufen ist.» Sie tippte sich an eine Mütze, die sie nicht aufhatte, und erhob sich.

Martin begleitete sie wieder hinaus an die frische Luft.

«Ich bin beeindruckt, Paula Haydorn», lächelte er. «Das war gut, richtig gut!»

Als sie ins Stadthaus zurückkehrten, wurden sie bereits von Blasse erwartet. Sein breites Lächeln weckte Hoffnung, und tatsächlich: Er hatte die Fingerabdrücke auf der Krawattenspange mit denen auf der Mordwaffe verglichen und erklärte euphorisch: «Übereinstimmung!»

Doch ein Blick auf Kalkhoffs Karteikarte dämpfte ihre Hochstimmung wieder. Wäre ja auch zu schön gewesen, wenn sie mit den Abdrücken auch gleich den Täter präsentiert bekommen hätten. Die Papillarleisten des Journalisten waren aber völlig anders angeordnet.

Martin trommelte seine Leute zusammen. Sie starrten auf

die Korktafel und versuchten, das neue Beweismittel einzuordnen. Es gab also nachweislich eine Verbindung zwischen dem Mörder und dem *Tingeltangel.*

«Was, wenn doch Moor der Mörder ist?», fragte Jens Schmidtke. Er hatte einen entzündeten Zeh und seinen Fuß mitsamt Lochsocke auf einen Stuhl gebettet. Schmerzen im Zeh förderten offenbar nicht den Scharfsinn.

«Würde er uns dann selbst den Hinweis auf sein Etablissement geben?», fragte Martin.

«Was, wenn er seine eigenen Fingerabdrücke von der Mordwaffe abgewischt und die eines Fremden auf die Waffe gedrückt hat und …»

«Dann hätte er doch bereits erreicht, was er wollte. Dass wir ihn nämlich nicht mehr verdächtigen. Ist ja auch passiert. Und es wäre einfach nur dämlich gewesen, unsere Aufmerksamkeit jetzt erneut auf sich zu lenken.»

«Aber das hat er doch getan», blieb Jens hartnäckig und wackelte stöhnend mit dem Zeh.

«Und das können wir getrost als Hinweis nehmen …»

«Ist Caro immer noch nicht da?», fiel Paula ihm ins Wort.

War sie irgendwo zu sehen? Martin hatte keine Lust, ihre Frage zu kommentieren. «Dass Moor uns die Krawattenspange gegeben hat, beweist nach meiner Auffassung, dass er nichts von dem Fund des Messers wusste. Die Krawattenspange ist also ein glaubwürdiges und wichtiges Beweismittel. Jens, du verschwindest jetzt zu einem Arzt.»

«Wegen der kleinen Schramme?»

«Hab ich das richtig verstanden: Moor sagt, dass er nicht weiß, wem der Schlips gehört haben könnte?», fragte Volker Rauhe.

«Er kannte den Mann, es ist ein Gelegenheitskunde, aber er konnte ihn nicht so beschreiben, dass ich damit etwas hätte anfangen können», sagte Paula und reichte die Skizzen, die sie angefertigt hatte, in die Runde.

«Da nehme ich doch eher an, er wollte nicht», brummte Rauhe.

«Eine detaillierte Personenbeschreibung abzugeben, ist eine Kunst.»

«Aber er hätte doch wohl sagen können, ob der Mann reich war oder ein armer Schlucker oder …»

«Arme Schlucker können sich das *Tingeltangel* nicht leisten», erklärte Paula reserviert.

Ob sie wohl wieder an ihren Vater dachte, der angeblich … Wie hatte sie das gesagt? *Er geht zu den Huren auf dem Kiez.* Himmelherrgott, der Mann gehörte doch hoffentlich nicht zur Kundschaft des *Tingeltangel*? War Moors Beschreibung vielleicht besser gewesen, als sie zugeben wollte? Na, das wäre ja … Ich muss das überprüfen, dachte Martin.

Ob Moor Paula einen Namen genannt habe, fragten die Kollegen erst gar nicht. Selbst wenn Moor ihn kannte, hätte er sich eher die Zunge rausgeschnitten, als einen Kunden bloßzustellen. Das wäre ja wie eine Rakete durch den Kiez gesaust, dann hätte er dichtmachen können.

Martin kopierte Paulas Notizen zum Aussehen des möglichen Mörders auf einer Karteikarte: korpulent, Doppelkinn, abstehende Ohren, um die sechzig. Die Kollegen schrieben mit. Schräg gegenüber vom *Tingeltangel* gab es eine Kneipe. Sie beschlossen, abwechselnd dort Wache zu schieben, jeweils zusammen mit einem Schupo, der einem verdächtigen Kunden unauffällig nach Hause folgen könnte.

«Ich geh mal nachsehen, wo Caro abgeblieben ist», sagte Paula, als sie ihre Sitzung beendet hatten.

«Wo wollen Sie suchen?»

«Na, bei ihr zu Hause.»

Martin zuckte mit den Schultern.

Als sein Büro sich geleert hatte, machte er sich auf den Weg zu Josefine Erkens. Die Leiterin der WKP hatte an diesem Vormittag weder Caro noch Gertrud Augspurg zu Gesicht bekommen und war darüber sichtlich verärgert. Aber unter dem Ärger lauerte auch Sorge.

«Paula Haydorn fährt gerade bei den beiden vorbei», beruhigte Martin sie.

«Reicht das aus?»

«Es ist helllichter Tag.»

«Wollen Sie nicht selbst …?»

Er schüttelte den Kopf, er hatte anderes zu erledigen. Dass Paulas Vater auf den Kiez ging, machte ihn nicht automatisch verdächtig. Er teilte diesen Zeitvertreib ja mit Tausenden anderen Männern. Aber er hatte seinen Freund Schlanbusch bemüht, um Paula, die sich mit dem *Tingeltangel* beschäftigte, aus der Mordkommission entfernen zu lassen. Musste einem diese Überreaktion nicht sonderbar verkommen? Martin beschloss, seinen beklemmenden Verdacht auf der Stelle zu bestätigen oder auszuräumen.

14. KAPITEL

DIENSTAG, 16. APRIL

Caros Wohnung lag in der Nähe des Berliner Tors. Es war ein bisschen umständlich, mit der Tram dorthin zu gelangen, und von der Haltestelle aus würde sich auch noch ein längerer Fußweg anschließen, aber Paula schossen so viele Gedanken durch den Kopf, dass sie froh war, sich bewegen zu können. Vielleicht half die frische Luft ihr ja, den Kopf klar zu kriegen.

Nein, das tat sie leider nicht. Je näher Paula Caros Haus kam, desto unruhiger wurde sie. Dass Moor Caro hasste, war nicht zu übersehen gewesen. Und falls er tatsächlich beschlossen hatte … Sie weigerte sich, den Gedanken zu Ende zu denken. Er würde sich nicht an zwei Kriminalinspektorinnen herantrauen, von denen zumindest eine bewaffnet und nicht zimperlich war. Außerdem wäre er, wenn Caro etwas zustieß, für das Stadthaus der erste Verdächtige.

Paula bog in die Antonstraße ein. Die hohen Häuser reckten sich in einen bedeckten Himmel, an dem schwarze Wolken aufzogen. Es würde bald regnen, vielleicht sogar stürmen. Sie erreichte das Häuschen. Bei Tageslicht wirkte es neben dem Häuserblock noch anachronistischer. Das Mietshaus bestand aus hanseatisch kühlem rotem Backstein, Caros Häuschen aus grauen krummen Bruchsteinen, die wie aus einem anderen Jahrhundert wirkten. Während sich über dem Block ein Dach aus exakt ausgerichteten, wie mit dem Lineal gezogenen Ziegeln wölbte, war das Häuschen mit Reet gedeckt, wie man es sonst nur noch auf dem Lande sah. Ein Zuhause für Menschen, die keine Normalität ertragen, die gegen jede Regel anrennen müssen, dachte Paula, da hatte Martin nicht unrecht.

Als sie sich dem Haus näherte, setzte ihr Herzschlag einen Moment aus. Coras Haustür stand einen Spalt weit offen. Sie begann zu rennen, riss sie vollends auf – und betrat ein verwüstetes Zimmer. Der Boden war mit Kleidung und zerbrochenem Geschirr bedeckt. Jemand hatte einen Spiegel eingetreten.

«Nun auch noch du», lallte Caro müde.

Paula fuhr herum. Ihre Kollegin lag auf dem Bett – einem Möbelstück, das tagsüber als Sofa diente.

«Genug gestarrt?» Caro war betrunken. Das und das Chaos bedeuteten wohl ... Ein Blick zum Kleiderschrank bestätigte ihr, dass die eine Hälfte leergeräumt war. In Paulas Kopf ratterte es. War Gertrud ausgezogen? Offensichtlich, und vorher musste es einen richtig ekligen Streit gegeben haben.

Paulas Sorge schlug in Wut um. Sie packte ihre Kollegin bei den Schultern und schüttelte sie. «Sag mal, seid ihr beide bekloppt? Kannst du dir nicht vorstellen, was für Sorgen wir uns alle gemacht haben? Was glaubst du denn, was wir denken, wenn ihr einfach nicht zur Arbeit erscheint!» Ihr Blick fiel auf das Telefon der Kriminalpolizei, das an der Wand hing. «Nicht mal anrufen konntest du, ja?» Ihre Stimme überschlug sich. «Ich hab gedacht, der Mistkerl hätte euch erwischt. Ich habe das wirklich gedacht! Ich hab geglaubt, ich finde euch hier ...» Sie ließ Caros Kopf auf das Kissen zurückfallen. «Los, aufstehen!»

«Und dann?»

«Tust du, wofür du bezahlt wirst – du gehst zum Dienst!»

Caro lachte spöttisch, und Paula trat ihre Hose, die auf dem Boden lag, zur Seite. «Komm mit, oder ich gehe von hier aus schnurstracks zu Erkens!»

«Du willst mich verpfeifen?»

«Ganz genau. Mir ist egal, was du privat treibst und mit wem, das ist mir piepegal! Aber wenn du … Verdammt noch mal, und das nach dem Zirkus gestern im *Tingeltangel*!»

«Komm wieder runter, Prinzessin.» Caro warf ihr träge einen Luftkuss zu.

«Ich warte vor der Tür. Du hast fünf Minuten!»

Caro brauchte ein bisschen länger, stand aber schließlich ordentlich angezogen mit Hemd, Hose und Schlips auf der Schwelle. Alles akkurat, nur ihre Samtaugen, in denen der Schmerz des Katers mit dem des Liebeskummers ineinanderfloss, zeigten, in welchem Zustand sie sich befand. Sie blickte sich nach ihrem Auto um.

«Das steht noch vorm Stadthaus!» Paula zerrte ihre Kollegin in Richtung Tram.

«Sie will nicht mehr», sagte Caro. «Es ist ihr zuwider, wie die Leute sie anstarren.»

Gertrud? Natürlich, wer sonst. «Hör mal, es tut mir leid, dass es zwischen euch …»

«Sprich bitte mit niemandem darüber. Mit Erkens rede ich selbst.»

«Sehe ich aus wie eine Tratschtante?», fragte Paula.

Caro redete sich auf eine Magengeschichte heraus, die sie und Gertrud erwischt habe. Gertrud sei leider noch schlechter dran, die würde heute wohl nicht mehr erscheinen. Paula ließ Caro mit ihrer Vorgesetzten allein und machte sich auf den Weg in die Telegraphenzentrale, die sich in der Nähe des Eingangs befand. Kalkhoff hatte seinen Artikel tatsächlich geschrieben und rübergeschickt. Es war ein sonderbares Gefühl, die Macht zu spüren, die ihre Stellung ihr verlieh. Und es war ja nicht nur die Stellung. Sie hatte mit ihrem selbstbewussten Auftreten den überheblichen Schwadronierer so weit eingeschüchtert, dass er tat, was sie verlangte. Ungeniert gab sie sich ihrem Triumph hin und nutzte die neue Energie, um für die Sekretärin den Bericht über ihren und Caros letzten Besuch bei Moor in den Parlographen zu sprechen. Der Fremde, der seinen Schlips hinter Ediths Bett vergessen hatte.

Kurz vor halb sieben packte sie ihre Sachen zusammen und machte Feierabend. Was jetzt kam, war ihr unangenehm, aber sie fand's nötig. Sie war Christian Johannes einen Besuch schuldig. Eine halbe Stunde später stand sie vor seiner Tür. Leider war der Mann nicht zu Hause, doch seine Frau ließ sie ein.

«Das hier wird morgen im *Fremdenblatt* erscheinen», erklärte Paula und reichte ihr den Artikel. Sie ließ ihr Zeit, ihn durchzulesen.

«Alles war also nur ein Irrtum», meinte Frau Johannes bitter. Kein Funke Erleichterung. Die Liebe zwischen dem Ehepaar schien mittlerweile erloschen zu sein. Dann konnte man nur hoffen, dass sie das Papier auch weitergab. Paula erhob sich.

Aber Frau Johannes war noch nicht fertig. «Sie haben Christian bei der HHA nicht entlassen, man vertraut ihm dort. Der Artikel wird ihn natürlich trotzdem freuen, denn einige Fahrgäste waren in letzter Zeit … unfreundlich zu ihm. *Fremdenblatt*, sagen Sie? Das wird ja viel gelesen.»

«Wir könnten uns auch noch an seinen Vorgesetzten wenden, wenn …»

«Nein, so ist es schon gut. Die Leute haben von dem schwarzen Mann in der Zeitung gelesen, dann sollen sie jetzt auch dort lesen, dass Christian unschuldig ist.»

«Es tut mir leid, dass wir Ihnen beiden einen solchen Schreck eingejagt …»

«Mein Mann hat Ihnen erzählt, wo er war, als dieser Mord begangen wurde, nicht wahr?»

Paula nickte betreten.

«Elena ist meine Schwester. Die beiden machen zusammen Musik. Elena spielt Klavier, Christian Geige. Ich verstehe nichts von Musik. Bei uns in der Familie sind die Talente unterschiedlich verteilt. Warum spielst du nicht in einer Jazzband?, hab ich ihn gefragt. Das wäre ja auch möglich, da könnte er sich sogar etwas dazuverdienen. Am Saxophon ist er mindestens so gut wie auf der Geige. Aber Christian behauptet, nur noch klassische Musik zu mögen. Das ist Unsinn. Ich sehe die unsichtbaren Fäden zwischen ihm und Elena.»

«Liebe ist schwierig», sagte Paula. Was für eine hohle Phrase.

«Man wird sehen, wie es weitergeht», murmelte die Frau und geleitete sie zur Tür.

15. KAPITEL

DIENSTAG, 16. APRIL

Harry Haydorn. Martin versuchte, sich ins Gedächtnis zu rufen, was er von dem Mann wusste. Viel war es nicht. Zum Jubiläum seiner Firma hatte die Zeitung einmal berichtet, dass Haydorn aus armen Verhältnissen stamme, eine wohlhabende Frau geheiratet habe und mit der Zündholzfabrik reich geworden sei. Und nach Paulas Aussage suchte er zur Befriedigung seiner sexuellen Wünsche den Kiez auf.

Es war nachmittags, als Martin zu der Fabrik am Eppendorfer Weg fuhr. Er parkte am Straßenrand und betrachtete das rote, langgestreckte, u-förmige Gebäude mit dem imposanten Eingang. Sah neu aus – und teuer. Haydorn musste mit seinen Zündhölzern tatsächlich ordentlich verdient haben. Hatte ihm die Inflation von 1923 zugesetzt? Wahrscheinlich nicht ganz so sehr wie anderen Unternehmern, Zündhölzer brauchte man ja immer.

Er zeigte beim Pförtner seine Dienstmarke vor und ließ sich direkt in Haydorns Büro führen. Paulas Vater saß hinter seinem Schreibtisch, ein vor Selbstbewusstsein strotzender Mann, der zur Fülle neigte. Besaß er ein Doppelkinn? Wenn ja, dann war es nicht sonderlich ausgeprägt. Die Ohren hingegen standen wirklich ein wenig ab. Konnte er also der

Mann sein, den Moor beschrieben hatte? Unmöglich war es nicht. Mit Sicherheit jedoch traf die Beschreibung noch auf unzählige andere Männer in Hamburg zu.

Haydorn zog die Brauen hoch, als Martin ihm seine Marke zeigte. «Die Polizei, sieh an. Was kann ich für Sie tun?»

Martin gab sich nüchtern. «Ich brauche ein Foto von Ihnen und außerdem Ihre Fingerabdrücke, um Sie als Täter in einem Mordfall ausschließen zu können.»

Entgeistert starrte ihn Haydorn an. «Was, bitte?»

«Es geht um eine Prostituierte, die ermordet wurde.»

«O Gott!»

Martin lächelte unverbindlich. Er legte seinen kleinen Koffer auf der Schreibtischplatte ab, öffnete ihn und zog den Fotoapparat heraus.

«Meinen Sie etwa die Frau vom Friedhof?»

«Sie kennen sie?»

«Lieber Himmel, nein! Wie sollte ich? Wie heißt sie denn?»

«Besuchen Sie gelegentlich die Etablissements auf dem Kiez?»

Haydorn lehnte sich zurück. «Jetzt verstehe ich allmählich. Sie sind ein Kollege meiner Tochter. Na, das ist ja …» Der Schock war ihm anzusehen.

Martin hob die Kamera. Das Licht draußen war hell genug, die Fenster groß, die Bilder würden passabel werden. Er drückte auf den Auslöser, ging einmal um den Schreibtisch herum – «Bitte schauen Sie geradeaus …» – und betätigte den Knopf erneut. «Welche Häuser frequentieren Sie denn?»

Eine Weile war es still, Martin konnte sehen, wie es im Kopf des Fabrikanten arbeitete. «Anscheinend geht meine Tochter sehr offen mit den Privatangelegenheiten ihrer Familie um», presste er schließlich hervor. «Meine Frau hat mir gesagt, dass sie mit ihr gesprochen hat, aber ich hätte niemals vermutet, dass Paula …»

«Besuchen Sie auch das *Tingeltangel*?», fragte Martin.

Haydorn war keiner, der sich in eine bereits verlorene Schlacht warf. «Nein, da war ich noch nie. Ich gehe gelegentlich ins *Allotria*, und anschließend … Das Haus steht zwei Ecken weiter. Pfeiffersgang. Besitzt keinen Namen, ist alles sehr diskret, und … Ich bin beständig in meinen Gewohnheiten. Ich gehe nie woanders hin. Das – wie heißt es gleich? – ist mir unbekannt. Im Pfeiffersgang wird auch keine der Damen vermisst.»

«Welche Hausnummer?»

«Sechzehn.»

So, vier Bilder, das musste reichen. Martin packte die Kamera in den Koffer zurück und holte Karteikarte und Stempelkissen heraus. «Können Sie mir sagen, wo Sie den Nachmittag des 10. April verbracht haben?»

«Was war das denn für ein Tag?»

«Mittwoch letzte Woche.»

Haydorn sah aus, als versuchte er, sich zu erinnern. Falls er Edith Hellwig tatsächlich umgebracht hatte, war er ein beachtlicher Schauspieler. «Mittwoch … Ich war auf jeden Fall hier in der Firma, natürlich, zumindest am Vormittag, aber es kann sein …» Er zog einen Kalender aus der Schublade und begann, darin zu blättern. «Nach dem Gespräch mit … Ich glaube … ja, da bin ich mit dem Auto weg. Ich besitze ein Häuschen am Deich. Dorthin fahre ich manchmal. Raus aus dem Trott, den Kopf frei kriegen. Ab und zu braucht der Mensch seine Ruhe. Was soll das denn?»

«Ich benötige Ihre Fingerabdrücke.» Martin umrundete mit dem Stempelkissen den Schreibtisch. Haydorn ließ das Procedere ohne Protest über sich ergehen.

«Ich habe niemanden umgebracht.»

«Und um das nachzuweisen, bin ich hier.»

«Sagen Sie Paula das mit meinen Besuchen im Pfeiffersgang?»

«Nur, wenn es nötig ist.»

Haydorn knurrte. Es sah so aus, als schickte er sich drein. «Ist meine Tochter ... also, ist das Leben, das sie jetzt bei der Kriminalpolizei führt, eigentlich gefährlich? Muss ich mir Sorgen machen?»

«Sie müssten sich Sorgen machen, wenn Ihre Tochter bei den Schupos arbeitete.»

Haydorn betrachtete seine verschmierten Fingerkuppen und zog ein Taschentuch aus der Hosentasche, um sie sauber zu wischen. «Brauchen Sie die Adresse meiner Hütte?» Er legte das Taschentuch zur Seite, zog einen Zettel heran und kritzelte einen Ort und einen Straßennamen darauf. «Ich bringe niemanden um. So ein Unfug!» Er schob Martin den Zettel zu. «Meine Frau und ich – wir wollten vermeiden, dass unsere Tochter etwas von meinen abendlichen Zerstreuungen erfährt. Ich habe das mit meiner Frau abgesprochen. Sie hält nicht viel vom Körperlichen, dafür ist sie zu prüde erzogen worden, aber sie versteht, dass ein Mann Bedürfnisse hat. Für uns ist das in Ordnung so, aber wir hatten das Gefühl, dass Paula ... Na, Sie wissen ja, wie junge Damen sind. Romantisch. Deshalb wollten wir sie auch von der Arbeit bei der Polizei abbringen. Mein Name ist bekannt, und wenn sie ihren nennt – es stand ja zu befürchten, dass jemand vom Kiez ihr was flüstert. So sind die Menschen doch. Und das wollten wir verhindern, indem ... Ach, verdammt noch mal! Um mehr ging es nicht.» Hilflos blickte er Martin an.

Der tat, was angebracht war – er hielt weiter den Mund. Verdächtige zu trösten gehörte nicht zu seinen Aufgaben.

«Die Fingerabdrücke werden mich vermutlich entlasten?»
«Auf jeden Fall bringen sie Klarheit, Herr Haydorn.»
So, das war's. Ein paar Minuten später saß Martin wieder in seinem Dienstwagen. Glaubte er dem Mann? Spielte keine Rolle. Er besaß jetzt die Fotos und Fingerabdrücke. Man würde sehen, was sich daraus ergab.

Es war kurz vor halb fünf, ehe er die Abzüge der Fotos bekam und damit in die Erichstraße fahren konnte. Dort folgte eine knappe Stunde Warterei im Auto. Endlich schob man im *Tingeltangel* die Vorhänge beiseite. Weitere Minuten krochen ins Land. Dann trat eine Frau in einem leichten Mantel mit fescher, leuchtend roter Kappe aus dem Bordell. Sie mochte zwischen dreißig und vierzig Jahre alt sein – bei Frauen, die als Prostituierte arbeiteten, ließ sich das schlecht bestimmen, dabei alterte man rascher. Ihre dunklen Haare waren wild gelockt und ließen sich auch durch die Kappe kaum bändigen.

Martin stieg aus dem Wagen und folgte ihr in einiger Entfernung. Erst als sie die Davidstraße erreicht hatte und nach rechts zu den Landungsbrücken abbog, beschleunigte er seine Schritte. Kurz vor der Treppe, die hinab zum Wasser führte, erreichte er sie. «Entschuldigung, hätten Sie einen Moment Zeit?» Er zog diskret seine Polizeimarke heraus.

Die Frau zuckte unbeeindruckt mit den Achseln. Sie warf einen Blick hinunter zu den Landungsbrücken, nickte ihm zu und stieg die Stufen hinab. Unten angekommen, überquerte sie den Platz und verschwand hinter der Mauer des Elbtunnels, der dort seinen Anfang nahm. Ein Sichtschutz, niemand hier ließ sich gern im Gespräch mit der Polizei blicken. Martin folgte ihr.

«Worum geht es denn?» Die Frau besaß einen bayrischen Akzent.

«Sie arbeiten im *Tingeltangel*?»

«Fragen Sie nicht, wenn Sie's schon wissen.»

«Haben Sie Edith Hellwig gekannt?»

«Natürlich, war doch eine Kollegin.»

«Ich suche ihren Mörder.»

«Tja, da wünsche ich viel Glück. Wünsch ich wirklich. Ich hab die Edith nämlich gemocht.» Die Frau kramte in ihrer Handtasche und zog eine Schachtel Zigaretten heraus. Nervös schob sie sich eine davon zwischen die Lippen, und Martin half mit einem Streichholz aus. Er ließ ihr Zeit, einige hektische Züge zu nehmen, dann holte er das Foto von Harry Haydorn heraus.

«Kennen Sie diesen Mann?»

Die Frau betrachtete das Bild. «Na klar, den kennt doch jeder. Das ist doch dieser ...» Sie wedelte mit der Hand, aber er tat ihr nicht den Gefallen, den Satz zu beenden. «Ist das nicht einer von den Geldscheißern aus dem Norden? Der ist immer mal wieder auf einer Litfaßsäule zu sehen. Macht der nicht in Zigaretten?»

Nein, in Zündhölzern, aber das spielte keine Rolle. «Ist er bei euch Kunde?»

Die Frau lachte. «Der doch nicht! Glauben Sie im Ernst, so ein Protz würde sich eine abgetakelte Fregatte wie die Edith angeln? Nein, mein Lieber, wir sind gut, aber solche Leute können sich andere Kaliber leisten.»

«Wer war Ediths letzter Kunde in der Nacht vor ihrem Tod?»

«Da hab ich leider keinen Schimmer. Ich war ja selbst beschäftigt.»

«Bisschen rundlich. Doppelkinn. Abstehende Ohren. Ungefähr sechzig.»

«Klingelt nichts bei mir. Ist doch auch viel zu allgemein.»

«Was ist mit diesem hier? Gehört der zu eurer Kundschaft?» Martin zog das Foto von Kalkhoff heraus und hielt es der Frau hin. Probieren konnte man es ja mal, auch wenn er jünger war.

Sie starrte darauf – und zuckte mit den Schultern. «Jedenfalls ist der kein Stammkunde. Aber wenn er spät reingekommen ist, und Edith hat ihn nach ihrer letzten Tanzvorführung abgeschleppt, dann hätte ich das gar nicht mitgekriegt.»

«Könnte es sein, dass Waldemar Moor Edith umgebracht hat? Vielleicht aus Jähzorn?»

Das Gesicht der Frau, die bisher so unbefangen geplaudert hatte, verschloss sich. Sie blickte zur Treppe, als würde sie am liebsten Reißaus nehmen. Mochte sie Moor und wollte ihn nicht in Schwierigkeiten bringen? Es ist Angst, dachte Martin. Sie weiß, dass Moor gefährlich ist. Er setzte sein einnehmendstes Lächeln auf. «Wie war denn das mit dem Tod von Jonnys Mutter? Damals gab's viele böse Gerüchte.»

«Genau. Das waren Gerüchte. Rumgeschwafel. Ich geb nichts auf bloßes Hörensagen.»

«Natürlich nicht. Sehr anständig von Ihnen, dass Sie versucht haben, uns zu helfen. Ich habe Ediths Leichnam gesehen. Das war übelst, was der Mörder mit ihr angestellt hat. Das Schlimmste, was mir je untergekommen ist, Frau …»

«Ziska», rutschte es ihr heraus.

«Ziska. Und ich bin fest entschlossen, den Dreckskerl hinter Gitter zu bringen.»

Sie nickte und stieß sich von der Mauer ab. Nach wenigen Schritten kehrte sie noch einmal um. Sie senkte die Stimme, obwohl niemand in der Nähe war, der sie hätte hören können. «Nur, dass Sie's wissen: Der Moor ist im Moment ziemlich von der Rolle wegen Fredi. Das hat ihn aufgebracht, der ist am Kochen. Ich sag's bloß.» Im nächsten Moment strebte sie über die Bahngleise zur Treppe zurück.

Konrad Blasse war glücklicherweise noch im Haus. Er hockte in seinem Labor unterm Dach zwischen stahlglänzenden Apparaten, den Kopf mit der Glatze über ein Mikroskop gebeugt. Martin übergab ihm die Karte mit Harry Haydorns Fingerabdrücken.

«Eieiei. Der ist doch hoffentlich nicht mit unserer kleinen Paula …»

«Und darüber halten wir bitte beide den Mund.»

«Hat er was …»

«Wahrscheinlich alles ein Sturm im Wasserglas. Kein Wort zu niemandem – das meine ich im Ernst.»

Blasse holte sich aus einem Schubladenschrank das Foto mit den Abdrücken, die er vom Tatmesser geknipst hatte. Er brauchte kein Mikroskop – eine Lupe reichte, um zu erkennen, dass es keine Übereinstimmung gab. «Völlig eindeutig, der Mann ist aus dem Schneider.»

Erst an seiner Erleichterung merkte Martin, wie ihm seine Schnüffelei auf der Seele gelegen hatte. Er wollte sich zum Gehen wenden, aber Blasse hielt ihn auf. «Schau dir das noch mal an.» Er öffnete eine Schublade und holte eine viereckige Porzellanschüssel mit Deckel heraus. In der Schüssel befand sich das Messer mit der krummen Klinge, das Edith zum Verhängnis geworden war. Blasse reichte Martin eine Lupe. Der starrte durch das Glas erst auf die Klinge, dann auf den Griff.

«Siehst du's?»

«Was denn?»

Blasse ließ ihm Zeit, die Waffe weiterzustudieren. Die Fingerabdrücke befanden sich auf dem ursprünglich hellen, aber von der Gartenarbeit mittig dunkel gefärbten Holzgriff des Messers. Blasse hatte sie mit Hilfe eines hellen Pulvers sichtbar gemacht.

«Die Fingerabdrücke sind deutlich zu erkennen, weil der Untergrund sauber ist. Aber unterhalb der Fingerabdrücke ist der Griff verschmiert. Meinst du das?», fragte Martin.

Blasse zuckte mit den Schultern. «Ist doch nicht verwunderlich. Das Ding wurde zur Gartenarbeit benutzt. Natürlich hat, wer auch immer zuletzt damit in der Erde wühlte, es anschließend sauber gewischt. Macht man doch.»

«Ich habe keinen Garten», sagte Martin.

«Man macht das. Es lag grob gereinigt herum. Wahrscheinlich hatte Edith es zur Grabpflege benutzt und gerade abgewischt, als der Mörder kam. Er hat es gepackt … und seine Fingerabdrücke sind auf dem Griff.»

«Und Ediths Blut klebt an der Scheide und am unteren Ende des Griffs. Ja gut, so könnte es gewesen sein.» Blasse nickte. «Ich habe übrigens Ediths Blutgruppe und die am Messer verglichen – beides A. Auch das ist ein Hinweis, dass sie mit diesem Gärtnerding umgebracht wurde. Aber eigentlich gibt es daran ja auch keinen Zweifel.»

16. KAPITEL

DIENSTAG, 16. APRIL

Liebe ist schwierig. Niedergeschlagen dachte Paula an das, was sie zu Frau Johannes gesagt hatte. Die arme Frau welkte in ihrer vergifteten Liebe dahin, Gertrud und Caro warfen mit Geschirr, ihr eigener Vater ging in den Puff, ohne sich darum zu kümmern, wie sehr er Mutter damit verletzte … Paula fiel plötzlich wieder ein, wo sie diese Worte über die Liebe aufgeschnappt hatte: Sie stammten von ihrer Mutter. Die Liebe ist kompliziert, hatte sie gesagt. Nicht schwierig, sondern kompliziert, aber das war ja im Grunde das Gleiche.

Es war inzwischen dunkel geworden, und Paula fiel ein, dass Martin sie davon gewarnt hatte, allein durch die Nacht zu gehen. Doch sie war zu aufgewühlt, um den Umweg durch die belebte Innenstadt zu nehmen und sich in die überfüllte Tram zu quetschen. Stattdessen lief sie an der Außenalster entlang, auf deren Wasseroberfläche sich das Mondlicht spiegelte. Über ihr wölbten sich die zartblättrigen Alleebäume, alle paar Meter warfen Glaslampen helle Kreise auf den schwarzen Bürgersteig. Die Straße gehörte ihr fast allein. Nur ein alter Mann führte noch seinen Hund aus.

Was mochte in ihrer Mutter wohl vorgehen? Spekulierte sie mit Aktien, weil sie eine Spielernatur besaß? Oder diente diese Besessenheit der eigenen Betäubung? Plante sie, sich finanziell von Vater unabhängig zu machen? Wie war überhaupt ihre rechtliche Position? War mit der Heirat ihr Vermögen in die Hände ihres Ehemanns übergegangen? Und wenn – wäre er so schäbig, sie, die ihm den Zugang in die Welt der Wohlhabenden verschafft hatte, bei einer Scheidung ins Elend zu stoßen? Dürfte er das überhaupt? Sie hatte keine Ahnung.

Vater … Ihr Herz zog sich zusammen. Konnte sie ihn noch lieben? Jemanden, der sich in Häusern wie dem *Tingeltangel* vergnügte? Vater ging mit Frauen ins Bett, die sich ihm aus purer finanzieller Not anboten. Er nutzte die prekäre Lage der Prostituierten schamlos aus. Machte er sich darüber denn gar keine Gedanken? Ihr ging auf, wie wenig sie von ihrem Vater in Wirklichkeit wusste. Sie kannte nur die Fassade, die er für sie zurechtgebastelt hatte. Drachensteigen am Elbstrand!

Wieder dachte sie an die eigene Wohnung, die sie unabhängig machen würde. Sie musste das endlich angehen! Während sie in den schmalen Weg zur *Alsterlust* einbog, der Badeanstalt an der Lombardsbrücke, beschloss sie, den gesamten kommenden Sonntag dem Durchforsten von Zeitungsannoncen zu widmen – und am besten gleich loszuziehen, wenn sie etwas Passendes fand. Sie brauchte einen Ort, der ihr allein gehörte, an dem ihre Regeln galten, wo sie zur Ruhe kommen konnte.

Langsam schritt sie das westliche Alsterufer hinauf, vorbei an den beiden Bootshäusern, an deren Stegen Paddelboote und Ausflugsdampfer schaukelten. Schließlich erreichte sie das Grundstück von Onkel Kurt und Tante Evi. Es grenzte mit dem rückwärtigen Garten direkt an den Harvestehuder Weg, auf dem sie unterwegs war. Rechts von ihr hatte sich ein kleiner Park zwischen Straße und Außenalster geschoben, der ihr ein weiteres Mal Martin Broders Warnung ins Gedächtnis rief. Aber in dem dunklen Geflecht aus Büschen und Bäumen rührte sich nichts. Sie öffnete das kleine, eiserne Gartentörchen, das Onkel und Tante nutzten, wenn sie einen Spaziergang am Wasser machen wollten, und beeilte sich, durch den verwilderten Garten nach vorn zur Haustür zu kommen.

Lore ließ sie ein. «Oh, wie schön, dass Sie da sind», flüsterte sie. «Die Herrschaften haben Besuch von Dr. Krumbholz, und Frau Dr. Oppermann hat schon mehrmals nach Ihnen gefragt. Eine Dame allein mit zwei Herren …» Sie zwinkerte, als sei ihnen beiden klar, in was für einer anstrengenden Situation sich ihre Tante befand.

Horst Krumbholz war ein Kollege ihres Onkels, der ebenfalls im Eppendorfer Krankenhaus arbeitete. Paula kannte ihn nur flüchtig. Die beiden hatten gemeinsam studiert, und er wurde gelegentlich auch von Mutter eingeladen, damit ihr Bruder und Evi sich unter Harrys und ihren eigenen Bekannten nicht einsam fühlten.

Es wäre unhöflich gewesen, nicht zumindest einen guten Abend zu wünschen. Paula ging also durch den Flur ins Speisezimmer, obwohl sie sich mit jeder Faser ihres Körpers nach Ruhe sehnte. Evi und die beiden Männer saßen um den runden Eichentisch. Sie spielten Karten, ihre Gesichter waren vor Eifer gerötet, auch das von Tante Evi, wer hätte das gedacht.

Dr. Krumbholz erhob sich und hauchte galant einen Kuss über Paulas Handrücken. Er war ein stets gutgelaunter Mann, dessen Kopf in einem spitzen Kinn auslief, sodass sein Gesicht aussah wie ein Dreieck. «Ja, was für ein Glanz, Fräulein Paula! Was für eine Freude!»

Evi verstreute ihre Karten auf der weißen Tischdecke und kam ebenfalls, um Paula in die Arme zu schließen. «Ein Glas Wein? Nun, komm schon, Liebes, du kannst nicht immer nur arbeiten. Wie erschöpft du aussiehst! Ganz bleich um die Nase. Haben wir dir das eigentlich erzählt, Horst? Dass unsere Paula die Arbeitsstelle gewechselt hat? Sie ist jetzt bei der Polizei beschäftigt», plauderte sie aus, was jeder andere in der Familie vor Außenstehenden geheim zu halten suchte.

Dr. Krumbholz lachte überrascht, ging aber nicht auf ihre Worte ein. Wahrscheinlich fand er Paulas Tätigkeit ebenfalls unschicklich, oder ihn interessierte schlicht nicht, was eine junge Frau trieb. Paula drückte als kleines Dankeschön Evis Hand. Der zweite Dank bestand darin, dass sie sich mit an den Esstisch setzte.

Evi sammelte die Karten ein, und die Männer wechselten das Thema und waren schon bald dort, wohin offenbar alle Gespräche älterer Herrschaften zurückkehrten: in ihrer Jugend. In diesem Fall in der guten, alten Zeit in London, als Onkel Kurt und der liebe Horst gemeinsam am UCL Medizin studiert hatten. UCL?

«University College London», erklärte Onkel Kurt. «Erinnerst du dich, Horst? Unsere erste Operation? Der verdrehte Darmabschnitt?»

Paula schielte zur Uhr über dem Kamin. Es ging auf elf zu. Träge lauschte sie dem Gespräch. Natürlich waren die deutschen Studenten den Kommilitonen aus den Weiten des Empires an Wissen überlegen gewesen, aber es war ja auch ein Wahnsinn, wer damals alles studieren durfte. Leute aus praktisch aller Herren Länder. Sogar Inder waren am UCL eingeschrieben gewesen, und …

«Wir hatten Damen an der Universität, Paula. Stell dir das

mal vor, du hättest dort bereits in unserer Jugend Medizin studieren können!»

Paula lächelte höflich.

Onkel Kurt begann, die Nobelpreisträger aufzuzählen, die die Universität hervorgebracht hatte, und Krumbholz neckte ihn, weil ihm der Nobelpreisträger für Chemie, Frederick Soddy, nicht einfallen wollte. «Das Gedächtnis lässt bei dir auch langsam nach, mein Bester, was? Ich habe übrigens mit Professor Dr. Klingsauer gesprochen, wahrscheinlich höre ich doch bald auf zu praktizieren …»

Paula suchte nach dem passenden Moment, um sich endlich verabschieden zu können. Die alten Herren, das enge Zimmer, die rauchgeschwängerte Luft – alles machte sie plötzlich kribbelig. Ihr Blick glitt über Krumbholz' magere Gestalt zu Onkel Kurt, und während sie die beiden musterte und dem Strom des Gesprächs lauschte, hatte sie einen Moment lang das Gefühl, sie sollte sich auf etwas konzentrieren, als wäre da etwas Wichtiges. Aber es wurde sofort wieder von Zigarettenqualm und Langeweile erstickt.

Lore holte auf Onkel Kurts Anweisung eine weitere Flasche Wein, und Evi wollte einschenken. «Nicht mehr für mich», sagte Paula und bemühte sich um ein Lächeln.

«Weil die junge Dame früh aus den Federn muss.» Krumbholz blinzelte ihr zu. «Das gilt übrigens auch für mich. Ich werde älter. Ich brauche meinen Schlaf, die Klinik strengt mich an. Nein, Kurt, kein Widerspruch. Weißt du noch, wie wir …»

Evi stellte die Flasche wieder auf den Tisch zurück und begleitete Paula hinauf ins Gästezimmer. «Hast du wirklich alles, was du brauchst?» Sie blickte sich um, obwohl in dem dunklen Zimmer nur die Schatten der Möbel und Gardinen zu erkennen waren.

«Aber sicher. Du weißt ja, es ist nur für kurze Zeit. Oh, kann ich mir gleich noch mal den *Anzeiger* holen? Ich will so rasch wie möglich eine eigene Wohnung finden.» Paula wollte das Licht anknipsen, aber Evi hielt ihren Arm fest.

«Weißt du denn überhaupt, ob du dir die Miete leisten kannst?» Ihre Stimme klang besorgt. Oder wehmütig? Ja, es sah fast so aus, als bedauere sie, dass ihr Gast sie möglichst rasch wieder verlassen wollte.

Impulsiv drehte Paula sich ihr zu um und nahm sie in die Arme. «Tante Evi, es ist wahnsinnig lieb, wie du mir geholfen hast. Du ahnst gar nicht, wie dankbar ich dir bin. Ich hätte nicht gewusst, wohin ich gehen soll, wenn du nicht so großzügig gewesen wärst und mir angeboten hättest … Evi, was ist denn los?» Ihre Tante hatte plötzlich zu weinen begonnen, ganz leise, aber sie zitterte. «Was hast du denn, Evi?»

Sie hörten durch die offene Tür, wie Onkel Kurt seinen Studienfreund verabschiedete. Die Männerstimmen hallten durch das Treppenhaus zu ihnen herauf. Paula ließ Evi los, schloss die Tür, nötigte ihre Tante auf die Bettkante und setzte sich neben sie. Sie legte den Arm um die schmale Schulter und wartete hilflos. Evi war sechzehn Jahre älter als sie selbst. So viel war das gar nicht. Mit einer der Telefonistinnen bei Borgmeister, die in einem ähnlichen Alter gewesen war, hatte sie sich gelegentlich auf einen Kaffee getroffen. «Evi?»

«Ach, ich bin nur müde, achte gar nicht …»

«Blödsinn, nun sag schon. Dir geht's doch nicht gut.»

Kurt schien einen Witz gemacht zu haben, denn sein Gast lachte.

«Evi?»

«Ich frage mich einfach … Das ist wirklich als Frage gemeint, kein Vorwurf – wie hältst du deine Arbeit bei der Polizei nur aus? All die entsetzlichen Dinge, die du siehst?»

«So schlimm ist es gar nicht.» Das war eine glatte Lüge. Die tote Edith in der Friedhofskapelle – das Bild hing Paula nach und lastete, wenn sie Zeit zum Grübeln fand, schwer auf ihr. «Jemand muss sich doch darum kümmern, dass diese Verbrecher gefasst werden und nicht weitermorden können.»

«Du hast natürlich recht. Ich bin albern, bitte entschuldige.»

Paula seufzte. «Ich schwindle dir was vor, Evi. Es war grässlich, als ich das erste Mal eine Leiche gesehen habe – diese Frau auf dem Friedhof. Mir hat geholfen, dass ich alles mitschreiben musste. Wenn man mit so etwas beschäftigt ist, mit alltäglichen Dingen, kommt der Schrecken nicht so nah an einen heran.»

Evi lachte unsicher.

«Jemand muss diese Arbeit tun, und ich sehe nicht ein, warum wir Frauen uns davor drücken ...»

«Aber ich will dich doch gar nicht umstimmen, Paula. Mir geht es ja auch nahe, was dieser Unglücklichen angetan wurde. Und sie ist nicht die Einzige. Ich bin nicht blind oder taub. Ich hol mir die Zeitung, wenn Kurt sie durchgelesen hat, und ich hab die Debatten um die Schließung der Bordelle verfolgt. Wahrscheinlich hast du das gar nicht mitbekommen, als darüber gestritten wurde, da warst du noch zu jung. Jedenfalls war ich für die Schließung, das kannst du mir glauben. Aber nicht wegen der guten Sitten, sondern wegen der armen Frauen, die in diesem Elend feststecken. Kannst du ein Geheimnis wahren?»

Paula nickte.

«Die Tochter meiner besten Freundin ... Ich hab sie einmal bei der Eisbahn getroffen. Wir kamen ins Gespräch, und natürlich habe ich sie nach ihrem Leben gefragt, und da ist alles aus ihr rausgebrochen. Als die Hungersnot kam, wurde in der Familie das Geld knapp. In ihrer Not ist sie nach Hamburg gefahren, auf der Suche nach Arbeit, und irgendwann ist sie ebenfalls an einem dieser grässlichen Orte gelandet. Sie sagt, sie kaut auf einem Taschentuch, wenn einer der Männer sich auf sie legt. Dann merkt sie's nicht so.» Evi fuhr sich über die feuchten Augen. «Warum sehen die Männer ihre Abscheu nicht? Das kann doch nicht sein, dass man so etwas nicht sieht!»

«Sie wollen's wohl gar nicht», sagte Paula.

«Vielleicht können sie auch nicht anders. Mag sein, dass ihnen dieses Triebhafte im Blut liegt, dass es ihre Natur ...» Evis Stimme erstarb.

Paula runzelte die Stirn und starrte ihre Tante an. War das allgemein gemeint, einfach dahergeredet? Oder hatte sie andeuten wollen ...

«Eine Freundin von mir ist damals dagegen gewesen, dass ich Kurt heirate», flüsterte sie, wie um Paulas Befürchtung zu bestätigen. «Die fand das überkandidelt. Schuster, bleib bei deinem Leisten, hat sie gesagt. Aber ich habe gedacht, ich lass mir nichts vorschreiben. Ich bin eine Frau, die tut, was sie will. Ich hab Kurt auch nicht wegen des Geldes oder seines Ansehens geheiratet, wie manche sagen, sondern weil ich ihn wirklich mag. Er ist klug und hat eine so überlegte Art. Wir führen eine gute Ehe. Es ist nur so bedrückend, wenn es um das Körperliche geht ... Lieber Gott, was rede ich nur ... Um es klarzustellen: Dein Onkel Kurt ist ein rücksichtsvoller Mensch. Und ich will dir auf keinen Fall Angst vor einer Heirat machen. In der Ehe findet eine Frau Schutz und Geborgenheit. Nur diese Peinlichkeiten ...»

Ein Stockwerk tiefer begann Kurt, nach Evi zu rufen, und sie stand auf. Das Mondlicht teilte ihren Körper in eine helle und eine dunkle Hälfte. Paula sah, wie sie ihre Haare zurückstrich und eine Spange neu einsetzte. Als Evi merkte, dass ihre Nichte sie beobachtete, lächelte sie reflexhaft.

Das Lächeln der Frauen, dachte Paula, ist ihr Schutzschild, ihre Maske. Wir lächeln zu viel. Wir Frauen sollten uns abgewöhnen zu lächeln. Und wenn, dann nur, weil uns von Herzen danach zumute ist.

Der nächste Tag im Stadthaus begann mit Katerstimmung. Sie saßen alle zusammen in der Mordbude und starrten lustlos auf die Korktafel. Seit dem Mord an Edith Hellwig war eine Woche vergangen. Wenn es wirklich stimmte, dass die ersten achtundvierzig Stunden für die Aufklärung eines Verbrechens entscheidend waren, blickten sie auf ihr eigenes Scheitern. Sie begannen, über Moor und den Fremden zu spekulieren, der im *Tingeltangel* angeblich einen Schlips vergessen hatte – neue Erkenntnisse bescherte es ihnen nicht.

Als Martin den Raum verließ, nahm Paula seinen Platz vor der Tafel ein und verbannte Johannes' Foto vom Zentrum an die linke Seite – der Afrikaner war aus dem Schneider, zumindest das schien ja bewiesen zu sein. Niemand kommentierte ihr Handeln. Schließlich stand Pepper auf, um im Aufenthaltsraum seine Mittagsstulle zu verdrücken. Die Kollegen schlossen sich an, auch Caro, aber Paula fehlte der Appetit. Sie setzte sich an den Schreibtisch, stützte das Kinn auf die gefalteten Hände und zermarterte sich das Hirn. Sie übersahen etwas. Ihr war, als würde in ihrem Kopf ein Gedanke rumoren, der sich den Weg in ihr Bewusstsein freischaufeln wollte. Aber er war zu schwach. Oder es gab ihn gar nicht.

Die Fingerabdrücke auf der Krawattenspange und dem Messer, dachte sie. Da Moor den Schlips abgegeben hat, sollten wir den Hinweis mit Vorsicht behandeln. Der Kerl zog die

Fäden, er führte sie an der Nase herum. Was, wenn er Edith genau wie Kröger durch einen gedungenen Mörder hatte umbringen lassen und nur zum Friedhof gekommen war, um zu sehen, ob sein Auftrag zufriedenstellend ausgeführt worden war? Nein, das ergab keinen Sinn. Niemals hätte er Jonny das Schauspiel eines so widerwärtigen Mordes angetan.

Nach einer Weile kehrten Martin und die Kollegen zurück. Paula räumte den Platz am Schreibtisch, und Martin klopfte auf die Tischplatte. «Also gut! Ich habe vorhin die grüne Minna losgeschickt. Alle Frauen, die unsere Kollegen im *Tingeltangel* aufgreifen können, sollten in …», er schaute auf seine Uhr, «etwa einer halben Stunde unten in den Sprechzellen schmoren. Der Rest des Tages ist für die Verhöre reserviert.» Er blickte auf einen Zettel und teilte den Kommissaren ihre Zellen zu. Allen bis auf Paula, was er aber nicht kommentierte. «Eure Aufgabe: Findet heraus, was die Damen von Edith Hellwigs Besucher mit dem Schlips wissen. Außerdem seht ihr zu, dass ihr an möglichst viele Informationen rund um Edith, Moor und seine Söhne kommt. Und nehmt euch Sekretärinnen mit. Jedes Wort, das gesprochen wird, wird aufgenommen oder gleich zu Papier gebracht.»

Schmidtke, Pepper, Caro und Sigmund Zinn erhoben sich, doch in diesem Moment kam eine Frau aus der Telefonzentrale herein. «Wir haben Nachricht aus Berlin bekommen. Sie melden sich auf das Bild von Krögers Mörder und bitten um Rückruf.» Sie reichte Martin eine Nummer, und die Mienen hellten sich auf. Die Frauen aus dem *Tingeltangel* mussten noch einen Augenblick warten.

Martin betätigte die Wählscheibe, und eine Viertelstunde später wussten sie, dass Krögers Mörder vermutlich Franz Schnieder hieß. Er war in Berlin schon öfter wegen Rohheitsdelikten aufgefallen, hatte auch zwei Knaststrafen kassiert, war aber momentan leider untergetaucht. Natürlich waren sie aber im Besitz seiner Fingerabdrücke und hatten die bereits per Telegraph ins Stadthaus geschickt. Pepper ging, um sie zu holen und damit unters Dach zu gehen, damit Blasses Leute sie mit denen vergleichen konnten, die sie im Victoria-Haus gesichert hatten.

«Den Mörder eines Kollegen zu finden – das ist doch auch etwas», meinte Schmidtke. «Mit ein bisschen Glück kriegen wir von ihm sogar was über Moor raus.»

«Erst mal müssen wir ihn schnappen», brummte Zinn.

«Außerdem wird er nichts von Moor wissen», wandte auch Caro ein. «Darauf beruht doch das Geschäftsprinzip der Ringvereine: Auftraggeber und Mörder haben nichts miteinander zu tun.»

«Wissen kann man's nie.» Schmidtke schnappte sich den Stock, auf den er sich stützte, weil ihn sein Fuß immer noch quälte. Dann machten sich alle auf den Weg in die weiträumigen Zellentrakte des Kellergeschosses.

«Und was ist mit mir?», fragte Paula.

«Ich glaube, wir sollten uns Zeit für etwas anderes nehmen», meinte Martin.

Es ging um ihre Waffe. Martin Broder begleitete sie in den Waffenkeller, wo sie einige Formulare ausfüllen musste. Daraufhin überließ ihr der Mann, der für die Waffenabgabe verantwortlich war, einen Gürtel, an dem eine Tasche befestigt war, die er Holster nannte, und außerdem eine Dreyse – einen Selbstlader mit sieben Schuss Munition. Paula nahm alles mit einem Gefühl tiefer Beruhigung entgegen. Eine Frau mit Waffe war stärker als jeder Mann ohne Waffe.

Doch als Martin anschließend in den Innenhof zu den

Autos strebte, protestierte sie. «Wir haben doch unten Verhöre laufen!»

«Dafür gibt es Protokolle. Kann man später lesen.»

«Und wohin soll es gehen?»

Sie erfuhr, dass es draußen hinter dem Rangierbahnhof Langenfelde einen Schießstand gab, den sich die Hamburger Polizei mit der aus Altona teilte. Er setzte sich hinters Steuer, und sie schwiegen, bis sie das Gelände erreicht hatten. In den nächsten beiden Stunden lernte Paula, wie man mit einer Pistole umging. Zwei Stofffetzen in die Ohren … Füße etwa schulterbreit auseinander … Oberkörper nach vorn beugen … Arme durchstrecken … Rechtes Auge zusammenkneifen … Zeigefinger am Abzug … Martin unterwies sie zu rasch und unkonzentriert. Die Abläufe, die ihm im Krieg in Leib und Knochen übergegangen waren, musste sie sich mühsam einprägen. Und dann … Der Knall war furchtbar, trotz der Stoffkügelchen. Die Waffe versetzte ihr einen Schlag, den Martin beiläufig als Rückstoß bezeichnete, der Pistolenlauf schnellte dabei nach oben und schlug ihr beinahe gegen die Stirn.

«Das war gar nicht so schlecht.»

Sie hatte auf eine Zielscheibe geschossen und den Himmel getroffen. Gar nicht so schlecht?

«Noch mal», sagte Martin. Und dann: «Noch mal.» So ging es weiter. Paula schmerzten die Hände, in ihren Ohren pfiff ein lauter Ton.

«Gut, ich glaube, das reicht für heute», meinte er schließlich. Auf dem Weg zurück zum Auto sagte er: «Wusstest du, dass Polizeianwärter normalerweise auf ihre Schreckhaftigkeit geprüft werden? Sie bekommen die Augen verbunden, ihnen wird ein Blasebalg in die Hand gedrückt, der über einen Schlauch mit einem Stift verbunden ist. Dann wird in ihrem Rücken ein Schuss abgegeben. Wenn sie den Blasebalg vor Schreck zusammendrücken, hinterlässt der Stift einen Ausschlag auf einer Papierrolle. Und dann sind sie raus.»

«Steht mir das noch bevor?»

Er lachte. «Du bist ja offenbar am Auswahlverfahren vorbeigerutscht.»

War das als Stichelei gemeint? Egal, sie durfte nicht überempfindlich sein. Er hatte sie geduzt. Sie verbiss sich ein Lächeln.

Martin ließ den Motor an und fuhr los. «Was ich noch sagen wollte …» Ein Radfahrer fegte, ohne nach rechts oder links zu schauen, quer über die Pinneberger Chaussee. Sie kamen gerade noch an ihm vorbei. Martin überholte zwei Autos vor ihnen. «Ich hab mit deinem Vater gesprochen», sagte er, als er sie hinter sich gelassen hatte. «Ich habe mir von ihm Fingerabdrücke geben lassen und Fotos gemacht, um sicherzustellen, dass er nicht der Mann mit dem Schlips ist. Das wurde mir anschließend von einer der Frauen aus dem *Tingeltangel* bestätigt, und später von Blasse.»

Paula merkte, wie sich ihre Kehle zusammenzog. Ihr Herz begann zu rasen. Hatte er das wirklich gerade gesagt? Martin Broder hatte ihren Vater aufgesucht und verhört?

Vor ihnen tauchte ein Bahnübergang auf, das Auto wurde langsamer. Paula nutzte den Augenblick, stieß die Tür auf und sprang aus dem Wagen. Da sie kaum noch Schritttempo fuhren, fing sie sich nach dem ersten Stolpern. Drei Schritte bis zum Bürgersteig. Nach links ging es hinüber zum Bahnhof Holstenstraße. Sie ignorierte Martins Rufe und überquerte die Straße.

Verrat!, dachte sie und hatte einen Moment lang das Gefühl, sich übergeben zu müssen. *So ein Scheißkerl!*, dachte sie heiß vor Zorn. Dieser dreimal verfluchte Scheißkerl.

Sie hätte ihm die Meinung sagen sollen! Sie sollte zum Stadthaus fahren und genau das nachholen ... Aber sie schaffte es nicht. Es ging auf vier Uhr zu, und Paula lief ziellos durch die Straßen. Als ihr die Füße weh zu tun begannen, setzte sie sich in ein kleines Café und genehmigte sich erst einen Pharisäer mit einem ordentlichen Schuss Rum und dann mehrere Liköre, die viel zu süß schmeckten und sie so betrunken machten, dass sich der Schmerz in einer warmen Betäubtheit auflöste.

Ihr Zorn galt nicht mehr Martin Broder, sondern ihr selbst. Wie hatte sie nur Vaters Bordellbesuche vor ihm erwähnen können? Im zynischen Polizeimilieu galt Anstand so viel wie eine Zigarettenkippe. Sie war in eine Falle getappt, die sie sich selbst gestellt hatte. Worum war es ihr überhaupt gegangen? Um Broders Anteilnahme? Dumm von ihr, so etwas gerade von ihm zu erwarten. Und außerdem todtraurig.

«Sind Sie sicher, dass Sie noch einen wollen?», fragte der junge Ober, der ihr schon die letzten Gläser gebracht hatte.

Sie starrte ihn an, bis es ihr selbst peinlich wurde. Dann zahlte sie und suchte sich ein Taxi.

Ein Windzug strich über ihr Gesicht. Als Paula die Augen öffnete, sah sie, dass die Vorhänge im Gästezimmer ihres Onkels vom Wind ins Zimmer geweht wurden. Hatte sie vor dem Schlafengehen das Fenster geöffnet? Wusste sie nicht mehr. Auch nicht, wie sie hierhergekommen war und wer ihr geöffnet hatte. Hoffentlich nicht Onkel Kurt.

Bilder geisterten durch ihren Kopf. Erinnerungsfetzen an den Traum, den sie gerade durchgestanden hatte. Ein Mann in eiserner Rüstung stürmte hinter ihr her. Die Waffe, mit der er sie niedermachen wollte, war ein Blumenkranz gewesen. Irgend so ein Blödsinn. Sie drehte sich auf die Seite. Ihr Kopf zerbarst beinahe. Am besten wieder die Augen schließen und weiterschlafen. Aber die Ruhe, nach der sich Körper und Geist sehnten, wollte nicht kommen.

Schließlich stand sie auf, um das Fenster zu schließen. Sie schlief im dritten Stock, direkt unterm Dach. Von hier oben aus konnte man über die Bäume hinweg bis zur Außenalster schauen. Sogar das Fährhaus am anderen Ufer war als Schemen zu erkennen. Und ein Ruderboot, das auf dem Wasser trieb. Vielleicht mit einem jungen Pärchen an Bord, das sich den ungewöhnlichen Ort ausgesucht hatte, um seine Liebe zu erproben? Diese verdammte Liebe, die offenbar wie von Teufels Hand geleitet immer auf eine Enttäuschung zusteuerte?

Paula wollte sich gerade abwenden, als sie plötzlich ein Stück weit die Straße hinauf unter den Alleebäumen die Scheinwerfer mehrerer parkender Wagen erblickte. Hatten die Motorengeräusche dieser Autos sie geweckt? Sie stützte die Hände auf die Fensterbank, beugte sich vor und kniff die Augen zusammen, um mehr zu erkennen. Da hatten sich Leute zusammengeschart. Bestimmt ein Dutzend.

Im selben Moment klingelte es unten an der Tür Sturm.

In dem kleinen Park zwischen Harvestehuder Weg und der Außenalster war eine Leiche gefunden worden. Ein Ingenieur, der die Idylle von Wasser und Park mit seinem neuen Fotoapparat einfangen wollte, hatte sie entdeckt und schockiert bei der nächsten Haustür geklingelt, um die Polizei zu alarmieren.

«Wir dachten, dass du es bist!», brüllte Caro, die die Treppe heraufgestürmt war und nun im Gästezimmer stand.

Paula schlüpfte in ihren züchtigen Rock und streifte eine Bluse über. «Wo genau liegt sie?»

«Auf einem der Bootsstege. Hergerichtet wie ein Scheißpräsent für die blöden Bullen. Und … natürlich dachten wir, dass du es bist! Du wohnst ja gleich um die Ecke!»

«Was ist passiert?» Onkel Kurt tauchte in seinem Hausmantel im Flur auf, und Caro erstarrte in Förmlichkeit.

«Tut mir leid, dass wir dich geweckt haben. Ich muss noch einmal weg», sagte Paula.

Minuten später bahnten sie sich einen Weg durch schwarz wucherndes Gesträuch und über ein Stück Rasen zum Wasser. Der Steg schien schon längere Zeit nicht mehr genutzt worden zu sein. Kein einziges Boot war daran vertäut, die Bretter, die etwa sechs Meter weit hinaus in die Alster ragten, verwittert. Daneben stand ein Bootshaus, ebenfalls in marodem Zustand.

Die Männer vom Erkennungsdienst hatten das Mordauto über den schmalen Uferpfad zum Tatort gefahren und mehrere Scheinwerfer aufgestellt, deren Lichtkegel auf die Mitte des Stegs wiesen. Das Mordopfer, eine Frau, lag auf einem hellen Mantel. Der Mörder hatte ihr die Kleider bis zum Hals hinaufgeschoben, ihre Unterhose entfernt und die Beine obszön in Richtung Ufer gespreizt. In ihrem Unterleib klaffte eine armlange, etwa zehn Zentimeter breite Wunde. Die Ähnlichkeit mit Ediths Leiche war zu frappierend, als dass es sich um einen Zufall hätte handeln können. Deshalb hatte man wohl auch Broder gerufen.

Er sprach gerade mit einem der Männer vom Erkennungsdienst. Während Zinn der Sekretärin half, einen Klapptisch aufzustellen, unterhielt sich Pepper mit Schmidtke, der sich schwer auf seine Krücken stützte. Beide hatten die Tote im Blick. Etwas abseits verharrten zwei Schutzpolizisten, die vermutlich als Erste am Tatort eingetroffen waren. Sie suchten mit den Augen misstrauisch die Ränder des Parks ab, als erwarteten sie, den Mörder zwischen den Büschen zu entdecken.

Caro ging weiter auf Broder zu, aber Paula blieb wie angewurzelt stehen. *Wir dachten, dass du es bist* … Und wenn sie es wirklich wäre … Wenn sie jetzt dort läge, das Kleid hochgeschoben, die Beine gespreizt …

Die Männer vom Erkennungsdienst zogen sich Gummischürzen an, streiften Gummihandschuhe über und machten sich an die Arbeit. Bald wurden Fotos geschossen und eine schmale Bahn, auf der die Leiche offenbar zum Fundort geschleift worden war, durch Markierungen kenntlich gemacht.

Martin kam zu Paula herüber. «Wenn sich Hans Liebig – das ist der Schupo da drüben – nicht irrt, ist die Frau seit einigen Wochen als Obdachlose hier in Hamburg unterwegs gewesen. Eines dieser Mädchen vom Land, das Arbeit suchte und scheiterte, vermute ich. Der Park war ihr bevorzugter Aufenthaltsort. Sie hat hier gebettelt und soll sich, wenn es regnete, drüben im Bootsschuppen verkrochen haben.»

Paula nickte.

«Warum gerade hier?», murmelte Martin. Er drehte den Kopf zum Park. Hinter den Bäumen konnte man die Dächer der Villen erkennen, auch das der Villa ihres Onkels. Es war klar, dass ihm derselbe Gedanke durch den Kopf ging wie Caro. «Paula, gehst du in dieser Gegend gelegentlich nachts spazieren?»

Das ging ihn nichts an, verdammt! Wie hatte er ihren Vater verhören und behandeln können wie einen hergelaufenen Verbrecher? Fingerabdrücke! Wie mochte Harry diese Kränkung aufgenommen haben? Vielleicht besaß sie gar keinen Vater mehr. Vielleicht würden auch Kurt und Evi sie rauswerfen, die herz- und gewissenlose Nichte, die den eigenen Vater auf einen vagen Verdacht hin der Polizei auslieferte. Ach, hätte sie sich doch die Zunge abgebissen!

«Paula geht überall spazieren, darauf verwette ich ein Monatsgehalt», meinte Caro, die sich zu ihnen gesellt und die Frage gehört hatte.

«Hört auf!» Paula lief zum Steg hinüber und starrte auf die Tote hinab. Sie war abgemagert, die Knochen stachen gegen die Haut. Weder ihre Kleidung noch Gesicht oder Gestalt sahen Paula ähnlich. Oder doch? Der helle Mantel, auf dem die Tote lag, ähnelte ihrem eigenen, nur dass er schäbiger und von schlechterer Qualität war. Die Farbe stimmte, ein helles Grau. Hatte der Mörder nur auf den Mantel und die Nähe zu Kurts Wohnung geachtet? Hatte er sein Opfer vielleicht von hinten erdrosselt, damit es keinen Lärm machte, und dann erst gemerkt, dass er die falsche Frau erwischt hatte? Aber wie sollte er herausbekommen haben, wo sie jetzt wohnte? Unweigerlich landeten Paulas Gedanken bei Moor. Könnte er sie wegen der Sache mit Fredi doch heimlich verfolgt haben?

Dr. Schuppe fuhr vor, er parkte den Leichenwagen ein Stück weit hinter dem Steg und stieg mit seinem Arztkoffer aus. Kurz nach ihm erschien auch Schlanbusch am Tatort. Die Stimme ihres Vorgesetzten hallte über das Gewässer, er regte sich über die Unfähigkeit seiner Beamten auf – ein Gewitter, das sich über den Männern und den beiden Frauen am Ufer entlud, ohne sie zu berühren. Die Gegenwart der Toten ließ alles andere verblassen.

Aufgebracht scheuchte Schlanbusch Schuppe beiseite und trampelte über den Steg, als wüsste er nichts von Spuren, die gesichert werden mussten. «So ein Mistdreck», dröhnte seine Stimme über das Wasser. Eine Minute verging, vielleicht zwei, dann kehrte er zu seinem Wagen zurück und fuhr davon. Seine Leute setzten ihre Arbeit fort.

Nach Schuppes Untersuchung wurde die tote Frau aus ihrer beschämenden Lage erlöst und zum Leichenwagen getragen.

«Sie wurde auf eine sehr ähnliche Art verstümmelt wie Edith Hellwig», hörte Paula den Arzt erklären. «Es wurde ein anderes Messer benutzt, aber die Schnitte verlaufen nahezu identisch.»

Der Tatort begann sich zu leeren, der kleine Trupp der Mordkommission sammelte sich an dem vom Mondlicht beschienen Ufer. Eine Weile starrten sie stumm zum Steg, bis Martin Broder schließlich sagte: «Ich suche dir ein anderes Quartier, Paula. Am besten ein Zimmer in einem Hotel. Der Fundort der Leiche war kein Zufall. Nie im Leben!»

Sie wollte widersprechen, aber Caro kam ihr zuvor. «Besser, sie wohnt eine Weile bei mir. Ich bin bewaffnet und kann sie schützen. Ein Nachthemd finden wir schon. Einverstanden?» Sie wartete keine Antwort ab, sondern machte sich auf den Weg zu ihrem Wagen, der einsam vor einem Busch parkte. Paula folgte ihr zögernd.

«In zwei Stunden Besprechung im Stadthaus», brüllte Martin ihnen nach. Erst jetzt bemerkte Paula, dass bereits der Morgen anbrach. Hinter dem Wasser und den Häusern am anderen Ufer färbte sich der Himmel blassrosa.

Ein paar Stunden später saßen sie alle mit Kaffeetassen in der Mordbude, hefteten neue Karten an die Korktafel, verbanden sie mit den roten Fäden, resümierten und widersprachen einander gereizt. Das Protokoll trudelte ein, das die Sekretärin verfasst hatte.

Hans Liebig, der Schupo, der die Tote zu kennen glaubte, kam gegen Mittag ins Büro und berichtete, dass er sich im Park unter den Obdachlosen umgehört habe. Die Tote hieß offenbar Luise Gottbauer, ein junges Ding aus dem Dorf Ellerau nördlich von Hamburg. Martin setzte sich ans Telefon. Zwei Stunden später traf er sich mit Luise Gottbauers Vater im Hafenkrankenhaus, wo ihr Körper gerade für die Obduktion vorbereitet wurde. Der Mann brach neben dem Stahltisch zusammen. «Er ist davon ausgegangen, dass seine Tochter bei einer Tante in Kiel in der Bäckerei mitarbeitet», erklärte Martin, als er ins Stadthaus zurückgekehrt war.

War Luise Gottbauer wirklich erst das zweite Opfer des Friedhofsmörders? Möglicherweise gab es ja noch weitere Leichen, die er besser versteckt hatte – vielleicht mit Beton am Fußgelenk im Hafen versenkt? Paula wiederholte ihren Gedanken laut.

«Glaube ich nicht», meinte Martin. «Er will die Frauen doch gar nicht verstecken. Sie sind Trophäen, mit denen er sich brüstet.»

Damit hatte er recht.

Jack the Ripper. Paula kam plötzlich wieder der Name des englischen Mörders in den Kopf, der seine Opfer nach Onkel Kurts Angaben ebenfalls ausgeweidet und auf obszöne Art zur Schau gestellt hatte. Sie wollte ihn erwähnen, verkniff sich die Bemerkung dann aber. Nicht, dass sie wie Kalkhoff klang. Oder, noch schlimmer, dass Broder auch Onkel Kurt in die Zange nahm. Dieser Jack war tot oder alt, und wenn er noch lebte, dann mit einiger Sicherheit in England. Moor war der Mann, mit dem sie sich befassen mussten.

Zinn holte die Protokolle der Verhöre vom Vortag aus dem Sekretariat. Acht Frauen arbeiteten für den Zuhälter. Leider waren sie verschlossen wie Austern gewesen. Die Kommissare hatten keiner von ihnen etwas entlocken können, nicht einmal der Frau aus Bayern. Ediths letzter Kunde? Von dem wussten sie nichts. Sie hatten ihn gar nicht zu Gesicht bekommen, weil sie alle selbst mit Kunden beschäftigt gewesen waren. Alle? Ja, alle.

Martin klappte die Mappe mit den Protokollen zu. «Moor sorgt dafür, dass sie zu essen bekommen, ein Dach über dem Kopf haben und außerhalb ihres Gewerbes nicht belästigt werden. Dafür lügen sie uns die Hucke voll.»

Die Stimmung der Mordermittler hob sich erst wieder, als Konrad Blasse ihnen telefonisch mitteilte, dass die Fingerabdrücke, die sie aus Berlin bekommen hatten, mit einigen von denen überstimmten, die sie am Fensterrahmen in der Versicherung gesichert hatten.

«Damit kriegen den Mistkerl dran. Wenigstens den», grunzte Schmidtke erleichtert.

«Sobald wir ihn haben», dämpfte Martin seine Freude. Er leitete eine landesweite Fahndung ein und schickte seine Ermittler in den Feierabend.

Paula fuhr mit Caro zu Kurts Villa, um ihre Sachen zu holen. «Was ist denn mit Gertrud? Habt ihr euch wieder vertragen?»

«Sie ist jedenfalls wieder da.»

«Bist du sicher, dass sie einverstanden ist, wenn ich bei euch unterkrieche?»

«Du kennst sie doch. Sie ist eine Nette. Mensch, frag mir kein Loch in den Bauch.»

Während die Häuser an ihnen vorbeizogen, überlegte Paula, wie sie Tante Evi und Onkel Kurt erklären sollte, dass sie ausziehen wollte. Ach, wahrscheinlich waren die beiden froh, ihr Heim wieder für sich zu haben. Sie dachte an Evi. Was mochte ihre Tante mit dem Gemurmel über die Triebe der Männer gemeint haben?

«Ist was?», fragte Caro.

Paula schüttelte den Kopf, aber sie dachte: Die Arbeit

bei der Kripo vergiftet uns. Wir werden misstrauisch, selbst Menschen gegenüber, die wir unser Leben lang kennen.

Als Caro das Auto vor Kurts Villa zum Stehen brachte, wurde Paula wieder bewusst, mit welchem Abstand zueinander die Häuser hier standen, wie üppig die Gärten bepflanzt waren und wie leicht es wäre, sich irgendwo zu verbergen und nach einem Verbrechen durch den kleinen Alsterpark zu entkommen. Es war gut, dass sie hier wegkam! Lore öffnete ihr und trat mit einem Lächeln beiseite, um sie einzulassen. Die Grübchen in dem hübschen rundlichen Gesicht wurden tiefer, als sie Paula den Mantel abnehmen wollte.

«Nein, lass mal. Draußen wartet eine Kollegin auf mich. Wo ist denn die Herrschaft?» Herrschaft – was für ein blödes, altmodisches Wort! Kein Mensch besaß die Herrschaft über einen anderen Menschen!

Onkel Kurt ersparte Lore die Antwort. Er kam aus seinem Büro mit dem Erker zum hinteren Garten und schloss Paula in die Arme. «Was war denn das heute Nacht, Kindchen?» In seiner Stimme mischten sich Sorge und Vorwurf.

Richtig, sie war vom Tatort aus gleich zu Caro und dann ins Stadthaus gefahren. Von dort hätte sie ihn anrufen müssen. «Darüber darf ich leider nichts sagen.»

Das schlechte Gewissen veranlasste Paula, ihm in sein Büro zu folgen. Dann musste Caro eben einen Moment lang warten. Sie kam gleich zum Punkt: «Du, Onkel Kurt, stell dir vor, zwei Kolleginnen haben mich eingeladen, zu ihnen in ihr Häuschen zu ziehen. Ich glaube, für mich ist das erst mal eine gute Lösung!»

Sie meinte in Kurts Miene echtes Bedauern zu erkennen. «Wir hatten uns gerade an dich gewöhnt», seufzte er. «Kind, du bist so unruhig. Komm, setz dich doch einen Moment.» Er nötigte sie in einen roten Plüschsessel. «Warum willst du denn schon wieder umziehen? Du weißt doch, dass Evi und ich dich gern bei uns haben. Und auch deine Mutter wäre ruhiger, wenn sie dich hier unter Evis Fittichen wüsste. Du hast doch nicht etwa den Eindruck gewonnen, dass du mir nicht willkommen bist? Evi hat letztens angedeutet, dass ich nicht immer den richtigen Ton treffe. Aber dir ist doch sicher klar … Ich bin dein Patenonkel, Paula!»

Verlegen blickte sie sich in seinem Büro um. Es war mit Büchern vollgestopft, lauter medizinisches Fachwissen. Sogar auf den Tischen vor den beiden Fenstern stapelten sich die Wälzer.

«Na gut.» Kurt stieß einen tiefen Seufzer aus, holte eine Flasche Wein aus dem Schrank und schenkte zwei Gläser voll. «Dann geh mit Gott!»

«Du bist der Beste.» Paula lächelte ihn an, und sie prosteten einander zu. «Irgendwann muss jeder junge Vogel aus dem Nest. Das Zusammenleben mit Freundinnen ist für mich wie … wie für dich London.» Sie deutete auf die Fotos an den Wänden. In den Rahmen steckten neben Urkunden reihenweise vergilbte Gruppenbilder von Studenten oder Kollegen vor Universitätsgebäuden. Sie trank ihr Glas aus. «Ich fürchte, ich muss los, Onkel Kurt. Meine Kollegin wartet draußen auf mich. Wo steckt denn Evi, dass ich ihr noch tschüs sagen kann?»

«Ach, die ist bei einer Freundin, frag mich nicht. Ich brauche Ruhe, Evi die Gesellschaft.» Er erhob sich. «Bist du wirklich sicher, Mädchen, dass du nicht hierbleiben willst?»

Paula stand ebenfalls auf und schlang ihm die Arme um den Hals. «Es geht leider wirklich nicht. Ich packe eben meine Sachen zusammen.»

Sie stieg die Treppen hinauf und stopfte ihre Habseligkeiten in den Koffer. Viel war es ja nicht. An der Haustür fing ihr Onkel sie noch einmal ab und drückte ihr eine Geldbörse in die Hand. «Nein, nimm, ich bestehe darauf!»

Der folgende Morgen war ein Freitag. Gertrud und Caro, die vor der Spüle standen und den Abwasch der letzten Tage erledigten, küssten sich nach jedem sauberen Teller, der auf den Stapel kam. Sollte diese Schmuserei eine Provokation sein? Wollten die beiden herausfinden, wie ihre Kollegin und einstweilige Mitbewohnerin darauf reagierte? Hatte die Einladung vielleicht allein diesem Zweck gedient? Paula war's egal. Sie hatte nämlich Magenschmerzen. «Mir ist schlecht», stöhnte sie.

«Ah ja?» Caro ließ von Gertrud ab und kam zu ihr herüber.

Aber da stieg die rumorende Fracht Paula auch schon in den Hals. Sie rannte würgend ins Freie, wo aus ihr herausschoss, was sie am Tag zuvor gegessen hatte. Viel war es ja nicht, aber danach ging es ihr ein bisschen besser.

«Ist das nicht allzu dramatisch?», fragte Caro, die ihr gefolgt war, spöttisch.

«Hört auf mit euren dämlichen Spielchen. Wenn ihr was wissen wollt, könnt ihr mich auch einfach fragen.» Paula kehrte ins Haus zurück, spülte ihren Mund aus und kroch wieder auf die dreigeteilte Matratze, die man ihr überlassen hatten. «Sagt Erkens und Broder, dass ich mir was eingefangen habe und heute nicht zum Dienst kommen kann.»

Sie schlief bis zum Mittag, und als sie wieder erwachte, war die Übelkeit vergangen. Sollte sie nun doch zum Stadthaus? Nein, Paula beschloss, die unerwartete Freizeit zu nutzen und sich nach Fredi zu erkundigen. Denn am Ende war sie es ja gewesen, die ihn aus seinem alten Leben gerissen und ins Kinderheim befördert hatte.

Moors Sohn rupfte mit einigen anderen Jungen Unkraut, als sie bei dem Haus ankam. Paula beobachtete ihn durch den Zaun. Sah er inzwischen glücklicher aus? Kam ihr nicht so vor, nein. Sie klingelte, bat um ein Gespräch mit der Leiterin des Kinderheims und erkundigte sich, wie der Junge die neue Situation meisterte.

«Tja, er will auf ein Schiff. Er spricht von nichts anderem.»

Natürlich. Genau aus diesem Grund war er ja mit ihr und Caro gegangen.

«Aber die Sache ist schwieriger als gedacht. Bevor man bei der Seemannsschule in Finkenwerder einen Schüler aufnimmt, muss er nachweisen, dass er anschließend einen Platz auf einem Schiff hätte, wo er seine Lehre fortsetzen könnte. Das sind die Bedingungen.»

Paula überlegte nicht lange. Sie ließ Fredi rufen. «Zieh dir was Sauberes an, wir besuchen jemanden.»

Bevor sie sich mit ihm auf den Weg machen konnte, nahm die Leiterin des Heims sie noch einmal beiseite. «Kurz bevor Sie gekommen sind, war eine Frau hier und fragte, ob wir in dieser Woche einen Jungen aufgenommen haben. Ich wollte gerade die Nummer anrufen, die Sie mir gegeben haben.»

«Wie sah sie aus?»

Auch die Leiterin des Heims besaß kein Talent für Beschreibungen. «Sie muss ungefähr vierzig gewesen sein.» Nicht einmal an die Haarfarbe konnte sie sich erinnern.

«Was haben Sie ihr gesagt?»

«Ich hab sie abgewimmelt. Die Dame kam mir … Ich habe einen Blick für halbseidene Geschöpfe.»

Also jemand aus dem *Tingeltangel*? Schickte Moor die Frauen, die für ihn anschafften, durch die Hamburger Kinderheime, um nach seinem Sohn zu suchen? Paula sah, dass Fredi sie anstarrte, und nickte ihm beruhigend zu. Aber vorsichtshalber verließen sie das Heim über einen Hinterausgang. Als sie die Rothenbaumchaussee erreichten, hielt gerade eine Tram. Rasch zog sie den Jungen in einen Waggon hinein.

Eine halbe Stunde später standen sie in Borgmeisters Büro. Ihr alter Chef begrüßte sie aufgeräumt, er schien ihr die Kündigung nicht übel genommen zu haben. Nachdem Paula ihm die Lage erklärt hatte, telefonierte er mit einigen Kunden. Drei Anrufe später besaß Fredi einen Vorstellungstermin. «Kommenden Donnerstag, acht Uhr. Die *Minneburg* ist ein erstklassiges Schiff, weil nämlich wir sie gebaut haben», prahlte Borgmeister. «Ich kenne den Kapitän, Junge. Du wirst bei ihm hart ranmüssen, aber man wird dich nicht schlecht behandeln, und vor allem wirst du mächtig was lernen.» Er schob Paula einen Zettel mit einer Adresse zu. «Sie wissen, dass der Bursche zur Seemannsschule muss, bevor er an Bord darf?»

«Ja, das kriegen wir hin.»

Mit einem sehr viel leichteren Herzen brachte sie den strahlenden Fredi ins Kinderheim zurück. Beim Anblick des Hauses sank seine Laune allerdings wieder. «Und wenn mein Vater mich hier findet?», fragte er bang.

Diese Last konnte Paula ihm von der Seele nehmen. «Du wirst, sobald alles geregelt ist, nicht mehr hier wohnen, sondern in der Seemannsschule. Und dort wird dich niemand vermuten!»

Wenig später stand sie erneut auf der Straße. Nun also doch noch zum Stadthaus? Ihr war wieder ein wenig flau im Magen, aber das war nicht der Grund, aus dem sie zögerte. Sie war unruhig. Etwas quälte sie, jenseits ihrer Übelkeit. Sie ließ die Tram vorüberfahren und lief auf dem breiten Bürgersteig die Straße hinab. Edith Hellwig in der Kapelle … Luise

Gottbauer auf dem Bootssteg … Sie sah die beiden Frauen vor sich, und ihr war plötzlich, als hätte sie etwas Wichtiges übersehen. Etwas, das nun aus ihrem Unterbewusstsein in ihr Bewusstsein drängte.

Jack the Ripper. Warum blitzte der Name des englischen Serienmörders immer wieder in ihrem Kopf auf? Ein Mord in England … ein Verbrechen, das vor vierzig Jahren geschehen war … Nein, sie ließ sich irreführen. Es musste etwas anderes sein, das sie quälte, etwas Bedeutenderes. Und es schien so nah! Dachte sie an den Massenmörder, weil sie bei Kurt gewesen war? Hätte sie ihren Onkel nach etwas fragen sollen, das ihr beim Anblick der Leichen aufgefallen war?

Sie hatte die nächste Haltestelle erreicht und hörte in ihrem Rücken eine Tram bimmeln. Kurz entschlossen stieg sie ein, aber nicht, um zu Kurt zu fahren. Sie wechselte am Dammtorbahnhof die Linie und erreichte eine Viertelstunde später den Spielbudenplatz. Der Haltestelle schräg gegenüber ragte ein hoher Ziegelbau auf, über dessen Dach, aus riesigen metallenen Buchstaben geformt, das Wort *Panoptikum* schwebte.

Kurz schaute Paula die Davidstraße hinab. Moors Etablissement befand sich nur wenige Straßen entfernt. Nun, zu dieser Tageszeit würde er ihr kaum etwas antun können. Rasch huschte sie unter das dreieckige Vordach des Panoptikums und stellte sich beim Schalter mit den Billetts an. Während sie wartete, fiel ihr Blick auf ein Plakat, das hinter der Kasse an der Wand klebte.

Größte Sehenswürdigkeiten Hamburgs … Das Kronprinzenpaar … Hauptmann von Köpenick … Vorführung lebender Photographien ohne Extra-Entree … Das anatomische Museum … Was sie suchte, fand sich ganz unten auf dem Plakat: *Kriminal-Abteilung – die berühmtesten Verbrecher der Geschichte.* Sehr gut, mit ein bisschen Glück würde sie hier etwas über den Londoner Mörder erfahren, das ihr auf die Sprünge half.

Sie zahlte das Eintrittsgeld von fünfzig Pfennigen und betrat die Eingangshalle. Gelbe Blechschilder wiesen ihr den Weg. Die Kriminalabteilung befand sich im Keller des Gebäudes – das wusste sie ja schon. Als sie die Stufen hinabschritt, schlug ihr der Geruch von Kohlenstaub entgegen, der sich über die vergangenen Jahrzehnte in das Gemäuer gefressen hatte. Mit jedem Schritt wurde es düsterer. Ein weiteres Schild neben der Tür zur Ausstellung ermahnte die Besucher, keine Kinder mit in diese Räume zu nehmen.

Paula trat über die Schwelle. Links und rechts des Ganges tauchten lebensgroße, wächserne Gestalten auf, geschminkte, äußerst real wirkende Figuren, die in echten Kleidern steckten, scheinbar echte Haare besaßen und, von Scheinwerfern angestrahlt, wie lebendige Menschen aussahen. Sie waren in kleinen Szenen angeordnet. Eine Frau mit rot bemalten Wangen hob ein Beil, die Mechanik, die sich in ihrem Körper verbarg, ließ es auf ein Wachsfigurenkind in einem blauen Baumwollkleid niedersausen. Ein Soldat stierte Paula mit seinen Glasaugen an und verdrehte plötzlich wie im Krampf Arme und Beine. Sein Körper neigte sich nach hinten, sodass der Kopf beinahe die Kniekehlen berührte. Eilig passierte Paula die unheimliche Gasse.

Die nächsten Räume boten ebenfalls Szenen scheußlichster Verbrechen. Da wurde ein Mann mit einer Kohlenschaufel in eine Wanne gedrückt und ertränkt, und einer gefesselten Frau wurde von einem schwarz gelockten Unhold die Kehle durchtrennt. Auch hier sorgte eine ausklügelte Mechanik für die gruselige Illusion von Realität. Paula konnte allerdings das angenehme Schaudern, für das sie bezahlt hatte, nicht empfinden. Die Wochen bei der Polizei forderten ihren Tribut. Grausamkeit konnte sie nicht mehr unterhalten. Sie drängte sich an zwei Besuchern vorbei, die das sich windende Opfer anstierten, und eilte weiter, ohne der Ausstellung mehr Beachtung als nötig zu schenken.

Und schließlich fand sie ihn tatsächlich – den Verbrecher, der vierzig Jahre zuvor die ganze Welt in Aufruhr versetzt hatte: *Jack the Ripper*. Auch in diesem Raum mit der niedrigen Decke wurde eine nachgestellte Szene dargeboten. Eine nackte Frau lag auf dem Boden. Ihr Unterleib blieb zwar dezent unter einer Decke verborgen, ihr Gesicht aber war durch tiefe Schnitte entstellt, auf dem rotbraune Farbe das geronnene Blut darstellte.

Ein Schild erklärte ausführlich, an welchen Stellen und auf welche Weise der Ripper sein Opfer verletzt hatte. Besonders hervorgehoben wurde, dass ihr einige innere Organe entnommen worden waren: Niere, Leber, Teile des Darms. Paula schluckte, als sie sah, dass die Wachsleiche tatsächlich ein bräunliches Gewinde um den Hals trug – ein Stück Darm, genau wie Edith Hellwig. Sie zwang sich weiterzulesen. An verschiedenen Stellen hatte der Ripper Muskelfleisch herausgeschnitten … Das Herz hatte beim Auffinden der Leiche gefehlt …

Sie starrte zu den beiden Wachsfigurenkommissaren neben der Toten, die entsetzt die Arme hochrissen, als hätten sie sie gerade erst entdeckt. Ein weiterer Polizist kniete neben ihr. Und aus einer nachgebildeten Toreinfahrt lugte grinsend ein Mann in schwarzen Kleidern, an dem vor allem die lückenhaften fauligen Zähne auffielen. Er hielt ein blutendes Messer in der Hand, von dem eine dickflüssige Brühe zu Boden tropfte, die durch ein Loch in den Boden sickerte, wo sie sicher zur Weiterverwendung aufgefangen wurde. Warum wurden die Bösen eigentlich immer hässlich dargestellt?

«Ich glaube nicht, dass das hier für eine junge Dame das Richtige ist», pikierte sich ein Mann, der sie beim Vorübergehen völlig unnötig streifte. Paula vergaß ihn im selben Augenblick wieder. Die Gesichter und Namen der Männer, die man im Laufe der Ermittlungen verdächtigt hatte, der *Ripper* zu sein, waren auf einem Schild verewigt worden: *Montague Druitt, Michael Ostrog, James Maybrick* … Daneben hing ein weiteres Schild, auf dem erklärt wurde, dass man den Mörder niemals habe fassen können und daher auch sein Aussehen nicht korrekt dargestellt werden konnte.

Eines schien für Paula klar, als sie der Szene den Rücken kehrte: Edith Hellwigs und Luise Gottbauers Mörder musste entweder hier gestanden und sich für die Morde Inspirationen geholt haben, oder er hatte seine Informationen auf andere Weise erhalten. Durch alte Zeitungen? Ein Buch? Bedrückt strebte sie zum Ausgang.

Während die Tram zu Caros und Gertruds Häuschen ruckelte, kam ihr seltsamerweise erneut ihr Traum von dem Mann in der eisernen Rüstung in den Sinn, der sie verfolgte, um sie mit einem Blumenkranz zu erschlagen.

17. KAPITEL

FREITAG, 19. APRIL

L*uise Gottbauer.* Moor, der auf einer Bank am Freihafen-Kai saß, las den Namen im *Fremdenblatt.* Der Artikel über den Mord an der Außenalster nahm die komplette zweite Seite ein. Aber dieses Mal fand sich kein Foto von der Leiche – der Zeitungsfritze hatte es offenbar vermieden, am Tatort aufzutauchen.

Moor überflog den Artikel, doch die Wut, die in ihm brodelte, machte es ihm schier unmöglich, sich auf die Einzelheiten zu konzentrieren. Nicht Luise Dingsbums' Name sollte dort stehen, sondern der von dieser verfluchten Zündholzziege Paula Haydorn, verdammte Scheiße! Er knüllte die Zeitung zusammen und schleuderte sie ins Elbwasser, das gegen die Spundwände schwappte.

Er dachte an Fredi. Nicht, dass er ihn wirklich vermisst hätte, diesen grinsenden Trottel, der den verkrüppelten Verstand seiner Mutter geerbt hatte und den er über kurz oder lang sowieso mit einem Fußtritt vor die Tür befördert hätte. Nein, die Sache war ernster. Als er gestern beim *Ringverein Immergrün* aufgekreuzt war, hatte er die Häuptlinge grinsen und tuscheln sehen. Natürlich lachten sie über ihn. Elli hatte ihm einen Wodka über die Theke gereicht und ein süffisantes «Brauchst gerade Trost, was?» nachgeschoben. Natürlich bezog sich das alles auf Fredi, den man ihm weggenommen hatte wie einem Bettler den Hut. Es ging dabei nicht nur um seinen Stolz. Moor konnte es sich schlicht nicht leisten, dass man über ihn lachte. Wenn die Kiez-Kommandeure zu dem Schluss kamen, dass man mit ihm machen konnte, was man wollte … Dass zwei *Weiber* mit ihm machen konnten, was sie wollten …

Eine Katze hinkte kurzatmig über die Pflastersteine. Er sprang auf, schleuderte sie mit einem Fußtritt über die Kante und beobachtete, wie sie in den Fluten paddelte. Natürlich schaffte sie es nicht hinauf. Die Kaimauer war unmöglich zu erklimmen und kein anderes Ufer erreichbar. Voller Genugtuung sah er zu, wie sie hochkam und wieder unterging und schließlich jämmerlich ertrank.

Das kurze Intermezzo hatte seinen Kopf geklärt. Er musste auf die Pauke hauen. Etwas unternehmen, das dem Kiez überzeugend bewies: Wer Waldemar Moor gegen den Karren fuhr, musste dafür zahlen! Er musste ein Fanal setzen, das Hamburg erbeben ließ!

18. KAPITEL

FREITAG, 19. APRIL

Caro und Gertrud stritten leise, aber erbittert. Paula versuchte zu schlafen, doch das wäre ihr auch dann nicht gelungen, wenn sie allein in dem kleinen Häuschen gewesen wäre. Ihre Gedanken kreisten um die Morde. Sie konnte mit dem Grübeln einfach nicht aufhören und betrachtete die Fetzen, die durch ihren Kopf trieben, immer wieder aus neuen Blickwinkeln. Der Ripper im Panoptikum ... Onkel Kurts Studium in London ... seine medizinische Ausbildung ... Evi, die die Triebhaftigkeit der Männer beklagte und dabei unangenehme Ereignisse mit ihrem Ehemann angedeutet hatte ... Hatte sie das wirklich? Sie war ja ziemlich vage geblieben.

Paula dachte an den Spaziergang mit ihrem Onkel im Innocentiapark, bei dem sie ihm erzählt hatte, dass sie eine Stenotypistinnen-Ausbildung machen wollte. Was für ein glücklicher Augenblick, als er sie nicht nur in ihrem Vorhaben bestärkte, sondern ihr auch sofort anbot, die Kosten dafür zu übernehmen. Dank sei überflüssig, er liebe sie doch.

Kurt war auch in einer Stiftung tätig, die begabten Studenten aus kleinen Verhältnissen das Medizinstudium finanzierte. Stellte das nicht seine Menschenfreundlichkeit unter Beweis? Natürlich konnte man auch aus Geltungsdrang spenden. Oder wegen des Beifalls, den man in seinen Kreisen dafür vermutlich bekam. Wer vermochte schon die Beweggründe eines Menschen zu ergründen? Warum dachte sie überhaupt ständig an Onkel Kurt? Er hatte doch überhaupt nichts getan!

Paula schlief in dieser Nacht keine einzige Minute, und der Dienst im Stadthaus am folgenden Tag zog an ihr vorüber, ohne dass sie viel von dem, was ihre Kollegen sagten, mitbekommen hätte.

«Irgendwas nicht in Ordnung?», fragte Martin, als sie sich am späten Nachmittag verabschiedeten.

«Mir hängt noch die Magensache von gestern nach», log sie und floh ins Freie. Zumindest wusste sie inzwischen, was sie tun musste. Nämlich Evi fragen, ob sie mit ihren Äußerungen über Onkel Kurt hatte andeuten wollen, dass er der Frauenmörder sein könnte.

Es war kurz vor sechs Uhr abends, als sie an Kurts Villa läutete. Lore schien frei zu haben, denn es war ihr Onkel selbst, der ihr öffnete. Plaudernd geleitete er sie in den Salon, aus dem die warme Grammophonstimme von Alexander Kipnis drang.

«Wo steckt denn Tante Evi? Ich möchte ihr noch für die Gastfreundschaft bedanken.» Paula hielt einen Rosenstrauß in die Höhe, als wäre er ein Beweis ihrer Aufrichtigkeit.

«Ach, das ist aber ein Jammer. Da kommst du leider zu spät.» Kurt schnappte sich eine leere Vase aus der Kommode im Flur und ging hinüber in die Küche, um sie mit Wasser zu füllen. Paula folgte ihm. Von der Küche ging es weiter ins Arbeitszimmer. Er stellte die Vase auf einen Tisch, holte einen Likör aus dem Schrank und goss wie beim letzten Mal zwei Gläser voll. «Evi ist nämlich zur Kur. Sie wollte schon vor Wochen fahren. Ich weiß nicht, was sie daran findet, aber sie liebt das Wassertrinken und den Tratsch mit den anderen gelangweilten Damen. Gestern haben wir einen Anruf bekommen, dass überraschend ein Platz in ihrer Kurklinik frei geworden ist. Da hat sie auf der Stelle ihre Koffer gepackt.»

«Zur Kur?»

«Eine fremde Welt für euch junge Dinger, die vor Tatkraft platzen, was? Aber genau das ist es, was Damen wie deine Tante mögen. Ich hoffe nur, dass sie sich keinen Kurschatten angelt.» Kurt zwinkerte ihr zu, um anzudeuten, dass er scherzte. «Trinkst du nicht?»

Paula nippte gehorsam an dem Glas. «Wohin ist sie denn gefahren?»

«In den Harz. Der Ort heißt Alexisbad. Da war sie schon öfter. Ich sage zu ihr: Warum fährst du nicht einfach nach Bad Bramstedt, das ist näher und außerdem günstiger, weil meine Klinik eine Kooperation mit dem Kurhaus geschlossen hat. Aber Evi liebt die Berge.»

Kurt machte es sich in einem Sessel bequem und winkte Paula, es ihm gleichzutun. Er begann zu erzählen, dass er der Klinik womöglich genau wie sein Freund Krumbholz bald den Rücken kehren würde. Das Leben sei so kurz, er würde im Herbst schon den Sechzigsten feiern. Wenn Evi zurückkam, wollte er die Sache in Angriff nehmen. Das hatte er sich am Vorabend überlegt. Leisten konnte er es sich ja. «Trink doch …»

Der Likör war süß und stark.

«Warum nicht noch ein paar schöne Zeiten erleben?, sage ich mir. Reisen … die Welt sehen …»

«Willst du auch nach London?»

«Darauf kannst du Gift nehmen. Im Nachhinein betrachtet, war das wohl meine schönste Zeit.» Kurt wies zu den Fotos an der Wand. Er und seine Mitstudenten nach dem

Examen. Er schwärmte von seinen Abenteuern mit Horst Krumbholz, Jan Hegermann, Friedhelm Bruns und wie sie sonst alle geheißen hatten. «Noch einen Schluck, Liebes? Du wirkst so angestrengt. Völlig überarbeitet, wenn ich das sagen darf.»

«Und damals hat auch der Ripper sein Unwesen getrieben?»

«Kein Wort mehr zu diesem Thema, Paula. Deine Mutter hat mir ordentlich den Kopf gewaschen.»

«Sie ist so empfindlich.»

«Wirklich, sie hat mich dringlich gebeten …»

«Ist schon gut.» Paula stellte ihr Glas auf der Fensterbank ab. «Ich fürchte, ich muss wieder los, Onkel Kurt.»

«Aber trink doch wenigstens aus.»

«Willst du, dass ich nach Hause torkele?»

«Nichts gewohnt, was?» Kurt lachte.

Paula erhob sich und täuschte ein Gähnen vor. «Ich brauche Schlaf, bei meinen Freundinnen war vergangene Nacht der Teufel los.»

«Ach du liebes bisschen. Willst du doch wieder hier einziehen? Das wäre für Evi eine schöne Überraschung. Sie hat dich nämlich ins Herz geschlossen, und so was ist selten bei ihr.»

Paula schüttelte lächelnd den Kopf und strebte, von Kurt begleitet, zur Haustür. Der Himmel draußen war schwarz geworden, Regentropfen pladderten aufs Pflaster. Unwillkürlich glitten ihre Blicke zu den Sträuchern, hinter denen sie mit ihrer Mutter gestanden hatte.

«Soll ich dich mit dem Auto heimbringen?», fragte Kurt, doch sie schüttelte noch einmal den Kopf.

«Ist ja nicht weit, und ein bisschen Laufen kann mir nur guttun.»

«Unsere Paula – immer eine Kämpferin.» Kurts Lachen folgte ihr auf die Straße.

Sobald Paula um die Straßenecke gebogen war, begann sie zu rennen, bis sie die Rothenbaumchaussee erreichte, wo es belebter wurde. Während sie auf die Tram wartete, starrte sie auf die glänzenden Straßenbahnschienen, zwischen denen sich der Regen sammelte. Frierend schlang sie die Arme um ihren Oberkörper. Tante Evi war urplötzlich verreist. Ausgerechnet jetzt. Ausgerechnet jetzt, wo es so wichtig war, Klarheit über Onkel Kurt zu bekommen.

Der folgende Tag war ein Sonntag. Caro und Gertrud hatten sich tatsächlich versöhnt. Sie wollten in ein Café gehen, und natürlich sollte Paula mitkommen. Das Glück der beiden Turteltauben zog wie Geigengesäusel durch die Räume des kleinen Häuschens, die Luft schmeckte nach Zucker. Es war fast noch schwerer auszuhalten als vorher der Streit.

«Tut mir leid, ich muss mich mal wieder bei der Familie blicken lassen», entschuldigte sich Paula und floh.

Sie nahm die Tram und lief anschließend erneut den Harvestehuder Weg hinunter, weil der Blick auf die Alster sie beruhigte und vielleicht auch, weil sie sich vergewissern wollte, dass sie der etwas einsamere Weg nicht ängstigte. So einsam war es tagsüber allerdings gar nicht. Auf dem Wasser schipperten die Freizeitkapitäne, und hinten bei der Badeanstalt konnte man die ersten Schwimmer entdecken.

Wenig später stand sie in Onkel Kurts verwildertem Garten. Sie umrundete das Haus und kauerte sich hinter den Büschen auf die gefällte Eiche, wo sie darauf wartete, dass sich die Tür öffnete und Kurt zu seinem obligatorischen Kirchenbesuch aufbrach.

Endlich erschien er, sorgfältig zurechtgemacht, auf den

Stufen. Nachdem er mit dem Auto die Straße hinuntergerattert war, gab sie sich einen letzten Ruck, lief die wenigen Schritte zur Tür und schellte. Zum Glück war auch Lore nicht im Haus. Wahrscheinlich hatte Kurt ihr für die Zeit, in der Evi verreist war, frei gegeben. Um sicherzugehen, klingelte Paula nach kurzer Wartezeit erneut. Wieder keine Reaktion. Gut, dann bräuchte es zumindest keine weiteren Lügen.

Sie ging ums Haus herum, holte sich aus dem Schuppen, der in einer Ecke des Gartens stand, eine Schaufel und schlug mit dem Stiel ein Kellerfenster ein. Onkel Kurt hatte nichts mit den Verbrechen an den Frauen zu tun. Tief im Innern hielt sie an dieser Überzeugung fest. Aber Kurt war in London gewesen, als der Ripper mordete. *Er* war es gewesen, der zum ersten Mal von dem Mörder gesprochen hatte. Luise Gottbauer war in Sichtweite *seines* Hauses umgebracht worden. Und Tante Evi hatte es vor *seinen* Wünschen im Schlafzimmer gegraut. Und nun ist sie fort, dachte Paula. Und das machte ihr Angst.

Aber da sie nicht wollte, dass ihr gutes Verhältnis in Scherben lag, wenn sie den wirklichen Ripper von Hamburg gefasst hatten, musste sie heimlich einbrechen – und Beweise für oder gegen ihn suchen.

Sorgsam wischte sie mit einem Lappen die Scherben aus dem Fensterrahmen und kletterte in den dunklen Raum hinab. Von dort aus begann sie, das Haus zu durchsuchen. Zum ersten Mal in ihrem Leben betrat sie das Schlafzimmer ihres Onkels und ihrer Tante. Es war ein unauffälliger Raum mit einem geräumigen Doppelbett, zwei Kleiderschränken und einem bemerkenswert großen Spiegel. Paula sah ihr blasses Gesicht, als sie an ihm vorbeiging. Sie begann, Schranktüren zu öffnen. Zwischen den Bügeln befand sich viel Luft. Fehlten die Kleider der Tante? Oder war Evi in Sachen Kleidung schlicht genügsam?

Gab es sonst etwas Auffälliges? Paula begann, auch das Badezimmer zu durchwühlen. Sie öffnete erst die Kommode unter dem Waschtisch, dann die wenigen Schränke. Kurts Rasierer, Haarwichse, ein Kamm, *Dr. Hartmanns Radion Tinktur*, die Hilfe gegen Haarausfall versprach, eine Schublade mit Hosenträgern, eine andere mit Krawatten und Fliegen …

Evi besaß ihr eigenes Schränkchen. Kamm und Bürste waren verschwunden, ob aber Lippenstift, Pomade oder sonst etwas fehlte, war nicht auszumachen. Oder doch? Paula kramte in einer muschelförmigen Schatulle, die Rouge-Döschen, Puderdosen und -quasten und Lippenstifte enthielt. Evi bevorzugte beim Rouge einen leicht orangefarbenen Ton, was ungewöhnlich war, weil er ihr nicht sonderlich gut stand. Das entsprechende Töpfchen fehlte. Ebenso ihr pflaumenroter Lippenstift, den sie oft trug.

Paula wurde ruhiger. Evi schien tatsächlich verreist zu sein. Unten beim Telefon fand sie schließlich sogar einen Zettel, auf dem die Zugverbindungen zwischen Hamburg und Alexisbad notiert worden waren. Alles war in Ordnung! Ihr wurde schwach vor Erleichterung.

Sie kehrte in den Flur zurück und blickte durch die halb geöffnete Tür ins Speisezimmer auf die Uhr mit dem altmodischen, geschnitzten Blütenrand. Etwa eine Stunde war vergangen, seitdem Onkel Kurt das Haus verlassen hatte. Höchste Zeit, wieder zu verschwinden. Sie wollte sich gerade abwenden, als sie plötzlich zögerte. Der Blütenrand der Uhr schien sich unter ihrem Blick zu verwandeln. Und dann war es wieder da: das seltsame Traumfragment mit dem Mann in der eisernen Rüstung, der sie mit einem Blumenkranz erschlagen wollte. Paula starrte auf die geschnitzten und bemalten Blätter und Blüten, die die Zeiger umrahmten. Und wie ein Schemen tauchten Erinnerungen auf. Dinge, die sie gesehen und doch nicht gesehen hatte …

Wie in Trance kehrte Paula ins Badezimmer zurück. Sie öffnete die Schublade mit den Bindern und nahm ein Döschen voller Krawattenspangen heraus. Sie waren sämtlich schlicht gehalten, ihr Onkel schien sie alle beim selben Hersteller zu ordern. Nur eine fiel aus dem Rahmen. Sie zeigte zwei durch eine Schleife verbundene Zweige, über denen ein gekrümmter Arm, der in einer Ritterrüstung zu stecken schien, einen Lorbeerkranz hielt. Paula nahm sie an sich, ging damit in Kurts Arbeitszimmer und stellte sich vor die alten Fotos.

Auch dort wurde sie fündig.

19. KAPITEL

SONNTAG, 21. APRIL

Er hatte in der Nacht schlecht geschlafen, was selten vorkam. Entsprechend hatte Martin sich am Sonntagmorgen nach einem Frühstück, das aus hartem Brot mit Margarine und Käse bestand, noch einmal aufs Ohr gelegt.

Es war das Telefon, das ihn weckte. Ein Blick auf die Uhr zeigte: Es war bereits kurz vor Mittag. Mit verspanntem Nacken rappelte er sich auf und nahm den Hörer ab. Zuerst begriff er gar nicht, wer mit ihm redete. Wer war Liebig? Dann fiel es ihm wieder ein: der Schutzpolizist, der Luise Gottbauer identifizieren konnte, weil er einen guten Draht zu den Obdachlosen besaß. Der Mann wollte einen Einbruch melden. «Ich dachte, die Sache könnte Sie interessieren, weil Ihre Kollegin, diese hübsche junge Dame, in dem entsprechenden Haus wohnt.»

«Pöseldorfer Weg? Die rückwärtige Seite des Grundstücks grenzt an den Harvestehuder Weg? Und ob mich das interessiert! Wurde jemand verletzt?»

Liebig verneinte.

«Wer hat den Einbruch gemeldet?»

«Der Besitzer, ein Herr Dr. Oppermann.»

«Ist etwas gestohlen worden?»

«Seltsamerweise nicht. Nur ein Kellerfenster wurde eingeschlagen.»

«War Paula Haydorn vor Ort?».

«Es war überhaupt niemand daheim, auch das Hausmädchen nicht.»

Martin war erleichtert. «Gut, melden Sie sich bitte, wenn es etwas Neues gibt. Und … danke!»

Wirklich beruhigt war er aber trotzdem nicht, und so rief er bei Caro Wagner an. Diese erzählte kurz angebunden, dass Paula nachts bei ihnen geschlafen habe, jetzt aber irgendwo rumschwirrte. «Ist doch Sonntag. Warum?»

«Kein Grund zur Sorge, schon gut.» Martin legte auf und ließ sich vom Amt mit Harry Haydorns Anschluss verbinden. Von Paulas besorgt klingendem Vater erfuhr er, dass seine Tochter zurzeit bei ihrem Patenonkel nächtige. «Was ist denn? Geht es um den Einbruch? Mein Schwager hat mich vorhin angerufen.»

«Nein, es ist alles in Ordnung. Ich muss nur mit Ihrer Tochter sprechen.»

Und mehr war es ja auch nicht. Jemand war bei Kurt Oppermann eingestiegen. Diebstahl war kein Seltenheitsdelikt, und die Villa von Paulas Onkel galt unter Einbrechern zweifellos als lohnenswertes Objekt.

Andererseits war nichts gestohlen worden.

Martin beschloss, bei Oppermann vorbeizufahren. Schaden konnte es ja nicht. Als er die Treppen ins Erdgeschoss hinunterstieg, sah er wieder das kleine Mädchen mit den blonden Zöpfen auf den Stufen sitzen, das ihm schon vor Tagen einmal aufgefallen war. Sie starrte ihn an, was ihn kurz irritierte. Kinder zeigten normalerweise kein Interesse an fremden Erwachsenen. Und das war er für sie ja – ein Fremder.

«Wo steckt denn deine Mutter?»

Die Kleine deutete auf eine Wohnungstür in der nächstoberen Etage. Er bildete sich ein, eine Stimme zu hören, nickte dem Kind zu und hastete weiter.

Im Pöseldorfer Weg traf er auf einen aufgebrachten älteren Herrn, der sich über das zerdepperte Kellerfenster furchtbar aufregte. Seine Nichte?

«Paula ist doch zu einer ihrer Kolleginnen gezogen.»

«Ach ja, davon habe ich gehört.» Martin nickte, als wäre ihm diese Tatsache nur entfallen. Er ließ sich von Oppermann durch die Räume führen. Es war nichts verwüstet worden, und es schien auch nichts zu fehlen, wobei Oppermann natürlich noch nicht dazu gekommen war, das komplette Haus zu durchsuchen. «Meine Frau ist zur Kur gefahren, und das Hausmädchen hat frei. Die beiden könnten wahrscheinlich genauer sagen, ob etwas weggekommen ist.» Er erzählte, dass er den Einbruch nach dem Mittagessen bei einem Gang durch den Garten entdeckt hatte. Vermutlich war der Dieb während seines Kirchenbesuchs gekommen.

Wie auch immer. Dieser Einbruch hatte jedenfalls nichts mit Martins Fall zu tun. Er verabschiedete sich und kehrte zum Auto zurück. Als er auf dem Fahrersitz saß, zögerte er. Nach Hause fahren oder rüber ins Stadthaus? Ach was, der Tag war sowieso verdorben, er war es von Anfang an gewesen. Also los, an die Arbeit.

Diese Entscheidung stellte sich als gute Idee heraus, denn auf seinem Schreibtisch fand er eine telegraphische Depesche aus Hannover. Man hatte mit der Fahndung nach Krögers Mörder Erfolg gehabt, er war der dortigen Polizei bei einer Razzia ins Netz gegangen. Martin rief bei den Kollegen an und überzeugte sie, den Mann unverzüglich nach Hamburg ins Polizeigefängnis Hütten zu überstellen. Er nahm ein spätes Mittagessen ein, ließ sich ein Bier schmecken und unternahm dann einen ausgedehnten Spaziergang, der ihn gegen sechs zum Polizeigefängnis führte.

Der Gefängniswärter brachte den Mann, den die Hannoveraner erst wenige Minuten zuvor abgeliefert hatten, in die Sprechzelle. Es war ein noch junger Bursche, nach eigenen Angaben gerade zwanzig geworden, und vom ganzen Auftreten her ein Apache, wie sich die organisierten Kerle aus der Unterwelt gern nach ihren Pariser Vorbildern nannten. Woran machte er seinen Eindruck fest? War es der verschlagene Blick, mit dem der Bursche ihn schon beim Eintreten auf mögliche Schwachstellen taxiert hatte? Die zur Schau gestellte Lässigkeit? Die beiläufige Suche nach einer Ausbruchsmöglichkeit, die es aus diesem Raum natürlich nicht geben konnte?

Die Haare des Manns waren voller Pomade. Die Haft hatte die geschmeidige Frisur in einen klebrigen Struwwelkopf verwandelt. Unter seinen Augen lagen schwarze, fingerbreite Schatten. Seine Hände zitterten, was auf Drogenentzug schließen ließ.

«Verraten Sie mir Ihren Namen?», fragte Martin.

«Klaus Bender.»

«Und welcher steht auf Ihrer Geburtsurkunde?»

Achselzucken.

«Vielleicht Franz Schnieder?»

«Wenn Sie's wissen?»

«Sie haben einen unserer Kollegen ermordet, Herr Schnieder. Es sieht übel für Sie aus.»

«Ich war das nicht.»

«Dann werden Sie dem Richter erklären müssen, warum wir in dem Raum, aus dem unser Schupo gestoßen wurde, massenhaft Ihre Fingerabdrücke gefunden haben. Ein eigenartiger Zufall, finden Sie nicht?»

Martin sah, wie der Mann nervös schluckte. Er verschränkte die Arme vor der Brust – ein trauriger Versuch, Selbstbewusstsein und Stärke zu demonstrieren.

«Wollen Sie sich erklären?»

Keine Reaktion.

«Gut, dann besorge ich bei Gericht einen Haftbefehl. Sie brauchen sich künftig also keine Sorgen mehr um Übernachtung und Frühstück zu machen.» Martin erhob sich, ging zur Tür und drehte sich noch einmal um. «Vermutlich brauchen Sie überhaupt keine Zukunftspläne mehr zu schmieden, Herr Schnieder. Auf Polizistenmord reagiert man hier in Hamburg enorm empfindlich.»

Er verließ den Raum. «Bringen Sie den Mann in einer Einzelzelle unter», ordnete er an. «Er soll ein paar Stunden schmoren, ehe ich ihn wieder vernehme.»

Es war bereits neun Uhr abends, als Volker Rauhe ins Stadthaus kam. Er hatte seine Kopfschmerztabletten in der Büroschublade vergessen. «Natürlich am Wochenende. Keine Apotheke geöffnet.»

Martin sah zu, wie sein Kollege drei Tabletten aus einer kleinen Schachtel drückte und sie sofort ohne Wasser hinunterschluckte. *Eukodal.* Hatte keinen guten Ruf. Man sprach von Suchtgefahr.

«Was machst du eigentlich hier?», fragte Volker.

Martin berichtete von Schnieders Festnahme und Überstellung.

«Gib mir eine halbe Stunde, damit ich wieder denken kann. Und dann knöpfen wir uns den Mistkerl gemeinsam vor!», grinste Volker.

Es erwies sich als Fehler, ihn zum Verhör mitzunehmen. Volkers erster Patzer bestand darin, dass er anfing zu brüllen. Mit so etwas brachte man Kinder zum Weinen, aber keinen abgebrühten Mörder zu einem Geständnis. Schnieder verharrte schweigend und regungslos, die Augen halb geschlossen, als wäre er kurz vorm Einschlafen. Martin machte ihn noch einmal auf die Beweiskraft der Fingerabdrücke aufmerksam. Und da leistete Volker sich seine zweite Entgleisung.

«Wir wissen, dass Moor dich angestiftet hat, du kleiner Drecksack. Gib's endlich zu. Es hat doch keinen Sinn … du reitest dich immer weiter in die Scheiße! Du bist doch …»

Wenn Schnieder Moors Namen als Erster genannt hätte, wäre der Umstand vor Gericht als Beweis zu verwenden gewesen. So hatte ihm der Kollege den Namen in den Mund gelegt, und Schnieders Aussage war nicht mehr zu gebrauchen. Volker hatte es versaut. Martin hob die Hand, und sein Kollege verstummte stirnrunzelnd.

«Geh mal eben raus», bat Martin.

Widerstrebend erhob er sich.

Als die Tür hinter ihm zugeklappt war, stellte Martin den Parlographen aus und beugte sich vor. «Sehen Sie mich bitte an», sagte er. Einige Zeit verstrich, schließlich wandte Schnieder ihm widerwillig das Gesicht zu. «Ich möchte Ihnen ein Angebot machen», sagte Martin.

20. KAPITEL

SONNTAG, 21. APRIL

Es war schon dunkel, als die Selketalbahn in Alexisbad einfuhr. Wie fremd hier alles war! Überall Berge, man kam sich vor, als wäre man in ein tiefes, baumbestandenes Loch gefallen, misstrauisch beäugt von einer schräg am Himmel hängenden Mondsichel. Paula kletterte aus dem Abteil und blickte sich um. Das Bahnhofsgebäude bestand aus mehreren Anbauten, unten Bruchstein, oben Holz, vom Ruß der Dampfloks dunkel gefärbt. Hinter einem der Fenster fackelte eine Gasfunzel, aber kein Mensch war zu sehen.

Sie trug die Tasche, in die sie etwas Wäsche und eine Zahnbürste gestopft hatte, über die Gleise. Als die Dampflock fauchend wieder Fahrt aufnahm, merkte sie, dass sie als Einzige hier aus dem Zug gestiegen war. Kurz überfiel sie wieder das flattrige Gefühl von Angst. *Waldemar Moor.* Aber vor dem war sie hier doch sicherer als irgendwo sonst. Sie durfte den Mann nicht zu ihrer fixen Idee werden lassen.

Entschlossen stapfte sie los, die einzige Straße entlang, die mit Gaslaternen ausgestattet war. Das Glück war ihr hold. Ihr Weg führte sie geradewegs zu einem mondänen Gebäude – sicher handelte es sich um das Kurhaus. Der langgestreckte Prachtbau sah aus, als hätte man ihn direkt aus dem Orient hierherversetzt, was vor allem an den beiden Türmen mit den ballonartigen Rundungen unterhalb der Turmspitzen lag. Galerien mit großen Fensterscheiben säumten die Fassaden. Kein Zweifel: Hier mieteten sich die Wohlbetuchten ein.

Paula wandte sich zum Eingang, der an der Breitseite des Gebäudes lag. Auf einer Bank am gepflasterten Zugangsweg saß ein älteres Paar, das sich zärtlich bei den Händen hielt – ein Bild, das ihr wohl das Herz gewärmt hätte, wenn sie nicht so nervös gewesen wäre. Ein Page, der auf einem Stuhl hinter dem Fenster der Galerie herumlungerte, sprang auf, als er sie erspähte, und nahm ihr beflissen den Koffer ab.

«Ist das hier das Kurhaus?», vergewisserte sich Paula.

Der Junge nickte und geleitete sie zu einem breiten Tresen. Er setzte den Koffer ab und sauste nach einer gemurmelten Entschuldigung in den Raum, der hinter dem Tresen lag. Wenig später kehrte er mit einem älteren Mann in Uniform zurück, dem Portier.

Paula fragte nach einem Zimmer. Schließlich musste sie irgendwo die Nacht verbringen. Der Portier blickte sich kurz um, wohl auf der Suche nach weiterem Gepäck, dann erkundigte er sich diskret nach der Länge ihres Aufenthalts und danach, ob sie ein Zimmer oder ein Appartement wünsche. Müde gab sie widersprüchliche Antworten. Sie wolle kuren, nein, sie müsse wohl schon bald wieder abreisen.

«Meine Tante hat hier vor wenigen Tagen eine Kur begonnen. Frau Dr. Oppermann aus Hamburg.» Sie ließ den Satz wie eine Frage klingen, aber der Portier lächelte nur verbindlich. Kein Wunder. Eine Frau, die mitten in der Nacht ohne Begleitung und mit nichts als einem Köfferchen in einem Kurhotel in den Bergen strandete … Er sah aus, als wollte er sie die erste Übernachtung im Voraus zahlen lassen, aber dann sah er davon ab. Vielleicht weil ihm sein Kennerblick verriet, dass ihre Kleider zwar zerknautscht, aber teuer waren.

«Ist meine Tante hier angekommen?», bohrte Paula nach.

Der Mann sortierte Papiere und tat, als hätte er ihre Frage überhört.

Eine Viertelstunde später lag Paula in einem bequemen Bett. Ihr Zimmer war ordentlich, aber klein, und lag direkt unter dem Dach. Möglicherweise wurde hier in hektischen Zeiten zusätzliches Personal untergebracht. Sie drehte sich auf die Seite und starrte auf die Kuckucksuhr an der Wand. Es ging auf Mitternacht zu, und sie wartete darauf, dass der Kuckuck aus seinem Loch schoss, um ihr das zu verkünden. Doch der Holzvogel blieb im Kasten, kein Kuckuckuck unterbrach die lähmende Stille.

Paula war müde bis zur Erschöpfung, fand aber dennoch keinen Schlaf. Sie drehte sich auf die andere Seite. Das Gaubenfenster gab den Blick auf die Sterne frei, die wie goldene Punkte an den wolkenlosen Himmel geheftet waren. Ihre Gedanken kehrten zu Onkel Kurts Krawattenspange und dem Foto in seinem Arbeitszimmer zurück, das in London aufgenommen worden war und ihn mit seinem Freund Krumbholz und zwei weiteren Studenten zeigte, die Krumbholz den Arm um die Schultern gelegt hatten.

Sie alle hatten kurze dunkle Sakkos mit engen Ärmeln getragen und sich Krawatten umgebunden, die von Spangen mit runden Emblemen gehalten wurden. Das Abzeichen auf Krumbholz' Spange war deutlich zu erkennen gewesen, weil er sein Sakko offen getragen hatte. Mit zusammengekniffenen Augen hatte Paula die von einer Schleife gehaltenen Zweige gemustert, über denen der abgewinkelte Arm in der eisernen Rüstung einen Lorbeerkranz in die Höhe streckte – sicher das Abzeichen der Londoner Universität.

Sie musste die Spange bereits mehrfach in Kurts Haus gesehen haben – entweder auf den Fotos oder weil Kurt oder sein Studienfreund Krumbholz sie getragen hatten. Nie jedoch hatte sie bewusst den Zusammenhang mit der Krawattenspange hergestellt, die Moor ihnen im *Tingeltangel* übergeben hatte. Der Ritter aus ihren Träumen, der sie verfolgte und sie mit einem Blumenkranz erschlagen wollte … Ihr Unterbewusstsein hatte aufgemuckt, aber ihr Gehirn war wie vernagelt gewesen.

War also Kurt Ediths letzter Kunde gewesen und damit der Mörder, den sie suchten? Oder Krumbholz? Kurts Freund arbeitete als Pathologe. Machte es ihm vielleicht Spaß, Menschen aufzuschneiden? Ein bisschen sonderbar wirkte er ja tatsächlich.

Aber all das trat hinter der drängendsten Frage zurück: Warum war Evi so überstürzt zu einer Kur aufgebrochen? Hatte Kurt sie fortgeschickt, weil er fürchtete, dass sie seiner Nichte etwas verraten könnte?

Nein, halt!, rief Paula sich zur Ordnung. Die Krawatte mit der Spange war ihnen von Moor übergeben worden. Und dieser Dreckskerl log, wenn er den Mund aufmachte. Hatte er vielleicht eine Intrige gesponnen? Sie versuchte, sich zu erinnern, was geschehen war, eine Reihenfolge herzustellen.

Sonntag vor einer Woche war sie zu Kurt und Evi gezogen. Montag früh hatte sie Moor und Fredi aus dem Stadthaus kommen sehen. Hatte Moor beobachtet, wie sie mit seinem Sohn sprach? Hatte er Fredi hinterher ausgefragt, was sie von ihm wollte? Hatte er sie danach ausgekundschaftet? Ihr Nachname – Haydorn – war in Hamburg bekannt. Wenn er sich ein wenig umgehört und darüber nachgesonnen hatte, wie er sich an ihr rächen und gleichzeitig sich selbst außer Verdacht bringen könnte … Er hatte der Polizei montags gegen 17:00 Uhr die Krawatte übergeben. Konnte er sie in der Zwischenzeit von Kurt gestohlen haben? Ach was, zu sehr an den Haaren herbeigezogen.

Paula dröhnte der Kopf, und sie drehte sich zurück auf die andere Seite. Die stumme Kuckucksuhr schien sie zu verhöhnen. Und wenn Moor und Kurt einander tatsächlich kannten? Da ihr eigener Vater ins Bordell ging – musste sie nicht zumindest in Erwägung ziehen, dass Kurt das Gleiche tat? War es üblich, dass wohlhabende Männer ihr Vergnügen auf dem Kiez suchten? Der Gedanke verursachte ihr körperliches Unbehagen. Schon wieder schob sie ihrem geliebten Patenonkel ein Verhalten unter, das sie zutiefst abstieß.

Trotzdem: Angenommen, Kurt wäre tatsächlich Kunde im *Tingeltangel*. Ein angeschickertes Gespräch mit dem Hurenwirt an der Theke, und schon war ihm entschlüpft, dass er mit dem reichen Zündholzfabrikanten Haydorn verschwägert war. Vielleicht hatte Kurt die Krawatte tatsächlich einmal im *Tingeltangel* vergessen, und Moor hatte sie zurückbehalten, um die kostbare Spange bei einem Hehler in bare Münze zu tauschen. Und als der Augenblick kam, hatte er die Gelegenheit ergriffen, gleichzeitig Kurt als Ediths Mörder ins Spiel zu bringen und Paula damit eins auszuwischen.

War auch das zu weit hergeholt?

Die Fingerabdrücke auf dem Tatmesser, dachte Paula. Wenn sie mit denen von Kurt übereinstimmen …

Sollte sie Martin informieren, damit er beides abglich? Ihr fiel plötzlich ein, dass sie sich gar nicht bei ihm abgemeldet hatte. Ach, egal. Morgen früh würde sie mit Evi sprechen, das allein war wichtig.

21. KAPITEL

MONTAG 22. APRIL

Es war Montagmittag. Martin fand, dass Schnieder ausreichend Zeit gehabt hatte, in sich zu gehen, und ließ ihn erneut in die Sprechzelle führen. Die Haare standen dem Mann wie schon am Abend zuvor wirr um den Kopf, und er wirkte noch fahriger. In seinen Augen saß ein unnatürlicher Glanz, die Hände zitterten.

«Ich habe mit dem Staatsanwalt gesprochen», sagte Martin.

«Jaja …»

«Haben Sie über mein Angebot nachgedacht?»

Schnieder nickte.

«Und?»

«Ich brauch was.»

Das hatte Martin erwartet. Er hatte sich aus der Asservatenkammer ein bisschen an der Legalität vorbei ein Tütchen Koks geholt, das letztens bei einer Razzia im Chinesenviertel kassiert worden war. Nun schob er es über den Tisch. Schnieder wollte danach greifen, aber Martin legte seine Hand darauf. Den Blick auf das schmuddelige Tütchen geheftet, begann Schnieder zu reden. Gut, also, es stimme, er sei in Berlin Mitglied eines Ringvereins.

«Name des Vereins?»

«Wenn ich den nenne, bin ich tot.»

«Irrtum. Wenn Sie ihn *nicht* nennen, sind Sie tot. Sie sitzen hier, weil Sie einen Polizisten aus dem Fenster gestoßen haben.»

«Ja … ja … Verflucht, lassen Sie mich doch wenigstens eine Prise nehmen.»

Martin sah ihn an, eindringlich, wie er hoffte, damit Schnieder die Lage begriff. «Sie werden eine Entscheidung treffen müssen», sagte er schließlich und nahm das Tütchen wieder an sich. Er sprach langsam, damit der Mörder ihn trotz seines desolaten Zustands verstand. «Wenn Sie kooperieren, werde ich versuchen, den Staatsanwalt von einem Handel zu überzeugen: Ihr Leben gegen ein komplettes Geständnis. Sollten Sie das ablehnen, wird er zweifellos einen Prozess wegen Mordes anstrengen und die Todesstrafe beantragen. Dann stehen Sie eines Morgens im Innenhof dieser Haftanstalt, und der Henker wird Ihnen einen Sack über den Kopf ziehen und Sie nötigen, Ihren Kopf auf den Block zu legen. So sieht es aus.»

«Was wollen Sie denn von mir?» Schnieder konnte den Blick nicht von dem Tütchen wenden.

«Ich will wissen, wer den Auftrag zum Mord an dem Schupo gegeben hat.»

«Alles, was ich weiß, ist …»

«Moment …» Martin stellte den Parlographen an und hielt den Schalltrichter so, dass Schnieder hineinsprechen konnte. «Also?»

«Und wenn Sie mich reinlegen?»

«Ist nicht meine Art.»

Schnieder klemmte die Hände zwischen den Knien ein, um ihr Zittern zu unterdrücken. «Ich bin im …» Noch einmal zögerte er. «Im *Geselligkeitsclub*. Ja, so nennen wir uns nun mal. Wird denn der Staatsanwalt auf Sie hören?»

«Ich werde mich für Sie einsetzen. Mehr kann ich nicht versprechen. Aber es gibt Aussicht auf Erfolg.»

Schnieder nickte fahrig. Das Henkersbeil mochte ihm einen gewissen Respekt einjagen, aber wichtig war ihm vor allem der Koks. «Ich hab vor zwei Wochen oder so in der Mulackritze rumgehangen. Jemand …»

«Bitte einen Namen.»

«Weiß ich nicht. Da können Sie mich löchern, wie Sie wollen. Die nennen ihn Muskel-Adolf. Der hat mir einen Zettel rübergeschoben: Name, Adresse … Und 'n paar Scheine. Er hat gesagt, wenn ich die Sache erledigt hab, krieg ich …» Die Summe, die Schnieder nannte, war deprimierend gering. So wenig zählte also das Leben eines Menschen. Es war, als erriete Schnieder seine Gedanken. «Ich wollte das alles nicht, ich bin eigentlich anständig, also … ich bin noch nicht lange dabei. Aber ich hatte keinen Schotter mehr, und irgendwas muss einer doch fressen.»

«Wer war der Auftraggeber des Mords?»

«Er hieß Moor.»

Martin verfluchte im Stillen Volker Rauhe. Wenn der die Klappe gehalten hätte, wäre Moor jetzt mit der Nennung seines Namens erledigt gewesen. So war nicht einmal er selbst überzeugt, dass sein Verdächtiger die Wahrheit sagte.

«Wie sind Sie vorgegangen?»

«Ich hab alles ausbaldowert und bin dem Schupo gefolgt, als er raus aus seiner Wohnung ist. Aber er muss was gemerkt haben. Jedenfalls ist er in die schnieke Bude rein, diese Versicherung, und ich ihm nach – und dann hab ich's eben hinter mich gebracht.»

«Wieso ist er mit Ihnen unters Dach gestiegen?»

«Na, weil er wusste, dass ich unter der Jacke eine Pistole auf ihn gerichtet hatte.»

«Was wissen Sie von Moor?»

«Nichts.»

«Sind Sie ihm einmal begegnet?»

«War doch nicht mein Auftrag.»

Martin starrte Schnieder an. Er legte den Schalltrichter beiseite, stellte den Parlographen aus und schob dem Mann das Tütchen über den Tisch.

Martin rang mit sich, als er den Staatsanwalt aufsuchte. Sollte er Stein sagen, dass Schnieder Moors Namen möglicherweise bei einem früheren Verhör aufgeschnappt hatte? Er war überzeugt, dass der Zuhälter den Mord an Kröger in Auftrag gegeben hatte. Kröger hatte Moor auf dem Friedhof erkannt, er hatte die Gelegenheit ergriffen und ihn erpresst. Nachdem er Geld bekommen hatte, hatte er folgerichtig für Moor gelogen und versucht, den Mord an Edith Christian Johannes in die Schuhe zu schieben. Dann war er aber gierig geworden und hatte mehr Geld von Moor gefordert. Der hatte ihn daraufhin erst zusammenschlagen lassen und war dann zu dem Schluss gekommen, dass das nicht reichen konnte. Also hatte er in Berlin angerufen. Klang alles einleuchtend.

Martin klopfte an Steins Büro und wurde hereingerufen. Stein befand sich im Gespräch mit einem älteren Herrn, den Martin nicht kannte. Sie diskutierten, ohne ihn weiter zu beachten, hitzig einen Vorfall in einer Sülzefabrik. Der Fabrikant hatte seine Sülze angeblich mit Rattenkadavern anreichern lassen. Die Spartakisten hatten es bei einem Unfall, bei dem eine Tonne zu Bruch ging, bemerkt.

Martin erinnerte sich vage an den Vorfall, der damit geendet hatte, dass einige tote Fabrikarbeiter in der Alster landeten. Später hatte man die misshandelte Leiche des alten

Fabrikbesitzers an der Schleuse der kleinen Alster gefunden. Nur war das alles schon Jahre her.

«Und jetzt wollen sie Gerdes fristlos entlassen, weil er sich der NSDAP angeschlossen hat – der einzigen Partei, die begreift, dass unser Land wieder zur Ruhe kommen muss.» Diese Worte gingen an Martin. «Mann, wir versinken in Anarchie. Straßenschlachten, Aufruhr, Morde … Sieht das denn keiner? Aber statt sich darum zu kümmern, versuchen sie, die wenigen Männer loszuwerden, die sich für Ruhe und Ordnung einsetzen!»

«Gerdes hat sich zwei Jahrzehnte lang für unsere schöne Stadt abgerackert. Der hat sich für Hamburg geschunden», ergänzte Steins weißhaariger Besucher. «Seit wann ist es ein Verbrechen, sich einer Partei anzuschließen, die Mord und Aufruhr bekämpfen will? Das ist doch absurd. Das Wirken eines Polizisten soll plötzlich selbst ein Verbrechen sein!» Die beiden Männer starrten Martin an. Ihm fiel keine Antwort ein.

«Gerdes ist Schupo bei der Wache an der Eimsbütteler Straße. Kennen Sie ihn?»

Einen Moment lang war Martin versucht, sich der Empörung der beiden Männer halbherzig anzuschließen. Er brauchte die Unterstützung des Staatsanwalts. Aber dann ließ er es sein. Er mochte diese nationalsozialistischen Hitzköpfe aus Bayern nicht. Es ging das Gerücht um, dass einige Hamburger Parteimitglieder einen Autobus überfallen hatten, um einen mitfahrenden Kommunisten, einen Bergedorfer Stadtrat namens Henning, zu ermorden. Sie waren also kaum besser als die Leute, vor denen sie die Hamburger angeblich schützen wollten.

Der Weißhaarige verabschiedete sich, und Martin konnte endlich sein Anliegen vorbringen. Er wollte Moor mit dem

Geständnis des Auftragsmörders konfrontieren. Der Preis für die Aussage des Mörders bestünde im Abrücken von der Todesstrafe.

«Wenn Sie sich davon etwas versprechen …» Stein wandte sich zum Fenster und starrte hinaus. Die Angelegenheit interessierte ihn nicht.

«Also kann ich Franz Schnieder sagen, dass er …»

«Ja, ja.» Der Staatsanwalt winkte ab, ohne Martin anzusehen. Die Sorge um das Wohl Hamburgs füllte seine Seele.

Martin schickte Volker Rauhe und Sigmund Zinn los, Moor zum Verhör zu holen. Anschließend ging er in das geräumige Büro, in dem die weiblichen Kommissare arbeiteten. Fast alle Stühle waren leer, auch der von Caro. Nur Gertrud Augspurg saß am Schreibtisch. Sie erklärte auf seine Frage, dass Paula am Sonntagabend nicht bei ihnen zum Übernachten erschienen war.

«Und Sie haben es nicht für nötig gehalten, mir das mitzuteilen?», fragte er schroff.

Gertrud lehnte sich zurück und verschränkte die Arme. «Paula ist erwachsen. Sie ist hübsch. Da ist doch wohl der nächstliegende Gedanke, dass sie …»

«… dass ihr etwas zugestoßen sein könnte?»

«Caro ist vorhin bei Paulas Vater gewesen. Der hat aber leider keine Ahnung, wo sie gerade steckt», erklärte Gertrud spröde. «Nun ist sie auf dem Weg zu ihrem Onkel, zu dem an der Alster, um auf Nummer sicher zu gehen.»

Martin blickte auf die Uhr. Es war kurz nach drei. «Sie soll mich anrufen, wenn sie etwas erfahren hat.»

Gertrud nickte, und er kehrte in sein Büro zurück. Seine Kollegin war irgendwann im Laufe des Sonntags verschwunden, niemand wusste, wo sie die anschließende Nacht verbracht hatte. Und heute war sie nicht zum Dienst erschienen. Ein bohrendes Gefühl in der Magengegend setzte ihm zu. Sollte er eine Fahndung nach ihr einleiten? Aber was, wenn ihr einfach alles über den Kopf gewachsen war und sie sich bei einer Freundin verkrochen hatte? Dann würde er damit möglicherweise ihre Anstellung gefährden.

Er schob die Gedanken gewaltsam von sich, drehte seinen Stuhl und starrte auf die Pinnwand, die ihm keine neuen Einsichten schenkte, außer, dass es dämlich gewesen war, Moor hier vor der Korkwand zu verhören. Diesen Fehler wollte er nicht noch einmal begehen. Er ließ sich eine Sprechzelle reservieren und rief vorn beim Pförtner an, mit der Bitte, Moor bei seinem Eintreffen dorthin zu führen.

Zwei Stunden später war es so weit, Moor saß ihm, Volker und Sigmund in der Sprechzelle gegenüber. Er hatte sein übliches großspuriges Grinsen im Gesicht, Martin glaubte allerdings auch eine gewisse Nervosität zu bemerken.

Er kam sofort auf den Punkt: «Wir haben den Mann gefasst, der Wilhelm Kröger ermordet hat.»

«Bitte wen?»

«Nun tun Sie nicht so. Kröger hat Sie erpresst. Sie wollten ihn sich vom Leib schaffen. Unser Zeuge hat zugegeben, dass das Verbrechen in Berlin über Muskel-Adolfs Geselligkeitsclub angebahnt wurde. Und dass Sie als Auftraggeber dahinterstanden.»

Moor zuckte mit den Achseln. «Ich habe keine Ahnung, wovon Sie reden.»

«Umgekehrt hat's dafür umso besser funktioniert. Wir haben von Schnieder ein komplettes Geständnis erhalten.»

Volker mischte sich ein. «Polizistenmord, Moor – da versteht das Gericht keinen Spaß.»

«Wie gesagt, ich habe …»

«Der Ärger des Gerichts wird aber nichts sein gegen die Wut, die unter Krögers Kollegen herrscht», sagte Martin. «Da werden Pistolen durchgeladen. Und jetzt weiß man endlich, wohin man die Mündungen richten soll. In die Erichstraße nämlich. Schnieders Geständnis hat zur Folge, dass für Sie nichts mehr so sein wird, wie es war, Herr Moor.»

«Ich verbitte mir solche unverschämten Drohungen!»

«Ja, ja.» Martin beugte sich vor, bis nur noch eine halbe Armlänge sein Gesicht von dem des Verdächtigen trennte. «Wo befindet sich meine Kollegin Haydorn?»

Er fand es unmöglich einzuschätzen, ob die Verwirrung in Moors Gesicht echt war. Der Mann war aufs Schauspielern trainiert, der merkte wahrscheinlich gar nicht mehr, wann er aufrichtig war und wann er log.

«Was ist denn mit ihr?»

Martin lehnte sich wieder zurück. Es herrschte Stille in dem Kellerraum mit den weiß gekalkten Wänden und dem vergitterten Fensterschacht. Stille war nichts Schlechtes. Sie lähmte und machte zugleich nervös.

In Moors Stimme lag Verachtung, als er sich erneut zum Sprechen aufraffte. «Sie liegen falsch, Broder, Sie liegen völlig falsch, auf ganzer Linie. Es geht Ihnen also um die Wahrheit? Bitte, hier ist sie. Ich weiß, wer die Krawatte, die ich Ihnen gegeben habe, verloren hat.» Er legte eine Kunstpause ein. «Kurt Oppermann nämlich.»

«Wer ist das?»

«Verkaufen Sie mich nicht für dumm! Der Onkel Ihrer Kommissarin, wer sonst. Er ist seit Jahren Kunde im *Tingeltangel.* Ein Mann der ersten Stunde. Stammgast und so geil, dass man ihn morgens mit der Peitsche auf die Straße jagen muss. Und ja: Er war tatsächlich Ediths letzter Kunde! Erst habe ich gedacht, ich müsste ihn schützen. Ich habe schließlich eine Reputation zu verlieren. Kein Geschäftsmann auf dem Kiez verpfeift leichtfertig einen Kunden. Dann kann er nämlich dichtmachen!»

Sein Wutausbruch war echt, er kam aus einem überlaufenden Herzen. Moor merkte nicht einmal, dass ihm Sabber aus dem Mundwinkel tropfte. Er holte Luft. «Ich glaub Ihnen nicht, dass Ihre Kollegin verschwunden ist, klar? Aber wenn's doch stimmt, dann sollten Sie sich Oppermann vornehmen. Der Mann ist nämlich verrückt, total abgedreht. Der hat im *Tingeltangel*, wenn er genug gesoffen hatte, von den Rippermorden aus seiner Jugend geschwärmt. Ich bin nicht blöd. Ich hatte ihn nach dem Mord an Edith auf dem Kieker. Aber ich konnte ja nichts beweisen. Und als ich kapiert habe, dass diese Haydorn seine Nichte ist … Hätten Sie mir etwa geglaubt, wenn ich den Onkel Ihrer Kollegin anzeige? Das war doch alles viel zu vage!» Moor schrie inzwischen. «Aber ich habe Ihnen seinen verfluchten Schlips mit der Krawattennadel und natürlich den entsprechenden Fingerabdrücken drauf gegeben. Wenn Ihnen das nicht gereicht hat …» Er riss die Arme hoch – und ließ sie resigniert wieder sinken. «Ach, Scheiße, macht doch, was ihr wollt.»

Martin blickte zu seinen Kollegen, die den Zuhälter betroffen anstarrten. Schließlich erhob er sich. Die Spucke in seinem Mund schmeckte sauer, als er sagte: «Sperrt ihn ein. Fluchtgefahr. Ich rede mit dem Staatsanwalt.»

Er hatte Glück, Stein befand sich noch im Büro. Dieses Mal schien er interessierter. «Es ist also einigermaßen sicher, dass Waldemar Moor den Mord an unserem Schupo veranlasst hat?»

«Davon bin ich überzeugt.»

«Aber handfeste Beweise gibt es nicht – abgesehen von der Zeugenaussage des Mörders?»

Martin hob bedauernd die Schultern. Zögernd berichtete er von Moors Behauptung in Bezug auf Paulas Onkel. Dass sie selbst allerdings verschwunden war, verschwieg er, denn er ahnte ja, welch böse Folgen das für sie haben könnte.

«Soll ich Ihnen etwas sagen?», murmelte Stein. «In einem Land, wie es mir vorschwebt, wäre dieser Moor schon vor Jahren hinter Gittern verschwunden. Wie viele junge Frauen haben er und seinesgleichen ins Unglück gestürzt! Die Mädchen gehen doch nicht in den Puff, weil es ihnen gefällt. Die armen Dinger werden von purer Not getrieben und beenden ihr Leben oft genug in der Elbe. Man müsste dieses Geschmeiß, das sie knechtet, aus den Löchern zerren und ohne viel Federlesens an die Wand stellen! Das ist meine Meinung.»

«Also ab mit Moor in die Beugehaft?»

«Ich verstehe Sie gut, Broder. Sehr gut sogar. Nur steht zwischen dem Gefängnis und unserem Verdächtigen leider ein sozialdemokratischer Untersuchungsrichter. Und der wird einer Inhaftierung nicht zustimmen. Nicht aufgrund der Beschuldigung durch einen Auftragsmörder aus Berlin, dessen erstes Anliegen darin besteht, sich selbst reinzuwaschen. Tut mir aufrichtig leid, ich stehe an Ihrer Seite, aber solange diese linke Horde …» Er brach ab und blickte Martin in die Augen. «Die NSDAP lädt zu einer Versammlung ein. Nächsten Sonntag, acht Uhr. Wenn Sie kommen wollen: Sprechen Sie mich einfach an.»

Martin ließ Moor aus seiner Zelle holen. Er sah aus dem Fenster des Treppenhauses zu, wie der Mann überrascht und triumphierend zur nächsten Tram marschierte. Unter der

Gaslaterne, die dort brannte, zündete er sich eine Zigarette an. Sein Grinsen war bis hinauf zum Fenster zu sehen.

Martin kehrte in sein Büro zurück. Caro hatte sich noch nicht bei ihm gemeldet. Ungeduldig rief er bei ihr zu Hause an. Er musste sich beherrschen, sie nicht anzubrüllen, als sie ihm erklärte, dass Paula immer noch nicht aufgetaucht sei und weder ihr Vater noch ihr Onkel eine Ahnung hätten, wo sie steckte. «Natürlich sind die beiden jetzt ein bisschen aus dem Häuschen. Aber ich glaube, ich habe es geschafft, sie einigermaßen zu beruhigen.»

«Und *mich* hätte es beruhigt, wenn Sie mich auf dem Laufenden gehalten hätten, verdammt noch mal!»

«Ihr ist nichts passiert, Broder. Sie ist neu bei der Polizei und es nicht gewohnt, was auszuhalten. Ihr ist einfach alles über den Kopf gewachsen. Sollen wir deshalb riskieren, dass sie rausfliegt? Morgen ist sie wieder da!»

«Und weil Sie daran so fest glauben, haben Sie auch überall nach ihr gesucht, ja?» Er knallte den Hörer auf die Gabel zurück und ordnete an, dass ein Schupo über Nacht das *Tingeltangel* im Auge behielt.

Müde machte er sich auf den Heimweg.

Vor seinem Wohnblock stand ein Leichenwagen. Blinzelnd blieb Martin stehen. Seit dem vergangenen Morgen wurde er von der Vorstellung gequält, man könnte ihn zur Leiche von Paula Haydorn rufen. Er hatte sie vor Moor gewarnt, er hatte dafür gesorgt, dass sie das Haus ihres Onkels verließ – aber schließlich war sie doch verschwunden. Und nun stand dort der Leichenwagen. Paula hatte man eine Leiche hinterm Haus ihres Onkels präsentiert. Hatte man ihm nun ihre eigene vor die Wohnung gelegt?

Wie betäubt ging er weiter, die vielleicht fünfzig Schritte

bis zu dem Gefährt. Es war alt und schäbig, kein Automobil, sondern ein Pferdewagen, der aussah, als hätte man einen alten Müllwagen umgebaut. Die Schindmähre, die ihn zog, hob den Kopf und wieherte leise. Martin ging weiter zur Haustür. Sie stand offen, aus dem Obergeschoss drangen Stimmen.

Langsam stieg er die Stufen hinauf. Es roch nach dem üblichen Gemisch aus Putzmitteln, Maggisuppe und … Er hob die Nase und schnupperte. Leichengeruch, dachte er und kämpfte gegen die aufsteigende Übelkeit an. Gleichzeitig war er erleichtert. Verwesung war ein Prozess, der Zeit brauchte. Paula war gestern Morgen bei Caro und Gertrud noch quicklebendig gewesen. Als er das erste Stockwerk erreichte, hörte er ein Kind wimmern. Vermutlich war also einer seiner Nachbarn gestorben. Handelte es sich bei dem weinenden Kind um das kleine Mädchen von der Treppe?

Als er sein eigenes Stockwerk erreichte, blieb er abrupt stehen. Vor seiner verblichenen grünen Haustür saß eine Frau, den Rücken ans Holz gelehnt, den Kopf auf den Knien, die Hände über den schwarzen Haaren gefaltet, als wollte sie sich vor der Welt verstecken. Das Licht im Treppenhaus war kaputt, es drang nur diesiges Mondlicht durch das staubige Treppenhausfenster. Er wusste trotzdem, dass es Paula war.

«Na so was», murmelte er oder etwas ähnlich Idiotisches. Schwach vor Erleichterung, zog er sie auf die Füße, schloss die Wohnungstür auf und führte sie in die Stube zum Sofa. «Setz dich, ich muss eben nachschauen, was dort oben …»

«Eine Frau ist gestorben. Sie ist verhungert. Ich hab ihre Tochter weinen hören und bin hochgegangen …»

Er schluckte. Ohne auf weitere Erklärungen zu warten, machte er sich auf den Weg ins Obergeschoss. Auf halber Treppe musste er wieder umkehren, um den Trägern des billigen Fichtenholzsargs Platz zu machen. Als sie an ihm vorbei waren, nahm er die letzten Stufen. Die Tür zu der Wohnung, die genauso aufgeteilt war wie seine eigene, stand offen, der Verwesungsgeruch wurde stärker. Möglichst flach atmend, trat Martin über die Schwelle und ging durch die Stube weiter in die winzige Schlafkammer. Ein junges Mädchen, er schätzte es auf dreizehn oder vierzehn Jahre, stand neben dem einzigen Bett, für das das Zimmer Platz bot. Die Kleine von der Treppe hielt sich daumenlutschend an ihrem Kleid fest. Das besudelte Bettzeug zeigte, wo ihre Mutter ihr Leben beendet hatte.

«Es kommt gleich jemand von der Fürsorge», sagte eine Stimme in seinem Rücken. Er drehte sich um und erblickte seine Vermieterin, eine früh ergraute, wohlgeformte Frau in einer Kittelschürze. «Die arme Frau Wedel», murmelte sie. «Ich wusste, dass es mit dem Geld knapp war, aber die Tochter hatte doch Arbeit gefunden. Am Ende wird's dann wohl trotzdem nicht gereicht haben. Tut einem im Herzen weh …»

Martin starrte die beiden Schwestern an. Das Kleid der älteren zeigte, worin ihre Arbeit bestand. Es war aufreizend tief ausgeschnitten, der Stoff hing an der Stelle, wo sich Brüste hätte wölben sollen, schlaff herab. Sie hatte ihr Gesicht so stark geschminkt, dass es wie eine Clownsmaske aussah, und ihre Arme waren dünn wie Stecken.

«Bin gleich zurück.» Die Vermieterin verließ die Wohnung, und Martin fragte das ältere Mädchen nach seinem Namen. Es schloss die Augen und schwieg. Also ging er vor dem jüngeren in die Hocke. «Wie heißt du?»

Die Kleine zog den Finger aus dem Mund. «Irmela.»

«Hast du Hunger?»

Sie nickte. Natürlich hatte sie Hunger. Wahrscheinlich hatte sie deshalb ständig auf der Treppe gesessen, sehnsüchtig hoffend, dort etwas Essbares zu ergattern. Und er hatte es nicht kapiert. Was für ein Idiot er gewesen war! Hinter ihm quietschte die Tür in den Angeln. Die Vermieterin kehrte zurück, einen mit Marmelade bestrichenen Brotkanten in jeder Hand. Sie nötigte jedem der beiden Mädchen einen auf. Die Kleine biss hastig hinein, die ältere ließ die Stulle fallen und klammerte sich an die Kugel am Bettpfosten. Sie schwankte, und Martin half ihr zu dem ausladenden Sessel in die Stube. «Sie muss ins Krankenhaus. Ich rufe einen Krankenwagen», sagte er und war froh, die Wohnung verlassen zu können.

Von seinem Telefon aus rief er im Hafenkrankenhaus an und schilderte die Situation. Man versprach ihm, jemanden zu schicken. Paula saß immer noch in seiner Stube, das Gesicht weiß wie die Wand hinter dem Sofa. «Bist du in Ordnung?» Sie reagierte nicht auf seine Frage, und er kehrte in die Wohnung der Nachbarin zurück. Die Vermieterin hatte ein Fenster geöffnet, um gegen den Gestank anzulüften. Martin ging in die Küche und öffnete die Schränke. Darin befand sich billiges Geschirr, aber kein Krümel zu essen.

Endlich kamen die Frauen von der Fürsorge und wenige Minuten später auch der Krankenwagen. Die Sanitäter brachten eine Trage mit und nötigten das ältere Mädchen, sich daraufzulegen. Die kleine Schwester begann zu weinen und wurde von der Fürsorgerin auf den Arm genommen. Dann folgte der Exodus.

«Kennen Sie jemanden mit Arbeit, der eine Wohnung sucht?», fragte seine Vermieterin, als sie unter sich waren.

«Tut mir leid, Frau …» Verflucht, warum kam er nicht auf ihren Namen? Martin verabschiedete sich und floh zurück in die eigene Wohnung.

Paula war auf dem Sofa eingeschlafen, zumindest hatte sie die Augen geschlossen. Warum war sie überhaupt hierhergekommen? Sie hätte ihn oder die Kollegen doch von jeder Telefonzelle aus erreichen können, wenn sie wichtige Nachrichten gehabt hätte. Und falls sie einfach ein Gespräch brauchte oder eine Schlafgelegenheit: ihre Familie, ihre Freundinnen, Caro … Gab es da nicht hundert bessere Anlaufstellen als die Wohnung ihres Vorgesetzten? Er starrte sie an, ihre dunklen, lockigen Haare, die ihr bis zum Kinn reichten, die zerknitterte teure Bluse, den Rock, der ihr über die schlanken Knie hochgerutscht war … Der Eigensinn, der sich normalerweise auf ihrem Gesicht abzeichnete, war verschwunden. Sie schlief, aber wohl aus Erschöpfung, ohne wirklich entspannt zu sein. Immer wieder zuckte einer ihrer Muskeln.

Er griff nach einer Decke und breitete sie vorsichtig über ihr aus. Dabei durchströmte ihn unvermutet eine Zärtlichkeit, die ihn irritierte. Er ließ sich nicht gern auf Gefühle ein. Die brachten nur Schwierigkeiten. Wusste er doch.

Nach kurzem Zögern ging in seine Schlafkammer, öffnete das Fenster und legte sich aufs Bett. Der Verwesungsgeruch hing immer noch in seiner Nase. Er starrte an die Decke, ohne etwas zu sehen. Nach einiger Zeit bewegte sich die Tür, und er drehte den Kopf. Paula stand im Rahmen. Sie blickte ihn wortlos an, dann kam sie herüber und legte sich neben ihn. Sie zitterte, und er griff nach einer weiteren Wolldecke, die über dem Kopfende seines Bettes hing. Sie nahm sie entgegen und wickelte sich darin ein. Dann drehte sie sich zu ihm und griff nach seinem Arm. Wollte sie nun sprechen? Erklären, wo sie gewesen und was ihr widerfahren war?

Nein, sie blieb stumm, hielt sich einfach nur an ihm fest.

Er wollte selbst etwas sagen, brachte aber nichts heraus. Das kleine Mädchen aus dem Treppenhaus stand ihm wieder vor Augen. Tage, vielleicht Wochen oder Monate, hatte sie gehungert – und er war an ihr vorbeigelaufen. Blind. Unfassbar gleichgültig. «Ich hätte es sehen müssen. Ich bin ihr mehrmals auf der Treppe begegnet. Ich habe sie angesprochen, aber ich hab nicht richtig hingeschaut. Ich hätte es sehen müssen.»

«Ja», flüsterte Paula. «So ist es immer. Man schaut nicht richtig hin, und dann passiert es eben.»

22. KAPITEL

DIENSTAG, 23. APRIL

Martin schenkte ihr Kaffee ein. Paula saß in seiner kleinen Stube an einem zerkratzten Tisch, auf modernen Schwingstühlen, die an Bauhausmöbel erinnerten – der Himmel mochte wissen, wie er diese Prachtstücke ergattert hatte. Auf dem Bücherregal dahinter hatte sich Staub angesammelt. Zeitungen und Bücher lagen verstreut auf Tisch und Fensterbänken. Martin Broder war klug und unordentlich und offenbar kein begeisterter Gastgeber – zumindest nicht in den eigenen vier Wänden. Nun wusste sie auch das.

Es war schwierig, ins Gespräch zu kommen. Sie hatten in der vergangenen Nacht nur wenige Sätze gesprochen, und dann … Hatte er ebenfalls stundenlang wach gelegen? Jedenfalls hatte er sich nicht gerührt. Er hatte weder ihre Hand beiseitegeschoben, mit der sie sich an seinen Arm klammerte, als wäre er das Rettungsseil in stürmischer See, noch hatte er sie in die Arme genommen oder gar … Hätten die Menschen, zu denen sie gern gehören wollte, sich in so einer Nacht nicht miteinander in den Kissen gewälzt, um Erleichterung zu finden?

Stockend begann sie zu berichten. Von dem Foto im Arbeitszimmer ihres Onkels, seiner Krawattenspange, die der aus dem *Tingeltangel* aufs Haar glich. Von ihrer Sorge um Evi. Von der Fahrt in den Harz und dem Hotel in Alexisbad, in dem sie übernachtet hatte. Von dem nächsten Morgen, als sie erst das einsilbige Personal und dann die anderen Kurgäste nach ihrer Tante zu fragen begann. Eine Hotelangestellte zog sie schließlich zur Seite und schaute in einem dicken, blauen Buch nach. Sie fuhr mit dem Finger über mehrere Seiten und schüttelte den Kopf. In den letzten Tagen hatte sich keine Frau Dr. Oppermann eingemietet. Paula wollte wissen, ob es andere Hotels im Ort gab, in denen eine wohlhabende Dame zwecks Kur Quartier genommen haben könnte. Nein, das Kurhotel sei das einzige seiner Art.

«Also hat mein Onkel mich über Evis angebliche Kur in Alexisbad belogen.» Ihr abschließender Satz klang furchtbar nüchtern. Wie eine Urteilsverkündung. Paula hatte während der gesamten Heimfahrt nach Gründen gesucht, die Evis Verschwinden erklären könnten. Ein Überfall auf einem der Bahnhöfe, auf denen ihre Tante vielleicht umgestiegen war? Oder hatte Evi im Hotel einen falschen Namen angegeben? Aber warum hätte sie das tun sollen? Außerdem hätte sie ihrer Tante dann trotzdem im Frühstücksraum begegnen müssen. Vielleicht hatte Kurt auch etwas missverstanden, und Evi war in einen anderen Kurort gefahren?

Martin hörte sich ihre Spekulationen geduldig an. «Wir müssen deinen Onkel befragen», sagte er schließlich. Und damit meinte er: verhören. Und möglicherweise verhaften.

«Gut, aber es gibt noch jemanden, den wir ins Visier nehmen sollten.» Paula schämte sich, ihren Verdacht auszusprechen, er klang so verdammt nach einem Ausweichmanöver – und es war ja auch eines. «Der Mann heißt Horst Krumbholz. Er ist ein Kommilitone meines Onkels, ein Freund, sie haben gemeinsam in England studiert. Ganz sicher besitzt er ebenfalls eine Krawattenspange der Londoner Universität, alles andere wäre sonderbar. Er schwärmt ebenfalls gern von der alten Zeit. Wenn er und mein Onkel zusammen sind, reden sie von nichts anderem. Und das schließt auch die Rippermorde mit ein.»

«Gut, ich werde ihn aufsuchen.»

«Wir beide gemeinsam.»

«Nein, auf keinen Fall, du bist befangen.»

«Ich würde niemals einem Unschuldigen etwas anhängen!»

«Habe ich das behauptet?»

Nein, aber gemeint, dachte sie. «Wenn sich herausstellt, dass es schwerwiegende Hinweise auf meinen Onkel als Täter gibt …»

«Dann bist du raus!»

«Natürlich, das wollte ich sagen. Aber zu Krumbholz komme ich noch mit.»

Der Pathologe wohnte in der Kielort-Allee in einem Haus, das unter einer Schicht von wucherndem Efeu steckte wie unter einem flauschigen Handschuh. Eine hochbetagte, elegante Dame, möglicherweise seine Mutter, öffnete ihnen. Sie lächelte und spähte im nächsten Moment ängstlich an ihnen vorbei. «Machen die Arbeiter wieder Putsch?» Ihr Daumen ging zum Mund, was sie aussehen ließ wie ein greises Kind.

Martin fasste sich als Erster. «Im Moment ist alles sicher», beruhigte er sie lächelnd, doch da flog die Tür auch schon wieder zu. Paula drückte erneut auf den Klingelknopf, und dieses Mal öffnete ein Dienstmädchen. «Sie müssen schon entschuldigen, Frau Dr. Krumbholz lebt immer mehr in der Vergangenheit. Normalerweise öffne ich die Tür, wenn es klingelt, aber …» Sie verstummte seufzend. «Was kann ich für Sie tun?» Überrascht starrte sie auf die Polizeimarke, die

Martin ihr hinhielt. «Ach, tja, dann werde ich mal den Herrn Doktor …»

Sie brauchte ihn nicht zu holen. Krumbholz tauchte bereits hinter ihr auf. Der Pathologe lachte, als er Paula erkannte, und lud sie mit einer weit ausgreifenden Geste in sein Haus ein. Er führte sie in einen nach hinten gelegenen Wintergarten an einen Tisch zwischen Palmen und knospenden Rosen.

«Sie müssen meine Mutter entschuldigen. Der Kopf …» Er tippte sich an die Stirn. «Das ist der Fluch, der einen Menschen ereilt, wenn er ein hohes Alter erreicht. Lydia, bringst du uns Kaffee? Setzen Sie sich doch. Fräulein Paula, was für eine unerwartete Freude. Ich ahne aber schon, warum Sie hier sind. Dieses Mal ist es offiziell, nicht wahr? Verzeihen Sie», meinte er an Martin gewandt. «Aber ich erkenne einen Polizisten, wenn ich ihn sehe. Menschen Ihrer Profession haben so etwas … Konzentriertes.» Er zwinkerte ihm zu. «Geht es um die Morde auf dem Friedhof und hinter Dr. Oppermanns Haus?»

Martin nickte überrascht.

«Mein Freund Kurt hat mich informiert. Und natürlich habe ich von da an auch die Zeitungsberichte studiert. Sie sind Kriminaloberkommissar Broder, nicht wahr? Ich habe ein Foto von Ihnen im *Fremdenblatt* gesehen und einen Artikel über Ihre Arbeit gelesen. Einen Moment …» Krumbholz verschwand in der angrenzenden Stube und kehrte wenig später mit einem Aktenordner zurück. «Ich sammle die Zeitungsausschnitte über die Morde, aber nicht nur das: Ich habe auch etliches Material von früher. Aus der Zeit von *Jack the Ripper*. Ich habe damals nämlich in London studiert, wie Paula Ihnen wahrscheinlich bereits erzählt hat.»

Er zeigte Martin zunächst sein unvorteilhaftes Foto aus dem *Fremdenblatt*, blätterte dann aber zügig zu den ersten

Seiten seiner Sammlung, und was er ihnen dort offenbarte, war so monströs, dass es ihnen den Atem verschlug. Sie starrten auf vergilbte Zeitungsberichte über den Ripper von London. Krumbholz hatte scheußliche Bilder von den verstümmelten Opfern und den Tatorten gesammelt. Außerdem massenhaft Spekulationen über die Identität des Mörders. In akkurater Schrift hatte er notiert, woher die Abschnitte stammten und wann er sie erhalten hatte. Auf den nächsten Seiten folgten medizinische Berichte, die er, wie er ihnen versicherte, persönlich übersetzt hatte.

«Es war schon eine aufregende Zeit. Ich stand ja in Beziehung zu den Kollegen in der Pathologie. Einmal durfte ich sogar an einer Leichenöffnung teilnehmen. An diesem Tag habe ich übrigens entschieden, meinen Fachbereich zu wechseln», gluckste er. «Dieser vernachlässigte Aspekt der Medizin ist so aufregend, weil der Pathologe forschen kann, ohne sich mit … Na, Sie wissen schon. Normalerweise steht der Arzt vor einem Patienten, er sieht Symptome, aber er kann sie oft nicht zuverlässig einordnen, weil ihm entscheidende Informationen fehlen. Der Pathologe kann das Rätsel dann mit wenigen Schnitten lösen.»

Er lachte, als er Paulas Gesicht sah.

«Natürlich ist es jedem Arzt die größte Genugtuung zu sehen, wie ein Patient sich von seinen Leiden erholt. Aber man darf auch die Neugierde, den Forscherdrang, nicht unterschätzen. Hier, das ist ein Foto eines der damaligen Londoner Ermittler, Inspektor Abberline, aber er wurde bald abgelöst. Wussten Sie, dass die Bewohner des East End auf Patrouille gingen, weil sie der Polizei nicht mehr vertrauten? Ich habe damals zu Kurt gesagt: Der Mörder ist Mediziner, ganz sicher. Kurt war anderer Meinung, aber Scotland Yard hat wohl ähnlich gedacht wie ich, denn Sie haben höchstpersönlich bei unserem Chirurgen ... Wie hieß er noch? Vergessen! Jedenfalls hatten sie denselben Gedanken und haben bei unserem Chirurgen ein Gutachten eingeholt. Hier ...» Er tippte auf eine der Abschriften. «Später fand man allerdings, dass der Mörder keineswegs Kenntnisse in Anatomie und Chirurgie besitzen müsse. Sie tippten vielmehr auf einen Irren mit Ausbrüchen von sexuellem und zerstörerischem Wahn. Ich habe diese Ansicht aber nie übernommen. Das hier ist übrigens ein Phantombild des Rippers – also ein Bild, das ein Zeichner nach Aussagen von Zeugen angefertigt hat.»

Sie starrten auf einen etwa dreißigjährigen Mann mit ausladendem Schnurrbart und hohem Haaransatz.

«Kam in sämtliche Zeitungen, hat aber auch nichts geholfen. Schließlich haben sie die Juden und Freimaurer verdächtigt. Da wurde es wirr.»

Krumbholz überschlug einige Seiten, und plötzlich erschienen Fotos, die offenbar im Panoptikum aufgenommen worden waren. Paula erkannte die Wachsfigur des Mörders, der hinter der Toreinfahrt hervorlugte.

«Ja, ja ...» Krumbholz lachte. «Auch wir Hamburger haben uns des Rippers angenommen. In aller Bescheidenheit: Man hat mich um Hilfe bei der Darstellung dieser Szenen gebeten, als man erfuhr, wie umfangreich meine Kenntnisse in der Sache sind.»

«Tatsächlich», brachte Paula hervor.

«Und ab hier ...», Krumbholz blätterte weiter, «habe ich die jüngsten Zeitungsausschnitte abgeheftet, die vom Mord auf dem Friedhof berichten. Vom Alsterpark habe ich allerdings noch nichts. Sie haben nicht zufällig Aufnahmen? Ich meine, um sie mir im Dienst der Wissenschaft zur Verfügung ...»

«Haben Sie eine Vorstellung, wer die beiden Hamburger

Frauen ums Leben gebracht haben könnte?», unterbrach Martin ihn.

«Ich habe ein Bild, Herr Kommissar. Also, ein Bild in meinem Kopf. Es ist natürlich reine Phantasie. Ich stelle ihn mir gutaussehend vor. Ein Mann, der den Frauen die Köpfe verdreht. Er umgarnt sie, bis sie ihm vertrauen. Verstehen Sie? Ein Teufel. Ein Charmeur mit einem Herzen aus Eis.»

«Könnten Sie uns Ihre Sammlung für einen oder zwei Tage überlassen?», fragte Paula.

«Nun ja, ich müsste mich darauf verlassen können …»

«Und würden Sie uns außerdem, nur der Vollständigkeit wegen, auch Ihre Fingerabdrücke geben?», ergänzte Martin.

Krumbholz hatte sich intensiv mit der Polizeiarbeit beschäftigt. Er begriff sofort, worum es ging – Paula sah es an seinem Gesicht, das versteinerte. Er zog die Mappe zu sich heran. Sein Lächeln gefror. Sekunden verstrichen, dann holte er Luft, schob Paula die Mappe zu und ließ die Prozedur mit dem Stempelkissen und dem Pappkärtchen über sich ergehen.

Anschließend verließ er mit einem schwachen Nicken den Wintergarten.

Konrad Blasse befand sich im Chemischen Staatsinstitut, versprach aber, sofort ins Stadthaus zu kommen und die Fingerabdrücke von Krumbholz mit denen auf dem Tatmesser vom Friedhof bzw. der Krawattennadel zu vergleichen. Zwei Stunden später präsentierte er ihnen die Ergebnisse. Die Abdrücke stimmten nicht miteinander überein. Selbst Paula, der die entsprechenden Spezialkenntnisse fehlten, konnte das erkennen. Der eine Fingerabdruck – rechter Zeigefinger, sagte Blasse – sah wie ein Wirbel aus, der andere, der von dem Pathologen stammte, wie eine Reihe von übereinandergezeichneten Bögen.

«Krumbholz fällt also als Täter aus», konstatierte Martin. Er blickte Paula an. Und sie verstand. Wortlos verstaute sie ihre wenigen Sachen in der Handtasche, nahm ihren Mantel und ging hinab ins Büro der Kommissarinnen. Ihr Onkel war zum Hauptverdächtigen geworden, damit war sie raus aus der Mordkommission. Fertig.

Alice Dornapfel und Dora Blumenthal, die an ihren Schreibtischen arbeiteten, hoben bei ihrem Eintreten erwartungsvoll die Köpfe. Nein, zu einer Erklärung war sie nicht aufgelegt. Sie sortierte ihre Notizen, die zu dem Fall gehörten, in die Schublade des Schreibtischs, der ihr hier zugeordnet war, und sagte kurz angebunden: «Falls jemand fragt – ich bin unterwegs.»

Auf dem Flur wurde sie von Martin aufgehalten. «Du musst das verstehen. Es hat nichts mit deinen Fähigkeiten zu tun. Das werde ich auch Josefine Erkens erklären.»

«Natürlich», sagte sie, ignorierte seine ausgestreckte Hand und ging über die Treppe hinaus ins Freie.

Und nun? Etwas zwang sie, auf der Bank der Tram-Haltestelle vor dem Stadthaus sitzen zu bleiben, bis Martin einen der schwarzen Dienstwagen aus der Toreinfahrt des Stadthauses lenkte und etwa dreißig Minuten später mit ihrem Onkel auf dem Rücksitz zurückkehrte. Ihm juckte es offenbar in den Fingern, Kurt zu überführen. Einen Moment lang blitzte dessen blasses Gesicht hinter der Scheibe auf, dann wurde das Auto vom Tortunnel geschluckt.

Einer dieser grässlichen und völlig unnützen Was-wäre-wenn-Gedanken wühlte sich durch ihren Kopf. Was wäre gewesen, wenn sie auf ihre Eltern gehört und die Arbeit bei der Polizei frühzeitig beendet oder gar nicht erst angetreten hätte? Sie hätte nie erfahren, dass ihr Vater seine Nächte auf dem Kiez verbrachte. Er wäre nie verhört und um seine Fingerabdrücke gebeten worden. Onkel Kurt befände sich jetzt in der Klinik oder zu Hause. Und Evi würde mit Lore besprechen, was sie zum Mittagessen einkaufen sollte. Hatte sie also mit ihrer Entscheidung tatsächlich die von ihren Eltern befürchtete familiäre Katastrophe ausgelöst?

Nein, argumentierte sie gegen ihre Niedergeschlagenheit an: Sie hätte nur dann eine Tragödie ausgelöst, wenn man Onkel Kurt einsperrte, obwohl er mit den Morden nichts zu tun hatte. Seine Fingerabdrücke, dachte sie. Darum würde Martin sich als Erstes kümmern. Und wenn sie mit denen vom Friedhofsmesser nicht übereinstimmten, wäre der Spuk vorbei, und sie würden sich wieder auf die Suche nach einem Unbekannten konzentrieren.

Eine Tram bimmelte, und ein Mann in schmuddeliger Arbeitskleidung rempelte sie an, um auf die Plattform zu kommen. Paula folgte ihm und löste eine Fahrkarte. Ihr wurde plötzlich bewusst, wie wenig sie von ihrem Onkel in Wirklichkeit wusste. Konnte man einen anderen Menschen überhaupt kennen? Sie ließ sich auf eine der Holzbänke sinken und starrte aus dem staubigen Fenster hinaus. Während die Tram einen mit Säcken beladenen Pferdewagen überholte, elektrisierte sie plötzlich ein neuer Gedanke. Doch, es gab einen Menschen, bei dem Hoffnung bestand, dass er Kurt und Evi genau kannte, und zwar bis in das Allerprivateste hinein.

An der nächsten Haltestelle wechselte Paula die Bahn und fuhr die Rothenbaumchaussee hinauf.

Lore war zu Hause, endlich einmal lief etwas glatt. Nur ging es Evis Hausmädchen gar nicht gut. Sie war blass, ihre Augen gerötet.

«Kann ich hereinkommen?»

Ohne das übliche Lächeln führte Lore Paula in die Stube. Sie weigerte sich zunächst, am Tisch Platz zu nehmen, tat es dann aber doch. «Ihr Onkel ist fort», flüsterte sie.

«Abgeholt von der Polizei, das weiß ich. Aber sonst leider viel zu wenig, und deshalb musst du mir helfen.»

«Sie sind doch auch von der Polizei.»

Paula nickte, sagte aber nichts darauf. «Weißt du, wo meine Tante steckt?»

«Die ist zur Kur.»

«Wohin denn genau?»

«Nach Alexanders ... Ich weiß nicht, ich habe die Koffer gepackt, aber den Namen hab ich mir nicht gemerkt.»

«Alexisbad. Nein, dort ist sie leider nicht. Ich bin da gewesen.»

«Ja, aber ... Sie ist doch losgefahren!» Lore starrte sie entgeistert an.

«Erzähl mir alles, was an dem Tag passiert ist. Eins nach dem anderen. Zum Ersten: Wann hast du erfahren, dass meine Tante fortwollte?»

«Letzten Freitag. Das war ziemlich überstürzt. Es gab ...» Sie stockte.

«Heute gilt nur die Wahrheit, Lore, und dir wird daraus kein Nachteil entstehen, das schwöre ich.»

«Es gab Streit», flüsterte das Hausmädchen. «Ich habe die gnädige Frau bis in die Küche gehört.»

«Worüber wurde gestritten?»

«Das konnte ... also, das *wollte* ich nicht verstehen. Ging mich ja nichts an. Ich lausche nicht. Das tu ich wirklich nicht, ich finde es ungehörig!»

Wie bedauerlich. «Und dann?»

«Hat die Gnädige nach mir gerufen. Sie war aufgewühlt, so habe ich sie noch nie gesehen.»

«Was hat sie gesagt?»

«Dass ich packen soll.»

«Weil sie zur Kur will.»

«Davon hat sie nicht gesprochen, das hat mir später der gnädige Herr gesagt, abends, als er von der Arbeit heimgekommen ist. Er hat gesagt, dass sie nach Alexanders …»

«Alexisbad.»

«… gefahren ist, genau. Und dass ich mir ein paar Tage freinehmen kann, wenn ich will.»

«Wie stehen mein Onkel und meine Tante eigentlich zueinander?»

«Also wirklich …» Lore lächelte gequält.

«Bleibt alles unter uns.»

Lore zauderte, dann senkte sie die Stimme. «Ich bin ja erst seit zwei Jahren hier. Aber wenn ich das sagen darf: Oft war's frostig.»

«Nur frostig oder auch brutal?»

«Lieber Gott! Also, wenn Sie meinen …»

«Genau das!»

Wieder zögerte Lore. «Tja, die gnädige Frau ist schon das eine oder andere Mal mit einer geröteten Wange … Einmal war ihre Lippe aufgeplatzt. Der gnädige Herr mag es nicht, wenn sie sich … vulgär benimmt.»

«Vulgär?»

«Die gnädige Frau ist freundlich und liebenswürdig, verstehen Sie mich bitte nicht falsch. Aber manchmal, wenn Gäste da sind, findet sie nicht die richtigen Worte, besonders, wenn sie aufgeregt ist.»

«Was meinst du damit?»

«Nichts Schlimmes. Sie kommt doch aus einer Kapitänsfamilie. Ihr Vater ist ums Kap Hoorn gefahren, der hat sich bei den Seeleuten durchsetzen müssen und auch in den Häfen, einmal ist sein Schiff sogar von Piraten verfolgt worden. Natürlich hat der nicht wie ein hochgelehrter Arzt gesprochen, da fielen auch mal kernige Worte. Und wenn ein Kind damit aufwächst und den Vater bewundert …»

«Deshalb hat Dr. Oppermann sie geschlagen? Wegen kerniger Worte?»

Lores Gesicht verfärbte sich, sie glühte vor Verlegenheit.

«Ist dir sonst noch etwas aufgefallen, das dir sonderbar vorgekommen wäre?»

Sie schüttelte den Kopf.

Paula erhob sich. Sie war wie betäubt. Der immer joviale Onkel Kurt, der vor Liebenswürdigkeit überschäumte, ihr keinen Wunsch abschlug … Plötzlich war ihr schlecht vor Scham. Hätte sie nicht etwas merken müssen? Vielleicht hatte sie das sogar. War ihr nicht unbehaglich gewesen, wenn er seiner Evi über den Mund fuhr? Doch sie hatte es ignoriert und sich darauf hinausgeredet, dass man sich in eine Ehe nicht einzumischen hatte. «Um wie viel Uhr hat Dr. Oppermann seine Frau zum Bahnhof gebracht? Kannst du dich daran erinnern?»

«Ja, das war gegen zehn Uhr vormittags. Nur hat nicht der gnädige Herr sie gebracht, weil der ja zur Klinik musste, sondern Herr Dr. Krumbholz.»

«Wie bitte?», fragte Paula.

Draußen auf der Straße begann sie zu laufen. Krumbholz also hatte Evi zur Bahn gebracht? Oder genau das eben nicht? Hatte Evi ihn vielleicht nach dem Streit angerufen, und da hatte er sie sich als nächstes Opfer ausgesucht? *Ich habe Zeit, Evi, ich fahre dich noch ein Stück weiter, ach was, ich bringe dich gleich bis in den Harz.* O Gott, die arme Evi, bitte nicht!

Moment mal. Paula blieb stehen. Wenn Evi tatsächlich in

Alexisbad hatte kuren wollen, wäre sie nicht auf gut Glück losgefahren. Sie war eine umsichtige Frau. Sicher hätte sie sich vorher telefonisch ein Zimmer reservieren lassen. Die Hotelangestellte, die durch die Bücher geblättert hatte, war aber nirgends auf ihren Namen gestoßen. Und das bedeutete … Ja, was?

In Kurts Villa waren die Zugverbindungen in den Harz auf einem Zettel notiert worden. Von wem? Von Kurt, der die Polizei auf eine falsche Fährte locken wollte? Er war es ja auch gewesen, der Lore von Alexisbad erzählt hatte. Oder hatte Evi den Zettel in nackter Angst geschrieben, um Kurt, vor dem sie sich fürchtete, in die Irre zu führen? Und Kurt hatte ihr geglaubt und Lore von Alexisbad erzählt?

Nein, das war alles … wirr. Evi war ein ängstlicher, aber auch ein geradliniger Mensch. Intrigen lagen ihr nicht. Sie wäre zu mir gekommen, wenn Kurt ihr gedroht hätte, dachte Paula. Seit dem Gespräch im Garten existierte ein besonderes Band der Freundschaft zwischen ihnen, das musste auch Evi gespürt haben.

Am Ende der Straße stand eine Telefonzelle. Paula hielt darauf zu und rief im Stadthaus an. Sie verlangte nach Kommissar Broder. Die Telefonistin versuchte, sie durchzustellen, bedauerte aber. Broder nahm nicht ab.

«Bitte lassen Sie ihn suchen und ans Telefon holen.»

«Ist die Sache so wichtig? Moment, ich schicke jemanden runter in den Keller.»

Er war also noch immer dabei, Onkel Kurt zu verhören.

Es dauerte, die Leitung knackte, Paula hörte gedämpft, wie Apparate miteinander verbunden wurden. Dann hatte sie wieder die Telefonistin am Apparat. «Kriminaloberkommissar Broder bedauert. Gerade jetzt kann er leider nicht ans Telefon kommen.»

«Scheißkerl», sagte Paula leise und legte den Hörer auf die Gabel zurück.

Krumbholz, dachte sie. Sie musste noch einmal zurück zu dem Mann, der Evi angeblich zur Bahn gebracht hatte. War es Leichtsinn, ihn allein aufzusuchen? In dem unter ihrer Jacke verborgenen Holster steckte die Pistole, die sie inzwischen immer bei sich trug. Falls aber Krumbholz der Ripper war: Könnte sie ihn damit schnell genug abwehren, wenn er sie angreifen würde? Was, wenn er ihr etwas in den Kaffee oder Wein schüttete, den er ihr sicher servieren würde, und sie das Bewusstsein verlor? Er war Arzt, Pathologe. Bestimmt kannte er sich mit allen Variationen des Tötens aus.

Sie musste nachdenken! Hektisch lenkte sie ihre Schritte in ein Café, wo sie sich Kartoffeln mit gebratenem Fisch bestellte. Sie aß, ohne etwas zu schmecken, und trank ein bitteres Bier. Sie wollte, dass Krumbholz für die Morde verantwortlich war – wie auch immer er die Fingerabdrücke manipuliert haben mochte.

Dass Martin Broder sich nicht angehört hatte, was sie über Evis Abreise herausbekommen hatte, setzte ihr zu. Jedes Verhör konnte man unterbrechen. Er tut freundlich, dachte sie, aber wahrscheinlich rumort es schon die ganze Zeit in ihm. Da wird ihm eine Frau vor die Nase gesetzt, nur weil der Polizeipräsident seinem Vize eins auswischen will. Und dann stellt sich heraus, dass dieses Weib auch noch einen eigenen Kopf hat und nicht dran denkt zu kuschen. Über Caro war er doch auch hergezogen.

Ihr stieg die Hitze ins Gesicht, als sie an die Nacht in seiner Wohnung dachte. Wie peinlich, wie entsetzlich beschämend! Sie zahlte und verließ das Café.

Dr. Krumbholz saß mit seiner Mutter beim Abendessen. Er war irritiert über ihr neuerliches Erscheinen, Paula war ja gerade erst am Vormittag bei ihm gewesen Außerdem nahm er ihr übel, dass man ihn verdächtigt hatte. Trotzdem bat er sie zu Tisch. Sie war die Nichte seines alten Freundes.

Kerzen standen zwischen den Platten mit Käse und Aufschnitt, und die alte Frau Krumbholz mit dem silbern glänzenden Haar ergriff das Wort. Es ging wieder um den Aufruhr in den Straßen.

«Die Kommunisten wollen uns nämlich alle einsperren, damit sie in unsere Villen einziehen können», flüsterte sie Paula verschwörerisch zwischen zwei Bissen zu. «Und unsere Autos stehlen! Und die elektrischen Kühlschränke – da sind sie ganz versessen drauf. Auf alles Elektrische. Noch halten sie ihre Pläne geheim, aber die Polizei ist ihnen schon auf die Schliche gekommen!»

«Fräulein Haydorn weiß das sicher, sie arbeitet ja dort», meinte ihr Sohn gereizt.

Frau Krumbholz lachte hell auf. «Immer zu einem Scherz aufgelegt, mein lieber Horst.»

Die Minuten verstrichen quälend langsam. Es gab nicht nur frisches Brot mit Aufschnitt, sondern anschließend auch noch geschnittenes Obst mit Schlagrahm. Frau Krumbholz beherrschte das Gespräch, sie bedauerte, dass man nicht energischer gegen die Kommunisten vorging. «Sie bestehlen uns, weil sie Habenichtse sind», vertraute sie Paula an. «*Gierige* Habenichtse, die sich nicht damit abfinden können, dass der Herrgott uns allen einen Platz auf dieser Welt zugewiesen hat. Statt ihre Bestimmung zu erfüllen, mucken sie auf. Sie sind wie Kinder. Wie gefährliche Kinder – weil sie Waffen besitzen, die sie …»

«Ich fürchte, ich muss mit Ihrem Sohn noch etwas Geschäftliches besprechen», unterbrach Paula den befremdlichen Redefluss.

«Wie bedauerlich, meine Liebe.»

Horst Krumbholz betupfte mit einer Serviette den Mund und geleitete Paula in sein Arbeitszimmer. In dem geräumigen Raum mit den Fenstern zum Garten herrschte penible Ordnung. Steif deutete er auf einen Stuhl, der auf der anderen Seite seines Schreibtischs stand. Paula machte eine Bemerkung über den schönen Blick auf Bäume und Blumen. Doch seine Mundwinkel blieben verkniffen.

«Sie haben hoffentlich meine Mappe mit den Zeitungsausschnitten wieder mitgebracht?»

«Leider nicht», sagte Paula. «Aber Sie bekommen sie ganz sicher zurück. Ich bin nur hier, weil sich noch ein paar Fragen ergeben …»

«Ich weiß, was die Polizei glaubt!», brach es aus ihm heraus. «Ich bin doch nicht dumm. Mich zu verdächtigen, die arme Frau vom Friedhof und das Mädchen aus dem Park ermordet zu haben!» Die Empörung ließ ihn nach Luft schnappen.

«Leider müssen wir allen Hinweisen nachgehen, auf die wir stoßen. Und es ist natürlich auch in Ihrem Interesse, dass …»

«Ungeheuerlich ist es deshalb, weil Sie mich kennen, Fräulein Paula. Unsere Familien sind befreundet, und dennoch trauen Sie mir zu, dass ich zwei bedauernswerte Frauen …»

«Unsere Untersuchungen dienten dem Zweck, genau diesen Verdacht zu widerlegen.» Der schale Geschmack der Lüge lag auf Paulas Zunge.

«Ha!», machte Krumbholz. Sein Blick irrlichterte durch den Raum. Seine Hand – die eine, die er auf der Schreibtischplatte abgelegt hatte – zitterte.

«Weshalb ich gekommen bin: Es geht um meine Tante Eva Oppermann. Wann haben Sie sie zum letzten Mal gesehen?»

«Wie bitte?»

«Tante Evi. Sie ist verschwunden, und ich erhoffe mir, dass Sie mir sagen können …»

«Davon weiß ich nichts.»

«Wollen Sie nicht lieber noch einmal nachdenken?»

«Wenn man nichts weiß – was gibt es da zu überlegen?»

«Jemand hat zu Protokoll gegeben, dass Sie Evi am Freitag zum Bahnhof gefahren haben.»

«Das … Na gut, vielleicht war es so, ich habe es vergessen. Ich bin oft und gern behilflich. Wenn man sich dafür inzwischen rechtfertigen muss …»

«Und seitdem ist sie verschwunden.» Paula wartete. Sie sah, dass Krumbholz zu schwitzen begonnen hatte. Er kaute auf seiner Lippe.

«Also gut, ich habe Evi zum Bahnhof gebracht», stieß er schließlich hervor. «Auf ihren eigenen Wunsch hin! Sie hat mich angerufen und darum gebeten. Mehr weiß ich nicht!» Er tastete nach einer Schreibtischschublade. Hatte er dort eine Flasche Gin liegen? Sein Mittel, um Schuldgefühle zu betäuben? Oder lag dort womöglich eine Waffe?

Paula versuchte, kühl zu bleiben. «Hat sie Ihnen gesagt, wohin sie wollte?»

«Ein kleiner Urlaub. Natürlich habe ich sie nicht weiter ausgefragt. Und was Ihr skandalöses Verhalten angeht, Fräulein Haydorn – das werde ich mit dem Polizeipräsidenten besprechen!»

«Selbstverständlich steht Ihnen das frei.» Paula setzte darauf, dass er nur drohte. Wahrscheinlich kannte er den Mann gar nicht. «Danke, ich finde selbst den Weg hinaus.»

Krumbholz blieb in seinem Zimmer sitzen, vielleicht wirklich mit dem Griff nach der Flasche, und auch seine Mutter ließ sich nicht blicken.

Paula stahl sich aus dem Haus.

Martin Broder ist nicht mein Feind. Paula hämmerte sich diesen Satz auf dem Weg zum Stadthaus immer wieder ein. Wenn der eigene Onkel zum Verdächtigen in einem Mordfall geworden war, den man bearbeitete, war man eben draußen, völlig klar. Und dass Martin nicht ans Telefon gekommen war, konnte viele Gründe … Ach was, weg damit. Sie musste jetzt klar denken. Krumbholz war anscheinend der letzte Mensch gewesen, der Evi gesehen hatte. Und damit war er verdächtiger oder zumindest ebenso verdächtig wie Onkel Kurt. Das musste sie Martin klarmachen.

Sie stieg hinauf in die Mordbude. Niemand im Raum. Ein Blick auf die Bürouhr verriet auch, warum: Es war bereits nach sieben. Feierabend. War auch Martin schon gegangen? Sie griff zum Telefon und ließ sich zu seiner Wohnung durchstellen. Niemand nahm ab. Anschließend fragte sie bei dem Kollegen an, der die Sprechzellen freigab. Broder? Ja, der Kommissar befand sich immer noch im Verhör. Zelle vierundvierzig.

Sie begab sich zu den Verliesen, wie man die Räume intern nannte. Kurz zögerte sie, dann öffnete sie die Tür. Onkel Kurt saß mit dem Rücken zu ihr, die Haare verstrubbelt, die Hände zu Fäusten geballt. Martin hatte sich zurückgelehnt und starrte gereizt auf die Tischplatte. Sein Gesichtsausdruck wurde nicht freundlicher, als er sie erblickte. Paula wies mit dem Daumen hinter sich und machte die Tür wieder zu.

Wenig später stand Martin neben ihr im Flur. «Was, verflucht, suchst du hier? Hab ich mich nicht klar genug ausgedrückt? Du bist kein Teil der Mordkommission mehr! Herrgott, wie kann man nur …»

«Ich habe etwas erfahren, das du wissen musst.»

Martin starrte sie an, dann lehnte er sich gegen die Wand und verschränkte die Arme vor der Brust.

Paula machte es kurz. «Ich habe mit dem Hausmädchen meines Onkels gesprochen. Die Ehe von Evi und Kurt war nach ihrem Eindruck unglücklich. Freitagfrüh gab es einen heftigen Streit. Meine Tante hat daraufhin die Koffer gepackt und ist abgereist. Aber nicht mein Onkel, sondern Dr. Krumbholz hat sie zum Bahnhof gefahren. Dass sie nach Alexisbad zur Kur gefahren sein soll, hat mir übrigens mein Onkel gesagt, und es wurde durch einen Zettel im Haus mit den Abfahrts- und Ankunftszeiten der Bahn in Hamburg, Hannover und dem Harz belegt.»

Martins Miene blieb versteinert, aber in seinen Augen flackerte Interesse auf.

«Außerdem habe ich noch einmal mit Dr. Krumbholz gesprochen …»

«Herrgott noch mal!»

«… um nachzuhaken, was er selbst zu der Fahrt zum Bahnhof zu sagen hat. Er hat zunächst geleugnet, meine Tante überhaupt irgendwohin gefahren zu haben, es dann aber zugegeben. Angeblich wollte sie in Urlaub.»

«Und daraus schließt du was?»

«Ich halte es für möglich, dass Evi sich in Alexisbad erholen wollte. Sie hatte das mit meinem Onkel abgesprochen, aber kurz nach dem Aufstehen kam es zu einem Streit. Daraufhin ist mein Onkel los zur Klinik, und meine Tante hat Dr. Krumbholz gebeten, sie zur Bahn zu fahren. Von diesem Moment an …»

«Warum hat sie kein Taxi kommen lassen?»

«Das weiß ich nicht. Vielleicht konnte sie keines erreichen. Jedenfalls hat das Hausmädchen sie in Krumbholz' Auto steigen sehen. Seitdem ist sie verschwunden.»

«Die Fingerabdrücke auf der Krawattenspange und auf dem Tatmesser stammen von deinem Onkel.»

Paula schluckte. «Es muss dafür eine Erklärung geben. Krumbholz war oft bei meinem Onkel zu Gast. Es könnte sein, dass er heimlich ein Messer meines Onkels eingepackt hat, um von sich abzulenken, falls er unter Verdacht käme, dem Beispiel des Rippers gefolgt zu sein. Er hat sich selbst ein ähnliches Messer besorgt», phantasierte sie, «und nach der Tat hat er die Schneide von Kurts Messer in Ediths Blut getaucht …»

«Das ist verrückt!»

«Alles an diesem Fall ist verrückt! Mein Onkel war in der Klinik, als meine Tante verschwunden ist. Und sie ist niemals im Kurhotel angekommen. Sind das etwa keine Tatsachen?»

«Die Sache mit der Klinik müsste man erst überprüfen!»

«Außerdem hat Krumbholz zunächst geleugnet, sie gefahren zu haben. Wieso?»

«Wie schön, wenn ich dabei gewesen wäre, als dieses Verhör geführt wurde! Dann könnte ich dir die Frage vielleicht beantworten.»

«Du wärst ja gar nicht hingefahren. Du hast dich auf meinen Onkel eingeschossen!»

«Weil ich ihn verhöre? Das Verhör eines Verdächtigen ist ein Grund, mich für voreingenommen zu halten?»

«Seit sechs Stunden, Martin. Du hast ihn seit sechs Stunden in der Zange. Du willst ihn brechen!»

Ihr Kollege stieß sich von der Wand ab. «War's das?»

Sie holte aus und versetzte ihm eine Ohrfeige. Entsetzt

starrte sie ihn an. Die Zeit gefror. Seine Wange rötete sich. Ihre Hand brannte. Sie suchte nach Worten, aber es gab keine.

Bis Martin sie fand. «Gut, jetzt wissen wir wenigstens, was wir voneinander zu halten haben. Nur eine letzte Frage noch: Warst du es, die bei deinem Onkel eingebrochen ist? Ich will's nur wissen.»

«War ich, ja. Und?»

«Verschwinde», sagte er brüsk.

Zwanzig Minuten später sah sie von der Haltestelle aus, wie Onkel Kurt das Stadthaus verließ und mit müden, hängenden Schultern im Licht der Gaslaternen ein Taxi heranwinkte.

Ach, Martin!

23. KAPITEL

DIENSTAG, 23. APRIL

Er hatte die Unruhe nicht mehr ausgehalten und war wieder zu der Telefonzelle unten bei den Landungsbrücken gegangen. «Sie wollen mir den Mord an Kröger anhängen.»

Ein spöttisches Lachen. «Wie können sie nur!»

Er unterdrückte seine Wut. Kröger, die widerliche Zecke, hatte einen zweiten Versuch unternommen, ihn zu erpressen, genau wie der Bulle vermutet hatte. Ja, was hätte er da denn tun sollen? Er hatte die Sache gründlich geplant, sich ein Alibi verschafft, über die Ringvereine den Killer besorgen lassen … Wer hätte ahnen können, dass diese Berliner Flachpfeife …

«Warum haben sie dich nicht gleich dabehalten?»

«Weiß ich nicht. Weil die Beweislage noch zu dünn war, denke ich. Vielleicht beobachten sie mich noch.»

«Und dann rufst du mich an?», schnauzte die Stimme. «Wer sagt, dass die nicht dein Telefon …»

«Ich bin unten am Kai. Mensch, kapierst du nicht, in welcher Scheiße ich stecke?» Aus ihm brach heraus, was ihm auf der Seele lag: Bernd Haselkamp, der das Vereinslokal des *Immergrün* betrieb, hatte ihn letztens hinter vorgehaltener Hand gewarnt. *Die Madams aus dem Stadthaus ham dir den Fredi weggefischt? Nicht gut, Waldemar. Man fängt an, über dich zu lachen. Der Moor lässt sich von Weibern am Nasenring führen …*

Nach solchem Gelächter dauerte es nicht lange, dann wurde man plötzlich nicht mehr eingeladen, und wenn man trotzdem ins Vereinshaus an der Flottbeker Chaussee kam, versperrte einem der blaue Josef, der Rausschmeißer und Aufpasser, den Weg. Männer, die ihre Angelegenheiten nicht im Griff hatten, wurden geächtet und durften auf keine weitere Hilfe hoffen. Und das gerade jetzt, wo er die Bullen am Hals hatte!

Die Stimme am anderen Ende der Leitung wurde plötzlich ruhig. «Keine Sorge, die Polizei verdächtigt dich nicht mehr wegen Edith und Luise. Eva Oppermann ist verschwunden. Sie glauben, dass das Schwein von Ehemann sie umgebracht hat …»

Er lauschte mit pochendem Herzen, und jedes Wort, das durchs Telefon drang, gab ihm neue Hoffnung. Doch bevor er nachhaken und Genaueres erfahren konnte, brach die Verbindung plötzlich ab.

Als er in die Erichstraße zurückkehrte, erklärte ihm Ziska, dass Maria sich womöglich was eingefangen hatte. «Sie hat 'n Geschwür.»

Seine schlechte Laune kehrte schlagartig zurück. Syphilis! Das sprach sich so schnell rum, als würde einer mit einem Lautsprecher durch den Kiez marschieren. «Verdammte Scheiße!», brüllte er. Er wollte rauf ins Obergeschoss. Ruhe haben zum Nachdenken. Was trinken.

«Da ist noch was!», hielt Ziska ihn auf, und er hätte ihr fast eine geknallt. Aber das ging nicht – sie hielt den Laden am Laufen, wenn er unterwegs war.

«Vor 'ner Stunde war eine hier, die hat aus jedem Knopfloch nach Fürsorge gestunken.»

«Was wollte die?»

«Wissen, wie's dem Jonny so geht.»

Einen Moment war es still, dann fegte Moor eine Reihe Flaschen vom Tresen. Er kochte, er wollte um sich schlagen, jemandem die Faust in die Fresse rammen. Aber er riss sich zusammen. «Was hast du gesagt?»

«Na, dass er hier prima versorgt wird.» Ziska eilte aus dem Lokal, als hätte sie auf der Straße etwas zu erledigen. Noch ein paar Flaschen krachten zu Boden, eine warf Moor gegen die Wand, wo sie in tausend Scherben zersprang. Edith hätte niemals sterben dürfen! Was für ein Wahnsinn … Damit hatte alles angefangen. Warum nur war sie mit Jonny auf diesen gottverdammten Friedhof gegangen?

Er stapfte polternd die Treppen hinauf zu seinem Salon. Sein Blick fiel auf Jonnys Tür. Wenn die ihm jetzt auch noch den Kleinen wegnahmen … Er rieb sich über die Brust, weil ihm das Herz so weh tat. Bei Fredi ging es um die Ehre, aber Jonny … Wenn diese Tante von der Fürsorge nicht komplett verblödet war, würde sie beim nächsten Mal nachts wiederkommen, und zwar mit einer Streife.

Oder mit Paula Haydorn. Mit diesem Drecksweib, das ihn piesackte, als hätten sie mal was Persönliches gehabt. Gott, wie er sie hasste. Die war es gewesen, die heimlich in Jonnys Sachen gewühlt und den Wolf aus Zinn gefunden hatte. Und nun hing sie ihm an den Fersen wie ein tollwütiger Köter. Die machte ihn kirre mit ihrer Schnüffelei, ihrem Gestänker und Gekeife und …

Er schlug mit der Faust gegen die Wand. Dann öffnete er Jonnys Tür. Sein Junge lag schlafend unter dem weichen Bettzeug, den Teddybären, den er ihm letztens mitgebracht hatte, neben seinem Kopf. In der Hand hielt er den neuen Trecker. Moor musste wieder an Annemie denken: Um ein

Haar wäre dieser kleine Bursche in die Elbe gefallen. Die Weiber bauten Mist, die machten alles kaputt. Aber wenn Jonny damals gestorben wäre, hätte er das vielleicht noch eher aushalten können, als wenn man ihm den Jungen jetzt aus den Armen riss und in eine Lumpenfamilie steckte, die ihn nur nahm, um Geld zu kriegen, und ihn womöglich hungern und schuften ließ.

Das würde ich nicht aushalten, dachte Moor, während sein Herz wie wahnsinnig raste. Er beugte sich über seinen Sohn und gab ihm behutsam einen Kuss auf die Stirn. Jonny musste geschützt werden. Und wenn er die Sau aus dem Stadthaus dafür umbrachte.

24. KAPITEL

DIENSTAG, 23. APRIL

Das Programm im *Alkazar* war lustig: zackiger Jazz, Tänzerinnen, die mit Konfetti warfen, eine Hebebühne, die abgesenkt werden konnte und als Wasserbassin voller Nixen wieder auftauchte … Die Stimmung explodierte. Hier also unterhielt ihr Vater sich, wenn ihm die fade Familie auf die Nerven ging. Das war es, was ihm gefiel.

Paula saß allein an einem der Tische, was natürlich auffiel und dazu führte, dass gelegentlich ein Herr bei ihr vorstellig wurde und mit ihr tanzen wollte. Allerdings geschah das nicht allzu oft, was an ihrer Kleidung liegen mochte. Sie trug immer noch das schlichte Bürokleid mit dem runden, züchtigen Ausschnitt und wirkte wie eine Spielverderberin.

«Ist das nicht das entzückende Töchterchen von unserem lieben Harry?» Der dicke Mann, der ihren Arm tätschelte, kam ihr bekannt vor. Wahrscheinlich war er ein Bekannter ihres Vaters, der es nur nett meinte, aber sie stieß ihn trotzdem zurück. «Hoho!», lachte er und wandte sich wieder seiner jungen Begleitung zu, deren sparsame Bekleidung sie als Mitglied des Varietés auswies.

Ob Martin Broder hier ebenfalls gelegentlich herumsaß? Er war unverheiratet – das hatte sie ja festgestellt, als sie in seiner Wohnung übernachtet hatte. Fand er im *Alkazar* oder in einem ähnlichen Etablissement das, was er brauchte, wenn es ihm in seinem Bett zu einsam wurde? Und warum beschäftigte sie das überhaupt? Vorhin war etwas zwischen ihnen zerbrochen, was sich nicht mehr kitten ließ. Was sie auch gar nicht kitten wollte.

«Ein kleines Tänzchen wagen?»

Der Mann, der sie aufforderte, sah gut aus. Großgewachsen, schlank, mit einem lustigen Grübchen am Kinn. Er ging ihr auf die Nerven. Sie alle gingen ihr auf die Nerven. Auch die Musik. Auch der Pudel, den eine der Damen mitgebracht hatte und der von allen Seiten gestreichelt wurde, weil seine Besitzerin eine fesche Frau war, mit ausladendem Busen, der aus dem Ausschnitt ihres roten Seidenkleids quoll.

Paula zeigte dem Mann mit dem Grübchen die kalte Schulter und nahm einen weiteren Schluck aus ihrer Schaumweinflöte. Ihr fiel ein älterer Zylinderträger auf, der Blechdöschen verkaufte. Koks, inzwischen wusste sie ja, was lief. Sie griff nach ihrer Handtasche und winkte ihn heran. Warum nicht einmal etwas Verruchtes ausprobieren? Das Döschen kostete dreißig Mark – unverschämt, war ihr aber egal!

Verstohlen spähte sie zum Nachbartisch, wo ein Pärchen ebenfalls zugelangt hatte. Der Mann zog einen Geldschein aus seiner Börse, rollte ihn zu einem Röhrchen und sog das weiße Pulver damit in die Nase. Die Frau auf der anderen Tischseite benutzte einen Strohhalm, den sie sich von dem Koksverkäufer geben ließ. Sie kicherte geziert.

Paula entschied sich für den Geldschein. Das Pulver kitzelte in der Nase. Und was würde nun passieren? Erst mal noch einen Schluck aus der Schaumweinflöte … und noch einen. Verstohlen blickte sie zum Nebentisch, wo das Pärchen ausgelassen scherzte. Die Jazzkapelle setzte zu einem neuen Musikstück an, und dann …

… ging es ihr plötzlich wieder gut. Es war, als hätte jemand in ihrem Gehirn einen Schalter umgelegt. Das Grübeln war verschwunden, der Schmerz im Magen, der Groll auf die Männer … Ihr Kopf war mit einem Schlag völlig klar. Nichts war mehr verstopft oder schwammig. Ihr Herz wummerte vor Glück, weil … Es gab keinen Grund. Grundloses Glück, wie komisch. Sie musste lachen und winkte einer der Tänzerinnen zu, die zufällig in ihre Richtung schaute. Was sollten ihr Martin Broder oder ihr Vater! Sie war erwachsen und frei. Wenn sie wollte, könnte sie … sich Flügel bauen zum Beispiel. Und damit vom Michel schweben wie der Schneider von Dingsda! Oder nein, sie war eine moderne Frau, sie wollte mit einem Flugzeug in den Himmel schießen! Es war doch möglich. Melli Beese zum Beispiel – die hatte schon vor mehr als zehn Jahren ihre Flugzeugführerlizenz bekommen. Nein, anders, dachte Paula. Ich will mit einem Zeppelin aufsteigen und unter den Wolken träumen. Ach: Alles! Alles würde sie tun …

Der Mann mit dem Grübchen schien den Stimmungsumschwung zu bemerken, denn er forderte sie erneut auf, und dieses Mal folgte sie ihm auf die Tanzfläche, die sich rund um das Nixenbassin gebildet hatte. Charleston tanzte man berührungslos. Paula flirtete mit jedem, der ihr nahe kam, sie küsste den Ober, er lachte sie an, sie umtanzte den Grübchenkerl und bog sich mehrere Male in seinem ausgestreckten Arm zu den Kronleuchtern … Sie sang mit, was die Kapelle spielte: *If You Knew Susie Like I Knew Susie …*

Das alles mochte ein halbes Stündchen andauern, dann ließen ihre Kräfte nach. «Ich kann nicht mehr!», keuchte sie, und der Grübchenmann begleitete sie zu ihrem Tisch und ließ sich ihr gegenüber nieder. «Noch etwas Champagner?»

Aber natürlich. Sie trank. Doch plötzlich schmeckte die

sprudelnde Flüssigkeit nach Asche. Die gute Laune erlosch, als hätte jemand den Schalter zurückgedreht. All das geschah innerhalb weniger Atemzüge.

«Bist du in Ordnung?» Ihr Gegenüber lachte, statt besorgt zu sein.

Nein, sie war *nicht* in Ordnung. In ihrem Kopf hatte sich ein ungebetener Ratgeber eingenistet. «*Buchen sollst du suchen, Eichen sollst du weichen*», kommentierte ein Kobold mit düsterer Stimme.

Wie bitte? Sie fasste sich an die Schläfe und klopfte mit den Fingerspitzen dagegen.

«Willst du Nachschub?», fragte der Grübchenmann und berührte ihre freie Hand mit seinen ausgestreckten Fingern.

«*Aller guten Dinge sind drei*», freute sich der Kobold.

Der Grübchenmann winkte nach dem Ober.

«Nicht für mich, ich hab genug», protestierte Paula mit heiserer Stimme

Er lachte. «Ja, das könnte stimmen, Paulchen. Hackevoll, was?»

Warum nannte er sie Paulchen? Woher wusste er ihren Namen? Paula hielt sich an der Schaumweinflöte fest. «*Messer, Gabel, Schere, Licht, sind für kleine Kinder nicht*», warnte der Kobold.

«Ich habe mein Auto draußen stehen. Wenn du möchtest, lassen wir den Abend bei mir ausklingen?»

Sie schüttelte den Kopf. «*Hunger ist der beste Koch*», philosophierte der Kobold. «Ich bin verrückt geworden», sagte sie.

Der Grübchenmann lachte und wollte ihr auf die Füße helfen. Barsch wehrte sie ihn ab. Sie war jetzt so grenzenlos traurig, wie sie vorher im Glück geschwelgt hatte. Heute war im Stadthaus ihre Welt untergegangen – *das* war die Realität. Aber jetzt nicht heulen, nur das nicht. «Verschwinden Sie», sagte sie so laut, dass die Leute an den Nebentischen die Köpfe wandten.

Beleidigt zog ihr Galan von dannen. Paula griff nach ihrer Handtasche und machte sich unter dem lasziven Gesang einer barbusigen Schönen auf den Weg zur Garderobe. Das Telefon des *Alkazar* hing neben dem Tisch der Garderobiere an einer Wand mit golddurchwirkter Tapete. Glücklicherweise war es eines, bei dem man selbst wählen konnte. Paula hob die Hand – und ihr fiel Caros Telefonnummer nicht ein. Sie flüsterte Zahlenreihen, aber keine passte, es war, als wäre ein Sturm durch ihr Gedächtnis gefegt.

«*Einen alten Baum verpflanzt man nicht*», stimmte der Kobold ihr zu, doch seine Stimme war schwächer geworden, als hätte er sich eine Decke übergeworfen. Sie war so erschöpft. Was hatte sie nur in dieses dreimal verfluchte Skandalhaus getrieben? Der Kobold wollte es ihr sagen, doch ihm gelang nur noch ein Wispern.

«Gespräch kostet fünfzehn Pfennig.» Das war nicht mehr der Kobold, sondern die Frau vor den Mantelständern.

Paula wühlte in ihrer Handtasche. Sie war sich selbst peinlich. Nachdem sie die Münzen abgegeben hatte, wählte sie die einzige Nummer, die sie im Kopf hatte. *Vater, kannst du mich abholen?*, formulierte sie in Gedanken. Mit dieser Bitte würde sie zu Kreuze kriechen, sich geschlagen geben. Aber was tat's? Wenn Mutter herausbekam, dass sie bei Onkel Kurt rumgeschnüffelt und ihr Kollege ihn stundenlang verhört hatte, war sowieso alles aus. Ihre Eltern würden sie fortjagen, und da Martin Broder sie hasste, würde er seinen Einfluss geltend machen, damit sie ihm auch im Stadthaus nie wieder unter die Augen käme.

«Dauert es noch lange?», fragte eine Dame hinter ihr mit

näselnder Stimme. Der Mann, der sie begleitete, flüsterte etwas auf Englisch.

Paula wartete darauf, dass jemand abnahm. Wie spät mochte es wohl sein? Sicher schliefen daheim schon alle. Und dann ging doch jemand ans Telefon – nur war es leider ihre Mutter. «Wo steckst du denn, Kind?», polterte sie los, kaum dass Paula ihre einstudierte Bitte ums Abholen losgeworden war. «Ich denke, du bist gut aufgehoben, und da höre ich von deiner Kollegin, dass …»

«Was?»

«Sie war sogar hier … Und sie …» Plötzlich gab es Störgeräusche, die Verbindung wurde schlechter.

«… heimkommen!», meinte Paula zu hören.

«Ja, in Ordnung, kannst du Vater bitten, dass er mich aus dem *Alkazar* abholt?»

«Was sagst …? … ist auch nötig … Evis wegen unbedingt …»

«Was?»

«… und deshalb …»

«Was ist mit Evi?»

Das Paar hinter ihr zog murrend von dannen.

«Evi! Was ist mit …»

«Paula! … du mich?»

Es hatte keinen Sinn. Paula legte auf, ließ sich ihren Mantel geben und rannte hinaus auf die Straße. Endlich einmal hatte sie Glück. Draußen näherte sich ein Taxi auf der Suche nach einem Passagier. Sie stieg ein und nannte die Adresse ihrer Eltern.

Was hatte ihre Mutter über Evi sagen wollen? Offenbar war Caro bei ihnen gewesen. Weil Martin Onkel Kurt ein Geständnis abgerungen und man Evis Leiche gefunden hatte? Nein, dann hätte man ihn doch nicht gehen lassen!

Aber sie hatten Evis Leiche entdeckt, bestimmt. Ihr krampfte sich das Herz zusammen. Hoffnung, bleib bei mir: Vielleicht hatte Broder den Keller des verrückten Krumbholz durchsuchen lassen und Evi dort eingesperrt, aber lebendig gefunden? Ja, bitte, so sollte es sein. Der geistesgestörte Pathologe hatte die Morde des Rippers imitiert, aber bei Evi, die ihn so oft bewirtet hatte, Skrupel bekommen.

«Geht es hier um die Ecke?» Der Fahrer hatte angehalten und drehte sich zu ihr um.

«Ich steige aus.» Paula kramte im trüben Licht der Gaslampe ihre restlichen Münzen zusammen. Es waren ja nur noch wenige Schritte. Das Taxi fuhr davon, und sie hastete auf die Villa ihrer Eltern zu. Doch schon nach wenigen Schritten wurde sie langsamer. Wie erschöpft sie war! Dass es sich dabei um eine Folge des weißen Pulvers handelte, hatte sie inzwischen kapiert. Ihr war zum Heulen zumute.

Sie hörte, wie sich von hinten ein Auto näherte. In ihrem Kopf blitzte eine Warnung auf, aber sie konnte sich nicht konzentrieren. Erst als der Wagen mit quietschenden Reifen neben ihr hielt, begannen ihre Beine zu zucken. Wegrennen …

Im selben Moment wurde die Scheibe heruntergeklappt, und Martin Broders Gesicht tauchte auf. «Mitten in der Nacht allein auf der Straße, ja? Komm schon, steig ein. Der kleine Moor ist aus dem Kinderheim verschwunden. Die Heimleitung hat bei Caro angerufen. Er ist offenbar abgehauen.»

«Woher wusstest du, dass ich hier …»

«Nun steig schon ein.»

«Wieso … ?»

«Ich hab geraten.»

Geraten, dass das Prinzesschen bei der ersten Schwierigkeit heulend nach Hause rannte? «Was ist mit Eva Oppermann?», fragte sie.

«Bitte?»

Er wusste von nichts. Gut, das war jetzt auch weniger wichtig. Sie öffnete die Beifahrertür und ließ sich auf den Sitz fallen. «Fredi ist nie im Leben aus eigenem Antrieb auf und davon!»

«Weil?»

«… er unbedingt zur See fahren will. Und weil er vor seinem Vater eine Heidenangst hat. Aber außer seinem Vater hat er doch niemanden.»

Martin zuckte skeptisch mit den Schultern. «Was, wenn ihn andere Kinder traktiert haben? Oder wenn dieses Heim die Knirpse, die es aufnimmt, schlecht behandelt?»

«So ein Haus ist das nicht.»

«Das vermutest du. Fahren wir hin und kriegen wir's raus.»

«Wieso nimmst du mich wieder mit?»

«Kinder mögen dich. Sie würden dir eher was erzählen als mir. Wieso hast du nach Eva Oppermann gefragt?»

«Hätte ja sein können, dass ihr etwas erfahren habt.»

«Dann würde ich dir das kaum sagen.»

«Natürlich, wie dumm von mir.»

Martin drückte das Gaspedal durch. Eine betretene Pause entstand, die er mit den Worten beendete: «Ich habe einen Schupo vor dem *Tingeltangel* Wache schieben lassen. Der Mann hat gesehen, wie Moor die Erichstraße verließ. Aber er hat es nicht geschafft, ihm zu folgen. Das ist alles, was ich weiß. Und dass das Heim angerufen und Fredis Verschwinden gemeldet hat.»

Das Kinderheim am Böhmersweg lag im Dunkeln, bis auf ein Fenster im Erdgeschoss, hinter dem nach Paulas Erinnerung das Büro der Heimleiterin lag. Sie hatte erwartet, irgendwo Caros Wagen zu entdecken, aber es war nichts von ihr zu sehen. Nebel hing über den Dächern, aus einem Haus gegenüber drang das Krächzen einer Violine.

Martin klingelte, und ihnen wurde umgehend geöffnet, nicht von der Heimleiterin, sondern von einer älteren Frau. Sie hatte sie offenbar erwartet und führte sie nach einem kurzen Blick auf die Polizeimarken durch einen blitzsauberen Flur in das erleuchtete Zimmer.

Was sie erzählte, war verwirrend. Der kleine Herbert, der im Stockbett unter Fredi schlief, hatte gegen Mitternacht an ihre Tür geklopft. «Er hat gesagt, dass er aufgewacht ist, weil Fredi aus dem Bett kletterte. Fredi ist zum Fenster gegangen und hat rausgestarrt. Herbert hat ihm gesagt, dass er wieder schlafen gehen soll – die Kinder sind angehalten, nachts zu schlafen –, aber statt das zu tun, hat der Junge sich angezogen und ist rausgegangen. Und er ist nicht zurückgekehrt. Nachdem Herbert mir Bescheid gesagt hatte, haben wir die Toiletten durchsucht, alle in Frage kommenden Zimmer und auch den Garten. Fredi ist verschwunden.»

«Ich muss mit Herbert sprechen», sagte Martin.

«Selbstverständlich.»

Das folgende Gespräch war kurz, aber aufschlussreich. Herbert erzählte, dass Fredi von nichts als dem Schiff geredet hatte, auf dem er anheuern wollte, und dass er wie verrückt paukte, damit das klappte.

«Obwohl ihm das nicht leichtgefallen ist», warf die ältere Dame, bei der es sich um die Stellvertreterin der Heimleiterin handelte, ein.

«Er hat immer gesungen. *Wo de Nordseewellen trekken an den Strand* … Das ist sein Lieblingslied», erklärte Herbert.

«Hat er auch mal von seinem Vater gesprochen?», fragte Martin.

«Ja, vor dem hatte er ordentlich Schiss.» Das kam leise, auch Herbert schien es mit seiner Familie nicht gut getroffen zu haben.

«Hat er dir Genaueres erzählt? Weißt du, wo er hingelaufen sein könnte?»

Der Junge, er war vielleicht zehn Jahre alt, zuckte unbehaglich die Achseln. Aus seiner zu großen Nase lief Schnodder. Martin beugte sich über den Tisch und nahm ihn ins Visier. «Hast du Fredi gemocht?»

Ein zögerndes Nicken.

«Das ist gut. Jeder Mensch braucht Freunde. Und Freunde», Martin ließ einige Sekunden verstreichen, um seinen Worten Bedeutung zu verleihen, «verrät man nicht. Stimmt's?» Herbert rührte sich nicht, und Martin blickte zu den beiden Frauen. «Wäre es möglich, uns einen Moment allein zu lassen?»

Die Heimangestellte zögerte. «Ich bin mir nicht sicher, ob ich ein Verhör ohne den Schutz …»

«Es ist nur ein Gespräch. Und es geht darum, Fredi zu helfen, niemand will Ihren Schützlingen was.»

Die Frau seufzte und ließ sich von Paula in den Flur begleiten. Ihr Name war Auguste Hammer, wie sie verriet, danach verstummte sie besorgt. Es dauerte nur wenige Minuten, bis Martin die Tür wieder öffnete. «Herbert kann zurück ins Bett.»

«Was hat er denn gesagt?», fragte Frau Hammer.

In Martins sparsamem mimischem Repertoire befand sich erstaunlicherweise auch ein charmantes Lächeln. «Sie müssen verzeihen: Ich habe Stillschweigen geschworen.»

«Sie machen es sich zu leicht», sagte Frau Hammer – und ergab sich seinem Lächeln.

«Aber ich darf's erfahren?», fragte Paula, als sie wieder im Auto saßen.

Für sie gab es keinen Charme, nur eine knappe Auskunft. «Fredi hat von seinem Bett aus offenbar durchs Fenster das rote Auto seines Vaters auf der Straße parken sehen.»

«Glaubst du, Moor wollte ihn entführen?»

«Tja. Nur, wie hätte er das anstellen sollen, ohne das Haus in Aufruhr zu versetzen? Vielleicht wollte er die Gegend erkunden. Jedenfalls hat Fredi Herbert das Auto gezeigt, dann ist er rausgerannt zu einem Schuppen. Herbert hinterher. Im Schuppen stand Fredis heißestes Begehren: ein altes Fahrrad. Er hat sich das manchmal heimlich geschnappt und gelernt, drauf zu fahren. Damit ist er durch ein kleines Tor in der hinteren Hecke.»

«Aber? Da du dich so unglücklich anhörst?»

«Herbert ist wieder rauf in sein Zimmer, voller Zweifel, was er tun soll, und da hat er gesehen, dass das rote Auto ebenfalls verschwunden war.»

«Das ist schlecht!»

«Sehe ich auch so. Fredi ist, wie gesagt, auf der Hinterseite des Geländes raus, bei den Gemüsebeeten. Vielleicht hat er es geschafft …»

«Kehr um! Wir müssen noch mal zum Heim.»

«Warum?»

«Mach schon, schnell.»

Martin zögerte, dann wendete er und hielt kurz darauf wieder vor dem Portal des Kinderheims.

«Dauert nicht lange», sagte Paula, stieg aus und rannte zur Tür des Heims.

Frau Hammer holte Herbert seufzend noch einmal aus dem Bett, und Paula ging vor ihm in die Hocke. «Wenn Fredi Sehnsucht nach den Schiffen hatte: Ist er dann an einen bestimmten Ort im Hafen gegangen?», wisperte sie in sein Ohr. Er flüsterte ihr die Antwort zu.

Fredis Herz schlug für das Hafengelände bei der Landungsbrücke Altona. Martin drückte aufs Gas. Es ging auf drei Uhr morgens zu, war aber noch finster, außerdem hatte es zu regnen begonnen. Typisches Hamburgwetter. Die Straßen glänzten unter den Lichtkegeln der Gaslaternen. Sie fuhren den Holstenring entlang, erreichten das Millernthor mit der Volksoper und damit den Kiez, wo das Leben, im Gegensatz zum Norden der Stadt, immer noch in vollem Gange war. Durch offenstehende Türen drang Musik, die Halbweltdamen lehnten an den Haustüren ihrer Etablissements.

Martin bog bei der Davidwache ab, und sie erreichten das Hafengelände. Hier wurde es wieder dunkel und still. Er fuhr jetzt im Schritttempo, und sie spähten aufmerksam in alle Richtungen. Jenseits der Straße schimmerte der schwarze Fluss, gegenüber erhob sich eine Werft mit Kränen und hohen Lagergebäuden, über denen die Mondsichel strahlte. Sie erreichten ein rotes Backsteinhaus mit einer Kuppel über dem Eingang. Martin hielt kurz an und zeigte auf eine Brücke, die dem Bau gegenüber zu einem Anleger führte.

«Ist sie das?», fragte Paula.

Er schüttelte den Kopf und fuhr weiter. Hinter dem Backsteinhaus begannen Schienen, die in ein Gelände voller Lagerhallen und Holzschuppen führten. Zur Linken, wo das Wasser gegen die Kaimauer schwappte, waren jetzt Schiffe vertäut – vor allem Fischkutter. Eine abweisende Gegend, fremd und einschüchternd.

Martin bremste erneut. «Das da ist die von Fredi.» Er deutete zu einer hölzernen Brücke, die von Rundbögen aus Metall getragen wurde. Doch auch hier: keine Menschenseele. «Hast du deine Pistole dabei?»

Paula klopfte auf ihre Hüfte.

«Und noch im Kopf, was man damit anstellt?»

Sie stieg aus, ohne zu antworten. Der Regen war inzwischen zu einem Nieseln geworden, doch das war unangenehm genug. Fröstelnd schaute sie sich um. Weiter hinten auf den Gleisen stand ein Güterzug, einige Waggons waren mit Kohle beladen, dahinter reihten sich mit dicken Eisenschlössern verriegelte Container. War das tatsächlich ein Ort, an den sich ein Junge flüchten würde, der sich vor seinem Vater fürchtete?

Martin war ebenfalls ausgestiegen und ging unschlüssig am Kai entlang. Paula wandte sich in die entgegengesetzte Richtung. Sie spähte die Wege hinunter, die zwischen den Häusern und Schuppen verliefen, und begann erst leise, dann immer lauter Fredis Namen zu rufen. Martin kam schließlich zu ihr herüber. Sie irrten zwischen den Häusern umher, bogen in entgegengesetzte Richtungen ab, trafen wieder aufeinander.

«Schau mich mal an», sagte Martin, als sie beide gleichzeitig eine der wenigen Laternen erreicht hatten, die auch hier brannten.

«Was ist denn?»

Er fasste unter ihr Kinn und hob ihren Kopf an. «Hast du Koks geschnupft?»

«Blödsinn, wie kommst du darauf?»

«Du solltest mal deine Pupillen sehen. Die sind groß wie Hühnereier.»

Paula machte sich frei. «Wenn Fredi öfter hierhergekommen ist, müsste er einen Lieblingsplatz haben.»

«Halte dich fern von diesem Dreck. Das ist ernst gemeint. Ich habe im Krieg massenhaft Leute gesehen, die das Zeug geschnupft haben. Ging selten gut aus.»

Paula tat ein paar Schritte und starrte zu drei nebeneinanderstehenden Häusern. Sie besaßen allesamt Flachdächer – und waren sicher bestens geeignet, wenn man die Schiffe und Werften auf der anderen Seite der Elbe bestaunen wollte. Es war, als hätte Martin denselben Gedanken gehabt. Sie sah, wie er auf einen der Hauseingänge zusteuerte. Das Gebäude war alt und schien vor Zeiten einmal als Wohnhaus gedient zu haben – vielleicht einem Zöllner oder einer Fischerfamilie. Hinter staubigen Fenstern hingen vergilbte Gardinen, einige Scheiben waren eingeworfen worden – hier lebte niemand mehr.

«Na, da schau her!» Martin zog ein zwischen zwei Treppenmauern eingeklemmtes Fahrrad ins Freie. Es war ein verrosteter Drahtesel ohne Klingel und Bremse, aber fahrbereit. Er lehnte es gegen die Mauer und trat ein paar Schritte zurück. «Fredi? Hier ist die Polizei. Wir suchen dich, um dir zu helfen. Wo steckst du?»

Sein Ruf verhallte im Nieselregen. Nichts, keine Antwort.

«Ich bin auch hier, Fredi. Die Polizistin, die dich ins Heim gebracht hat.»

Sekunden verstrichen – dann meinte Paula, ein leises «Hallo» zu hören. Sie rannten ein Stück an der Mauer entlang. «Fredi?»

Und plötzlich ging alles ganz schnell. Erst zerriss ein Schuss die Stille, dann begann eine Kinderstimme, panisch zu schreien. Martin riss seine Pistole heraus. Paula legte den Kopf in den Nacken, weil sie meinte, an einer der Dachkanten eine Bewegung wahrgenommen zu haben. Im nächsten Moment ließ Martin die Waffe fallen und spurtete los. Er blieb vor einem Fenster stehen und breitete die Arme aus.

Paula hob seine Pistole auf und versuchte, die Dunkelheit mit den Augen zu durchdringen. Aber sie wusste ja nicht einmal, aus welcher Richtung der Schuss gekommen war. Als sie sich wieder zu Martin umdrehte, sah sie, wie er einen Schritt vortrat. Im selben Moment stürzte ein kleiner, dünner Schatten vom Dach.

Martin wollte nicht, dass sie fuhr. «Lass mich das machen, ich …»

«Siehst du nicht, was mit dir los ist?»

Er starrte auf seine rechte Hand, die unnatürlich nach hinten gebogen war. Gebrochen, als er Fredi aufgefangen hatte. Um das zu wissen, brauchte man kein Medizinstudium. Wie merkwürdig, dass er keinen Schmerz zu spüren schien. «Aber du willst voll mit Koks ans Steuer, ja?», fauchte er.

Paula hatte Fredi bereits auf den Rücksitz des Polizeiwagens gedrängt, jetzt nötigte sie Martin auf den Beifahrersitz. Er kam mit der Hand gegen die Tür und stotterte vor Schmerz. «Außerdem … hast du … mit Sicherheit … keine Fahrerlaubnis. Bist du überhaupt schon mal …»

Paula knallte die Tür zu und rannte um den Wagen herum. Die Pistole in der Hand, blickte sie sich noch einmal um. Aber niemand war zu sehen – was natürlich nichts hieß. Moor, wenn er es denn gewesen war, der geschossen hatte, konnte sich hinter jeder Ecke versteckt haben. Sie ließ sich hinters Steuer fallen, und Martin drückte mit der linken Hand den Anlasser neben dem Lenkrad. Stotternd kam der Wagen ins Rollen. Natürlich konnte Paula fahren, allerdings nur das Auto ihres Vaters. Und sie war nervös bis zum Anschlag. War gerade jetzt ein Pistolenlauf auf die Autofenster gerichtet?

Mist, Motor abgewürgt! Martin drückte erneut den Knopf. Konzentration!

«Sehr gut», sagte er, als der Wagen endlich Fahrt aufnahm. Er half beim Kuppeln aus, sodass sie sich auf den nassen Asphalt konzentrieren konnte. Inzwischen war sein Gesicht schmerzverzerrt. «Geradeaus», kommandierte er gepresst. Und dann: «Links … rechts … Nie im Leben hast du eine Fahrerlaubnis …»

Das stimmte. Dazu war sie noch nicht gekommen. Martin versuchte, sein Handgelenk mit der freien Hand zu stabilisieren. «Jetzt wieder rechts.» Sie musste nun selbst kuppeln. Bekam sie auch hin. «Geht es dir gut, Fredi?», fragte sie.

Von der Rückbank kam ein Wimmern.

«Tut dir etwas weh? Hast du dich …»

«Fahr einfach», unterbrach Martin sie. «Dort drüben. Siehst du? Das Hafenkrankenhaus.»

Sie lenkte den Wagen in eine breite Einfahrt. Als sie um Hilfe schrie, kam ein Pförtner angelaufen. Paula wies auf Fredi. «Auf den Jungen ist geschossen worden. Und mein Kollege hat sich vermutlich das Handgelenk gebrochen.»

Der Mann rief nach Unterstützung. Man brachte sie in einen Wartesaal, führte sie von dort aber gleich weiter in ein Untersuchungszimmer. Martin biss sich die Lippe blutig. Warum heulte er nicht? Wie konnte man seine Energie darauf verschwenden, nicht zu heulen, wenn man wahnsinnige Schmerzen hatte? Was machte das für einen Sinn?

Ein grauhaariger Arzt kam ins Zimmer. Er untersuchte zuerst Fredi, fand nichts Schlimmeres als eine Schürfwunde und wandte sich dann Martin zu, dem er mit einer Schere Jacke und Hemd aufschnitt.

«Tja, das muss unter Narkose gerichtet werden», murmelte er.

Martin wollte nicht, er begann zu streiten und verstummte erst, als der alte, grauhaarige Arzt sagte: «Im Krieg im Lazarett gelegen, was? Kenne ich.»

Als ein Pfleger seinen Patienten auf einer fahrbaren Trage durch die Tür schob, wandte sich der Arzt an Paula. «Sie können Ihren Kollegen in ein paar Tagen wieder abholen.»

«Nichts da! Morgen Vormittag», brüllte Martin, bevor die Tür hinter ihm ins Schloss fiel. «Und pass auf den Bengel auf!», hörte sie seine heisere Stimme verklingen.

Die Autofahrt war kurz, aber die Zeit reichte, damit Fredi erzählen konnte, wie er das Auto seines Vaters vor dem Kinderheim entdeckt und sich das Fahrrad geholt hatte, um sich vor ihm in Sicherheit zu bringen. Sie konnte ihn kaum verstehen, als er schluchzend berichtete, wie er sich schon fast in Sicherheit glaubte und wie der rote Quadrilette dann plötzlich hinter ihm auf der Straße auftauchte. Sein Vater musste ihn entdeckt haben, als er auf den Mittelweg abgebogen und am Böhmersweg vorbeigefahren war. Dann war er hinter ihm geblieben, und egal, wie schnell Fredi in die Pedale trat und wie oft er abgebogen war – er blieb ihm auf den Fersen. Erst als Fredi den Botanischen Garten erreichte, den Autos nicht befahren konnten, hatte sein Vater ihn verloren.

«Was hast du denn befürchtet, war er mit dir tut, wenn er dich erwischt?»

«Na, dasselbe, was er mit Annemie gemacht hat», sagte der Junge.

Vor ihr kam ein Milchmann mit seinem Lastenrad aus einer Querstraße geschossen, Paula bremste scharf. Sie flogen Richtung Scheibe, und Paula musste mehrere Male durchatmen, bevor sie nachhaken konnte. «Was hat er denn mit der Annemie gemacht?»

«Er hat sie geschubst und getreten. Und dann hat er sie ins Wasser geschmissen», sagte Fredi, dieses Mal erstaunlich klar.

25. KAPITEL

MITTWOCH, 24. APRIL

Es ging auf den Morgen zu. Nachdem Paula ihren Schützling im Kinderheim abgeliefert hatte, fuhr sie zu Caro. Ihre Kollegin öffnete ihr in Hose und Unterhemd. Sie hatte stundenlang vor dem *Tingeltangel* gewartet, in der Hoffnung, Moor könne mit Fredi dort auftauchen. Er kehrte auch tatsächlich zurück, allerdings ohne den Jungen, dafür mit einer ordentlichen Delle vorn in der Karosserie. Sie hatte kurz überlegt, ob sie ihn ansprechen sollte, aber dann hatte sie es aufgeschoben. Sie war vor Müdigkeit ganz wirr im Kopf gewesen, und zudem allein.

Paula konnte ihr die Erleichterung ansehen, als sie hörte, dass der Junge unbeschadet zurück ins Kinderheim gebracht worden war. Und sie blühte auf, als Paula ihr von Annemie erzählte.

«Fredi sagt, er hat das selbst gesehen?»

«Genau.»

«Dann kriegen wir den Mistkerl dran. Mensch, Paula! Aber jetzt nur nichts überstürzen. Broder ist also im Krankenhaus … Pass auf, Moor weiß nicht, was sein Junge dir verraten hat. Er wird auch nicht am helllichten Tag im Kinderheim Rabatz machen. Wir gönnen uns beide ein paar Stunden Schlaf, damit der Kopf wieder funktioniert.»

Sie hatte recht, natürlich. «Aber ich fahre nach Hause. Ich hab so eine Ahnung, dass man sich dort gerade eine Menge Sorgen macht.»

Als Paula mit ihrem Schlüssel die Haustür der elterlichen Villa öffnete, war jedoch kein Laut aus den Zimmern zu hören. Anscheinend hatte Mutter bei dem Telefongespräch nicht mitbekommen, dass sie aus dem *Alkazar* abgeholt werden wollte, und alle waren schlafen gegangen.

Aber was hatte sie ihr über Evi erzählen wollen? Das muss ich rauskriegen, dachte Paula, unbedingt. Gab es überhaupt etwas, das jetzt wichtiger war? Doch gleichzeitig schien die Erschöpfung sie zu einer Pfütze zusammenschmelzen zu lassen.

Plötzlich fiel ihr Blick auf einen Koffer, der zwischen der Küchentür und dem Ausgang zum Gemüsegarten stand. Ihr Puls stieg wieder an. Konnte das Evis Koffer sein? Sie hastete hinüber und entdeckte einen Kofferanhänger: *Oppermann* – und stieß einen Seufzer der Erleichterung aus. Sollte sie sofort in den Gästezimmern nachschauen, ob ihre Tante da war? Nein, unmöglich, jetzt mit ihr … mit irgendjemandem zu sprechen. Das Kokain, der Mordversuch am Kai … Paula brauchte ihre gesamte Kraft, um in ihr Zimmer zu kommen, und schlief bereits, als ihr Kopf das Kissen berührte.

Als sie Stunden später erwachte, fühlte sie sich immer noch wie gerädert. Trotzdem quälte sie sich aus dem Bett, sie musste schließlich Martin Broder aus der Klinik abholen. Warum hatte er eigentlich darum gebeten? Er konnte sich doch auch ein Taxi nehmen. Hatte er Angst gehabt, dass die Ärzte ihn ohne Begleitung nicht ziehen lassen würden? Die Vorstellung, dass er auf ihre Hilfe setzte, wärmte ihr Herz. Es war nicht einfach zwischen ihnen, aber trotzdem, sie würde hinfahren. Nur musste sie vorher noch die Sache mit Evi klären.

Ihre Mutter brütete über einem großen Bogen Papier, als Paula das Speisezimmer betrat. Vielleicht plante sie eine ihrer geliebten Abendeinladungen. Auf dem Tisch stand eine Blumenvase voller Narzissen – einer von ihnen hatte sie die gelben Blütenblätter ausgezupft. Sie war nervös.

Paula setzte sich ihr gegenüber. «Was war das denn jetzt? Ich meine, was du mir gestern am Telefon über Evi erzählen wolltest?»

«Zunächst einmal heißt es: Guten Morgen, Mutter.»

«'türlich. Guten Morgen. Ich habe Evis Koffer draußen stehen sehen. Ist sie hier?»

«Wärst du heimgekommen, wie du versprochen hast …»

«Ich war schon fast vor der Tür, da hat mich ein Kollege abgefangen. Etwas Dringendes, das leider keinen Aufschub vertrug. Sag schon, Mutter, was ist mit Evi?» Sie bemühte sich um einen schmeichelnden Tonfall.

«Frag sie selbst, wenn sie wach geworden ist. Aber nicht jetzt. Sie muss Schlaf nachholen.»

«Also ist sie tatsächlich hier?»

«Ja, aber der Arzt war bei ihr und hat ihr etwas gespritzt. Wir sollen sie nicht wecken.»

«Geht es ihr gut?»

«Ich würde sagen: nein. Wenn du heimgekommen wärst, statt mit deinem Kollegen … Aber natürlich muss jeder Mensch selbst entscheiden, was ihm wichtiger ist: das Vergnügen an den Obszönitäten der Unterwelt oder die Familie. Und nun lass mich. Wie du siehst, habe ich einiges zu erledigen!» Mutter begann so energisch auf das Blatt zu kritzeln, dass die Spitze des Bleistifts abbrach. Zornig warf sie ihn von sich.

Paula zog Bogen und Stift zu sich heran und kratzte mit dem kümmerlichen Rest der Mine die Telefonnummer des Kriminalbüros auf den Zettel. «Hier kannst du mich in ungefähr einer Stunde erreichen. Ruf bitte an, wenn Tante Evi aufgewacht ist.»

Sie flüchtete, bevor ihre Mutter Einwände erheben konnte, und fuhr mit dem Polizeiwagen in die Klinik.

Ihr Kollege war bereits fort. Das erzählte ihr der alte Arzt, der gerade Feierabend machen wollte und ihr mit müdem Gesicht im Eingangsbereich des Krankenhauses entgegenkam. «Der Bruch war glatt und ist jetzt eingegipst. Das wird schon wieder. Nur das andere …» Er ließ sie stehen und schlurfte erschöpft zum Ausgang.

Paula starrte ihm nach. Meinte er mit *dem anderen* die Erinnerungen an das Lazarett? Sie erinnerte sich an das, was Martin ihr über Weihnachten in Kriegszeiten erzählt hatte. Es waren ja nur Belanglosigkeiten gewesen, aber offenbar beschäftigten ihn die Erlebnisse immer noch. In Paulas Kindheit hatten die Kriegsversehrten an jeder Ecke gebettelt. Den meisten konnte man ansehen, was ihnen fehlte – Beine oder Arme waren auf den Schlachtfeldern geblieben, bei vielen die Gesichter entstellt. Einige saßen allerdings auch nur da und starrten ins Leere oder zitterten. Ihr Anblick war so verstörend gewesen, dass er sich in Paulas Gedächtnis gebrannt hatte. Obwohl sie noch jung gewesen war, hatte sie begriffen, dass die Verletzungen bei ihnen im Kopf oder im Herzen sitzen mussten. War auch Martin einer von diesen Menschen? Hasste er Lazarette, weil er mit ihnen Kriegserfahrungen verband, die ihn böse mitgenommen hatten? Versuchte er, mit seinen Geschichten über das friedliche Weihnachten eigene an der Front erlebte Schrecken in Schach zu halten?

Wie auch immer, Paula musste ihm von Fredis Aussage und Evis Rückkehr erzählen.

In seiner Wohnung in der Lohmühlenstraße rührte sich allerdings auf ihr Klingeln nichts. War Martin von der Klinik aus gleich ins Stadthaus gefahren? Das hätte sie selbst vielleicht auch getan, wenn schwarze Erinnerungen sie heimgesucht hätten. Sie kehrte zu dem Polizeiwagen zurück. Der musste sowieso zurückgebracht werden.

Paula hatte sich inzwischen an das fremde Auto gewöhnt. Wenn man genügend Ruhe besaß und nicht wie gestern Nacht unter Strom stand, war es ähnlich zu bedienen wie der Wagen ihres Vaters. Sie freute sich, wie mühelos sie damit durch Hamburg kam. Als sie das Stadthaus erreichte, parkte sie das Auto exakt in der Reihe der anderen Wagen.

Ihre Kollegen saßen sämtlich im Büro, auch Caro und Martin. An der Korktafel hing eine neue Karte mit Fredis Namen, daneben eine mit dem Schriftzug Annemarie Albers. Fäden verbanden die Karten miteinander und mit der von Moor. Gut, darüber wussten also alle schon Bescheid.

«Die Sache ist bereits beim Staatsanwalt», erklärte Martin, der bei ihrem Eintreten den Kopf gehoben hatte. «Der muss noch mit dem Richter sprechen, aber die Wahrscheinlichkeit, dass Moor in den Knast geht, ist jetzt außerordentlich hoch.» Sein Unterarm hing eingegipst in einer Schlinge, das Gesicht war grau vor Müdigkeit, der Schorf auf seiner Lippe dünn – und die Stimmung im Büro kribblig. Ein Vorgesetzter musste vorgeben, wo es langgehen sollte. Aber Martin sah nicht aus, als wäre er dazu in der Lage.

Er zog gereizt eine Schublade auf, holte eine Schachtel heraus und warf sich, ohne hinzuschauen, einige Tabletten ein. «Paula, du warst gestern Nacht ein Engel, noch mal vielen Dank. Wenn du willst, kannst du im Büro der WKP warten. Ich sag dir Bescheid, wenn das Kommando ausrückt, um Moor einzulochen. Und falls es dir Spaß macht, kannst du gern zuschauen. Aber hier müssen wir jetzt über die Frauenmorde …»

«Eva Oppermann ist wieder aufgetaucht», unterbrach sie ihn.

Einen Moment herrschte verblüffte Stille.

«Kannst du das mal erklären?»

«Mehr weiß ich nicht. Sie hat bei meinen Eltern übernachtet.»

Martin nickte, er machte ein Gesicht, als hätte sie ihm einen ungeheuer komplizierten Sachverhalt aufgetischt – was ja in gewisser Weise auch stimmte. Angestrengt rieb er sich mit der gesunden Hand die Schläfe. «Gut, Paula, das ist … wirklich erfreulich. Ist sie immer noch dort? Wir werden sie sofort abholen. Was die Frauenmorde angeht, bist du allerdings trotzdem …»

«Ich fass es nicht», schnauzte Caro ihn an. «Sie bringt dir die wichtigste Information, und du tust so, als wäre sie für uns eine Gefahr, als würde sie sofort losrennen …»

«Es ist unmöglich», sagte Martin. «Geh bitte, Paula. Du unternimmst ab jetzt gar nichts mehr.»

Sie war zornig wie selten zuvor. Hatte sie jemals Anlass gegeben, an ihrer Loyalität zur Truppe zweifeln? Hatte sie nicht bewiesen, dass sie keinesfalls bereit war, einen Mörder zu decken? Natürlich würde sie *nicht* im WKP-Büro warten! Sie holte sich den Polizeiwagen – den Schlüssel besaß sie ja noch – und machte sich auf den Weg zur elterlichen Villa.

Der Heimweg erwies sich allerdings als ärgerlich zeitaufwendig. Auf der Ampelkreuzung am Stephansplatz war ein Müllauto gegen ein Pferdegespann gedonnert. Die Tram musste halten, weil das durchgehende Pferd den lädierten Bretterwagen auf die Schienen gezogen hatte, zwei Krankenwagen wurden gerufen, und der Müllmann stand haareraufend vor dem Müll, der sich quer über die Straße ergossen hatte. Paula saß über eine Stunde fest. Als sie das Haus ihrer Eltern erreichte, war es bereits Nachmittag.

Sie zögerte kurz, bevor sie die Haustür öffnete. Falls ihre Kollegen den Unfallort umfahren hatten, musste sie jetzt mit Sicherheit den nächsten Schlag einstecken. *So gehst du also mit deiner armen Tante um, die sich immer liebevoll um dich gekümmert hat? Du lässt sie – in ihrem Zustand! – wie eine Verbrecherin abführen?*

Paula trat in den Flur. Doch es schien niemand zu Hause zu sein bis auf die alte Frau Jakobs, die in der Küche saß und ihre gichtverkrümmten Hände in Quarkwickel packte.

«Die Herrschaften? Ja, die sind fort, Paula. Der gnädige Herr schon seit dem Morgen, der musste ja in die Firma, und die gnädige Frau ist vorhin auch aus dem Haus.»

«Ist die Polizei hier gewesen?»

Frau Jakobs versuchte, sich zu erinnern, was ihr schwerfiel, weil die Hände schmerzten. «Es haben zwei Herren geklingelt. Kann sein, dass die von der Polizei waren. Die Gnädige hat ihnen selbst geöffnet.»

«Und dann?»

«Sind sie gemeinsam raufgegangen, wohl zu Frau Dr. Oppermann. Die schläft übrigens oben im Gästezimmer, ich weiß nicht, ob du das überhaupt …»

«Und dann?»

«Ich war frische Blumen aus dem Garten holen, und als ich wieder reingekommen bin, waren die Männer fort. Die Gnädige hat gesagt, dass Frau Doktor auf keinen Fall gestört werden darf – und dann ist sie ebenfalls weg. Sie sah ziemlich wütend aus, wenn ich mir die Bemerkung erlauben darf. Geht es dir gut, Mädchen?»

«Ich bin nur ein bisschen müde.»

«Wird schon wieder», tröstete Frau Jakobs.

Paula verließ die Küche und stieg die Treppe hinauf. Leise klopfte sie an die Tür zum Gästezimmer, und als niemand reagierte, öffnete sie sie. Evi hatte das Bett verlassen. Sie saß zusammengekauert auf einem Sessel neben dem Fenster und weinte. Ach was, sie wimmerte und schluchzte, das Taschentuch, das sie vors Gesicht hielt, war feucht.

Wie jung ihre Tante mit einem Mal wirkte. Wie verletzlich. Unsicher trat Paula auf sie zu. Hatte Martin sie gleich hier verhört? Das war unwahrscheinlich. In einem so wichtigen Fall befragte man eine Zeugin im Stadthaus, wo der Parlograph oder eine Stenotypistin die Aussage aufzeichnen konnte. Paulas Blick fiel auf die Fensterbank, auf der eine Packung Schlaftabletten lag, und sie begriff, woran Martins Versuch, Evi mitzunehmen, gescheitert war. Entweder hatte ihre Tante beim Eintreffen der Kommissare immer noch geschlafen, oder sie hatte so benommen gewirkt, dass sie die Vernehmung auf später verschoben hatten.

Paula ging vor Evi in die Knie, nahm ihre Hände und streichelte sie mit den Daumen. «Willst du mir erzählen, was passiert ist?»

26. KAPITEL

MITTWOCH, 24. APRIL

Martin kehrte mit Fritz Pepper ins Stadthaus zurück. Er war kribblig wie selten zuvor. Diese Frau Dr. Oppermann war mit Medikamenten zugedröhnt gewesen, aber er hatte Kratzer an ihrem Hals gesehen, und an deren Verlauf hatte er erkennen können, dass jemand sie von hinten gepackt haben musste, über ihre Schultern hinweg. Ihr war also tatsächlich Übles widerfahren, vermutlich …

Gott, er konnte nicht denken. Dieses verfluchte Krankenhaus … Was benutzten die eigentlich, dass in ihren Gemäuern überall der gleiche beißende Gestank hing? Warum konnten sie die Türen nicht so dick machen, dass man das Stöhnen der Kranken … Nein, Schluss! Er merkte, dass er wieder zu schwitzen begann, und verbot sich die Erinnerung an die vergangene Nacht und all den anderen Mist.

Zu dumm, dass er Eva Oppermann nicht unverzüglich hatte verhören können. Wo hatte sie sich in der Zeit von Freitagmorgen bis Dienstag aufgehalten? Genau das war die Frage! Fritz, der den Wagen lenkte, wandte den Kopf, offenbar hatte Martin sie laut ausgesprochen.

«Du fährst in die Eppendorfer Klinik und kriegst raus, ob Oppermann vergangenen Freitag wirklich dort Dienst getan hat», ordnete Martin an. «Und wie lange. Notiere dir die Uhrzeiten!»

«Was wird mit seiner Frau?»

«Ich schicke Caro zu ihr. Die soll bei ihr bleiben, bis sie wieder wach ist.» Das klang vernünftig. Nach seiner Einschätzung würde es allerdings noch Stunden dauern, bis die benebelte Dame wieder einigermaßen ansprechbar war. Er kannte das Zeug, das sie offenbar geschluckt hatte wie Zuckerperlen: *Scopolamin*. Das haute einen in höherer Dosis um.

Ihm kam ein neuer unangenehmer Gedanke: Was, wenn sie versucht hatte, sich mit dem Medikament umzubringen? Er würde Caro auf diese Möglichkeit aufmerksam machen müssen.

Und dann war da noch dieser Krumbholz. Der Pathologe hatte Eva nach Angaben des Oppermann'schen Dienstmädchens mit dem Auto abgeholt. Was war danach passiert? Kurt Oppermann wähnte seine Frau auf Kur, nach Paulas Aussage. Hatte Krumbholz Eva, statt sie zum Bahnhof zu fahren, in seine Gewalt gebracht? Aber die Fingerabdrücke auf dem Messer, mit dem die Tote vom Friedhof umgebracht worden war, gehörten zu Oppermann.

Fritz bog in das Tor zum Stadthaus ein und hätte fast einen herausfahrenden Wagen gerammt. Martin biss sich auf die Lippe, die sofort wieder zu bluten begann. Das hatte allerdings nichts mit Fritz' Fahrkünsten zu tun. Er spürte deutlich, dass ihm etwas Wichtiges entgangen war. Er sah den sprichwörtlichen Wald vor lauter Bäumen nicht!

Als er oben im Büro erfuhr, dass Caro gerade irgendwo unterwegs war, erreichte seine Stimmung einen weiteren Tiefpunkt. «Such sie und bring sie auf Trab!», schnauzte er Jens Schmidtke an.

«Ich denke, Fritz und ich sollen nach Eppendorf?»

Ja, richtig. Und Volker Rauhe und Siegmund Zinn leiteten gerade die Razzia, bei der Moor verhaftet werden sollte. Er hatte zu wenige Leute, immer das Gleiche.

«Regelt es einfach!»

Krumbholz!, dachte Martin, als sie fort waren. Er musste diesen Krumbholz in die Mangel nehmen. Das war aktuell das Wichtigste. Und dieses Mal würde es im Stadthaus geschehen.

27. KAPITEL

MITTWOCH, 24. APRIL

Sie saßen im Garten auf der Bank hinter der Schaukel, die vor zwanzig Jahren einmal Paulas Ort der Freiheit gewesen war. Hier draußen konnte man atmen. Es war noch nicht dunkel, aber das Licht begann bereits seine Kraft zu verlieren. Die Stille wurde nur durch den Gesang der Vögel unterbrochen.

«Anfangs war es schön», sagte Evi leise. «Ich hab geglaubt, dass ich bei Kurt im Himmel bin. Mein Leben vor unserer Hochzeit ist ja nicht leicht gewesen. Meine Mutter hat der Schlag getroffen, und dann ist auch noch das Schiff untergegangen, auf dem mein Vater unterwegs gewesen ist. Ich habe natürlich das Häuschen in Ellerau geerbt, und meinen Lebensunterhalt konnte ich als Lehrerin bestreiten. Das hatte ich meiner Mutter zu verdanken, der selbst immer die Angst im Nacken gesessen hat, dass mein Vater auf See bleiben könnte. Du musst selbst für dich sorgen können, hat sie mir in den Ohren gelegen und mich zur Lehrerinnenbildungsanstalt geschickt. Ich litt also keine Not, aber hier im Herzen …» Sie pochte auf ihre Brust. «Ich war bei Vaters Tod schon dreißig gewesen, praktisch eine alte Jungfer – es waren ja so viele Männer im Krieg geblieben. Und wer zurückkehrte, konnte sich die hübschesten Mädel aussuchen. Mein Leben war ein Elend. Und dann habe ich Kurt getroffen.» Ein wehmütiges Lächeln trat auf ihr Gesicht. «Ich hatte in Hamburg etwas wegen der Erbschaft zu erledigen, es ging um eine Unterschrift. Und da bin ich ihm, verstört, wie ich war, vors Auto gelaufen.»

Ja, Paula kannte die Geschichte, Onkel Kurt erzählte sie oft und gern.

«Drei Monate später waren wir verheiratet. Ich glaube, das Jahr danach war die glücklichste Zeit meines Lebens.» Evi knetete ihre Finger. «Kurt hat mir einen Kanarienvogel geschenkt. Erinnerst du dich an den? Er stand im Speisezimmer. Dabei mochte Kurt solches Viehzeug, wie er es nannte, gar nicht.»

Auch daran erinnerte Paula sich. Sie war damals oft bei ihrem Patenonkel und der neuen Tante gewesen und hatte den Kanari gefüttert. «Und was ist dann geschehen?», fragte sie behutsam. Sie wusste, dass Martin sie für dieses Verhör ans Kreuz nageln würde, doch das war ihr egal. Mit ihr würde Evi offen sprechen, weil sie einander vertrauten. Im Stadthaus würde sie sich verschließen wie eine Auster.

«Irgendwann flaute die erste Verliebtheit ab. Das ist ja ganz natürlich, man liest von so was ständig in den Illustrierten. Und bei uns war es genauso. Kurt begann ungeduldig zu werden. Ich bin unter Seeleuten aufgewachsen, und meine Mutter ist keine vornehme Dame gewesen – feine Manieren hatte ich also nie gelernt. Es hat Kurt wahnsinnig geärgert, wenn ich etwas falsch gemacht habe – das Besteck verkehrt abgelegt oder so.»

Ja, auch daran konnte sich Paula erinnern. Sie entsann sich einiger peinlicher Momente am sonntäglichen Mittagstisch, die ihre Mutter aber immer mit einem Lächeln und einer freundlichen Bemerkung entschärfen konnte.

«Doch dann verlangte Kurt auf einmal … seltsame Dinge von mir.» Evi verbarg das Gesicht in den Händen, zog die Finger aber sofort wieder herab und hob den Kopf. «Ich weiß nicht, wie ich es dir erklären soll, du bist ja nicht verheiratet. Aber im Schlafzimmer … Es gibt Sachen, die sich gehören, und andere, die eine Frau in … furchtbare Verlegenheit bringen. Nein, ich will darüber nicht sprechen, aber ich habe angefangen, mich vor den Nächten zu fürchten.»

Paula starrte angestrengt in die Büsche. Evi brauchte gar nichts zu sagen, ihr stiegen von allein entsetzliche Bilder in den Kopf. «Bist du deshalb zur Kur gefahren?»

«Nein, das war erst …» Evi verstummte. Ein kleiner, blaugelber Vogel hüpfte aufgeregt über den Rasen, auf der Suche nach Würmern. Sie starrten ihn an. «Unten im Keller steht ein verschlossener Schrank», fuhr sie schließlich leise fort. «Vor kurzem, als ich … Also, ich hatte Kurt um ein eigenes Schlafzimmer gebeten. Dabei habe ich vorgeschoben, es sei wegen seines Schnarchens. Und da hat er mich in den Keller mitgenommen und diesen Schrank geöffnet. Darin standen Gläser voller Flüssigkeit, in der Organe schwammen, menschliche Organe – Herzen, Lebern, eine Milz, hat er mir erklärt, und …»

Evi begann, hemmungslos zu weinen. Als sie wieder sprechen konnte, fuhr sie fort, offenbar entschlossen, alles, was ihr auf der Seele lag, loszuwerden: «Er hat gesagt, so sehen die Organe von Frauen aus, die Sperenzchen machen und sich weigern, ihrem Herrn zu folgen. Dann hat er mich ins Schlafzimmer gezerrt, und … ich dachte, ich muss sterben.»

Der Vogel hatte einen Wurm entdeckt und zerrte ihn ans Licht. Aus Richtung des Innocentia-Parks drang übermütiger, alkoholschwangerer Männergesang zu ihnen herüber.

«Die Zeit danach war schlimm, aber ich hätte sie wohl

trotzdem durchgestanden. Dann aber wurde die Frau auf dem Friedhof gefunden – und Kurt war plötzlich wie ausgewechselt. Wie überdreht. Mich hat er in diesen Tagen in Ruhe gelassen, und so hab ich alle Ängste und Zweifel von mir geschoben. Aber Mitte letzter Woche habe ich ihn nachts aus dem Haus schleichen hören. Zuerst dachte ich, er macht einen Spaziergang. Doch als anschließend die Tote auf dem Steg gefunden wurde …

Natürlich kamen mir da entsetzliche Gedanken. Nur, was sollte ich tun, Paula? Es waren ja bloß Vermutungen, und Kurt war mein Ehemann. Ein guter Ehemann, die meiste Zeit. Wir hatten immer noch fröhliche Stunden miteinander. Und es musste ja auch gar nicht stimmen. Vielleicht hätte ich ihn direkt fragen sollen, aber das hab ich mich einfach nicht getraut.»

Paula nickte wie betäubt. Hatte Evi auch Mutter von ihrem Martyrium erzählt? War sie so ärgerlich geworden, weil sie von dieser Seite ihres Bruders nichts hatte wissen wollen? Aber da sie ihre Schwägerin nicht rausgeworfen hatte: Hatte sie Evi womöglich trotzdem geglaubt?

«Stattdessen habe ich also die Kur erfunden. Als ich am Bahnsteig stand, hat mich aber wieder das Gewissen gepackt. Was, wenn Kurt seinen Trieb … Wenn er noch weitere Frauen umbrachte? Diese Schuld konnte ich doch nicht auf mich laden. Ich war völlig verwirrt und habe in dem Hotel neben dem Hauptbahnhof ein Zimmer bezogen. Dort habe ich mich bis gestern verkrochen. Dann konnte ich die Ungewissheit einfach nicht mehr ertragen. Was, wenn er Paula etwas antut?, habe ich mich plötzlich gefragt. Nicht, dass ich es wirklich geglaubt hätte. Er hat dich nämlich wahnsinnig gern. Aber mir ist klargeworden, dass ich mit jemandem reden muss.»

«Mit meiner Mutter.»

«Lieber hätte ich mit dir gesprochen, aber ich wusste ja nicht, wie ich dich erreichen soll. Also habe ich deiner Mutter zu erklären versucht … Sie wollte aber nichts davon hören.»

«Ja, ich verstehe.» Paula erhob sich. Sie konnte einfach nicht mehr stillsitzen. «Pass auf, Evi, ich bringe dich jetzt in dein Hotel zurück. Dort bist du in Sicherheit. Irgendwann, vermutlich heute noch, werden sich die Kommissare bei dir melden. Und denen gibst du alles zu Protokoll, was du mir gerade erzählt hast. Es muss sein!»

Evi zitterte am ganzen Leib, aber sie nickte.

Die Fahrt zum Bahnhofshotel dauerte nicht lange. Paula kam sich albern vor, als sie sich beim Aussteigen aus dem Polizeiwagen argwöhnisch umsah. Nach Onkel Kurt? Nach Moor, dachte sie, den durfte sie auch nicht aus den Augen verlieren. Obwohl: Wahrscheinlich hatten sie ihn bereits verhaftet.

Sie brachte Evi auf ihr Zimmer und sprach noch eine Weile beruhigend auf sie ein. Anschließend ließ sie sich vom Portier das Hoteltelefon zeigen und rief im Stadthaus an. Doch keiner ihrer Kollegen war anwesend, auch Martin nicht. Sie blickte zur Uhr über dem Empfangstresen: halb sechs. Machten die etwa alle schon Feierabend? An einem Tag wie diesem? Martin hat die Kontrolle verloren, dachte sie und fand sich selbst schäbig, weil es nachtragend klang. Trotzdem hatte sie damit recht. Die Nacht im Hafen und der Aufenthalt im Krankenhaus hatten ihn aus der Bahn geworfen.

Gut, Evi war für den Moment sicher. Paula verließ also das Hotel und kehrte zum Auto zurück. Daran, dass Evi die Wahrheit gesagt hatte, bestand kein Zweifel. Ihr liebevoller, herzensguter Onkel hatte die eigene Frau misshandelt und andere Frauen ermordet. Sie musste es hinnehmen und ihr Bild von Kurt revidieren. Was mochte er von Evi, die er doch offenbar aus Liebe geheiratet hatte, verlangt haben? *Dinge, die Frauen in furchtbare Verlegenheit bringen …*

Paula hatte bereits den Autoschlüssel in der Hand, als sie sich anders entschloss. Sie brauchte einen Kaffee, bevor sie sich ihren Kollegen offenbarte. Oder besser noch: einen Likör. In der Seitenstraße gegenüber dem Hotel befand sich ein schäbiges Lokal mit abgetretenen Teppichen und Staub auf den Lampen. Die Frau, die es betrieb, lief müde zwischen den spärlich besetzten Tischen umher. Als Paula nach einem Krambambuli fragte, handelte sie sich von ihr einen halb verständnisvollen, halb abfälligen Blick ein. Ein junges Mädchen, das sich betrank, noch bevor es Nacht geworden war …

Paula setzte sich an einen Fenstertisch. Sie fühlte sich entsetzlich einsam. Und doch war ihr Leben Gold, wenn man es mit dem von Evi verglich. Sie stellte sich vor, wie die Arme aus … aus Dings, aus ihrem Dorf, nach Hamburg gekommen war, verzweifelt, ohne Hoffnung. Mit Kurt glaubte sie, endlich ihr Glück gefunden zu haben – und dann verwandelte ihr Leben sich in einen Albtraum. Warum war sie nicht einfach nach … in dieses Dorf zurückgekehrt? Gut, das war klar. Ihre Stelle an der Schule war sicher längst neu besetzt worden, das Haus verkauft … Und vermutlich hätte sie auch anderswo kaum Aussicht auf eine Anstellung gehabt, denn nach dem Krieg waren alle verheirateten Frauen entlassen worden, damit man die Kriegsheimkehrer einstellen konnte, die in der Regel eine Familie zu versorgen hatten. Arbeitsstellen waren so selten geworden wie Diamanten.

Ellerau, dachte Paula. Der Ort heißt Ellerau.

Die Wirtin brachte den Krambambuli, und Paula starrte

auf den süßen Wacholderbeerenlikör. Abrupt legte sie einige Münzen auf den Tisch und kehrte auf die Straße zurück.

Der Polizeiwagen brachte sie über den Harvestehuder Weg zum Haus ihres Onkels. Sie schlüpfte durch das hintere Gartentor auf das Villengrundstück. Als sie das Kellerfenster erreichte, durch das sie vor Tagen ins Haus eingedrungen war, sah sie, dass Kurt es noch nicht hatte reparieren lassen. Das erschien ihr wie ein Wink des Schicksals. Sie würde den Schrank mit den Eingeweiden suchen, und wenn sie ihn fand, wäre Kurts Schuld bestätigt. Es würde ihr zwar das Herz zerreißen, und Mutter würde sie hassen – aber wenigstens herrschte dann Klarheit.

Leider hatte Kurt auch die Scherben noch nicht beseitigt. Als sie sich durch den Rahmen gezwängt hatte und mit den Füßen den Boden erreichte, knirschten unter ihren Schuhen Scherben. Eine davon bohrte sich durch die Sohle. Sie bückte sich, um sie herauszuziehen. Ihre Fußsohle war angeritzt und schmerzte.

Geschah ihr recht! Es war unsinnig, was sie hier tat. Sie sollte sich raushalten, so wie Martin es gefordert hatte. Er würde Evi heute oder morgen verhören und anschließend Kurts Haus professionell auf den Kopf stellen lassen. So lange würde sie die Ungewissheit schon noch aushalten.

Aber durchs Fenster zurück ins Freie würde sie es nicht schaffen – es lag schlicht zu hoch. Also ging sie weiter zum nächsten Kellerraum. Links vom Eingang erhob sich ein schäbiger Schrank, an dessen Füßen Mäuse oder Ratten genagt hatten. Paula entdeckte einen Werkzeugkasten, zog einen Schraubenschlüssel heraus und sprengte die verschlossene Tür auf. Obwohl sie auf das, was sie erblickte, vorbereitet war, fuhr sie zurück. Etwa ein Dutzend Einmachgläser füllten die Regale. Nur befand sich kein Obst darin, sondern graue Fleischstücke, umgeben von einer durchsichtigen Flüssigkeit. Die Herzen und Nieren und anderen Organe, von denen Evi gesprochen hatte.

Paula holte Luft und atmete sie zittrig wieder aus. Sie bildete sich ein, über sich Geräusche zu hören. War Kurt also im Haus? Musste sie ihm dann nicht wenigstens Gelegenheit geben, zu Evis Anschuldigungen Stellung zu nehmen? Immerhin steckte doch die Pistole unter ihrer Jacke.

Sie löschte das Licht und stieg die Kellertreppe hinauf. Was die Geräusche anging, musste sie sich geirrt haben – als sie im Erdgeschoss ankam, herrschte im ganzen Haus drückende Stille. Allerdings brannte im Speisezimmer Licht. Doch ein Blick hinein zeigte, dass sich niemand dort befand. Auf dem Tisch lagen neben der Zeitung einige Papiere, die sie aber ignorierte. Sie ging weiter zum Salon. Das war ein Raum, den Onkel und Tante nur selten benutzten, wohl um ihn zu schonen. Evi kam ja aus einem sparsamen Haushalt. Warum zog es sie gerade hierhin? War es Instinkt? Oder nahm sie unterhalb der Bewusstseinsschwelle etwas wahr? Zögernd legte sie die Hand auf die Klinke und drückte sie herab.

Jemand hatte die Vorhänge zugezogen – vielleicht, um die Möbel vor Sonnenlicht zu schützen. Nur aus dem Speisezimmer drang ein wenig Licht über den Flur ins Zimmer. Paula streckte die Hand zum Lichtschalter aus, zog sie aber wieder zurück und ging langsam weiter. Der Salon war ein L-förmiger Raum. Undeutlich erkannte sie die Umrisse der Möbel. Als sie um die Ecke in den hinteren Teil des Zimmers bog, wo der Bücherschrank mit dem gemütlichen Ledersessel stand, konnte sie kaum noch etwas erkennen. Wieder zögerte sie. Es roch. Unangenehm.

Mit dem nächsten Schritt stieß ihr Kopf plötzlich gegen etwas Weiches, das taumelnd zu schwingen begann.

Sie stand im Bad. Wie besessen wusch sie sich erst die Hände, dann das Gesicht. Der Urin, der die Hose an dem schwingenden Körper durchtränkt hatte, schien auch an ihr selbst zu haften. Sie riss sich die Bluse über den Kopf, zog den Rock herunter, entledigte sich der Unterwäsche und schleuderte alles mit dem Fuß in eine Ecke. In einer kleinen Kommode befanden sich Waschlappen. Sie seifte ihren Körper ein und schrubbte ihre Haut, bis sie krebsrot war. Die Kommode enthielt auch Handtücher. Damit trocknete sie sich ab, zog einen geblümten Morgenmantel von Evi über, stopfte die Pistole in die Tasche des Mantels und atmete einige Male tief ein und aus.

Martin anrufen. Das war das Dringlichste. Kurts Telefon befand sich in seinem Arbeitszimmer. Aber als sie den unteren Flur erreichte, blieb sie erneut stehen. Martin hatte deutlich gezeigt, was er von ihr hielt: Voreingenommen … zu weich, weil persönlich betroffen. Nein, sie musste erst feststellen, was wirklich los war im Salon. Bisher hatte sie ja praktisch nichts gesehen – sie hatte nur die baumelnden Beine gespürt und den Gestank eingeatmet und angenommen, dass dort Onkel Kurt von der Decke hing.

Mit zittrigen Händen betrat sie den Raum und ging die wenigen Schritte um die Ecke. Ja, tatsächlich – es war ihr Onkel, der da zwischen Bücherschrank und Kamin an einem Seil baumelte. Die Schlinge war an einer der Kaminsäulen befestigt und über den eisernen Haken der Lampenaufhängung geführt worden. Sie hatte sich in seinen weichen Hals gegraben. Unter seinen Füßen lag ein umgestoßener Stuhl. Sein Kopf war zur Seite gesackt, der rote Lampenschirm saß auf seinem entblößten Nacken wie ein boshafter Gnom. Die hellgraue Hose war dort, wo sich die Blase entleert hatte, dunkel verfärbt.

Paula wandte sich ab und kämpfte gegen ihre Übelkeit an. Das Telefon, sie musste zum Telefon. Doch auf dem Weg zurück in den Flur fiel ihr Blick erneut auf die Papiere, die auf dem Esstisch lagen. Hatte Kurt etwas niedergeschrieben, bevor er seinem Leben ein Ende setzte? Sich erklärt? Sie ging hinüber und starrte auf das Büttenpapier.

Schon bei den ersten Worten wurde klar, dass ihr Onkel tatsächlich eine schriftliche Beichte abgelegt hatte. Er hatte in schockierender Offenheit von seiner Faszination für den weiblichen Körper geschrieben, von seinem dunklen Drang, ihn zu erkunden, in Besitz zu nehmen, zu quälen, zu sezieren – aus einem Groll heraus, der ihm selbst unverständlich war und unter dem er elendig litt.

Paula setzte sich, weil ihr die Knie zitterten.

Die Zeit in London habe etwas in ihm ausgelöst, schrieb er, gegen das er viele Jahre lang angekämpft habe. Bei den Huren im Kiez habe er kurzfristig Ruhe gefunden, und wenn eine Frau sich weigerte, ihn nochmals zu empfangen, habe eine andere sich dazu bereit erklärt. Schließlich habe er sogar geheiratet, in der Hoffnung, seine abscheuliche Veranlagung so zügeln zu können. Eva, eine verarmte Lehrerin.

Aber sein teuflischer Drang ließ ihn auch jetzt nicht in Ruhe. Schon bald habe er damit seine arme Eva in Angst und Schrecken versetzt. Und als sie von ihm fortstrebte, habe er sich dazu hinreißen lassen, ihr mit seinen Gläsern im Keller Furcht einzujagen. Die Exponate stammten aus London. Er hatte sie als Student entwendet. Nein, sie stammten nicht von den Rippermorden. Es handelte sich um einfache Präparate aus einem der Universitätskeller. Eva schien die Warnung verstanden zu haben, dann aber sei sie unter dem Vorwand eines Kuraufenthalts geflohen. Er schäme sich sehr.

Als die Polizei ihm seine Fingerabdrücke abnahm, habe sich zur Scham noch die Angst gesellt. Es sei nur noch eine Frage der Zeit, bis man ihn verhafte. «Ich bin zu einem Schwein verkommen und werde enden wie ein Schwein», hatte er als letzten Satz geschrieben.

Paula stützte die Ellbogen auf den Tisch und rieb sich die müden Augen.

28. KAPITEL

MITTWOCH, 24. APRIL

Moor war nicht im *Tingeltangel* gewesen, als das Überfallkommando des Stadthauses sein Bordell durchsuchte. Entsprechend schlecht gelaunt kehrten Volker und Sigmund ins Büro zurück. «Wahrscheinlich ist dem Dreckskerl der Boden unter den Füßen zu heiß geworden, und er ist geflüchtet», mutmaßte Volker. «Ihm wird nach der Nacht am Kai klargeworden sein, dass Fredi über ihn auspacken würde.»

«Ist sein kleiner Sohn ebenfalls verschwunden?», fragte Martin.

Die beiden Kommissare schauten einander an. «Wir haben jedenfalls kein Kind gesehen», meinte Sigmund ein wenig verlegen.

Sie diskutierten ihre Möglichkeiten, Martin immer gereizter, weil sein gebrochenes Handgelenk schmerzte. Er griff wieder zu den Pillen und versuchte, die mitfühlenden Blicke seiner Männer zu übersehen. Es war halb sieben, das *Tingeltangel* wurde von zwei Schupos bewacht, aber dass Moor dort wieder aufkreuzen würde, war tatsächlich unwahrscheinlich. Er schickte die beiden in den Feierabend, mit der Bitte, zu Hause in der Nähe des Diensttelefons zu bleiben.

Und dachte erneut an Paula. Es war unumgänglich gewesen, sie aus der Mordkommission auszuschließen, warum kapierte sie das nicht? Er würde mit Josefine Erkens sprechen und ihr sagen, dass er Paula beim nächsten Mordfall wieder als Ermittlerin an der Seite haben wollte. Aber würde sie dazu überhaupt bereit sein? Vielleicht hatte sie schon alles hingeworfen und dem Stadthaus für immer den Rücken gekehrt. Sie nahm vieles zu persönlich, war einfach noch nicht professionell genug.

Er dachte an die Nacht, die sie in seiner Wohnung verbracht hatte. Hatte sie gar keine Bedenken gehabt, dass er ihr zu nahe kommen könnte? Nein, sie hatte ihm vertraut. Und warum berührte ihn das so stark? Er schob die Frage beiseite. Es war kein guter Zeitpunkt, sich auch noch mit solchen Dingen rumzuschlagen. Er musste sich auf seinen Fall konzentrieren.

Und endlich mit diesem Krumbholz sprechen. Möglicherweise hatte Paula ja recht, und sie lagen mit Kurt Oppermann als Hauptverdächtigem für die Rippermorde tatsächlich daneben. Sein Alibi war allerdings wacklig. Er hatte bis mittags in der Eppendorfer Klinik gearbeitet, sich dann aber frei genommen, angeblich wegen Magenproblemen. Hatte er Evi die Kratzer am Hals zugefügt? Sie irgendwo eingesperrt? War sie ihm nur mit Mühe entkommen? Verflucht, dass er die Frau noch nicht hatte verhören können! Aber das musste bis morgen warten. Selbst wenn sie bereits wach wäre, würde ein Verteidiger das Ergebnis der Vernehmung für nichtig erklären. *Zeugin stand unter dem Einfluss starker Schlafmittel …*

Martin blickte auf die Uhr. Kurz nach halb sieben. Alles zog ihn nach Hause ins Bett, aber gleichzeitig fürchtete er sich vor dem Moment, in dem er in seinem Schlafzimmer an die Decke starren würde. Er wusste, dass ihn wieder dieselben Szenen wie in der Klinik heimsuchen würden: Wie er in

Hooglede neben dem Brunnen mit dem verrosteten Schwengel stand … die Schreie der missbrauchten Frauen aus den Häusern entlang der Dorfstraße … das weinende Kind mit dem Schaukelpferd auf der Terrasse … Friedbert, der sich im Graben wand, weil er es nicht mehr geschafft hatte, rechtzeitig die Gasmaske aufs Gesicht zu kriegen …

Nein, lieber griff er auf die bewährte Strategie zurück: Arbeiten, bis er so erschöpft ins Bett fiel, dass er auf der Stelle einschlief. Zuerst würde er also zu Krumbholz fahren und ihn auseinandernehmen – dieses Mal nachdrücklicher. *Wohin haben Sie Eva Oppermann gefahren? Was hat sie zu Ihnen gesagt?* Martin dachte an die absonderliche Sammlung des Pathologen über die Rippermorde. Wenn Paula mit ihrem Verdacht wider Erwarten recht haben sollte … Wenn sich die Sache mit Oppermanns Fingerabdrücken auf der Mordwaffe irgendwie klären ließe … Martin strich sich über die Wange, auf der er immer noch den Schlag von Paulas Hand zu spüren meinte. Er dachte an den Zorn in ihrem Gesicht, die Verletztheit. Aber verflucht, er durfte bei diesem Fall ebenso wenig Gefühle ins Spiel bringen wie seine Kollegin. Gar keine Gefühle – er war der Mann mit Erfahrung.

Eine halbe Stunde später stand er vor dem efeuüberwucherten Haus in der Kielort-Allee. Das Dienstmädchen schien frei zu haben, denn der Pathologe öffnete ihm selbst.

«Tsss, tsss», meinte er mit einem Blick auf den eingegipsten Arm. Dann führte er ihn in sein Arbeitszimmer. «Sie sind gekommen, um mir meine Unterlagen wiederzubringen?», fragte er dort steif.

Martin ärgerte sich, dass er sie vergessen hatte. Zinn hatte sie durchforstet und nichts Verdächtiges darin entdeckt. «Ich habe noch einige Fragen zu den beiden Mordfällen, die wir bearbeiten. Sie wissen ja Bescheid.»

«Weiß ich keineswegs!», blaffte Krumbholz ihn an und ließ sich auf seinen Stuhl fallen.

«Sie haben Fräulein Haydorn erzählt, dass Sie Eva Oppermann zum Bahnhof gefahren haben. Ist Ihnen dabei etwas aufgefallen?»

«Nein, nichts. Ich habe vor dem Hauptbahnhof gehalten, ihr den Koffer gegeben und eine gute Fahrt gewünscht.»

«Hat sie erzählt, wo sie hinwollte?»

«Irgendwas von einer Kur.»

Krumbholz ließ sich jedes Wort aus der Nase ziehen. Sein hageres Gesicht mit der breiten Stirn und der randlosen Brille blieb misstrauisch.

«Wissen Sie, wie es um die Ehe der Oppermanns bestellt war?»

«Da müssen Sie die beiden schon selbst fragen!»

«Frau Oppermann ist niemals in dem Kurheim angekommen, zu dem sie eigentlich wollte.»

«Tatsächlich?» Schwer zu entscheiden, ob Krumbholz' Überraschung echt war. «Dann wird sie woanders hingefahren sein.»

«Zum Beispiel?»

Er zuckte mit den Schultern. «Freunde oder Verwandte besuchen.»

«Das ist natürlich möglich. Nur wirkte sie ein wenig … derangiert, als sie nach Hamburg zurückkehrte.»

«Sie ist also wieder da? Warum fragen Sie sie dann nicht selbst?»

«War sie glücklich in ihrer Ehe?», bohrte Martin noch einmal nach.

«Glück ist nicht der Zweck einer Ehe. Deshalb bin ich ja

unverheiratet. Aber wenn Sie schon fragen: Es wäre für alle Beteiligten besser gewesen, wenn Kurt sich damals zusammengerissen hätte und sich nicht von seinen idiotischen Gefühlen …» Er stockte, er rang mit sich. Und dann brach aus Krumbholz heraus, welchen Fehler Kurt begangen hatte, als er Eva geheiratet hatte. Je länger er sprach, desto kälter wurde es Martin ums Herz.

29. KAPITEL

MITTWOCH, 24. APRIL

Das Telefon stand im Arbeitszimmer ihres Onkels. Langsam durchschritt Paula den Flur. Eine lähmende Erschöpfung hatte sie gepackt, die jede ihrer Bewegungen zu einer Kraftanstrengung machte. Wie beerdigte man wohl einen Mörder? Durfte Kurt in die Familiengruft zu seinen Eltern? Oder würde man ihn auf einem Armesünderfriedhof verscharren? Gab es so etwas überhaupt noch?

Sie hob den Kopf, um die Klinke des Arbeitszimmers niederzudrücken. Vielleicht war das der Grund, warum sie plötzlich die Bewegung, das Lebendige, in ihrem Rücken wahrnahm. Instinktiv wollte sie herumfahren, doch es war zu spät. Ein muskulöser Arm schlang sich um ihren Hals und presste ihr die Luft ab. Aus den Augenwinkeln sah sie schräg über sich ein stoppeliges Kinn und einen schwarzen Schnurrbart auftauchen.

Moor.

Sie würgte und rang nach Luft. Unmöglich, etwas zu denken. Es versuchte, sie umzubringen. Sie sah seinen Kopf schräg über sich. Er drehte ihn ein wenig, damit sie sein Gesicht sehen konnte. Sein Grinsen. Seinen Triumph.

Ihre Panik wurde gesteigert durch die Unmöglichkeit, sich zu wehren. Ihr schossen Tränen in die Augen. Die Pistole …

Sie begann, mit den Händen nach ihr zu tasten, konnte sie aber nicht erreichen. Die Waffe war zwischen ihrem Körper und dem von Moor eingequetscht. Sein Kinn roch nach Rasierwasser, sein Atem stank nach Alkohol. Paula bekam keine Luft, sie spürte, wie ihr schwummrig wurde und ihre Beine zu zittern begannen.

«Lass sie los!»

Einige Sekunden lang wurde der Druck noch heftiger. Dann löste sich der Griff unvermittelt. Paula stürzte zu Boden und bekam, während sie um Luft rang, einen schmerzhaften Tritt in die Seite. Sie versuchte fortzukriechen, zitterte aber zu sehr, um sich bewegen zu können.

«Warum musstest du hierherkommen?»

Was?

«Das hätte nicht geschehen dürfen.» Evis Stimme. Sie hörte die Stimme ihrer Tante. Müde sagte sie: «Na komm, bring sie hier rein.»

Das Atmen war eine Kraftanstrengung. Wieso Evi? Paula wurde mitgeschleift und kam auf dem braunen Wollteppich im Salon zu liegen. Die Deckenlampe funktionierte wieder, sie sandte ein warmes Licht aus. Paulas Blick fiel auf Onkel Kurt, der aufgehört hatte, an dem Seil zu schaukeln, als wäre er ein zweites Mal gestorben.

Noch ein Tritt traf sie in die Seite. Es tat weh. Sie wollte nicht weinen.

Tante Evi sagte leise: «Nun lass sie schon!»

«Das Dreckstück hat mir meinen Sohn weggenommen!»

«Du kannst den Fredi doch gar nicht leiden.» Evis Stimme hatte eine Färbung bekommen, die Paula an ihr nicht kannte. Sarkasmus.

«Deshalb war er trotzdem mein Sohn!», beharrte Moor und trat erneut zu. Paula schmeckte Blut auf ihrer Lippe. Die würde jetzt wie die von Martin aussehen. Aber nicht heulen. Das auf keinen Fall.

Ein Schatten beugte sich über sie. Tante Evi rollte sie auf die Seite und nahm die Pistole an sich. «Du hättest nicht hierherkommen sollen», murmelte sie erneut und ging zu einem der Sessel, von dem aus sie Paulas Gesicht sehen konnte. Sie wirkte bekümmert. «Wärst du nicht hier aufgetaucht, wäre der Spuk mit diesem Abend vorbei gewesen», seufzte sie. «Kurt, der Hamburger Ripper, hätte ein letztes Fest in den Hamburger Zeitungen gefeiert. Ich hätte geerbt, Waldemar hätte mit seinem Anteil des Erbes seine Schulden beglichen, und du hättest weiter bei der Polizei arbeiten können.»

Paulas Augen wanderten zu Moor, der sich gegen eine der Fensterbänke gelehnt hatte. Er schien ihren fragenden Blick zu verstehen, denn er lachte. «Evi braucht keine Hilfe, wenn sie jemand um die Ecke bringen will, das kriegt sie allein hin. Jedenfalls …», fügte er mit einem Grinsen in Richtung des Erhängten hinzu, «solange es sich um Weiber handelt.»

Hatte also Moor Onkel Kurt erhängt? Und Evi Edith und Luise Gottbauer erstochen?

Ihre Tante seufzte. «Im Grunde war alles Kurts Schuld, verstehst du, Paula? Er war wirklich ein Schwein. Als er mich im *Tingeltangel* kennenlernte, war er begeistert gewesen, eine Frau zu treffen, die seine Perversionen mit einem Lachen über sich ergehen ließ. Er wollte das auch zu Hause haben. Jede Nacht, ohne den umständlichen Weg in den Puff mit möglicherweise peinlichen Begegnungen. Es war eine Abmachung zwischen uns. Meine Dienste gegen eine Heirat, die mir ein unbeschwertes Leben bescheren würde. Ein Geschäft, verstehst du? Er hat aus Eva Kornblum, der Kutscherstochter, die von der Not in Moors Hurenhaus getrieben worden war, eine Kapitänstocher gemacht, die bei einem galanten Arzt die große Liebe fand.»

Sie schwieg, als starrte sie in die Vergangenheit, und lächelte wehmütig. «Vielleicht war's anfangs von seiner Seite sogar wirklich etwas wie Liebe. Aber dann wollte er seine neue Frau auch vorzeigen. Er hat mit mir vornehmes Benehmen geübt wie mit einem Dackel. Zuerst war's ihm ein Spaß, dann lästig, bald peinlich. Die Hure schaffte es nicht, sich in eine Arztfrau zu verwandeln. Ständig blamierte ich ihn. Irgendwann hat er das Testament, das er zu meinen Gunsten gemacht hatte, zwischen meinen Sachen gefunden und es vor meinen Augen zerrissen, der Mistkerl. Er …»

«Reicht's nun?», fragte Moor, der die Geduld verlor.

Evi beachtete ihn nicht. «Jetzt fragst du dich natürlich, was das mit Edith zu tun hat? Warum die dran glauben musste?» Sie schüttelte den Kopf. «Nein, Paula, ich bin keine eiskalte Mörderin. Ich hatte beschlossen, dass ich zu Moor zurückkehre und mein altes Leben wieder aufnehme, ganz einfach. Aber Moor war noch nicht wach, als ich beim *Tingeltangel* ankam. Also hab ich mich Edith, die zum Friedhof wollte, angeschlossen und mit ihr darüber gesprochen. Wir waren mal Freundinnen, weißt du? Und was hat sie gemacht?» Evi stieß ein zutiefst gekränktes Lachen aus. *«Du bist zu alt, Evi»*, imitierte sie Ediths Stimme. *«Dich fasst kein Mann mehr mit der Feuerzange an*. Dabei war sie selbst nur ein Jahr jünger als ich. Die hatte Angst, dass ich ihr die Kunden wegschnappe! Und als sie dann vor dem Grab mit ihrem verdammten Messer rumfuchtelte … ich war so wütend … ich … Da ist es eben passiert!»

«Du hättest Rücksicht auf Jonny nehmen müssen», klagte Moor.

«An den hab ich doch gar nicht mehr gedacht. Nur daran, wie ich ohne Schaden aus der Sache rauskomme.»

Moor schien etwas einwenden zu wollen, schluckte es aber runter. Sein Blick haftete auf der Pistole, die Evi immer noch in den Händen hielt. Hatte er Angst vor ihr?

«Ich sehe also Edith da liegen, und plötzlich fallen mir Kurts und Horsts Gespräche über die Rippermorde ein. Und auch, dass noch andere von ihrer Besessenheit wussten. Und da hab ich mir gedacht: Wenn man Kurt wegen des Mords an Edith hängen würde, hätte ich meine Rache und außerdem eine Chance, vielleicht doch noch an sein Geld zu kommen. Also habe ich Edith in die Kapelle geschafft und an ihr rumgeschnippelt.»

«Ellerau», flüsterte Paula. Es war, als fegte ein Wind durch ihren Kopf und zerteilte den Nebel darin. Die Tote vom Bootssteg, Luise Gottbauer, stammte aus Ellerau, dem kleinen Nest nördlich von Hamburg. Genau wie Tante Evi. Das war es, was ihr in den letzten Stunden wie ein Warnlicht aus ihrem Unterbewusstsein entgegengeblinkt hatte. Die beiden mussten einander gekannt haben.

Evi bestätigte ihren Gedanken. «Luise hat ihr Unglück selbst herbeigeführt. Ich bin mit ihrer Mutter zusammen in derselben Klasse gewesen. Und als ich sie vor ein paar Jahren unten beim Elbtunnel getroffen habe, hab ich ihr Arbeit im *Tingeltangel* verschafft. Da war sie schon halb verhungert und hat vor Dankbarkeit geheult, dass ich ihr helfe. Und dann klingelt die Schlampe plötzlich hier bei mir und will mich wegen Ediths Tod erpressen. Wobei ich mich immer noch frage, woher sie wusste, dass ich es war, die sie umgebracht hat.» Diese misstrauische Bemerkung galt Moor.

«Sie wird gesehen haben, wie du mit ihr und Jonny zum Friedhof gegangen bist.»

Die Puzzleteile fügten sich zusammen. Evi hatte ihren Plan weiterverfolgt, indem sie die Fingerabdrücke ihres Mannes auf der Mordwaffe platzierte. Vielleicht, nachdem sie Kurt betrunken gemacht hatte? Oder hatte sie ihm etwas ins Essen getan, damit er bewusstlos wurde? Danach hatte sie das Messer auf dem Friedhof so abgelegt, dass man es finden musste. Und sie hatte Moor zu ihrem Komplizen gemacht. Er stand selbst im Verdacht, weil Kröger ihn hatte weglaufen sehen … Davon musste er ihr erzählt haben. Sie hatten sich zusammengetan. Moor sollte der Polizei eine von Kurts Krawattennadeln geben, auf der sich natürlich ebenfalls Kurts Fingerabdrücke befanden. Und dazu sollte er eine Beschreibung des Besitzers liefern, die allerdings zu allgemein ausgefallen war.

Also musste auch noch die eifrige Polizeinichte ran, die entdecken sollte, dass Kurt beim Abendessen die gleiche Krawattennadel trug wie Ediths Mörder. Leider war sie zu dämlich gewesen. Schließlich hatte Evi sich bemüht, Paulas Misstrauen gegen Kurt zu wecken, indem sie zunächst seine Brutalität beklagte und anschließend spurlos verschwand. Und da endlich war die begriffsstutzige Nichte aufgewacht. Sie war ihr gefolgt und hatte festgestellt, dass ihre Tante niemals in Alexisbad aufgetaucht war. Spätestens jetzt musste sie gefolgert haben, dass ihr geliebter Onkel ein Mörder war.

«Warum bist du zurückgekommen?», fragte Paula. Dumme Frage. Evi wollte ja erben.

«Ich bin …»

«Nun hör schon auf», blaffte Moor. «Bringen wir's zu Ende!»

«… zu deinen Eltern gegangen, weil ich ja nicht wusste, wo du steckst. Also hab ich ihnen erzählt, warum ich Kurt verlassen habe. Ich wollte das zumindest, aber sie haben mich gar nicht ausreden lassen. Besonders deine Mutter wurde hysterisch. Zum Glück bist du anders. Warst du ja immer schon. Du kannst zuhören und bildest dir deine eigene Meinung. Deshalb mag ich dich auch. Als du mir geglaubt hast, dass dein Onkel ein Mörder ist, hast du dich nicht verdrückt, sondern versucht, ihn zu überführen. Und genau deshalb bist du jetzt auch zurückgekommen, stimmt's? Um Kurts Gläsersammlung anzuschauen? Leider zum unpassendsten Zeitpunkt. Na ja, zum Glück ...»

Moor löste sich von der Fensterbank. «Schluss jetzt!»

«Zum Glück war mir noch rechtzeitig eingefallen, dass Krumbholz wusste, woher die Gläser stammten. Also habe ich Kurt genötigt, das mit London in sein Geständnis zu schreiben.»

Paulas Augen gingen zu den Kratzern an Evis Hals.

Ihre Tante lachte. «Nein, die stammen von Moor», erklärte sie, stolz auf ihre eigene Raffinesse. «Noch ein Hinweis auf Kurts Bösartig- ... Was machst du denn da?»

Moor hielt plötzlich ein Messer in der Hand. «Scheiße, was denkst du denn? Willst du die etwa leben lassen? Damit sie uns unters Fallbeil bringt?» Er beugte sich vor und riss Paulas rechten Arm hoch. «Die hat sich beim Anblick ihres toten Onkels die Pulsadern aufgeschnitten ... Der Schock ... Das leuchtet doch ein ...»

Paula schloss die Augen und stählte sich gegen den Schmerz. Ihre Nacktheit unter dem Bademantel ... Wenn Schuppe sie untersuchte ... Martin sie sehen würde ...

Sie hörte den Zeiger der Kuckucksuhr über dem Kamin ticken. Viermal, fünfmal ... Dann zerriss ein Knall die Stille. Paulas Arm schlug auf den Teppich auf. Als sie die Augen wieder aufriss, sah sie Moor wanken. Er presste sich die

Hand auf eine Stelle zwischen Hals und Schulter, Blut quoll zwischen seinen Fingern hervor, ungläubig starrte er darauf. Er drehte sich zu Evi um und stolperte auf sie zu. Noch ein Knall ertönte, und noch einer. Moor sackte in sich zusammen.

Evi wartete einige Sekunden, dann stieg über den leblosen Mann hinweg und ging neben Paula in die Hocke. «Das hätte er nicht tun dürfen.» Ein verzerrtes Lächeln entstellte ihren Mund, als sie die Pistole beiseitelegte und Paula übers Gesicht strich. «Wir sind doch Freundinnen.»

Paula nickte wie betäubt.

«Dich haben deine Leute doch auch im Stich gelassen. Dass du arbeiten wolltest, dein eigenes Leben leben … Die wollten dich knebeln und einschnüren. Die Einzige, die immer zu dir gehalten hat …»

«Evi …»

«Wir sind aus demselben Holz geschnitzt, Paula, das spüren wir beide. Lass uns zusammen ein neues Leben anfangen. Wir gehen auf Tour. Nach Frankreich oder Spanien, da wollte ich immer schon hin. Wir kaufen uns ein Haus, vielleicht ein Auto. Wir … Was ist?»

Etwas an Paulas Miene musste Evi irritieren, denn plötzlich blitzte Wut in ihren Augen auf. «Bin ich dir doch nicht gut genug, ja? War *deine* Freundschaft auch nur gespielt, du falsche Schlange?» Sie tastete nach der Waffe, die neben ihr lag.

«Tun Sie's nicht», hörte Paula eine leise Stimme von der Tür her. Martins Stimme. Die Kuckucksuhr tickte überlaut. Plötzlich wurde es draußen vor dem Haus laut, Motorengeräusche erklangen, Bremsen quietschten, Türen schlugen, es wurden Befehle gebrüllt.

Evi bekam die Waffe zu packen, aber Paula schaffte es, ihre

Tante mit dem Knie von sich zu stoßen. Im selben Moment fiel ein Schuss. Evi kippte vornüber, ihr Kopf fiel auf Paulas Brust. Blut floss aus ihrem Hals …

«Gott im Himmel!» Martin hastete zu ihnen. Er trat die Pistole beiseite und zerrte Evis blutenden Körper mit der gesunden Hand von Paulas Brust. Evi stöhnte.

Er beachtete sie nicht weiter, sondern kniete sich neben Paula auf den Teppich. «Nein, nicht weinen. Woher stammt das Blut?» Sein Finger strich über ihre Lippe, dann schob er den klaffenden Bademantel zusammen. «Ist das alles? Nur die Lippe? Bist du sonst in Ordnung?»

Wie sollte sie das wissen? Sie fühlte gar nichts mehr, zitterte nur noch und versuchte weiter, das Heulen zu unterdrücken. Evis Stöhnen ging in einem Donnern gegen die Haustür unter. Mehrere wuchtige Schläge ertönten, dann wurden Männerstimmen laut.

«Ich brauche zwei Krankenwagen», brüllte Martin in Richtung Tür.

«Einer ist schon da!» Zinns Stimme. «Was ist mit ihr? Ist sie tot?»

«Idiot!», schrie Martin.

Männer mit einer Trage stürzten ins Zimmer.

«Das stimmt alles nicht», brachte Paula hervor, nachdem man sie hochgehoben, abgelegt und zugedeckt hatte.

«Was?»

«Onkel Kurts Geständnis … Das stimmt nicht …»

«Ja, ja …»

Sie wurde hinausgetragen. Der Himmel war bezogen. Automatisch suchten ihre Augen die Sträucher ab, aber da konnte ja niemand mehr lauern. Die Türen eines Krankentransportwagens öffneten sich. Martins Kopf tauchte neben ihr auf. «Danke», sagte er.

«Dass ich nicht auf dich gehört habe?»

«Dass du am Leben geblieben bist.» Er wartete, bis sie im Auto verschwunden war. Der Motor des Krankenwagens heulte auf.

30. KAPITEL

FREITAG, 3. MAI

Onkel Kurts Beerdigung füllte die Friedhofskapelle und den Platz vor dem Gotteshaus. Seine Kollegen waren gekommen, alte Freunde, Nachbarn und viele Menschen, die Paula noch nie gesehen hatte und von denen etliche vermutlich aus purer Neugierde hier waren. Kurts böses Ende war ja in allen Zeitungen breitgetreten worden: der bekannte Eppendorfer Arzt, der von seiner Ehefrau und deren Komplizen ermordet worden war. Auch den Zusammenhang mit den Metzeleien auf dem Friedhof und an der Alster hatte man natürlich ausgewälzt. Gestern war die Mörderin der beiden Frauen, die in Wirklichkeit eine Hure vom Kiez gewesen war, im Krankenhaus ihren Verletzungen erlegen. *Sensation auf Sensation!*

Während sich Paula, verfolgt von neugierigen Blicken und Getuschel, zur Kapelle vorarbeitete, musste sie an die Afrikaner, Eskimos und Indianer denken, die in den Völkerschauen ausgestellt wurden. Es war plötzlich einfacher, Christian Johannes' Reserviertheit zu verstehen. Dieses Angestiertwerden war … widerlich!

Als sie die Kapelle betrat, sah sie Mutter und Vater bereits vorn auf der Bank sitzen. Sie hatten für ihre Tochter keinen Platz freigehalten. Das war ein – wenn auch erwarteter – Schlag in den Magen. Paula hatte die Nacht nach Onkel Kurts Tod im Krankenhaus verbracht und war am Morgen drauf von Caro abgeholt worden. Sie hatten den Dienst geschwänzt, geredet und zu viel getrunken. Schließlich hatte Caro Paula erneut eingeladen, bei ihr zu wohnen. Paula hatte zögernd zugestimmt, doch am Abend war sie zu ihren Eltern gefahren. Ihre Mutter hatte selbst geöffnet – und die Tür sofort wieder zugeschlagen. Und als Paula in den nächsten Tagen anrief, war kein einziges Mal abgenommen worden.

Gut, dann war es jetzt eben so.

Paula zwängte sich zwischen einen rundlichen Mann und einen Pfeiler und hoffte, in der Menge unterzugehen. Im Grunde hatte Mutter ja recht: Sie hatte Onkel Kurt verraten, als sie aufhörte, ihm zu vertrauen. Sie war vom Misstrauen, dem Virus, das jeden Kriminalisten befiel, infiziert worden und hatte nicht mehr auf ihr Herz gehört, sondern sich von den Lügen ihrer durchtriebenen Tante in die Irre führen lassen.

Sie sah zu, wie der Pfarrer den Gang zum Altar entlangschritt, an dessen Ende zwischen Blumengebinden und Kränzen Kurts dunkler Sarg stand. Morgen werde ich bei Borgmeister anrufen, dachte sie. Und wenn der mich wieder einstellt, werde ich vielleicht auch bei der Wohnungssuche Erfolg haben. Mit trockenen Augen starrte sie auf den Sarg, in dem mit Würgemalen am Hals in seinem besten Anzug Onkel Kurt lag. Der Gottesdienst zog an ihr vorüber.

Als sie nach dem Segen hinausstrebte, trat ihr Dr. Krumbholz in den Weg. «Mein Beileid», sagte er. Wer hätte das gedacht. Der Mann, den sie gejagt hatte, zeigte sich großzügiger als ihre Eltern. Er beugte sich vor und flüsterte: «Ich soll Ihnen von Ihrem Vater ausrichten, dass er Sie in den nächsten

Tagen sprechen möchte. Im Moment ist leider alles … ein wenig kompliziert.»

Was bedeutete: Mutter trauerte und wütete. Paula nickte, und Krumbholz ging gemessenen Schrittes weiter. Auch sie selbst stand bald wieder im Freien. Mit starrer Miene folgte sie der Trauergesellschaft und dem Sarg und sah zu, wie Blumensträuße ins offene Grab geworfen wurden. Ihren eigenen umklammerte sie mit schweißnassen Händen. Mutter nicht anzusehen, erforderte Kraft. Schließlich hielt sie es nicht mehr aus. Sie kehrte allem den Rücken zu und machte sich auf den Weg zum hinteren Teil des Friedhofs, wo es hoffentlich einen einsamen Ausgang gab. Die Blumen warf sie in ein Gebüsch.

Sie fand tatsächlich ein gemauertes Pförtchen neben einem Brunnen, um den mehrere Gießkannen standen. Doch kurz bevor sie es erreichte, wurde sie aufgehalten. «Warte!»

Nicht Vater, nein, Martin Broder hatte gerufen. War er ebenfalls bei der Trauerfeier gewesen? Wenn, dann hatte er sich geschickt im Hintergrund gehalten. Er kam auf sie zu, und einen Moment blickten sie einander verlegen an.

«Kein guter Augenblick, um allein zu sein», sagte er schließlich, legte seinen Arm um ihre Schultern und zog sie mit sich auf die Straße. Kurz darauf bog ein Auto um die Ecke, einer der größeren Polizeiwagen, an dessen Steuer Caro saß. Martin öffnete eine Tür und nötigte Paula auf einen der Sitze.

Sie wurde von allen Seiten begrüßt. Fritz Pepper, der Charmeur, rückte lächelnd beiseite, um ihr Platz zu machen, Volker Rauhe hob auf dem hinteren Sitz zum Gruß die Zigarre, an der er gerade paffte, und Sigmund Zinn löste eine kurze, peinlich berührte Pause aus, indem er etwas von Beileid murmelte. Jens Schmidtke fehlte. Den plagte wahrscheinlich immer noch sein Zeh.

«Das ist eine Tradition. Wenn ein Fall abgeschlossen ist, treffen wir uns zu einem gemeinsamen Essen», erklärte Caro. Paula wollte etwas sagen, brachte aber kein Wort über die Lippen. Sie spürte, wie sie mit ihrer Anwesenheit die Stimmung in den Keller drückte.

Schweigend fuhren sie aus der Stadt hinaus, bis Caro schließlich vor einem Landgasthof mit dem Namen *Blätterteich* hielt. Sie umrundeten auf einem gepflasterten Weg das Haus und setzten sich unter eine Markise. Der Teich, von dem der Gasthof seinen Namen bekommen hatte, lag gegenüber. Enten schwammen auf dem lichtblauen Wasser, auf der Weide daneben grasten Kühe, ein Kind scheuchte Hühner, ein kleiner, weißer Hund kläffte dazu.

Sie bestellten und bekamen Aalsuppe und Maischollen auf Tellern mit rot geblümten Rändern serviert. Paula starrte auf ihr Essen, von dem sie keinen Bissen herunterbekommen würde. Das Gespräch plätscherte an ihr vorüber. Sie bereute von Herzen, dass sie Martin Broder zum Auto gefolgt war, und horchte erst auf, als Caro von Fredi zu erzählen begann, der bald seine Lehre zum Schiffsjungen antreten würde und darüber selig war. Na, endlich einmal eine gute Nachricht! Von allen Seiten kam ein erfreutes Brummeln. Danach klapperte wieder Besteck auf den Tellern.

Minuten vergingen. Schließlich hielt Paula das Schweigen nicht mehr aus. «Woher wusstest du, dass ich in Schwierigkeiten stecke?», fragte sie Martin, der neben ihr saß.

«Von Krumbholz. Er ist damit herausgerückt, dass Evi vor ihrer Hochzeit im *Tingeltangel* gearbeitet hatte. Also hatte sie vermutlich auch Edith Hellwig gekannt. Und natürlich Moor. Ich kann nicht behaupten, dass mir danach alles klar gewesen wäre. Aber zumindest schien es wahrscheinlich, dass Moor und Evi zusammengearbeitet hatten – und dass du deiner Tante auf den Fersen und damit in Gefahr sein könntest. Wir haben dich zuerst im *Tingeltangel* gesucht und sind dann zur Villa deines Onkels gefahren.»

«Da hab ich ja ein verflixtes Glück gehabt.»

«Und davon hättest du sehr viel weniger gebraucht, wenn du mir Bescheid gegeben hättest, wohin du willst.»

«Habe ich versucht. War nur nicht möglich. Du warst nämlich nicht zu erreichen.»

Pepper räusperte sich. Er schob seinen Teller beiseite und beugte sich vor. «Unser Kommissariatsleiter ist ein Meister der tiefgründigen Gedanken, der glasklaren Schlussfolgerungen, der entschiedenen Tat. Nur mit Worten tut er sich manchmal schwer. Eigentlich wolltest du Paula doch was anderes sagen, Martin, oder?»

Woher kam plötzlich der vertrauliche Ton zwischen den beiden? Oder nahm sich Pepper, angeheitert vom Wein, einfach eine Frechheit heraus?

Martin schien nicht verärgert zu sein, eher verlegen.

«Nun frag sie schon», drängte Pepper.

«Also gut: Paula, du kannst von der WKP zur Kriminaloberinspektion A wechseln, also eine feste Anstellung bei der Mordkommission bekommen, wenn du willst. Ihr beide: du und Caro.»

«Weil wir ohne dich den Mordfall …», assistierte Pepper.

«Es war in der Tat hilfreich, mit euch zusammenzuarbeiten, und wir wollen nicht mehr auf euch verzichten. Ich habe mit Dr. Campe gesprochen, er hat zugestimmt.»

«Dr. Campe ist der Polizeiprä…», setzte Volker an.

«Ich weiß», sagte Paula.

«Und?» Caro stieß sie an. «Ich habe schon zugesagt.»

«Wir würden uns mächtig freuen, wenn du dich ebenfalls dazu durchringen könntest», ergänzte Martin.

Paula stützte die Ellbogen auf den Tisch, sie legte die Hände übers Gesicht. *Gerade sitzen,* tönte die Stimme ihrer Mutter in ihrem Kopf. Onkel Kurts Sarg wurde in diesem Moment mit Erde zugeschüttet. Vielleicht war ihr hartnäckiges Bohren für die Polizei nützlich gewesen, aber sicher nicht für ihre Familie. Dann dachte sie an die Wohnung, die sie auf jeden Fall brauchen würde, aber ohne Arbeitsstelle nicht bezahlen könnte. Sie wollte nicht, dass Vater ihr diskret unter die Arme griff.

«Nun sag schon ja», drängte Caro.

Würde sie Onkel Kurt damit ein weiteres Mal verraten?

«Wenn du nicht willst …», begann Martin.

Paula zog die Hände herab. «Ich muss, ich bin pleite.»

Die Kellnerin stieß mit dem Hintern die Tür auf und brachte ihnen eine Platte mit Apfelkuchen. Ein junger Mann stellte eine Schüssel mit Schlagrahm dazu, und Zinn begann, den Nachtisch auf die Teller der Kollegen zu verteilen. Der angeheiterte Pepper bedankte sich mit ausgebreiteten Armen und einer angedeuteten Verneigung.

«Ich habe meine Vermieterin gefragt», sagte Martin. «Die Wohnung über mir ist immer noch frei. Wenn du einziehen willst …»

«Wir könnten sie alle gemeinsam auf Vordermann bringen», schlug Caro vor. «Ich bin eine Meisterin im Tapezieren.»

Paula starrte die Männer und die Frau vor den Kuchentellern an. Sie waren keine perfekten Menschen. Sie gingen einander auf die Nerven, sie stritten und brüllten herum, aber wenn man sie brauchte, waren sie für einen da. Sie spürte, wie sich der eiserne Ring um ihr Herz ein wenig zu lockern begann.

«Sehen wir dich also am Montag im Stadthaus?», fragte Martin.

Sie nickte.

Fritz Pepper klatschte in die Hände, und Volker Rauhe rief nach einer neuen Flasche Wein. «Vom Besten!», brüllte er.

Die Wirtin brachte das Verlangte und schenkte die Gläser voll. Sie tranken einander zu. Die Sonne schien plötzlich wärmer und heller.

Martin beugte sich zu Paula und sagte leise: «Ich freue mich. Nur damit das klar ist. Ich bin verdammt noch mal sehr glücklich, dass du bleibst!»

Helga Glaesener
Das Seehospital

Drei Schwestern, drei Schicksale – ein Ort der Menschlichkeit

464 Seiten

Amrum, 1920: Nur widerwillig kehrt Frida zur Beerdigung des Großvaters zurück auf ihre nordfriesische Heimatinsel. Der alte Kapitän Kirschbaum gehörte zu Amrum wie die Wellen zum Strand. Aber für Frida hatte er zuletzt kein gutes Wort übrig. Ihren Traum, in Hamburg Medizin zu studieren, hielt er für Weiberflausen und drehte ihr den Geldhahn kurzerhand zu. Dabei hätte der Insel-Patriarch eine vertrauenswürdige Ärztin in dem kleinen Hospital, das er für lungenkranke Kinder gestiftet hat, gut gebrauchen können. Nach seinem Tod droht der Einrichtung nun wegen Geldmangels das Ende. Aber was wird dann aus den kleinen Patienten? Fridas Mutter will aus der imposanten Strandvilla lieber ein exklusives Kurhotel machen. Auch von ihren beiden Schwestern kann Frida keine Hilfe erwarten. Dennoch nimmt sie den Kampf auf – und ahnt nicht, wie hoch der Preis für sie und ihre Familie sein wird ...